10セントの意識革命

片岡義男

晶文社

10セントの意識革命・目次

ブックデザイン　平野甲賀

I

アメリカの一九五〇年代

1　なぜいま一九五〇年代なのか

　ぼくは一九四〇年生まれだから、ぼくにとっての一九五〇年代は、ちょうど十歳から二〇歳までの期間であるのだ。この期間のことに関して、なぜいまになって、アメリカのがわから書くのか、その理由は、ごく単純でありきたりだ。この一九五〇年代に、ぼくというひとりのヒトの気質みたいなものが、ほぼできあがったか、あるいは、アメリカの一九五〇年代の歴史的な進行のなかから、ぼくの気質がなんらかのかたちでかなりのっぴきならない影響をうけてしまったように、いまになってやっと思えてきたからだ。

　アメリカの一九五〇年代のなかでおこったことがらのうち、ぼくと密接につながっているものは、さほど多くはない。まず最初のひとつは、一九四〇年代をひきずったかたちでの、ロイ・ロジャーズ主演のシリーズ西部劇がある。もっとも強く鮮明に印象にのこっているのがロイ・ロジャーズで、彼が奥さんのデイル・エヴァンスと主演していた、現代劇とも西部劇ともつかない奇妙な映画を中心に、シンギング・カウボーイ（歌うカウボーイ）たちのシリーズ西部劇や、いわゆるB級西部劇に十歳前後のぼくはひたっていたし、それと同時に、カントリー・アンド・ウェスタンと一九四〇年代のジャズとを、浴びるほどぼくは聞かされた。

ロイ・ロジャーズやカントリー・アンド・ウェスタンには、コミック・ブックが、かさなっている。おそらく七、八歳ごろからぼくはアメリカのコミック・ブックを読みはじめ、中学生のころを最盛期として、高等学校のはじめごろまで、コミック・ブックは、つながっていった。

コミック・ブックの内容は、いまでいう劇画なのだが、内容は決定的にちがっていた。ブックといってもそれは雑誌であり、雑誌よりはパンフレットと呼んだほうが、あたっている。薄い紙の表紙がついていて、粗末な紙のなかみが三二ページしかない。ひどくアン・リアルでありながら、そのアン・リアルさが強力に屈折してリアルなものとしてせまってくるという不思議な効果を持った四色刷りのなかみは、たとえばその一冊が、シリーズとしてつづいている単独の主人公をヒーローにしたものであれば、そのヒーローの活躍する物語が、読み切りで三篇ほどのせてあり、面白くもなんともないみじかいマンガがひとつかふたつ、おまけにつけ加えてあった。広告には、通信販売のBBガンと、チャールズ・アトラスのボディ・ビル・コースの案内とが、いつもおなじようにのっていた。

このコミック・ブックは、当時は種類がとても豊富にあり、一冊が十セントだった。自分でも何冊か買い、友人どうしでスワップ（交換）しては次々にまわし読みするから、いつも短時間に大量に読んだ。教科書の半年分をひと月くらいで読んでいったのではないだろうか。コミック・ブックの内容がどんなだったかについては、あとで書こう。

コミック・ブックの次には、ジェームズ・ディーンだった。これは、中学の終りごろだったと思われる。それより以前に、ジェームズ・ジョーンズの小説『地上より永遠に』がベストセラーになっていた。分厚い廉価版で読んでひどいショックをうけ、読まなければよかったとさえ思った。主人公の名前、ロバート・E・リー・プルーイットは、ちょっと忘れられない。映画になって公開されたのは、一九五三年のことだった。

ジェームズ・ディーンの『理由なき反抗』や、映画『地上より永遠に』、そして『暴力教室』、その主題曲につかわれたビル・ヘイリーの『ロック・アラウンド・ザ・クロック』などが、いま考えなおしても順番はつけがたいほどにたてつづけに身のまわりにおこってきて、決定的なとどめは、エルヴィス・プレスリーの最初のシングル盤『ザッツ・オール・ライト、ママ』だった。このレコードをはじめて聞いたのは一九五四年のはじめだった。それから、一九五五年、五六年と、エルヴィス・プレスリーのみがただひとり、あらゆるものごとのなかで、他を完璧に圧して決定的であった二年間があり、五八年だったはずなのだが、エルヴィスのアメリカ陸軍入隊の報道のしばらくまえから一九六〇年代なかばのヒッピーたちの運動や、バークレーのピープルズ・パークあたりまで、ほんとうに馬鹿みたいな空白が、えんえんとつづいた。

アメリカの一九五〇年代とぼくとをつなげているものは、以上のとおり、ごく数すくない、いくつかの出来事なのだ。もちろん、個人的な回想物語に対しては、まずぼく自身が興味を持っていない。しかし、確実な実感がいまでもともなっている個人的ないくつかの回想は、アメリカの一九五〇年代という、世界的なスケールを持った巨大な転換の時代の本質にぼく自身を、そしてぼくたちの時代を、接続させていくための有力な手がかりになると、ぼくは考える。誰にたのまれたわけでもないし、たとえ接続しえてもそれがただちにどうなるというわけでもないのだが、興味があるというただそれだけの理由から、個人的な手ざわりの実感のほうから逆に、アメリカの一九五〇年代について勉強しなおしたくなったのだった。

アメリカの一九五〇年代が、どのような時代であり、そのあとの時代に対してどんな意味を持ったのかは、とてもひとりで書きつくすことはできない。時間的には十年の長さを持ち、社会的にはちょっと考えただけでも気の遠くなるような広がりと厚みとを持っているのだから。

個人的な実感として簡単に言うならば、当時のアメリカは、第二次大戦の戦勝国として、主として物量に換算して考えることの可能なありとあらゆるものが、人類がかつて一度も経験したことのなかった巨大なスケールへと、いっきょに拡大されていった時代だった。いたるところですさまじくきしみながら、時代は悪しきほうへと確実に曲がりこんでいったのだった。いわゆる高度成長の時であったから、物量に換算したときのその数字は、過去の類似の前例に比較すると飛躍的に増大してはいたけれども、そのような数字が手に入ると同時に、それまでは想像もつかなかった非人間的な結果が、社会のいたるところで顔を出しはじめていた。

だが、社会の表面では、非人間的な事物のほうが、おおむね勝利をおさめていった。ひとつの時代が悪い方向へ曲がりこんでいった事実そのものが、「進歩」とか「発展」などという概念によってまだ粉飾することの可能だった一九五〇年代という昔には、その勝利も楽な勝利であっただろうと思われる。

おもてむきは非常にさかんに物質的な成長をとげていく社会のなかにあって、その社会の人々は、自分たちの時代が、もはやとうてい取りかえしのつかない分野へ音をたてながらすさまじく曲がりこんでいく事実を、さまざまなかたちで日常の生活の内部で肌から直接に、本能的に知覚していたのではなかっただろうか。すくなくとも少数の人たちは知覚していたにちがいない、とぼくは考える。

当時のぼく自身はどうであったかというと、どうも「大人」というやつはやばいのではないのだろうか、「大人の世界」には近づかないほうが身のためなのではないだろうかと、不明確ながら確信に似たような感情を常に持っていた。「大人の世界」とは、既存の社会の全域を指している言葉だ。学校の先生と身近かな大人たちをとおしておぼろげながらうかがい知れていた「大人の世界」に対して、素朴な嫌悪感があった。

いったん「大人」になってしまったら、もうそれですべては終りだという恐怖感は、いつまでも「大人」にならないことを最重要な命題として課してくれるのだった。アメリカにうつしかえて言えば、一九五〇年代の世のなかの大勢は、たとえば、「ジェネラル・モーターズの利益は、アメリカぜんたいの利益である」というような、巨大組織ないしは経済上の利益や達成みたいな物量優先の人生論のなかにひたってじっとしていることだった。じっとしていたというよりも、より正確には、いつのまにかそんなふうにがんじがらめにされていて、あらためて動き出そうにも動けなかったのではないだろうか。そして、人間としての根源的な尊厳のほとんどすべてを削り落とした生き方が、当時としてはもっとも輝かしい、アメリカ的な生き方だった。

政治や経済の側では、もちろん、高度な成長が圧倒的に支持されていたから、人々の意識も、それにさからう要素のない、なんら改革されるところのない在来のままの意識であることが、切実に望まれていた。

この切実さが、ある高みにまで達するとき、じつは、多少とも改革された意識が出てきてしまうようなのだ。その改革された意識は、具体的には、「このような輝かしいアメリカ的な生き方は、私はいやだ！」と、ほんとうにその人ひとりだけの個人的な次元で、反抗の声をあげることであった。そして、その反抗は、単なる反抗であると同時に、自分が自分自身のために見つけ出した、まったく異質で新たな生き方の実際的な提示をもかねていた。

アメリカの一九五〇年代とぼくとをつなげているいくつかのものごとは、すべて、このことと直接的につながっている。ぼくにとってもっとも聞えやすい反抗の声、つまり肉体と精神の中間みたいな領域でおこなわれた官能的な反抗のいくつかに、ぼくは結びつけられている。

ロイ・ロジャーズの奇妙な西部劇は、反抗とは言えないかもしれない。だが、一種の冗談としか定義のしようがないその奇妙な内容は、奇妙さがゆえに、印象は強かった。彼以外のシンギング・カウボーイが主演したものも含めて、そのような西部劇のストーリイの基本は、単純な勧善懲悪だった。悪がほろびて正義がさかえるただそれだけのことなのだが、そんなことはじつはどうでもよく、主人公が演じてみせるシンギング・カウボーイがいかに完璧なひとりの遊民であるかを見せることが、最重要なポイントだった。彼は、たしかに正義をさかえさせはするけれども、それは偶然のなりゆきにすぎず、ほんとうは、なんの生産も意図せず、いかなる達成も志向せず、カウボーイでありながらカウボーイではなく、ころは良しとギターをとりあげて歌をうたうだけなのだ。生産や経済のいっさいの支配からすっきりと完全に切りはなされたところで遊戯しているようなものだから、その遊戯性がゆえに、シンギング・カウボーイの世界は、けっして「大人」のそれではなく、充分に子供的だった。そのカウボーイが、遊戯をすら意図していなかったことは言うをまたない。秩序と無秩序の中間をいつまでもただよっていて、だからこそ、ロイ・ロジャーズが歌う『ドント・フェンス・ミー・イン』は、自由になる自由をうたう歌として、力を持ちえた。アメリカ史におけるフロンティアの現代での意味とは、この『ドント・フェンス・ミー・イン』の歌なのだ。

おなじ一九五〇年代の西部劇でも、たとえば『シェーン』や『真昼の決闘』の馬鹿ばかしさは、話にならない。自分が名うてのピストル使いであった事実をかくそうとする風情のシェーンは、その風情そのものが、ひとつのつまらないメッセージだった。ラスト・シーンにかさねあわせて考えると、そのメッセージは、「良き市民となりなさい」であったし、真昼の決闘の保安官は、あからさまに「仕事」をしていたではないか。

十セントのコミック・ブックには、いろんな種類があった。西部劇、探偵劇、スーパーマンやバットマンのようなもの、動物を主人公にしたディズニーふうなものと、三二ページのなかに盛りこまれている内容の方向はさまざまだった。そして、ぼくがいちばん強くひっかけられた方向は、怪奇、恐怖、あるいは総体的にSF、と呼ぶしか手段のないような、奇怪なファンタジーが、手をかえ品をかえして詰めこまれていたコミック・ブックスの一群だった。読んでいた当時は知らなかったのだが、一九五〇年代の特に前半は、怪奇なSFふうのコミックスがアメリカでは全盛だったのだ。とにかくありとあらゆるファンタジーを読みつくしたという印象を、ぼくはいまでも持っている。あまりに奇怪な物語は、その奇怪さがじゃましてか、よく記憶していない。だが、もうすこしロジカルなファンタジーは、すこしは記憶にのこっているようだ。いくつか、あげてみよう。

アメリカの海軍が、南太平洋とおぼしき海域で、大がかりな実弾演習をしている。その演習艦隊の偵察機が、ある日、奇妙な艦隊を空中にみつける。偵察のために飛んでいると、頭上はるかかなたの前方に、戦闘艦隊が、さかさまに見える。洋上のものが空に映っているのか、と思うのだがそうではなく、やがて、そのさかさまの艦隊のさかさまの航空母艦からとびたったさかさまの戦闘機に、その偵察機は、襲撃される。偵察機は、逃げかえる。そして、さかさまの艦隊が上空をこちらへむかって攻めてくるところだ、と報告する。

誰もその話を信じない。だが、やがてレーダーがその空飛ぶ艦隊をとらえ、砲撃がはじまるにおよんで、アメリカ海軍も戦闘態勢に入っていく。そして、巨大な蒼空のスペースをあいだにはさんで、空中の艦隊と洋上の艦隊との戦いがはじまる。読み切りの物語りだったが、そのあざやかな結末は、書かずにおこう。

まったくおんなじ体つき、顔だちの、一分のすきもない純白のガンマンのスタイルに身をかためた、美しいグラマラスな女性ばかりが登場する奇怪な西部劇もよかった。勧善懲悪の物語なのだが、敵も味方も、見た目にはまったくおなじなので、さまざまな混乱がおこる。そこへ、なにごとかを研究している物理学者が登場し、他人が頭のなかで考えていることがすべてわかる装置を持ちだす。その装置に対する対抗装置があらわれ、鏡で鏡をうつしたように、事態は何重にも複合して混乱していく。人間の頭の内部という難問に挑戦した奇妙な話だった。

宇宙飛行士がロケットである天体にいくと、かならずロケットが故障し、地球へ帰れなくなり、しかもその天体で男はみな女性に転換していってしまうという物語もあった。何度も地球からロケットで男性がくるのだが、みんな女性になる。女性だけの社会がその天体にかたちづくられていき、構成員の数が増えるにしたがい、「男」の役割を果たす女性と「女」の役割りをはたす女性とにわかれたあげく、さらに大きくふたつのグループにわかれて対立し、最後には戦争になる。そして、その戦争のさなかに、いまはみんな女のかたちをしているそのかつての宇宙飛行士たちは、戦争によって文明が壊滅した地球をのがれてきた人たちだった、という事実がわかる。

空を飛ぶ巨大な機械じかけの握りこぶしの話もあった。昔の西洋の甲冑を手首から切り離して握りこぶしにしたようなかたちの、とてつもなく大きな飛行物体なのだ。DC-8をその掌でつかみ、握りつぶして太平洋にすて、ひと飛びして大西洋に着水して掌のよごれを洗う、というようなことをその握りこぶしはおこなう。どこかほかの天体から、あきらかに邪悪な意図を持ってやってきたらしく、ニューヨークのマンハッタンを歩いていた主人公がふと空を見上げたら、その巨大な握りこぶしが、空中でさか立ちして自分を指さしているところから、その物語はスタートしていた。

どの話も荒唐無稽なのだが、それぞれが内蔵している哲学ないしは意識は、それを読む人の全身に対して強力な説得力を持った。写実を身上としつつ効果的に誇張したパースペクティヴをきかせたリアルな絵と単純な文章でこんな物語が展開されていくと、十歳前後の少年は、ひとたまりもありはしない。科学や空理のにおいのただよわない、ひたすらグロテスクな怪奇物語は、冗談みたいな語呂あわせや戯古文の語りで読む人をとりこにした。そして、たとえば、中世のまっただなかに設定された物語に、現代の少年がふいとあらわれたりして、絶対的に身につまされる効果をあげていた。いまになってやっとすこし考えて出せてきたとりあえずの結論なのだが、このようなコミック・ブックスは、自分たちが生きて身を置いている現実ないしは世のなかに対する知覚や認識のありようを、非現実的で奇怪な幻想に託して、提示してみせていた。

コミック・ブックは、なぜ、読む人を、そこに描かれている世界のなかへ、ひきずりこむことができたのだろうか。空想の世界のなかに受動的にただひたるのではなく、ありうべからざるファンタジーを全身でうけとめることにより、それまで自分が持っていた、幅のせまい小さな意識を帳消しにしてゼロとし、もうすこし大きくて広い意識と入れかえる作業が、ばくぜんとにせよとにかくおこなわれたから、その作業の快感がすなわちコミック・ブックスの面白さだったのだと、いまぼくは考えている。早くも心のなかで固定化されてしまった小さな知覚や意識が、強力なファンタジーによってもみくちゃになり、ついには白紙にされてしまうのは、気分のいいものだった。

一九四〇年代から五〇年代初期にかけてのこのようなコミック・ブックスに対しては、アメリカではいわゆる学識経験者や良識の側からの批判が強く、大きな社会問題となり、最終的には内容規制のための厳格なコードがつくられるまでにいたった。つい最近になってぼくはこのことを知り、あのときのあのようなコミック・ブックスに対して良識の側から批判がおこってきたのはごく当然のことだ、という実感を持った。社会的に許容されている意識のありかたに対する完全なカウンターがコミック・ブックスだったのだから、いまのわかりやすい言葉で言えば、とても個人的な次元での意識革命のためのトリップだったのだから、こんなものが許されたまま放置されるはずがなかったのだ。

『地上より永遠に』という小説は、西部小説をべつにすると、ぼくがこれまでに読んだ唯一にちかい小説だ。だが、小説としてではなく、実感だけでつくりあげられた事実として、ぼくはこれを読んだ。アメリカ陸軍の下級兵士が、非人間的な大組織であるアメリカ陸軍に対して、自分ただひとりで人間的で官能に満ちた戦いを執拗にいどんでいき、最後には、かなり屈折したかたちでロマンチックに自滅していく物語だった。

主人公が最後には自滅してしまうのが、充分に暗示的だった。この自滅は、自分たちの時代がいきつくさきに対する根源的な絶望感の先取りであったような気がする。時代は、いままさにとんでもない方向へむかいつつあるのだという本能的な確信には、だから、淡い絶望の雰囲気が、常につきまとった。『地上より永遠に』の主人公、ロバート・E・リー・ブルーイットは、一九五〇年代のなかでおこなわれた、人間的なものとそうではないものとの真剣なたたかいの象徴的な人物として考えられている。

象徴ではなく、具体的には、ヒップスタたちがいた。時代はもうとりかえしがつかないのだという絶望にきれいにふちどりされた本能的確信を、そのまま日々の生き方にしていた人たちだ。個々としてはヒップスタであり、総体的にはビート・ジェネレーションだ。一九五七年に、アレン・ギンズバーグは、早くも次のようなことを書いていた。

「アメリカは物質主義に狂っている。警察国家アメリカ、生の感情も魂もないアメリカは、誤った権利の偶像を擁護しようとして、世界を相手に戦おうとしている。ウォルト・ホイットマンの同志たちの、あの粗野で美しいアメリカでは、もはやない」

自分のアメリカに対するトータルな絶望が、この言葉のなかにはうかがえる。そして、旧来のアメリカン・プラグマティズムが提唱する現状改良主義とも、ギンズバーグの心は、まったく無縁だ。

なにかたいそう貴重なものが日ごと失われていくアメリカから、完全に自分を切りはなしたうえで、一個の人間として歩むべき方向をみつけなおそうという考え方が、ビートの世代にとっては、そのまま、毎日の生き方だった。そのような生き方が、一九五〇年代にすでに可能であったのだから、余剰が白人社会のほぼ全域にまでいきわたってしまった感のあるアメリカのぜいたくさは、このとき早くもひとつのきわみに達していたようだ。だから、一九六〇年代後半のヒッピー・ムーヴメントなど、自らの敵にまわしたアメリカのなかで、なんなく成立しえたのだ。

ビート・ジェネレーションのこのような考え方、あるいはアメリカに対する完全な離反の態度は、ごく個人的なところから、はじまっていた。アメリカという巨大組織に対して、ひとりの人間という個が、自分はおまえのなかに組みこまれるのはいやだ、と手足を突っぱって抵抗するところに、革命的なアメリカ人としての姿勢があった。

映画『理由なき反抗』の主人公は、アメリカの中産階級のハイスクールという日常的な場に置かれていた。そして、『地上より永遠に』の主人公をひとまわり小さくしたような感じだった。彼もまた、やがてハイスクールを卒業して自分もその一員となるであろうアメリカの大人たちの世界に、言いようのない恐怖と絶望とを感じていたようだった。

とりあえず、彼は、大人たちの世界にたてついたのだが、いかにたてついてみてもすでに手おくれである事実が、彼の獣的な直感をとおして言外においてみごとに語られていた。いささか猫背のジャンパー姿に、内向してやさしくありつつも適度に暴力的だった彼の顔は、ひとつの全体像として非常に雄弁だった。彼がフィルムのなかで演じてみせた「反抗」よりも、言外に語りつくした、ある種の絶望のほうが貴重だった。

個人的にいくら反抗しても抵抗してみても、時代はそのまま進み、その進んださきは、とりかえしのつかない絶望的なものであるにちがいないと、ジェームズ・ディーンは、その体ぜんたいで語っていた。自分ひとりでいくら意識を拡大してみても、それとは無関係に時代は突き進む。しかし、そうはわかっていても、ひろがっていこうとする自分の意識の働きを抑制することはできない。そして、ちょうどこんなふうな時代に、ロックンロールがやってきた。

とにかくぼくはいやなのだ！　という個人的なエモーションの表現が、白人ティーンエージャーのロックンロールだった。拡大されていきつつある新鮮な意識が、個人的で強烈なエモーションとして叩き出されていた。そのエモーションのなかで、もっとも熱意に富みつつ無自覚で澄んでいたのが、エルヴィス・プレスリーだった。

拡大された意識が、この世のなかでなにごとかの役に立つという保証はどこにもなく、むしろ世のなかにとっては、一種の邪魔ものであった。一九五〇年代のなかばにはじまってその終りちかくまで、ぼくたちはロックンロールのなかにいた。そのロックンロールは、ぼくたちにとってはたとえば学校の教科書のような生活の一部ではなく、生活ぜんたいであり、生活そのものだった。生きることが、そのままトータルにロックンロールだった。

当時のアメリカでも、このことにはかわりはなかった。全身的な直感のほうが、いかなる思考にもまして重要であり、思考など、どうでもよかった。拡大されていく意識が肉体のすみずみにまでその影響をおよぼしていく快感さえあればよかった。そして、いまになって考えなおしてみると、ロックンロールが一九五〇年代のぼくたちの生活全域であったという事実は、拡大された意識を生きるのは、全身全霊を投入したうえで日常のあらゆる領域でなされるべきトータルな作業なのだという事実を指し示していたのだとわかるのだ。

2　ロックンロール・ミュージック

一九五〇年代アメリカのロックンロールは、正確には一九五四年から五八年までのわずか四年間しかつづかなかったのだ。この四年間に、エルヴィス・プレスリーとアラン・フリードのふたりが、完全に燃焼した。

エルヴィス・プレスリーのはじめてのレコードがメンフィスを中心に地域的なヒットになったのが一九五四年で、それから二年でエルヴィスは全米的な広がりを持った現象になり、五六年は彼の年だった。そして五八年にはアメリカ陸軍に徴兵され、ドイツに渡ったのだ。このときすでにアメリカのロックンロールは、ディック・クラークの〈アメリカン・バンドスタンド〉での子供っぽいつまらないものになりつつあった。

一九五一年の六月からクリーヴランドのWJW局で〈ムーンドッグ・ロックンロール・パーティ〉のDJをはじめていたアラン・フリードも、一九五四年、ニューヨーク初のニグロ放送局WNJRをへて、やはりニューヨークのWINS局に移り、ロックンロールのDJをつづけ、一九五八年五月、ボストン・アリーナでおこなわれたロックンロール・ショウで、ロックンローラーとしての命を自ら断っていた。

フリードがおこなうショウには、常に大勢の若者があつまり、大さわぎになっていた。ニグロがほとんどという場合もたびたびあり、騒乱罪のような罪名のもとに警察に調べをうけたりあるいは批難をうけることがしばしばだった。ボストン・アリーナでのショウには警官隊が出動し、ショウは中断された。ロックンロールは、青少年を非行にみちびく悪い音楽ないしは風俗だと考えられていたから、警官隊の出動はごくあたりまえのことだった。

踏みこんできた警官と客の若者をまえに、フリードはステージからマイクをとおし、いつもの大声で怒鳴った。

「あなたがた若者が音楽を楽しむのを警察はやめさせようとしている。彼らにとってあなたがたの楽しみの対象は、なにであれ好ましくないのだ」

というような意味のことを喋り、これを理由にフリードはWINS局をクビになった。そしてこのときが、ロックンローラーとしてのフリードの終りだった。

はじめエルヴィス・プレスリーは、カントリー・アンド・ウェスタンのカテゴリーのなかに入れられた。レコードにした歌の多くがカントリー曲だったし、メンフィスを中心にした地域的にかぎられた範囲での登場であったため、とりあえず彼にあてはめることのできるカテゴリーはカントリー・アンド・ウェスタンしかなかったからでもある。しかし、音楽的には、つまりビートやリズム、それに歌い方のほとんどは、黒人のものだった。子供のころから、エルヴィス・プレスリーはニグロの影響をうけやすい状況におかれていたし、彼のレコードをはじめに出したサン・レコードのサム・フィリップスは、自分の会社でかかえているタレントたちに意識してニグロ的なものをとりいれさせていた。

カントリー・アンド・ウェスタンの新しい歌手、として出発したプレスリーがニグロにまちがえられたり、サウンドがあまりにニグロにちかすぎるという理由でたとえばラジオのディスク番組でレコードをかけてもらえなかったりするようなことは一度もなかった。カントリー・アンド・ウェスタンなら白人にきまっているからだ。

ところがやはりニグロ・サウンドのイミテートからはじまったビル・ヘイリーと彼のコメッツたちのレコードは、ラジオのディスク番組でなかなかとりあげてもらえなかった。ニグロとまちがえられることもあったし、黒人の音にちかすぎるため、DJにきらわれることがよくあったのだ。だから、ビル・ヘイリーのレコードは、ジューク・ボックスがひろめていった。

ニグロ的であることに関しては、アラン・フリードが最も徹底していた。クラシックのトロンボーン奏者としての音楽的教育をうけていたが、生まれたのが一九二一年だから当然スイングの時代に育ち、そのあとのバップが大嫌いだった。原型としてのブルースによりちかいところでのリズム・アンド・ブルースにもっともひかれていた。ラジオでの喋り方はニグロ放送局のＤＪをまねしていた。まねはとてもうまくて迫力があったため、黒人のファンが白人とおなじくらいについたし、あまり私たちのまねをしないでくれ、という訴えがニグロのＤＪたちから出されることにもなった。

〈ムーンドッグ・ロックンロール・パーティ〉でフリードはニグロのリズム・アンド・ブルースしか、放送しなかった。そして、リズム・アンド・ブルース、という呼び名は黒人的であり、つまらない排斥のもとになるため、古いブルースから「ロック」と「ロール」の二語をとってつなぎあわせ、ロックンロール（ロック・アンド・ロール）という新しい名称をつくった。放送中はヘッドフォーンをつけていて、音量をいっぱいにあげるのがクセだったために鼓膜をいためめ、一九六五年にもはや手のほどこしようのないアルコール中毒で死んだときには彼の耳はほとんどなにも聞くことができなかった。

ニューヨークのＷＩＮＳ局でＤＪをやっていたときには、ニューヨークの電話帳を両手に一冊ずつ持ち、喋るときにビートをつけるため、その電話帳を、マイクロフォンが乗っているデスクに、交代に叩きつけるのを得意としていた。この音は、ラジオをとおして聞くとたいへん心地よいものだった。

一九五〇年代のすぐれたロックンローラーのすべてが、五〇年代というひとつの時代に対して、あまりに深くコミットしすぎていた。アラン・フリードがその典型のひとつなのだが、フリードに明確にみられるように、そのコミットのしかたは、態度としても音楽としても、単一なものだった。抵抗してくる力とはりあいながらとにかく外へむけて出ていこうとする比較的単純で荒けずりな力へのコミットメントだった。

この力が、いけるところまでいってついに燃えつきたのが、一九五八年だった。力としてではなく、好ましい新風俗として世のなかに認められたディック・クラークの〈アメリカン・バンドスタンド〉のようなものは燃えつきることなくつづいていき、クラークのこのテレビ番組は現在でも生きている。一九五〇年代のロックンロールは、ニグロのサウンドを提供して白人の若者から「ＹＥＡＨ！」という全面的な肯定をうけ、外へ出ていこうとする力となり、結局そこまでにとどまった。決定的に欠けていたのは、内省的な力だった。

しかし、ロックンロールに欠けていたものは、やがておぎなわれる運命にあった。そこがいつになるか、五〇年代の終りでは見当もつかなかったのだが、外へ出ていこうとする力を持ったビートは、わずか四年間で消えていくには強烈すぎた。チャック・ベリーの存在はまったく知らなくてエルヴィス・プレスリーだけにひかれていた白人たちにすら、ビートはなにかを語りかけることができた。なにを語りかけたかは明確には定義づけることはできないのだが、こうでなければならないのだ、これは正しいもののひとつなのだ、という確信のようなものが、そのビートをうけとめた人たちの内面につくりあげられたはずなのだ。あいまいなかたちではあったけれども、ロックンロールのビートは、それを文句なしにうけとめることのできた人たちのなかに、ある種の確信をつくった。けっして真実をみつけたわけではない。なにものかを力強く肯定することのまずはじめのチャンスが、ロックンロールのビートだった。一九五〇年代なかばのアメリカの若者にとって、このチャンスはうれしかった。なにかを自分が肯定するとはつまり自分だけの足場がひとつしっかりと存在することでもあったからだ。自分の存在に目ざめる、と言いかえてもよいだろう。ロックンロールは、単なる音楽的な流行ではなかった。自分の全存在をかけた体験だった。

だから、ロックンロールは、そうたやすく終ってしまうわけはなかったのだが、エルヴィス・プレスリーが陸軍に入りアラン・フリードが死ぬと、ロックンロールは消えてしまったようにみえた。一九五六年はエルヴィス・プレスリーの年だったのだが、リトル・リチャードもおなじほどの数のヒットをつくっていた。しかし、レイ・チャールズが一九五四年にゴスペル曲に詞をつけなおしてゴスペルとブルースをひとつに結合させていた事実が知られていないのとおなじように、リトル・リチャードは知られていなかった。レイ・チャールズが白人たちに知られたのは、一九五九年の『愛さずにはいられない』によってであり、これはカントリー・アンド・ウェスタン曲のうたいなおしだった。前の年、五八年にデトロイトでモータウンがはじまっていて、黒人リズム・アンド・ブルースの本格的なコマーシャル化が黒人の手ではじめておこなわれることになった。

ブルースとゴスペルの結合は、ソウルの強化につながった。ブルースは現世の罪の歌であり、ゴスペルは来世の救いの歌とされていて、このふたつは黒人社会のなかでもおたがいに溶けあわない要素だった。しかし、結合してしまった事実はあきらかであり、結合というよりも、アメリカの黒人が来世をすててより現実的な力を強くしていったひとつのあらわれ、としてとらえるべきなのだ。この現実強化のなかでの音楽現象のひとつが、モータウンなのだ。

黒人音楽のこのような変化に白人は気づくわけがなく、プレスリーが陸軍を除隊してきた一九六〇年は、ロックンロール的には死んだように見えて当然であり、カリフォルニアにはビーチボーイズ、デトロイトにモータウン、そしてテレビにはディック・クラークという概括が、ひとつの真実味のある現実となっていた。除隊後はじめてのプレスリーのレコードが『オーソレミオ』のうたいなおしであったことも、すこしも不思議ではない。五八年までのプレスリーがニグロ的なプレスリーであったとするならば、除隊後の彼は、白人の世界で売りさばかれるホワイトでスイートな商品だった。

ロックンロールが死んだように見えると同時にケネディのニュー・フロンティアがはじまっていて、ニュー・フロンティアの音楽としてフォーク・ソングが登場したのは、あまりにできすぎていて気味がわるい。しかし、ニュー・フロンティアとフォーク・ソングとは、おたがいに相手の本質を明らかにしあうものとして、みごとにバランスのとれたものだった。したがってどちらかの性質を明らかにすれば一九六〇年から六三年くらいまでの期間が持った意味の底が割れてしまうのだ。

アメリカにとってもはやフロンティアはどこにもなく、これまで長いことアメリカの理想となっていた拡大の思想をニュー・フロンティアとして幻想のなかにつくりあげたのが、ケネディの逆説的な功績であった。ケネディは、政治的には非常に現実的な意味でのアメリカの利益の、とりあえずの代弁者にしかすぎなかった。しかし、ニュー・フロンティアはそれを信奉する人たちにとっては、唯一の大きな真実になった。自分はそのままに、真実のほうだけ唯一なものを追っていこうとしたのが、ニュー・フロンティアの決定的な弱点だった。

ニュー・フロンティアの具体化のひとつが、たとえば、カネがかからなくて功すくないわりに体裁だけはすぐれた平和部隊であったように、フォーク・ソングも体裁はよくて力は弱かった。

フォーク・ソングには明らかにふたつの流れがあった。ひとつはピート・シーガーに代表されるもので、もうひとつは、キングストン・トリオが代表する流れだ。ブームになったのは後者のほうで、アメリカの古い歌を、良きアメリカの伝統として生きかえらせ、ロックンロールを体裁わるいと考える人たちの子守唄にしていった。ピート・シーガーに代表される流れのほうは、アメリカ現代史のなかでの考古学みたいなところを持ち、キングストン・トリオたちとくらべたうえでの純粋性の故に、力はキングストン・トリオよりも弱かったかもしれない。

ニュー・フロンティアのかけ声にのって美しきアメリカという唯一の真実を追ったフォーク・ソングは、ニュー・フロンティアの終結と同時に終ってしまった。ケネディが暗殺された一九六三年にフォーク・ソングのブームは終った。もっともみじめだったのがジョーン・バエズであり、生きのびたのはボブ・ディランだけだった。

ボブ・ディランは、フォーク・シンガーではなかった。本質的にはブルースマンであり、そのブルースマン性は、サウンドよりも言葉（詞）のほうにより大きく傾いていた。六〇年代のはじめにニューヨークにいたディランにとって、最もたやすい成功法は、フォーク・ソングをうたうことだった。まずなによりも、容姿や雰囲気がフォーク・ソングにぴったりだったし、身につけたブルースのテクニックは、彼の歌に真実性をあたえてくれた。そして、はじめのころの自作曲あるいは替え歌の詞は、ロックを体裁わるいと考える大学生たちに好かれそうな文学的なものであり、はっきりと反戦などうたってもいない『風に吹かれて』が反戦のテーマ・ソングになれたのだ。

一九六二年にディランの最初のLPが売り出され、六三年のニューポート・フォーク・フェスティヴァルでスターになった。基本的に彼はブルースマンだから、音楽的に言えば「ア・マン・ウィズ・ア・ギター」（ギターを持った男）なのだ。だからそのギターが、ニグロのブルースマンたちがずっと以前にやっていたように、アクースティックから電気にかわっても、すこしも不思議はない。一九六五年のニューポート・フォーク・フェスティヴァルでは、彼は電気ギターを持ちポール・バターフィールド・ブルースバンドをしたがえてステージに出た。聴衆の反応は完全に否定的なものだった。

その一年まえ、一九六四年にビートルズがアメリカにきた。電気ギターによるロックンロールがアメリカでまたさかんになっていくきっかけを、ビートルズはつくった。だからボブ・ディランがロックにかわっても、彼のフォーク性ではなくてブルース性を支持する人たちの数はかわらなかった。

ビートルズの原型が、イギリスのリヴァプールという信じられない場所でつくられたのは、エルヴィス・プレスリーとリトル・リチャードの年、一九五六年だった。はじめにジョン・レノンがいて、そのあとにポール・マッカートニーとジョージ・ハリスンが加わり、リンゴ・スターがドラマーになったのは一九六二年だった。

六三年にはエリザベス女王の前でうたい、あくる年の六四年、アメリカにきてエド・サリヴァンのテレビ・ショウに出た。統計的にはアメリカの全人口の四五パーセントがそのテレビをみたことになっている。みなかったのは、この数字が現実なら、ニグロとテレビのない人と、どうしてもほかに用事があった人たちだけだろう。ビリー・グレアムまでが禁を破って土曜日にテレビをみた。「すぐに消えてなくなる流行です。時代の不安を反映しています」と、あのグレアムにふさわしいコメントを発表していた。

ビートルズのテレビ・ショウがおこなわれているあいだ、アメリカでは車が一台も盗まれなかったという。イギリスのヒット・ソングがアメリカでもヒットするという前例は、ささやかながらすこしあった。ローリー・ロンドンの『世界は主の御手に』やトーネイドーズの『テルスター』だ。しかし、プレスリーのすぐあとを追ったトミー・スティールやクリフ・リチャードたちは、アメリカではまったくダメだった。なんのクレームもつけられずにエド・サリヴァンのショウに出演できたことが、その当時のビートルズの限界だった。エルヴィス・プレスリーのときは、下半身の動きが性的に暗示的にすぎるという理由で、上半身のアップしか放映されなかったのだ。

ビートルズのアメリカでの最初のヒット・レコードが『抱きしめたい』であった事実からもわかるように、ビートルズは他愛のないものだった。ロックンロールのグループというよりもコーラス・グループであり、ラヴ（LOVE）・ジェネレーションのもっとも子供っぽい部分をつかんだのだ。一九六四年にはロサンゼルスにすでにアンダグランド新聞があり、ラヴ・ジェネレーションはまだそう呼ばれてはいなかったが存在したのだ。ビートルズがアメリカにきたときの歴史的なタイミングの良さをあげる人もいる。ケネディ暗殺のあとの暗い気分のなかで人々は新鮮で健康で陽気でにぎやかな無害なものを求めていた、というのだ。

外的な条件はそうであっても、ビートルズの音楽のなかみは、聞きなれたものだった。リトル・リチャード、チャック・ベリー、あるいはカール・パーキンズ、バディ・ホリーたちの音楽から、すぐれた感覚で取捨選択してきたものの合成だったのだ。歌詞のリリシズムが、適当な口あたりをつくっていた。しかし、それでも、ロックンロールのビートは、聞きとれた。そしてこのビートは、すでにアメリカでは、死んだと考えられていたものだった。

ビートルズのすぐれた点は、各種の音楽を合成する才能やリリシズムではなく、ポップな態度にあった。健康で終始一貫しない不真面目さとでも言えばいいだろうか。なにごとに対しても、完全にコミットしてしまった人がよく持つ競馬ウマ的な真面目さと一貫性がビートルズには欠けていて、この実例は、アメリカにきたときの記者会見にもっともよくあらわれている。ビートルズと記者たちは、最後まで嚙みあわないのだった。ニュー・フロンティアのように唯一の真実を追ったりはしないビートルズには、そのかわりに正しいものが無数にあり、六四年のLP『ハード・デイズ・ナイト』あたりから変化していく彼らの音楽を支えきれたものは、音楽的な才能よりはこのポップな態度だった。

ビートルズにつづいて、イギリスからロック・グループがたくさんアメリカにやってきた。ローリング・ストーンズがビートルズと好対照をなしていて、ローリング・ストーンズの音楽的な源泉は、グループ名からもわかるように、ビートルズよりはるかにはっきりと、ブルースやリズム・アンド・ブルースだった。だから、ビートルズ以後のイギリスのロック・グループに刺激され、アメリカではリズム・アンド・ブルースが再び思い出されることになり、六六年から六七年にかけてのヒッピーの時期に、サンフランシスコにクイックシルヴァ・メッセンジャー・サーヴィス、ビッグ・ブラザー・アンド・ザ・ホールディング・カンパニー、ジェファスン・エアプレーンなどのアメリカのグループができることになった。これらのグループは、ビートルズが六五年のLP『ラバー・ソウル』あたりからレコード中心に自分たちの音楽にむかっていったのに反し、コンサートが中心で、コンサートの場で音楽よりもむしろ生き方を客と共有する方向にむかった。この生き方のなかには、怒り、セックス、笑い、抵抗、自由など、さまざまなものがごっちゃにつめこまれていて、そのなかで最後にのこるのは、したたかな内省力を土台とした自由であり、それはなにかというと、唯一の真実ではなく、より広い範囲にわたる自己の知覚と確認なのだった。

ロックンロールの原始的なビートは、五〇年代のように黒人音楽の白人への紹介ではなく、ホワイトなソウルとしてよみがえり、そのホワイトなソウルは、たとえばザ・ドアーズにみられる。ザ・ドアーズという名前は「私たちは、無知から知識へ、普通の感覚からエクスタシーに、統制や抑制から反乱や自由に移っていくときにとおりぬけるドアだ」という主張によっている。ザ・ビートルズという名称には、訊かれるたびにちがうユカイな由来話しはあったが、主張はなかった。

3 全能の神が、領域を拡げよと言う

一九五三年一月二〇日、ドワイト・D・アイゼンハワーは、第三四代のアメリカ大統領に就任した。そして、就任演説の一部分として、次のように喋った。

〈われわれはわれわれに脅威を与えるものの目的を阻止する手段として、戦争に訴えることを嫌悪し、侵略勢力をくじき、平和の条件を促進する力を発展させることを、政治家の第一の任務であると思う。この原則にしたがって、国家間の相互の恐怖と不信の原因を除き、軍備の大幅な縮小を可能にするよう、総ての人々とともに協同努力する用意がある〉(1)

一九六一年一月十七日、アイゼンハワーが大統領を辞めるときの演説は、すこしちがっていた。

〈私はここで、私の在任中に起った現象で、祖国がいまだかつて直面したこともない重大な脅威について一言したい。第二次大戦まではアメリカには軍需産業はなかった。しかしいまやわれわれは巨大な規模の恒久的な軍需産業を持たざるを得なくなったのである。われわれは年々アメリカのあらゆる企業の純益額以上の金を軍事費に投じている。巨大な軍事組織と大軍需産業の結合という現象は今までわが国に見られなかった新しい現象である。われわれはこの結合体の勢力がアメリカの自由や民主主義的な政治過程を破綻させることのないようにしなければならない〉(2)

大統領になったとき、アメリカの軍備を縮小しなければいけないことに、アイゼンハワーはすでに気づいていた。そして八年後に大統領を辞するときには、アメリカの軍事がもはや手のつけようのない膨脹をとげ、しかもその膨脹がさらにつづいていく事実を認めるよりほかに、彼にできることはなにもなかったのだ。

軍備縮小ができなかったことは、アイゼンハワーの責任ではない。アイゼンハワーをひきついだケネディは、軍備の縮小とは反対に国防予算に対してもうけられていた枠を解消してしまった。独立以来アメリカがためこんできたモーメンタムは、ひとりの大統領によって八年間(ひとりの大統領が務めうる任期)で食いとめられうるほどに小さくはなかった。

ケネディがとなえたかけ声は「ニュー・フロンティア」であった。アメリカにとって、「フロンティア」は、軍備拡大とほぼ同義語である。その「フロンティア」に対して「ニュー」の形容詞を加え、アメリカにとって新しいフロンティアがまだどこかに存在するかのような錯覚をアメリカにあたえたケネディは、政治化されていない大衆に支えられた低級なレトリシャンだった。

〈わが同胞であるアメリカ人諸君、諸君の国が諸君のためになにをなし得るかを問い給うな——諸君が諸君の国のために何をなし得るかを問い給え〉(3)

アメリカにとって「アメリカ人諸君」がなしうることは、銃をとることだけだった。フロンティアは、とっくの昔になくなっていた。ないどころか、アメリカは、武力によって外国にフロンティアをつくりだすべく、必死だった。

〈アメリカ史の最大の特質のひとつは、「フロンティア・ラインの西漸」「西部開拓」などの語で示されるように「膨張」にある。アメリカは建国の当初から西部への膨張をおこないつづけた。その意味で膨張はアメリカの国策の基本原理であり、いわば国家構造に不可欠な内部装置であった。また西部征服はアメリカが一〇〇年以上もの間、つねに形成過程にある「若い」国であることを保障した事実であった。しかし同時に、膨張がすでに十九世紀前半において、領土的膨張を内容とするいわゆる大陸的膨張のみでなく、商業的膨張を内容とするいわゆる海外膨張をも含んでいたことを忘れてはならない。そしてこの両者を含んだ膨張こそ、アメリカ外交における国家的利益の実体であり、その核心であった。さらにいうならば、いわゆるアメリカ民主主義も、膨張が国家構造内の制度化され、機能を発揮することによって、はじめてその存在と機能を保障されてきたのである〉(4)

自分たちがあくまでもイギリスの植民地として劣等なあつかいしかうけることができないことを知ったアメリカ新

大陸の十三の植民地は、独立戦争によってイギリスとの地理的、経済的、政治的、精神的なつながりを断ち、独立した。アメリカがこのときひとつにまとまって独立戦争をしたと考えるのは錯覚であり、十三の州がそれぞれイギリスからはなれていき、その十三の州が「合衆国」のかたちでつながっていたにすぎない。そして、独立がなしとげられると、この十三の州は〈おたがいのあいだのすべての束縛を断ち切ることを希望し〉(5)、イギリスが放棄したままでまだ海のものとも山のものとも解らない土地の征服に、我れ勝ちにぶつかって〉(6)いったのだ。

各州の利益的な主張を妥協させてつくられたのが、憲法(一七八七年)だった。そしてこの憲法によってアメリカがアメリカをつくりあげていくためには〈狭い領域ではなく広い領域で機能することが必要である。領域を広げよ〉と、憲法制定の年に、ジェームズ・マディスンは言ったのだ。〈領域を広げれば党派や利益集団はいっそう多様化し、全体の多数者が他の市民の権利を侵害する可能性は減少するであろう〉(7)

広い領域つまりフロンティアは、アメリカのなかにあって利益を競いあういくつかの集団の共存のために存在するのであり、集団それぞれが大きくなっていくためにはフロンティアは常に拡大されていなければならない。この拡大の思想を支えたのは、政治・経済面では「モンロー主義」であり、精神、宗教的な面では、新大陸アメリカは神からあたえられた土地でありその土地を自由に開拓していくことが自分たちの運命だとする、新天地のために完全に修正された現世的な宗教観念だった。

「モンロー主義」は、ヨーロッパとのあらゆるつながりをすてて孤立する外交政策ではなく、とりあえずラテン・アメリカのアメリカに対する市場解放およびそこでのアメリカ優位体制の確立をめざした、高工業資本のためのフロンティア拡大政策だった。市場はアメリカだけのためにあるという考え方は、建国のときすでにアメリカにとっての支配的な政策であったのだ。フロンティアは神によってあたえられたものであり、そのフロンティアの開拓こそが自分たちの運命である、と規定する世界観は、宗教が状況にあわせていかに都合よく変化するかの典型だ。

開拓のためにもっとも必要なものは「技術」であり、その「技術」を最大限に活用して得た「進歩」は、神聖な成果であった。「技術」と「進歩」とは、アメリカではたやすく神になることができた。

市場拡大の思想と技術崇拝の宗教が結びつくと、そこに生まれるものは、技術的に可能なことはすべて道徳的にも認可されたものであると決めてしまう単純な楽天家たちなのだ。だから、たとえば「ジェネラル・モーターズにとっての利益はアメリカにとっての利益である」というような発言は、アメリカにとってはごく常識的な発言にしかすぎない。

フロンティアの開拓は、個人がおこなう利益追求の努力にかかってくる。努力して富をつみかさねることが最大の美徳とされ、その個人的な努力に政府が介入することは、神の意志をふみにじる行為として許されなかった。経済に介入しない政府がもっともすぐれた政府であるという、アメリカ独特の考え方はここからきている。

アメリカが独立したころには、まだ各州の経済状態は、均一だった。差はそれほどはげしくなく、みな平等であるようにみえた。また、自由競争を肯定するためには、万人はたてまえとして平等でなければならなかった。フロンティアは神によって万人にあたえられたものであるという考え方が、アメリカがいう「平等」の思想の土台となった。万人は宗教的な前提のなかで平等であるにすぎず、万人は努力しなければならないという点でも平等だったが、この意味での平等の思想は、多数の犠牲のうえにたつ少数による資本の独占を肯定するかくれみのになるだけだった。犠牲になることはつまり努力が人なみではなく不足していたがために失敗し敗北したことにされてしまうのだ。自由競争のなかで当然うまれてくる貧富の差は、アメリカではこのようにしておおいかくされる。フロンティアは、資本を独占しえた少数者のために存在し、そのフロンティアは、追えば追うほど遠のいた。

いわゆるアメリカの「開拓者精神」が生んでいる大きな錯覚は、南北戦争が奴隷を解放したという錯覚と共通している。南北戦争に奴隷はほとんど関係なく、働く場所はかわっても安い労働力であることにかわりはなかった。南北戦争は、北部の商工業資本のためのマーケット戦争であり、この戦争をきっかけに、アメリカの資本主義支配を決定的にした。そして、地理上のフロンティア拡大は、一八五三年に終っていた。南北戦争のすぐあとで、リンカン大統領は、アイゼンハワーが大統領を辞めるときに語ったのとおなじようなことを言っていた。

〈私は私を落胆させ、わが国の安定を大いに憂えさせるような恐怖が近い将来に迫っていることを知っている。戦争の結果、種々の会社が王座を占め、上流社会の腐敗の時代がつづくであろう。この国の全権勢力は人民の偏見を基礎にして、すべての富を少数のものの手に集中させ、その支配力を広めようと努め、ついには共和国を破壊させてしまうであろう。私はかつてないほどにわが国のことを心配している。戦時中でもこれほど心配したことはない〉(8)

リンカンの次のアンドルー・ジョンソンもおなじことを心配した。しかし、心配は無駄であった。一八八〇年前後をさかいに、アメリカは農業国から工業国へ、輸入国から輸出国へと転じた。一八八八年、グローヴァー・クリーヴランドは、リンカンやジョンソンとおなじことをくりかえさなければいけなかった。彼は、次のように言ったのだ。〈集積された資本の成果をみれば、トラストや結合企業や独占が存在していることがわかる。だが一方、市民たちははるか彼方でたたかっているか、そうでなければ鉄のかかとのもとに踏み殺されているのである。法律でつくられ、細心の注意を払って制御されるべき生き物であり、人民の召使いであるべきはずの株式会社がいまでは急速に人民の主人になろうとしている〉(9)

株式会社にとっての最大の楽しみは、拡大されたマーケットでの利益の追求だ、拡大の方向はひとまずカナダと中南米にむかい、カナダは戦争も圧制もなしに市場にすることができた。そして中南米ではキューバが最初の足がかりとなり、キューバはスペインの支配下で苦しんでいるからアメリカはこれを解放する役をはたさなければいけない、と勝手にきめたアメリカは、スペインと戦争して勝ち、キューバは独立、プエルトリコは合併された。中国への拠点としてフィリッピンに目をつけると同時に、外国での市場拡大へ、主に武力によってのりだすことになるのだ。

そしてこの頃から、アメリカは、神がかった使命感をおびはじめる。この使命感については、数多くの発言がある。〈すべての人種のなかから、神は世界の再生のための指導者としてアメリカ人を選び給うた〉(ビバリッジ上院議員)(10)〈アメリカは光明を高くかかげてきた。その光は全世代にわたって輝き、人類の足もとを照らしつつ、人類を正義、自由、平和への目標に導びくであろう〉(ウッドロー・ウィルスン)(11)

〈世界の再生〉とか〈正義、自由、平和〉などは、アメリカの個人的な都合の押し売りに対する言い訳にしかすぎないのだが、アメリカ以外の社会体制つまり共産主義をなるべくせまい地域にとじこめたままでおこうとはかるためのキャッチフレーズとなった。

〈共産主義のみが唯一の真の脅威と考えるアメリカは、自己の神聖なる使命を見誤り、その唯一の信仰であるはずの自由の擁護のために必ずしもつねに立ちあがってはいない。共産主義を封じこめるために、アメリカは自由の否定者である世界中の独裁的政権と条約を結んでいる。反共主義は、アメリカの救世主義を変質させ、自由のための十字軍であるアメリカをしばしば独裁政権と提携させる。しかしその場合でもアメリカは、みずからが民主主義的自由の擁護のために専念していると信じてうたがわない〉(12)

第一次大戦に参戦するとき、ウィルスン大統領は〈世界を民主主義の安全なすみかにしなければならない〉と語った。一九五二年、トルーマン大統領は〈過去一世代以来全能の神がわれわれに命じた指導者の役割をついに担うことになった〉と喋った。アドレー・スティーヴンスンは〈神はわれわれに自由世界の指導者という大きな使命を与えられた〉と言っている。

アメリカにはいくつかの美点が疑いもなく存在する。そしてそのうちのひとつは、アメリカはいつになっても徹底的に一貫している事実だ。市場的な領土拡大のためにアメリカがおこなってきた戦争はすべて神が許してきた。アメリカは決して好戦的なわけではない。自分の国にない資源を外国で手に入れ、自国の余剰生産品を輸出して平和に繁栄したいと考えているだけだ。ただ周囲の状況の変化に応じてアメリカだけの都合ではなにも動かなくなり武力へのうったえかけの機会が多くなり、全面核戦争を回避するための力のバランスを保つために軍事費が武器の進歩にあわせて増大していくだけなのだ。したがってたとえばベトナム戦争とつなげたうえでアメリカを「病める大国」とか「泥沼へさらに深くはまりこむ」などと表現するのは、あたっていない。アメリカはすこしも病気ではない。私的資本主義が独特の発展を見せ、それをやはりアメリカにしかない理念が支えているというだけのことなのだ。アメリカは、泥沼を求めてもいない。自分としてはごく当然のことをやっているだけだ。それをやっていながらなぜベトナムで勝てないのか不思議でならないというかわいそうな全能の神、それがアメリカだ。

〈自由がそこに確保されれば、南ベトナムの町や村は再建される。アジアに自由が確立されないかぎり、また太平洋地域全体が一つの大きな平和共同社会とならないかぎり、砲声が止まないかぎり、隣人たちが不安を抱くかぎり、

アメリカ人は休息をとることはできず、また眠ることもできない〉（一九六八年、リンドン・B・ジョンソン）(13)

これだから、アジアに自由は確立されないのだ。産軍複合体への支出は連邦予算の七〇パーセント、GNPの一〇パーセント（一九七〇財政年度）におよびながら、ベトナムでの勝利はアメリカのものにならない。

ベトナムにくらべると、日本は楽だった。中国を手に入れるために日本の軍事的な野望を粉みじんにし、アメリカの武力的優位を示すことによってソ連をツンドラの彼方に押しこめておくために、正義や平和を世界において守る神アメリカは、それにかわるなんの策もないままに日本へ原爆を落しておきながら中国は失った。原爆投下や中国喪失にみられるアジアへの洞察のなさは、いまのベトナムでのアメリカの破綻につながっている。

破綻はアメリカ国内でもおこっている。この破綻は、アメリカが持っている資本主義の下で達成された「豊かさ」を土台に、黒人問題とベトナム戦争とをきっかけにして、ひきおこされた。「豊かさ」という、世界のどこにも類をみないぜいたくさのなかで、アメリカ人の一部分、特に若い世代が、アメリカがこれまでおかしてきたまちがいに、本能的に気づきはじめた。そして、全アメリカを批判し否定しはじめたのだ。

ひとつの有望な実例として、女性解放の運動をあげることができる。アメリカにおける女性運動の歴史は長い。経済的自立から参政権の要求をへて、かつての女性運動は、女性票による黒人票の相殺の主張のようなかたちで体制内にくみこまれていく性格を持っていたのだが、一九七〇年代の女性運動は、資本主義の根底を狙っているから面白い。

男性との同一賃金要求、単純家庭労働からの解放、広告や流行による女性操作の拒否などが運動の表面に出されている。しかし基本的には、資本主義を支える家庭への疑問の運動なのだ。家庭がはたしている経済活動は、生活のために働き、働いて得たカネを消費することだ。この経済活動の全域が資本主義のなかに完全にとりこまれていて、資本側の好き勝手に自分たちは操作され、しかもその資本側が戦争をおこない黒人を差別しつづけている事実に冷静に気づき、このような状態をかえよう、とはかりはじめた女性たちが、はじめてアメリカに出現した。ものごとの根本へ本能的に切りこんでいくこのような感性の出現を可能にしたのは、皮肉なことに、アメリカの「豊かさ」だった。

家庭が現在のままであるかぎり、資本の側はますますそれを利用するであろうという認識が、家庭というものへの疑問を投ずることにより、労働、消費、生産などの意味を正していく。資本主義にまきこまれて気づかずにいる男性たちの目をさますまでにはいたらなくとも、資本主義にかわる、なんらかの社会制度、すくなくとも現在の制度よりはパブリックな面を強調した制度の創造を目ざしている。したがって、アメリカの破綻というよりも、いまのアメリカにかわる新しいなにかべつなものを創設する運動であり、この点で真に革命的なのだ。

ニクソン大統領は、自分の方針としては「ニュー・ニクソン」しか提出することができず「アメリカはひきつづき太平洋国家でありつづける」と言い、「グアム・ドクトリン」を発表し、カンボジアに軍をすすめている。アメリカン・エンパイアは、結局のところ、非人間的な「死」にたどりつく。

この「死」に対して、「生命力」のほうをとる動きが、資本主義の制度的ないきづまりと同時にアメリカのなかにおこった事実をみのがすことはできない。そしてこの動きは、いきなり社会制度の変革にはむかわず、まずひとりひとりの態度をかえさせる方向にむかう点において、良い意味でアメリカ的なのだ。

机上の原理をいきなり既存の社会にぶつけないやり方は、アメリカ的な繊細さの具体的なあらわれだと考えられる。たとえば、女性運動とかさなりあっているムーヴメントのひとつであるエロティシズムの解放は、性を単なるおもてざたにするという、日本で支配的な通念となっている鈍感なワイセツさの日常的肯認などではなく、「死」のワイセツさに対して人間が生物として抗するためには、エロティックになることが最大に有効だと、本能的に人間の基本をみつけだすことのできる、生命力に対して大きく開かれたなにものかが、そこには存在する。このなにものかだけが、これからのアメリカにとっては、唯一の武器にならなければいけない。

はじめにあげた、アイゼンハワーの就任および辞任の演説は、資本主義がつくりだす「死」と、その資本主義の基本を疑い批判し否定することによって再びとりもどせる「生命力」とを、同時に予言していた。

(引用のうち(1)(2)(3)は『アメリカ現代史』中屋健一が採用している訳文。(4)は『アメリカ帝国』清水知久、(5)(6)は『アメリカ史』カニュ、それぞれの本文から。(7)(8)(9)は『アメリカ帝国』の訳文、(10)(11)(13)は『アメリカとは何か』ジュリアンの訳文、そして(12)はその本文からの引用)

4　ジェームズ・ディーンの赤いジャンパー

一九五六年か五七年に、アメリカのマクレガー・スポーツ・ウェア・カンパニーが、ジェームズ・ディーンの像をつくり、彼のゆかりの地に寄付したことがある。その像は胸像だったか全身像だったか、ちょっと調べがつかないし、ゆかりの地、がどこだったかもわからない。当時のアメリカの映画雑誌にこのことを伝える記事があり、その映画雑誌がうまくみつからないのだ。

『理由なき反抗』（一九五五年）のなかで、ジェームズ・ディーンはジャンパーを着てあらわれる。白黒スタンダードの映画だったかカラーだったか忘れてしまった。時間をかけて調べたところによると、マクレガー製の赤いスコッチ・ドリズラーの変形で、生地は化学繊維あるいは五〇パーセントほどの混紡ではないだろうか、ということなのだ。そして、ぼくの記憶のなかでも、そのジャンパーの色だけは、赤になっている。

マクレガーがディーンの像をつくって寄付するほどだから、この赤いジャンパーは、一九五〇年代後半のアメリカの服装に対して大きな影響力を持ったにちがいない。そしてその影響力とは、カジュアルでスポーティで、男女の差があまりなく、シルエットをとった場合、どのようなものを着ているのかさほど明確にわからないぼんやりしたシルエットになるという傾向をさらに推しすすめていくための力のひとつであった。

ジャンパーを着ているときのディーンは、ブルージーンズをはいていた。靴は、はっきりおぼえていないのだが、簡単なスリップ・オンだったと思う。ジーンズにベルトをしていたかどうか、シャツはどんなだったか、これもはっきりしない。記憶が薄れているわけではなく、はじめからぼんやりした印象しかあたえない服装だった。下着には、丸首のTシャツを着ていた。

『理由なき反抗』でのディーンの相手役ナタリー・ウッドは、よく選んであった。ジャンパーにブルージーンズのディーンにぴったりの体つきと雰囲気を持っていた。顔はそれほど美しくなく、体は細くて全体的に固い感じであり、着るものとしてなにがもっとも似合うかというと、ディーンにかりたジャンパーなのだ。問答無用まったなし的にあきらかに女を思わせる服装は、すでにナタリー・ウッドには似合わなかった。ラナ・ターナーがセーター・ガールとして映画をとおしてスターになったのは一九三七年であり、彼女に着せられていた体にぴったりはりついて、胸の隆起を不自然に誇張する服装は、第二次大戦の戦場でのピンナップ・ガールの思い出として、一九五〇年代なかばまでにすでに死にたえていた。しかしナタリー・ウッドは、体に肉さえつけば古いかたちのグラマーとしても通用する性質を持っていて、たとえばマリリン・モンローからジャクリーヌ・ケネディに移っていくあいだの、過渡的な存在のひとつとしてのあいまいさをも、かねそなえていた。そしてジェームズ・ディーンは、たとえばクール・カットの髪によってはっきりと「男」を主張するようなことはしない。全体的にあいまいでぼんやりとした存在であり、劇中でのナタリー・ウッドにとっては、ディーンは男であるよりもさきに、性別をこえた仲間であった。

スポーツ・ウェアふうなカジュアルな服装がアメリカに広がりはじめたのは、一九五〇年代なかばからだ。男ものシャツの思想が女性のブラウスにおよび、ブラウスはシャツに圧倒され、左ボタンは男とおなじ右ボタンにかわった。シェトランド・プルオーヴァーのような、体の線があからさまに表現されないバギーな感じのセーターが、女性のものになっていった。ヒザまでの、やはり厚手のストッキングが、女性の脚から「女らしさ」を消す手段として、流行した。化学繊維は、女性の体になじんだやわらかい線はあまりつくらず、それまでの時代を支配していた「女らしさ」をとりはらっていくうえで、大きな役をはたした。ブラジャーの役目は、乳房の不自然な強調から、自然な表現へと、変化した。胸を目につかせるための道具ではなく、胸をごく自然にととのえることによって、人の注意を胸（つまり「女らしさ」の拠点のひとつ）からほかのところにそらすためのものとなっていった。

さらにおどろくべきことが、女性のスラックスに、おこっている。はじめ、女性のズボンは、腰の左右どちらか、あるいはうしろにジパーがあった。これが、一九五〇年代なかばになると、男とおなじように、股間正面にもどってきてそこに定着したのだ。スラックスのジパーにおける男女同権ではなく、ジパーが「正面」に存在しないことによって強調される「正面」の消滅だろう。ブルージーンズにおいてこのことはもっとも顕著であり、ジパーが相かわらず横やうしろにあるジーンズは、胸を必要以上に強調するシカケのセーターや、高さが七インチもある細いスパイク・ヒールや花嫁姿、あるいは、脚の肌色が紫色にみえる薄くて黒いストッキングなどとおなじように、野卑でワイセツな存在でしかない。

そして女性用ブルージーンズのジパーが正面につくようになって「女性用ブルージーンズ」が存在しなくなり、男と女との腰の大きさのちがいによってひきおこされるサイズの差のみでわけられた「男性用」と「女性用」とは存在しても、それ以外の要素による「女性用ブルージーンズ」は、本質的にはなくなってしまった。男ものを女性もはく、ということではなく、おなじものを男も女もはく、というとらえ方がされなければならない。男ものの ブルージーンズがすんなりはけないほどに大きな腰を持った女性は、したがってそれだけで時代おくれにされるおそれがある。女性の大きな腰の否定には、子供を生むためには広い骨盤が必要だとする生殖の神秘への挑戦がふくまれている。

服装のうえでかたっぱしから「女らしさ」が消されていくと同時に、男性が「女性化」していく傾向が、一九五〇年代にすでにみられた。たとえば、国勢調査で得た数字によると、一九五三年のアメリカでは、男性が床屋でつかったカネのほうが、美容院における女性による出費のほうより多かったのだ。これはほんの一例にしかすぎない。そして、「女性化」ではけっしてなく、本来は、昔ながらの特定のイメージによってつくりあげられた硬化した「男らしさ」の否定であった。

これまでのべてきたすべての事実の頂上で決定的な変化が女性のスカートにおこっていた。第二次大戦前までは、フロアにまでとどく長さを持ったスカートが「女らしさ」の最大の表現であり象徴だった。だが、戦時統制令によって生地を節約するため、フォーマルなスカートの長さは、ふくらはぎのなかほどにまでひきあげられた。ミニ・スカートは、このときはじまった。「女らしさ」を決定的に位置づける長さとかシルエットとかは、このときをもってスカートの世界から追放された。スカートは「女らしさ」の表現手段ではなくなった。ミニかマキシかそれともミディか、は中心的な問題ではなく、したがってファッション・メーカー側が作為をもってあやつることのできる問題でもないのだ。ミニもマキシもミディも、それぞれおなじように売っていくしか方法はなく、消えていくスカートの延長上にある新しいものは、ズボンなのだ。

ミニ・スカートは消えていくスカート（つまり「女らしさ」）の、最後のものとしてとらえられなければならない。ミニ・スカートによってあらわにされた女性の脚は、かくされていたものの解放ではないのだが、男がミニ・スカートをはくことができず、あらわにされた脚はまぎれもなく女性の脚であるため、女というセックスの新しいさらに大胆な表現としてミニ・スカートはうけとめられがちなのだが、これはまちがっている。ミニ・スカートはつまりズボンなのだ。しかし、日本では特に考え方がおくれていて、ミニ・スカートはいつまでたっても、女らしさ、かわいらしさのシンボルでしかなく、ミニの次はウェディングドレス、奥さまルック、妊婦服と、線型に描かれた「女らしさ」の歴史上の一点であり、ミニ・スカートがじつは「女らしさ」の否定につながっているとは誰も考えず、ミニの行動性に対する静的なものとしてマキシが反動的な性格を持って登場する。そしてそのマキシは、ミニとおなじく、操作されうる一時的な流行としか考えられていないのだ。

日本に、女性ファッションのペース・セッターが存在するとするならば、かつてのジャクリーヌ・ケネディと比較してみるがよい。ジャクリーヌは、胸や腰のふくらみにめぐまれていないことをもって、逆にもっとも現代的でありえた。

胴体の細部を省略し、常になかばフィットさせた彼女好みのファッションは、結局、注意の焦点としては、腕と脚しか残さないのだ。脚にはズボンをはくべきなのだが、これはジャクリーヌはあまりおこなわなかった。腕は常にみごとなできばえで、袖は長く細かった。体型をととのえるための下着類を必要としないような体と、長く細い袖とのふたつが、ジャクリーヌのファッションの頂点であり、そのほかのことは、単なるヴァリエーションか浪費にしかすぎなかった。彼女は、女の服の行く先を、示してくれていた。

長く細い袖の、比較的単純にみえる服を着ているときのジャクリーヌは、忙しそうにみえた。夫の大統領を助手席に乗せ、いまにも自分の自動車でどこかへ出かけていきそうな気配が常にあった。そのようなとき、ジャクリーヌは「妻」という女であるよりは、ケネディの同志により近い存在として映った。細くて長くて単純な袖には不必要な性別がなく、そのかわりに、同志であるための必要感から選びとった唯一性のようなものがあった。だからこそジャクリーヌはその時、現代でありえたのだ。

ミニ・スカートやスラックスには、機能美という迷信がつきまとっている。たとえば第一次大戦前に男性が腕に時計をはめるのは女性的なことだとされていた。しかし、戦場では懐中時計は不便きわまりなく、腕時計は第一次大戦をきっかけに男性の平均的な持ち物になっていった。このような意味での機能がミニ・スカートやスラックスにはたしかに存在するのだが、機能だけがミニ・スカートやスラックスの存在意義になるのではない。機能や美しさを感じて手を出すよりもさきに本能的な必要感が存在するのだ。そしてこの必要感はどこから生まれるかというと、「男」と「女」との差が、いろんな意味や生活現場で消滅していくという歴史の進展の事実から生まれてくる。

服装上のユニ・セックスは、外面的には女性の男性化であり、男性の女性化である。このようなとらえ方が一般的にはなされているのだが、男のものを女が用い、女のものを男が使用するという現象の裏面にある、なにごとかに関する本能的な判断の結果があまりにもたやすく見すごされているため、男のための香水がいくら売れても、それを男性の単なる「女性化」と考えるわけにはいかないのだ。

一九五〇年にくらべると、男性用化粧品のうちで香水的な役割りをはたすものの売りあげは、一九六〇年には四〇〇パーセントの上昇を示した。そして、女性用の香水的化粧品への女性たちの興味と売りあげは、逆に共に落ちている。香水がかならずしも女性を意味していない事実は、ここからもうかがえる。

男性に対して香水が売れるという事実は、男性側の問題であるよりも、女性のほうの問題なのだ。女性が男性をどうとらえているかによって、香水が売れたり、あるいは、それまでの考え方にしたがえばまったく女性的な服が男性に売れたりするのだ。一九六六年には、男性服の新作発表のとき、モデルが全員、女性だったことがある。男性服に対するアイロニーの姿勢や新奇さだけを狙った態度から生まれたショーではない。男性服が男だけのものではなく、女性が着る着ないはべつとして、男性服のなかに女性が割りこんできてもいっこうにさしつかえない時代の、ごく当然すぎるほどの産物だった。

現代において、男性は、明確に「男らしい」男ではない。生殖の現場での主役となる瞬間を除外すると、男はべつにかならずしも男である必要はない。たまたま男であるのは、男であるその人の個人的な運命にしかすぎず、この運命が日常生活の現場で矮小化されると、男は単に趣味として男になっているようなありさまだ。

アメリカの平均的都会で給料生活者として生きる男性は、たとえば肉体的な危険をともなう大冒険の主人公になるチャンスのようなものを、ほとんど一生涯、持つことができない。「男」というイメージを、自分を素材にしていくらかでもふくらますことができるのはせいぜいハイスクールまでであり、ハイスクールを出てすぐに結婚しても、妻は自分とほぼおなじていどの経済的な自立をえているから、夫婦関係は「夫」と「妻」の関係ではなく、同志的な結合によりちかく、おたがいの役目は、相互に支えあう力となることではなく、対等で平行的なふたつの力になることなのだ。

この点、日本は、あきらかにちがっている。男性にはこれまでどおりの「男らしさ」のイメージがあたえられていて、たとえば「愛」ならばそれはたくましい男性の胸に抱かれるロマンチックなものであり、結婚は、男が外に出て勇敢にかせぎ、女性が家庭でふたりの城を守るというシカケになっている。月給をかせいでくることなどすこしも男性的ではないのだが、女性が「女らしさ」や「かわいらしさ」のなかで横着をきめこめばきめこむほど、男性は逆に「男らしく」なっていかなくてはいけない。男性は、「男らしく」愛情と経済力とを妻にあたえなければいけない。結婚は「愛」をかくれみのにした義務関係であり、ひとたびこの義務をおこたると、男性は「男らしくない」と、批難される。男の役目と女の役目とは日本ではまだ明確に区別され、今後もさらに区別されつづけるだろう。したがって、男と女とが対等になり、性別を考えつづける必然性が完全になくなってしまうという男女関係は観念としてもうかぶことはなく、服装のうえでの男と女とのちかづきは、新しい流行的風俗としてしか理解されない。

男性をこれまで支配しつづけてきた「男らしさ」のステレオタイプは、その影響力があまりにも大きかったため、「男らしさ」が「女らしさ」と同時に消えていくことによってこうむる被害は、いまのところ男性のほうが多く受けている。たとえば男性用の化粧品は、これは男のものです、と売り出された商品を使用することによって「男らしさ」をとりもどそうとする行為として理解することはできないだろうか。妻からみればもはやパートタイムのワイフでしかない夫が、いっしょうけんめいに男性化粧品を用いる事実は、ひとつのよくできたジョークであるにちがいない。

男性のために買われていく男性用シャツの約半数は、女性によって買われ、ネクタイにいたっては、その選択権は、八五パーセントまでが女性の手にわたってしまっている、というデータがある。その女性が男性をどのようにとらえているかによって、選ぶネクタイやシャツは大きくちがってくるのではないのか。パートタイム・ワイフには、それにふさわしいシャツやネクタイが選ばれあたえられるのではないのか。

服装のうえで男性と女性との差がすくなくなっていく事実が出現するについては、三種類の原因が考えられる。ひとつは、「男」と「女」とを区別して考える不自然さに対する本能的な抵抗。もうひとつは、女性的な好み、としてひとつの固定観念にまでたかめられた服装上の趣味、たとえば花模様とか香水とかが、女性の手によって男性にあたえられること。そして三番目は、商業主義が商品として売りに出す、「男もの」と「女もの」とが混交した服飾品。

この三種類の原因が複雑にからみあうと、「男」と「女」との区別をとりはらった社会ではなく、「男」と「女」との区別がつけにくい社会が、つくりあげられてしまう。区別はあきらかに残したまま、表面的には男と女の区別がされにくい社会をつくることは、これまで「男」と「女」の区別を支えつづけてきたものをさらに遠くへかすませ、人々の目につかないようにすることなのだ。

アメリカの商業資本主義が発達するための大前提になったものは、マーケットの最小単位としての家庭の、無数にちかい存在だった。そしてこの家庭は、「男」と「女」とが共同して支えていた。「男」と「女」の差別が服装のうえでとりはらわれ、そこからさらに深い部分へと無差別がしみこんでいくとき、家庭は崩壊し、同時に、その家庭のうえに存在していた経済体系も、激変を宣告される。

アメリカにおいて特徴的にみられる問題とされている、ホモセクシュアル、女装趣味者、女性解放運動、離婚、繊細な人間感情の消滅、などは、「男」と「女」とが区別して考えられることの不自然さにいちばんはじめに気づいたのがアメリカであるという事実と深くかかわりあっている。

女性解放運動の原理については、前章ですでにふれた。ホモセクシュアルは、個人的な趣味の問題であるよりもさきに、不自然な社会制度が生んだ自然への回帰の声なのだ。自分の相手はかならずしも女性である必要はないという判断は、最後には、「男」と「女」を区別しつづけることによって利益を得ている株式会社的な国家に斬りこんでくる。離婚は、結婚そのものがロマンチックな愛によって結ばれた「男」と「女」との関係としての性質をすでに稀薄にしているため、いまだにそのような結婚が支配的である国にくらべると、はるかに多くなるのは当然なのだ。同志的な結合は、たとえば夫のほうが会社をかわっただけで崩れることすらあり、崩れるときが同時に離婚のときなのだ。離婚は、アメリカにおいては、当事者個人の問題ではなく、経済制度の問題である。そして、かつて強くたくましい男とやさしくて弱い女とのあいだに存在したこまやかな感情は、同志的結合にとってはそれほど必要でないばかりか、むしろじゃまになる。

服装の世界で男女差がなくなっていく事実は、アメリカでは、男女別の不自然さに対する本能的なものにちかい否定的判断と、商業主義がつくりあげたものとのふたつによって、バランスを保ったまま支えられている。男女別の解消が単なる風俗へと押しつぶされていく危険はじゅうぶんにあり、男女別のない服が階級差をもとりはらったようにみえるため、風俗にかくされて社会制度のほうがますます目に触れなくなる危険もある。日本で、この危険はもっとも大きいのではないのか。

核武装によって、アメリカは、全面的破壊と平和との中間に、保たれている。国をあげてその中間的存在を目ざしていて、たとえば「男」でもなければ「女」でもないひとりの単なる人間が、破壊と平和の中間で生まれてきた事実は、見のがすわけにはいかない。

（注・具体的な例証は、そのほとんどを、チャールズ・ウィニク著『ザ・ニュー・ピープル』〈一九六八年〉によっている）

5 私立探偵はいかに廃業したか？

雨に濡れた帽子をふって水をきりながら、マイク・ハマーはその部屋に入ってきた。部屋にいた人たちは誰も口をきかず、マイク・ハマーをみつめたまま、彼に威圧されて一歩うしろにさがったのだ。マイク・ハマーの運命は、このときすでにきまっていた。なぜなら、彼は、ひとりで雨に濡れながら、やってきたからだ。

私立探偵マイク・ハマーを主人公にすえたミッキー・スピレインの第一作は、一九四七年に単行本として世に出た。太平洋戦争が終ってから二年たっていた。四八年の冬には、簡易装丁の大量生産本となり、ベストセラーになっていくのだ。

一九四六年、西部劇ではワイアット・アープの身の上に、不思議なことがおこっていた。『荒野の決闘』のなかで、ワイアット・アープは、自分の弟たちふたりが自分と共に働ける条件ならば、自分はトゥームストーンの保安官になってもよい、と言ったのだ。四七年の『赤い河』では、これがもうすこし昔の映画ならジョン・ウエインは、はじめから終りまでひとりでいたにちがいないのだが、養子の息子としてモンゴメリー・クリフトという協力者を得たのだ。五〇年代にはいると、西部劇の主人公も家庭の人となり、たとえば『真昼の決闘』では、ゲーリー・クーパーは、妻の助けをかりて悪漢をやっつけた。妻の役を演じたグレース・ケリーは、夫が闘わなければならない悪漢のひとりを冷静に射ち殺した。西部劇の主人公は、ひとりでは存在できなくなり、相棒とか協力者のようなかたちで、単なるわき役をこえた重要性をもった、ひとりあるいはひとり以上の人間とグループを組まなければいけないことになってしまった。

どのようなひとりの私立探偵にも、シャーロック・ホームズに対するドクター・ワトスンのようなかたちで、サイドキックは存在する。マイク・ハマーにも、それは存在した。ひとりは、警察機構のなかに身をおく、パット・チェンバーズ刑事で、もうひとりは秘書のヴェルダという女性だ。シリーズ第一作の『裁くのは俺だ』の冒頭で、マイク・ハマーは、パット・チェンバーズに対して次のように宣言している。

「殺人犯人はこの俺がつかまえる。これまでとおなじように俺たちは仕事のうえで協力はするけれど、殺人者にむかって引金をひくのは、この俺だ」

このセリフのすこしあとで、ハマーは、自分は孤独な存在であり、警察組織に属しているパット・チェンバーズに比較すれば自分は優位にある、と強調している。

「おまえは機構のなかでがんじがらめになっているが、俺は自由なひとりだ。俺をじゃますることのできる人間は、どこにもいない」

スピレインは、基本的には単独の英雄としてハマーを想定していたことが、これでわかる。なぜスピレインが、ハマーの自由さとか単独さとかを強調しなければならなかったかは、当時の人間の心を考えるうえで大きな興味がある。平凡な説明の一例をこころみるならば、たとえば戦争という国家的なスケールで統制された組織行動からの解放が、マイク・ハマーという自由人に結実した、と考えることも可能だろう。

しかし、重要な問題は、もっとちがうところにひそんでいる。マイク・ハマーのシリーズがよく売れた理由として、サディズム、セックス描写、共産主義敵視思想、マイク・ハマーのスピードのある行動性などがあげられているが、これは、すべて根本的にはまちがいなのだ。マイク・ハマーのすべては、「俺は自由だ」という観念に支えられて成立している。この観念にどこまで読者がついていけるかが、マイク・ハマーのシリーズをベストセラーにするかしないかであった。マイク・ハマーはたしかに行動するのだがそれは表面的な肉体のことであり、ひとりの自由人が自己に課した目標を達成していくまでの、観念の持続が読者をひっぱった。

マイク・ハマーのシリーズは、かなりできのよいモラリズム小説なのだ。単なるナゾ解きだけを目的にした探偵小説とは一線を画されるべきであり、そうなると探偵小説の定義も、主人公の心の立場によって、分類されなおされる必要がある。ハマーは、自分では事件をおこすことはできない。なんらかのかたちで事件にまきこまれなければならないのだ。そして、まきこまれていくときのハマーには、「この事件は俺のだ」という強烈な主張があり、その主張は、自分が持っている唯一の観念の主張だった。私立探偵を主人公にした小説はこの主張の有無によって区分けされなければならない。

このようなマイク・ハマーの観念世界は、小説だからこそ支えられたのだ。小説は、観念と観念との、一対一のであいなのだ。物体としての一冊の小説本を、ふたり以上の人間が共同して同時に読む作業が一般的には絶無であるという、不思議な、しかし誰も気のつかない事実を考えなおす必要がある。

映画になったマイク・ハマーは、つまらなかった。マイク・ハマーのかたちだけがそこにあり、動きがあると思われていたマイク・ハマーは意外に動きにとぼしく、大都会の下町をうろうろしているだけなのだ。そしてテレビのシリーズになると、映画をさらに下まわった。マイク・ハマーの観念は小説をはなれるとすこしも伝わらず、映画ではジェームズ・ボンドのような、ジョークとしての広がりを持った主人公でないと、単独な英雄にはなれない。

ひとりの私立探偵を主人公にした、いわゆる通俗ハードボイルド推理小説は、マイク・ハマーにはじまって一九五〇年代の前半にその最盛期を持った。第二次大戦後のアメリカで、テレビがドミナントになっていくまでのほんのわずかな期間として、とらえることができる。私立探偵小説は、マイク・ハマーを境にして、ふたつに分けられる。ひとつは、サム・スペード、フィリップ・マーロウ、リュウ・アーチャーの「三正統派」で、これらは人間を問題にすることによってあきらかにリアリズムであり、マイク・ハマーのような孤独なファンタジーとは、はっきり区別できる。そしてもうひとつは、たまに出てくるすぐれたエンタテインメントもふくめて、スピレインの亜流たちだ。

私立探偵を小説で読ませるかわりにテレビでみせるためには、ひとつの大きな工夫が必要だった。ひとりの私立探偵を、数人のグループに分割することだ。初期のプロトタイプは、一九五二年の十月にCBSテレビではじまった『ミスタ・アンド・ミセス・ノース』とか、やはり五二年、NBCの『ドラグネット』だろう。前者は、おそらく家庭喜劇を下敷きにしたと思われる、夫婦ふたりが探偵役を演ずるもので、後者は刑事のグループが犯罪者をつかまえるドラマだった。ようするに観念などまるで必要ではなく、プロッティングと配役だけの問題なのだから、私立探偵が一転して刑事になっても、いっこうにかまわないのだ。むしろ刑事のほうが、チーム・プレーとか犯罪者さがしのためのテクノロジーとか番組全体の動きなどをだしやすく、勧善懲悪のハッピー・エンドも、たやすくきまっていく。87分署で成功したエド・マクベインが、カート・キャノンという私立探偵をすえて『マンハント』にいくつか短篇を書き、長篇を一冊だけまとめた。カート・キャノンは私立探偵のライセンスをとりあげられた酔いどれ探偵、とされていて私立探偵小説のパロディにちかかった。このカート・キャノンでつかったアイデアのほとんどが初期の87分署シリーズに再び使用されたし、87分署シリーズになる以前に、87分署のプロトタイプが、リチャード・マーステンの名で一冊だけ長篇になっている。ひとりの私立探偵という観念の主人公に小説が耐えられなくなったとき、私立探偵はいなくなり、かわって技術者グループが登場する。

小説としても、技術者グループを主人公にしたほうが、書きやすい。プロッティングの無理をかくせるし、場面を多元的にかさねて展開を早くみせかけることも可能だし、数人の主人公の性格上の対比も、ひとりの主人公をつくりあげるよりは、たやすい。しかも、その対比がうまくいけば、現実味と真実性とを持った、安易な意味でのヒューマンな話にもなる。

テレビのシリーズ・ドラマで、私立探偵であろうとなかろうと、ひとりの主人公が話をすすめていく探偵劇が成功した例はひとつもない。さきにあげたふたつのプロトタイプあたりをきっかけに、テレビでの探偵劇の主人公は、数名のグループになっていった。『サンセット77』は、成功した典型のひとつだろう。成功したあとでキャスティングに変更があり、エド・バーンズ、ロジャー・スミス、それにルイス・クインがいなくなって主人公ひとりになると、この番組の人気は急速におとろえた。『サーフサイド6』『ハワイアン・アイ』『アイ・スパイ』『ルート66』『ナポレオン・ソロ』すべて主人公はふたり以上であり、ふたりの場合はどちらがより重要なパートであるのかは、たやすく決定することはできなかった。ピーター・ガンにも、サイドキック以上の重みを持って、パートナーがいた。ペリー・メイスンは成功しても、マイク・ハマーやマイク・シェーンは失敗だった。デヴィッド・ジャンセンは一九五七年から五九年までの『私立探偵リチャード・ダイアモンド』では成功しなかったのだが、『逃亡者』として、視聴者をもふくめた追跡グループに追われる立場の役では、成功することができた。そして、『逃亡者』をみる人たちの番組へのコミットメントは、ストーリイがいかに都合よくつくられているかをたしかめるという、なにかジョークを楽しむ姿勢に似ていた。かつての『サンセット77』のエフレム・ジンバリスト・ジュニアはグループ探偵劇の権化のような『FBI』に出演している。社会を悪から守り、安全な場所にするために働いている職業の人々に対してアメリカはひとつの確固たる信念を持っている。しかし、『FBI』のようなテレビ・ドラマは、その信念の再確認ではもはやなく、いかに話が展開するか、その筋をあてるゲームにちかい。

西部劇の世界でも、おなじことがおこっていた。この記事のはじめにあげた三つの例のように、西部劇の主人公もまた、ひとりでは存在できず、ふたり以上のグループになったのだ。

父親とその息子たちのグループを主人公にした、テレビの『ボナンザ』をひとつの頂点にして、ヴァリエーションが数多く存在する。はじめの『ハイ・シャパラル』では、兄弟とそのひとりの息子が主人公だった。『ライフルマン』は子供をつれていたし、『西部への道』では、男やもめが子供たちと道づれであった。『バット・マスタースン』や『マヴェリック』には主人公の親類がからみ、『ローハイド』は隊長にふたりのアシスタントがつき、『ララミー牧場』では、ジェスとスリムとは、『ワイアット・アープ』や『マーシャル・ディロン』の、それぞれの相棒をさらに発展させたかたちでの二人組みだった。『ワゴン・トレイン』ではやはりデュエット、『ラレード』では三人のテキサス・レインジャーが主役だった。

単独の主人公を創設したテレビ西部劇は、いくつかつくられた。そしてそのいくつかのすべてが、ワン・シーズン以上、もたなかったのだ。ジェイスン・マッコードが主演した『烙印』は、主人公が悪を退治するなりなんなりすると、その場からどこへともなく去っていく昔ながらの定石を守ったスタイルでつくられた。ワン・シーズンもたなかった『一匹狼』は、主演にロイド・ブリッジズ、脚本にはロッド・サーリングという一流をもってきていたのだ。南北戦争体験で人の世に幻滅を感じた主人公が、これといったあてもなく、町から町へ渡り歩き、そのいくさきざきで、町の住民が自分たちの問題と直面するのを助けていく、という設定だった。問題が解決されると、主人公はやはりどこかへ去っていかなければならず、それ故に、人気はいっこうにたかまらなかった。単独の主人公で成功したのは『西部の王者パラディン』だけだった。これの主人公は西部の男としては西部劇史上はじめてにちかい風変りな人物で、良書を読破し料理が得意でチェスの名人だった。こんな男が主人公では、もはや西部劇とはいえないだろう。

ひとりで荒野にいるのが西部の男だったのだが、彼がグループを組み、あらかじめ筋立てのできているゲームを楽しむような映画ができはじめたのは、シンギング・カウボーイの時代からだ。シンギング・カウボーイたちは、単独のカウボーイとグループの西部人との、ちょうどさかい目にいた。

古くは『シェーン』が、新しくはイタリー西部劇が、アメリカでは一種のアナクロニズム的な冗談のような作品として、楽しまれあるいは逆に、批判されたそうだ。ただひとりの主人公がなにごとかをおこなうという状況そのものが、一九五〇年代の前半にすでにジョークであったのだ。

小説では、そこにもりこまれているあるひとつの観念と読者との、一対一の関係が成立するチャンスは多い。そして、映画でも、おなじことがあるていどまでは可能だろう。

しかし、テレビになると、一時間あるいはそれに満たない時間が、あたえるほうですでにコマーシャルによって分断されているのだから、ひとりの主人公に託した観念が支えきれない事実は、説明できる。

テレビ・ドラマ、特にアメリカの特産物でしかも夕食後の時間に放映される西部劇と探偵劇とは、ひとりでみられることはまずなく、たいていは一家の数名によって、同時にながめられる対象なのだ。たとえおなじ家族でも、三名になればもうひとつのドラマのうけとめ方は、ばらばらだろう。数人がひとりの主人公を追うよりも、数名がやはりおなじような数のグループ主人公をながめたほうが、楽しいのだ。

テレビの画面は、そこに登場するあらゆるものを物理的にも精神的にも、おなじような大きさにおしなべる力を持っている。テレビにでてくるものに対してはすぐにおどろかなくなり、たとえばどんなに強い映画スターをもってきても、そのスターはテレビでは、登場人物の単なるひとりにしかすぎなくなる。アメリカ陸軍から除隊してきたあとのエルヴィス・プレスリーが、巨大で手のとどかないスターとしてのイメージ維持を映画に求めたのは、彼の周辺がテレビの特殊さを知っていたからだろう。

主人公に「主」と「副」のふたりをつくっただけでも、テレビの側としては、ほとんどあらゆる意味で有利だろう。そのふたりを対照的な人物にしておけば、『ナポレオン・ソロ』のように、本来はコミック・リリーフのはずであったイリア・クリュアキンのほうに人気があつまり、ソロひとりにした場合の失敗はさけられるし、イリアとソロに人気が二分されたなら、視聴者の数は、倍にふえたことになる。

主人公が数人いれば、ひとりやふたり欠けても、話はいくらでもつくれる。製作はそれだけ楽だろう。テレビは、対象と自己とを同化させようとするエモーショナルなエネルギーをもっともつかわなくてすむ鑑賞物だ。テレビが鑑賞される主たる場所である居間は、その家族構成員のそれぞれにことなる感情がもっとも弱いかたちで垂れ流される場所だ。すこしでもエモーショナルな労働を必要とするものがそこでは敬遠されるであろうことは容易に想像がつく。

映画の場合は、あるひとつの映画の存在を知り、それが上映されている映画館をみつけ、そこへでかけていくまでは、全体がその映画に対するエモーショナルな助走路となることができた。テレビには、これがない。しかも、ほかのチャンネルには同時にいくつかの番組が放映されているし、ながめている番組の前後にも、ほかの番組がいっぱいにつまっている。テレビをながめている人のほうにも、中断されるきっかけは多すぎるほどある。

複数主人公のテレビ西部劇も探偵劇も、ようするにボールがいかに巧みにトスされ、ごく当然のことのようにゴールにはいるかを、ぼんやりと視聴者にみせているにすぎない。その視聴者の誰が自分をボールと同化するだろうか。プレーヤーのひとりひとりとも同化できず、ただ全体を、なんとなくながめるだけなのだ。

ひとりの強烈な主人公が、一九五〇年代前半、つまりテレビをきっかけにして、アメリカではなぜ平凡なグループに変化したのだろうか。テレビの受け手の側に、個人とかグループに対して、どのような考え方の変化があったのだろうか。

世の中は個人ではどうすることもできない、という事実を、戦後アメリカ社会のなかで無力感と共に人々は知らされたのかもしれない。個人よりも全体のチーム・ワークをとるべきだ、という価値観が支配的であったのかもしれない。組織のなかの人間、ということがよく言われた。人間に対する不信が、個人は認めないがグループならなんとなくその全体を肯定するという感情を生んだのかもしれない。ひとりの個人が、なにごとかに対して決定的な影響力となることについて大きな恐怖感があったのかもしれない。責任回避の姿勢を、グループ主人公のなかで満足させていたのかもしれない。

たしかな断言はできないし、テレビそのものについても、あと百年くらいたたなければその性格は明らかにできないだろう。しかし、はっきりとひとつ言えることは、個人の否定は、そのまますぐに自分自身にはねかえってくる、という事実だ。

グループとはもともとダメな人間のために存在するものだ、とする説がある。これだけでは、酔っ払いの真実に似た感性的な表現だから不備な点がいくつもあるのだが、ひとつのことから決定的な影響をうけるのを拒否する姿勢は、頑迷で無知で厚顔な自分を維持しつづけることしかできない。グループのなかに個人を解消してしまうと、自分もまたどこかへ四散することになる。

複数主人公のグループによるテレビ・ドラマは、問題が解決されるたびに、グループは有機的にかみあって協力しつづけるものだという幻想を、みる人にうえつける。しかし、グループは、人間的な面よりも非人間的な面を、はるかに多くはらんでいる。

「俺はひとりだ。なにものにもじゃまされず自由に行動できる」

と宣言したマイク・ハマーは、やはり偉かった。彼の単独さや自由さは、彼が言っていることを文字どおりにうけとめれば、肉体上の行動の自由なのだが、じつはそうではなく、モラルをつらぬきとおすためにはひとりでなければならないという、心の必要からくるものであり、肉体の自由などは、自動車にガソリンがなくなっただけでもうおしまいなのだ。マイク・ハマーにとって殺人は精神作業の具体的な表現なのだが、グループ探偵のなしとげることはテクノロジーの利用によるあくまでも物質の問題でしかない。そのような物質の世界を破壊するのは、マイク・

ハマーにとっては、自分でも言っているように、簡単なことだった。『裁くのは俺だ』の、最後の一行を読むといい。

そしてマイク・ハマーは、とっくの昔に廃業している。

6　あるひとつのピーナツバター論

スターになってキャデラックを買うと同時に、エルヴィス・プレスリーは、「あなたの好きな食べものはなにですか?」という質問に、なん度もこたえなければいけないことになった。こたえは、いつもおなじだった。つぶしバナナのサンドイッチやペプシコーラ、ミルクシェイクなどが加わることもあったが、エルヴィス・プレスリーの好きな食べものは、基本的には、ピーナツバター・サンドイッチとポーク・グレイヴィだった。

アメリカの一九五〇年代なかばから後半にかけて、エルヴィス・プレスリーをとりあげたファン雑誌の多くが、食べものに関するエルヴィス・プレスリーのこの好みを、記事の重要な一部としてのせていた。

まず、ピーナツバター・サンドイッチについて、書こう。ガラスのビンに入れられてスーパーマーケットの棚にならべられているピーナツバターを見て、畑に実りかけているときのピーナツを思いうかべるのは、ラベルに赤く熟したトマトの絵が描かれていないトマトケチャップ(そんなものはどこにもない)から、まだ青い頃のトマトを想像するのとおなじように、至難事なのだ。

ピーナツバターは、ビンのなかをスプーンでどこまでほじくっても、あっけらかんと均一なのだ。畑に実ったピーナツの皮をむき、押しつぶして練りあげ、油や色やハチミツを加えると、こうも姿をかえるものかと、おどろかざるをえない。

からにつつまれた、ありし日のピーナツが日常的な現実の世界ならば、ビンのなかに封じこめられたピーナツバターは、アンリアルな幻想の極致と考えられる。

そして、この幻想は、アメリカじゅう、どこにいってもあるのだ。スーパーマーケットにはたくさんならんでいるし、家庭の冷蔵庫をあければ、必ずひとビンは存在する。

機械と化学的な手段によってプロセスされる食品の非個性的性格とか均一性とか画一性とかの言葉は、ピーナッツバターに対してはすでにとっくにむなしい。

新鮮な反省力を働かせつつ考えてみれば、鯨のカン詰めやソーセージなどもシュールな芸術品だ。しかし、スターになる以前にエルヴィス・プレスリーが住んでいた、アメリカ政府が中・下層階級のための住宅計画の一環としてつくった平屋一戸建ちの団地のような住居の台所にある冷蔵庫のなかでは、鯨のカン詰めやソーセージよりも、ビン詰めのピーナッツバターのほうがずっとポピュラーだった。

どこの中産階級や低所得者の家の冷蔵庫にもひとビンのピーナッツバターはあり、ピーナッツバターをみて畑のピーナッツを思う人はひとりもいず、ピーナッツバターはもはやどこからも疑問をさしはさまれることのない日常生活の一部であり、面白いことには、それと同時に、あらゆる日常性を超越した幻想でもあった。

エルヴィス・プレスリーは、このピーナッツバターが好きだった。しかも、ごく普通の白い食パンに塗りつけ、ピーナッツバターは口のなかにはりつくものだから、ミルクやペプシコーラでながしこむのだ。

ポーク・グレイヴィも、エルヴィス・プレスリーの好物だった。豚肉汁だけれども、日本の「汁」という感じからは遠く、フライパンに油をひいてポークをいためたあとにのこる汁に味をつけたようなもので、家庭料理としても決して上等の部類にはいるものではなく、アメリカ軍隊内での食生活を描写するときなどには、軍隊的にまずくて強制的な食物の代表にされている。肉料理のとき、そこにぶっかけるグレイヴィは「いらない」と断るのが、兵士たちのささやかな抵抗とされているほどだ。

エルヴィス・プレスリーにとって、ポーク・グレイヴィは、ピーナッツバターに対立するものであったにちがいない。機械のなかで化学薬品のようにつくられ、ビンに詰められて売っているのを買ってくるだけという、反現実的であるが故に抽象物にちかくなっているピーナッツバターに対して、ポーク・グレイヴィは、そのつど、母親がつくるものだった。

ピーナツバターを、仮りに新しい世界だとするならば、ポーク・グレイヴィは、昔ながらの世界なのだ。電気ガマが普及してしまう以前の日本では、その日のごはん〈米の飯〉のたけ具合によって、子供たちは、自分の母親の機嫌を察することができたという。これに似たような意味で、ポーク・グレイヴィは、エルヴィス・プレスリーにとってはピーナツバターとおなじように貴重なものだった。

新しいものと古いもの、リアルで日常的なものとアンリアルで抽象的なものとが、エルヴィス・プレスリーのなかには、同時に存在していた。そして、この場合の新しくて抽象的なものは、すでにその新しさや抽象性に人々がまったく気づかなくなっているという種類の、つまり日常的な商品として大量生産されるためにもはや疑いの余地なしと錯覚されている新しさであり抽象性だった。

だから、エルヴィス・プレスリーは、アメリカの一九五〇年代という歴史が必然的に自らの内部からしぼりだしたものであり、あの時代のアメリカには彼のようなイメージの青年はどこにでもいた。彼は、自分の時代のなかに確実に存在基盤を持っていて、このために、エルヴィス・プレスリーは、スターとしては前例のない高い匿名性と抽象性とを持ち、時代ぜんたいが彼というひとりの個人に結晶した点から考えると、一九五〇年代なかばのアメリカの、南のある日を、息がつまるほどのリアルさで思い出させてくれる存在でもあった。

ビートルズになると、意味はすこしちがってくる。アメリカにとっても、また、世界のどの部分にとっても、ビートルズは、存在理由などほとんどないところへ、突然あたえられたものだった。ビートルズは、すでにずっと以前から存在するピーナツバターでもポーク・グレイヴィでもなかった。

彼らは、「新発売」された新しいシカケを持つ新式の食べ物だった。ある日、スーパーマーケットにでかけてみると、この新しい食べ物がならんでいて、みかけは新しく甘く可愛く、初期のエルヴィス・プレスリーのように、薄気味わるいほどのすご味は、どこにもなかった。プレスリーでさえ、その肉体的な魅力のかなり大きな部分は、男をはなれて女にちかいような感じの、無理にいえば中性的なところであり、この新しさに若い女性たちがひかれた。

ビートルズは、スーパーマーケットの商品がおカネさえあれば誰にでも買え、ながめるだけなら無料であるのとおなじように、手をのばせば誰にでも届きそうだった。

あの四人に関してもっとも重要だったのは、四人ともはっきりと「男」をうちだしてはいないという明らかな事実だった。四人は性的に不明確であり、その不明確さは、たとえば、いかなる状況も背景もなしにピーナッツバターが、はっきりとした形をとらずにぼんやりとそこにそれだけで存在しえたとして、それをみてすぐそれがピーナッツバターだとわかることはまずありえないという、そんなふうな不明確さだった。ビートルズもやはり、アンリアルでありシュールだった。現実にはアンリアルにもシュールにも感じた人はいなかっただろうが、それは、ビートルズが登場すると同時に、ビートルズ的なものあるいはビートルズにちかいものが、日常生活的風俗としていちどにひろがっていったからだ。フクロごとお湯につけてあたためればそれだけでもう食べられるシチューのアンリアルで幻想的な性格は、簡易シチュー調理器よりも、そのようなすでに調理されたフクロ入りシチューを選ぶ絶対的多数の主婦の存在によって、うばい去られてしまう。

ボブ・ディランは、絶妙な造花のようであった。人工的に無理やりにつくりあげられた、ショービジネスのためのスター、というような意味ではなく、精密につくられた造花は、本物の花よりもはじめから高価で貴重になる運命を持っていて、そうなると造花の「造」の字はマイナスの意味を持たず、アンリアルの極致が現実をとことん真似することによりひとつのリアリティとなり、ボブ・ディランは、造花の花びらに、いまにも転がって落ちそうなありさまでつくりつけてある透明なプラスチックの雨滴だった。

彼は、彼自身が自分の世界としてよく言うところの、魔女やパーキング・メーターや西瓜男の、ファンタジーそのものだった。

ビートルズは、「男」を感じさせなくするための努力を感じさせたが、ボブ・ディランになるとそのような努力は関係なく、彼がボーン・ステーキにナイフをいれる現場を想像することはむずかしく、この意味では彼は反アメリカ的であったし、彼に対して「あなたの好きな食べものはなにですか?」と訊いたジャーナリストは、おそらくひとりもいなかったであろうと思われる。

ビートルズのポール・マッカートニーは、非常な健啖家であるという。言われてみればいかにもそんな感じで、それ以外のポール・マッカートニーはありえないように、やがて思えてくる。

「ピーナツバター・サンドイッチが好きです」と言うエルヴィス・プレスリーには、一九五〇年代なかばのアメリカでピーナツバターがどのような意味を持ったかを知っていないと、へたなジョークとしてしか理解できない。ボブ・ディランでは、食べ物の話など、でてこない。


『暴力教室』という、一九五〇年代のアメリカ映画のなかで、先生が、手におえない生徒たちに、古いジャズのレコードをかけて聞かせる場面があった。先生にとっては貴重なコレクションなのだが、生徒にとってはなんの意味もないレコードだということで、生徒たちはそのレコードを割ってしまう。

ハリー・ジェームズのジャズ演奏が、この場面でほんのすこし聞けた。はじめのタイトル・バックには〈ビル・ヘイリーと彼のコメッツ〉の『ロック・アラウンド・ザ・クロック』がながされていた。その洗礼をうけてしまった耳には、ハリー・ジェームズのジャズが、ひどく古めかしいものに聞えたのだ。

これは、不思議な感覚的体験だった。ハリー・ジェームズはたしかに古いけれども、聞いたとたんにはっきりと、自分ひとりで、これは古い、と規定することができたのは、なぜか。

まず、ハリー・ジェームズのジャズは、あまりにもはっきりと、ジャズでありすぎた。彼のトランペットだけに限ってみても、トーンはあまりにもフルで温かく、あまりにも直接的で、フォア・ビートはフォア・ビートにすぎ、ドライヴがあまりはっきりとスイングしすぎていて、トランペット的でありすぎた。

なににたとえたらいいだろうか。たとえば、ここにウィスキーの広告があるとしよう。きれいな、きれいすぎるほどの写真にウィスキーのビンがとらえられていて、そのビンの手前にまぎれもなくウィスキー・グラスがあり、そのグラスのなかには、あくまでも頑迷に、コハク色しすぎているコハク色のウィスキーが、常識的な、ほどよい分量だけ、注いである。

このような、あきらかにウィスキーの広告とわかる広告は、古くさいのだ。みたとたんに、古さを直感する。『暴力教室』のなかで聞いたハリー・ジェームズの古さとおなじだ。

古いジャズがなぜ古いかは、新しいジャズとの対比によってあきらかになるのは当然のことだ。チャールズ・ウィニックが『ザ・ニュー・ピープル』のなかで、ほんのすこしその対比をこころみている。

ルイ・アームストロングのトランペット、ジャック・ティーガーデンのトロンボーン、コールマン・ホーキンズのテナー・サックス、ベニー・グッドマンのクラリネット、ベイビー・ドッズのドラムなどは、たとえていえば太い直線であり、これらの人たちにそれぞれの楽器で対立するマイルス・デイヴィス、J・J・ジョンソン、レスター・ヤング、ジミー・ジェフリー、チコ・ハミルトンなどは、細いジグザグの線だ、とウィニックは観察している。ジャズのサウンドが、太い直線から細いジグザグの線へと変化するためには気が遠くなるほどに多くの事情が働きあい、白人と黒人とではコンテクストがまるでちがうというようなこともあり、簡単には説明できない。しかし、観察としては、あたっている。ハリー・ジェームズのジャズをひとつの基準にして、このジャズがあからさまなジャズだとすると、いまのジャズは、まるであからさまではないのだ。

ジャズがあからさまにジャズであるとはどういうことかというと、ようするに肉体だけを問題にしているジャズは、あからさまなしかも往々にして〈古い〉という形容詞をつけられるジャズだ、ということだ。

たとえば、ルイ・アームストロングのトランペットは、アームストロングという個人の音声の、トランペットによるシミュレーションであった。彼が持つトランペット、およびそこから出てくるあの音は、彼の声の「延長」として、アームストロング個人の肉体の一部分であった。

だから、ルイ・アームストロングのトランペット・ジャズは、ボディ・ミュージック（肉体に作用する音楽）だった。

このボディ・ミュージックのなかにハリー・ジェームズのジャズもふくまれていて、ボディの主張だけでは主張として足らなくなっている時代にあからさまにボディだけを主張していたハリー・ジェームズのジャズは、『暴力教室』のなかで、決定的に古く聞えたのだ。

ボディ・ミュージックをマインド・ミュージック（心の抽象的な作用に訴える音楽）にかえた、あるいはかえつつある音楽が、現代のジャズだと言える。

あからさまにコハク色をしつづけているウィスキーは、今年アメリカで発売される、色のずっと薄いウィスキーと比較すると、あきらかに古い。コハク色は、ウィスキーの味やイメージを、不動のものとしてはじめから規定してしまっている。しかし、ボディ・ミュージックがマインド・ミュージックになるのであれば、アルコール飲料も含めて、食べ物もすべて、変化してくるはずだ。頑固なコハク色は、この重要な変化に対応できていない。だから、古く感じてしまうのだ。

重要な変化、にどのようなものがあるだろうか。

たとえば、日本には四季のうつりかわりがあるという。だが、ごく普通の都会のレストランで毎日ハンバーグ・ライスを食べているかぎり、四季は感じなくてすむ。これは、決して極端な例ではない。おなじようなことを、気がつかずにやっているだけなのだ。

フクロごとあたためて食べるシチューにも、四季はすでにない。暑いときには熱い料理をあまり食べない、という習慣がもしあったとしても、長いあいだ冷房のなかにいれば、そのような習慣は、たやすくひっくりかえる。

食べ物から四季が抜きとられることは、食べ物が四季をつうじて均一化してしまうことではなく、食べ物が純粋に肉体的な問題からすこしはなれ、精神とかかわりあいはじめることを意味する。

四季の移りかわりは、肉体的な作用力であり、日常生活を肉体から規定してくるひとつの大きな悪としてとらえなおされなければいけない。

電気ガマでたかれた米には、マキの火によっておカマでたかれた米ほどのおいしさがないと、日本人は嘆く。アメリカのなかでおなじような状況を人々にあたえても、できた料理の味の悪さを嘆く人は日本よりもはるかにすくない。

なぜなら、料理に対して、そのつど、「うまい」「まずい」と単純に肉体的な反応をくりかえすことを、もうやめてしまった新種の人間が、アメリカには多くいるからだ。

食事は、普通、一日に三度もある。三度三度、いちいち肉体的に反応するのはもうたくさんだ、という、食事、つまり肉体に対する一種の嫌悪感を助長するのに、大量生産されてしかもなかば調理ずみのTVディナーは、うってつけだった。

調理ずみの、大量生産される、薄味の、まずくもうまくもない、包装された商品として料理がアメリカのスーパーマーケットで売られはじめたのは、一九五〇年代であり、インスタント・コーヒーの本格的普及とかさなっていて、この時代は、ウィスキーとビールとアイスクリームが薄味になったときでもあり、肥りすぎ防止のために、低カロリーのダイエットがアメリカ社会に定着したときでもあるのだ。

料理に関してそれまでおこなわれていた「うまい」「まずい」の評価の放棄は、料理人の技術の否定ではなく、食事を支配していた単純に肉体的な反応の拒否であり、この場合の肉体の否定とは、肉体をとおして毎日くりかえし規定される日常生活の否定であったととらえなければいけない。

具体的なものでびっしりと埋めつくされていた日常生活が、その重要なかなめである食事において肉体反応を否定されることにより、日常生活のなかには、抽象がはいりこむすきまがつくられ、そのすきまでは、精神の自由な飛行が許された。

ピーナツバターが持つ抽象性は、これで説明できたと思う。ピーナツバター・サンドイッチを好んだエルヴィス・プレスリーは、日常生活を完全に否定した、マインド（心）の人だった。そして母親がつくったポーク・グレイヴィを好んだ彼は、ボディの人だった。

生の材料を買ってきて、主婦の手でつくりあげられた、その家庭独特のおいしい味を出した料理は、アメリカが追求してきた〈豊かな社会〉の、基本となるもののひとつだろう。エルヴィス・プレスリーが登場した一九五〇年代なかばのアメリカでは、この〈豊かな社会〉の追求がある種の頂点に達し、資本主義はアメリカのなかで独特の発展をとげつくし、〈物〉はその持ち場の一部分を〈心〉にゆずらなくてはいけなくなりかけていたときだった。

このときに、本来は抽象的で孤独な体験である音楽（ロックンロール）をとおして新しい衝撃力となり、「ピーナツバター・サンドイッチが好きです」と言っていた彼は、TVディナーを〈まずいもの〉としてうけとめ、まずいものをいやいや食べることによって精神をも鈍化させていた人々とはくらべものにならないほどの社会的な存在意義があるのだ。

アメリカのTVディナーの、うまくもまずくもない非常にニュートラルな性格は、食事への肉体的な反応を中心にすえた日常生活の否定につながっている。食事の均一化は、食事がまずくなることではなく、個人的な日常生活内部の秘め事であった。

食事を、個人からひきはなしてほんのすこしだがパブリックにしてみせることでもあった。

食事とはつきつめれば社会的には個人の経済活動であり、それがパブリックになるのは、人間の単なる経済活動と創造的生命活動とは区別されなければならないという、ひとつの真理への動きである。いまだに料理の〈お味〉などを問題にしている社会は、おくれていると言わなければいけない。ピーナツバター・サンドイッチは、うまくもなければまずくもない、単なる栄養物だ。そしてその栄養物の画期的な点は、ニュートラルな抽象性とともに、「主婦」という料理人を必要としない点であった。

Ⅱ 漂泊者のためのバックグラウンド・ミュージック

ごく個人的な文脈で書くカントリー

カントリー・アンド・ウェスタンについて四〇〇字の原稿用紙二〇枚で書かなくてはいけないことになった。なん枚だろうとも、こういうのはたいへんに面倒な仕事なのだ。いっそひどくみじかい記事ならば、アメリカの現場のなかから、カントリー・アンド・ウェスタンが実在する光景をひとつ切りとってきてそれを描写してしまえばできあがりになってしまう。『砂丘』という映画だったろうか、西部のバーでかつてのボクサーがウィスキーびたりになりながら、ジュークボックスの、『テネシー・ワルツ』をなん度もくりかえし聞いているというようなシーンがあったけれども、こういった感じの光景を、『テネシー・ワルツ』ではなくてなにかもうすこしカントリー・アンド・ウェスタンにちかいものにかえれば、多少とも文学的ではあるけれども、カントリー・アンド・ウェスタン光景をひとつ提示してみせることができるようだ。

すくなくとも五〇〇枚くらいはつかって、しつこく、しかも官能的に書けば、カントリー・アンド・ウェスタンに関する日本での大きな誤解をとく方向へ持っていくことがぼくにはできるし、いまそれをやりつつあるのだが、この記事は二〇枚であと十八枚ちょっとしかのこっていないから、それなりになにかをはしょって、すこし抽象的に書いていかなければいけないみたいだ。

アメリカのものが日本に入ってくる場合、ほとんどが、いや、もうすべてが、曲解され誤解され、その結果、ごくつまらない姿で日本に居つくことになる伝統が昔からあり、カントリー・アンド・ウェスタンも例外ではないという気がしている。

だから、誤解されないほんとうの姿とはどのようなものなのかを書いていかなければならないわけで、そうなると、ごく個人的な文脈で書く以外に方法はなく、それ以外の方法にはあまり興味は持てないし効果もないようだ。身をもって知ったカントリー・アンド・ウェスタンということになるのだが、べつにたいしたことではない。個人的なコンテクストがどこまで他人につうじるか、つまり、こうやって書いていくことがどれだけ普遍性を持ちうるかに関しても、頓着はしない。普遍性というものは、最初からあるのではなくて、身をもって知るという具体的でこまかなことをある程度までつみかさねていくといつのまにか、だいたい誰でも等しくたどりつける境地であるからだ。

カントリー・アンド・ウェスタンは、アメリカの源流、いや、音楽だけではなくて、アメリカそのものの原点だというようなことがさかんに言われるようになっている。こういうのは困る。

アメリカの原点、と言ったってなんのことだかさっぱりわからないからだ。

いまではさすがに言う人もすくなくなっているけれども、カントリー・アンド・ウェスタンは、大西部の農場ないしは牧場という美しい雄大な自然のなかにがっちりと根をおろし、自然を相手に人間味ゆたかに生活している人たちに固有の音楽である、というような考え方があった。

まず、たとえばアメリカの西部、南西部、南部といったあたりの自然は、美しくも雄大でもなんでもない。自然は美しく雄大である、という感情移入の用意がはじめからできていて、自然を目のあたりに見たとたんにその移入がはじまるという姿勢でいれば、美しかったり雄大だったりするのだろうが、ぼくの個人的な視点からだと、ただひたすらに自然であるだけだ。このような場合は、自然というよりもランドスケープ（風景、といったような意味）と呼んだほうが正しいようだ。

自然の風景がそのままそこに広がっているありさまは、明らかにものさびしい。このどこから出てくるのかよくわからないメランコリックな雰囲気は、カントリー・アンド・ウェスタンのなかに、音楽という抽象的な実感のなかに、確実にとりこまれている。このことにまずまちがいはない。カントリー・アンド・ウェスタンは、アメリカの土から発した音楽であるとする考え方は、このような意味では、まったく正しい。

いわゆるカントリー・アンド・ウェスタン地帯でもいいのだが、とにかく自動車でひた走ると、視界いっぱいに広がっている風景が持つドミナントなトーンは、一種独特の、荒涼とした寂しさだ。

現代という時間のなかで自動車で走るからそう感じるのかどうだか、よくまだわかっていない。大昔、たとえばほんとうの西部開拓時代や一九〇〇年のはじめの二、三〇年にも、やはり荒涼としたものが感じられたのかどうか、よくわかってはいないのだが、かなり重要な問題だ。

フロンティアが幻想になりはじめたころから、風景の持つ心象効果は変化していき、その変化にかさなりつつ、ホワイト・マンのブルースだと言われている、幻の歌、カントリー・アンド・ウェスタンが生まれてきたのではないかとぼくは考えているさいちゅうだ。こういった文脈からは、ブルーグラスやホワイト・ゴスペルは、ちょっと除外しておかなくてはいけない。ブルーグラスやホワイト・ゴスペルは定着者たちのちょっとした宗教的なたかまりの音楽だとぼくは感じているからだ。ブルーグラスは袋小路だ、と以前どこかでぼくは書いたけれど、ぼくのいうカントリー・アンド・ウェスタンにはオープン・スペース（なにもない、ただ風景だけの風景のひろがり）が見えるのに、ブルーグラスやホワイト・ゴスペルにはそれが見えないからだ。

忘れていた。ぼくのカントリー・アンド・ウェスタンが、どのようなものをさしているのかを書いておかなければいけないのだった。例をあげはじめたらそれこそきりがないので、ほんの少数にとどめておこう。ムーン・マリカンとかハンク・スノウとかキャル・スミスとかニュー・ライダーズ・オヴ・ザ・パープル・セイジとかが、ぼくのいうカントリー・アンド・ウェスタンなのだ。

共通しているものは、ブギウギの生命力とかダイナミズムだとぼくは思う。アメリカに固有の音楽としては、ニグロ・ブルースしかなく、ブルースの命はブギウギに結晶されている。ホワイト・マンのブルースは、しかし、ニグロ・ブルースとはまったくコンテクストがことなり、どうことなるかを説明すれば、それがそのまま、カントリー・アンド・ウェスタンについての説明のひとつになりうるだろう。

定着者たちに対して、常に動きまわっている、旅の多い人生をおくっている人たちがいて、そのような人たちの音楽が、カントリー・アンド・ウェスタンではないのか。

すくなくとも、いまその人がいる場所からその人をこじあげるようにしてはずしてしまい、どこかへと旅立たせ、ランドスケープのなかにほうり出す力を持った音楽。それが、ぼくのいうカントリー・アンド・ウェスタンなのだ。道路、というものがアメリカの文明では非常に重要なものになっていて、カントリー・アンド・ウェスタンは、風景のなかにのびている道路の音楽、と言いかえてもさしつかえない。

アメリカの風景のなかの道路は、ひどく不思議なものだ。ホワイト・アメリカがつくりあげた文明の土台は、この道路ではないだろうか。

普通、道路は実存の象徴みたいなものなのだが、アメリカの特に南西部から西部にかけての一帯にある道路は、雰囲気がまるでちがっている。

ひどく幻想的な感じでその道路はのびていて、自動車ででもなにででもいいからとにかく走っていけば、大小とりまぜていろんな町があり、コミュニティがあることはたしかで、そのたしかさを承知したうえでいまひとつべつの世界、つまり、なにか幻を追う堂々めぐりみたいな世界が、すでに五〇年ぐらいまえから、できあがっているみたいだ。

このような道路を自動車で走っているときに、その自動車のなかで聞く音楽としてカントリー・アンド・ウェスタンがふさわしいかどうかというと、じつは、これがあまりふさわしくない。

人を定着からはぎとってどこかへ動かしていくのがカントリー・アンド・ウェスタンだと、ついさっき書いた。では実際に動き出し、動いているさいちゅうにカントリー・アンド・ウェスタンが動いている人に対してどう作用するのか、すこしも作用しないのだ。わずかに、ニュー・ライダーズ・オヴ・ザ・パープル・セイジみたいな音楽が、そのぜんたい的な肌ざわり的な感覚が現代のものであるという一事をもって、ちょっとふさわしいだけだった。

ところが、風景のなかの道路を走っていて、ちょっと立ちよったようなところ、たとえば、ハイウェイぞいのロードハウスとか、小さな町のはずれにぽつんとある酒場だとか、あるいは、長距離輸送トラックの運転手たちのために終夜営業している、トラック・ストップとかで聞くカントリー・アンド・ウェスタンは、いま現実にどこかへむかって移動しつつある自分にとって、たいそうこころよく、しっくりとなじみ、したがってとてもふさわしく、それを聞きながら薄いコーヒーをお代りしながら飲み、アップル・パイを食べていたりすると、ひょいと立ちあがってなんの未練もなくその場をあとにし、どこかへむかってまた動いていきたいという、圧倒的に陽性で無責任な衝動につきあげられてくる。そして、その衝動にしたがってしまうのだ。

夜中は、ヘッドライトの明かりが届く範囲しか見えないから、ただ走るだけで、なにごともない。陽が暮れてからどこかの町に入ったり、あるいは、とおりすぎたりするとき、その町は、ひどく暴力的なものにうつる。昼間みれば、なんのことはない田舎町なのだろうけれど、夜になってしまうと、どことなくしかし確実に、アメリカの町は狂暴なのだ。

陽が高くあるあいだは、田舎町のたたずまいは、道路だけの風景とほぼおなじく、ただ人影がなく眠たげであるか、あるいは、荒涼としてものさびしいかのいずれかだ。

定着してなにごとかをきずきあげつつ、ひとつの達成を目ざして働いている人たちからみると、常に旅の多い人生を送っている人たちは、どこにも居つけずにはみ出したままの、かわいそうな根なし草にみえるらしい。

だが、その旅そのもの、根なし草の生活そのものが、定着した生活に対比されるネガティヴな概念ではなくなるとき、旅の多い人生は、ひとつの固有の価値を持ちはじめる。生きることぜんたいが、たとえば、仕事と気晴らしに区分けされた時間の連続ではなくなり、ひとつの遊び、ないしは、遊びとしての仕事として、みごとに独立してくるわけだ。

カントリー・アンド・ウェスタンが人にけしかけてくる移動への衝動は、だからかなりぜいたくなアメリカ的な産物だ。

風景のある道路を自動車でどうさかんに走ったとしても、どこへいってもだいたいおなじようなことしかないのは、わかりきっている。

なにかをみつけるために動くのではなく、動くために動く、つまりさっきも言ったとおり、人生ぜんたいを遊びとしてとらえたうえで動くのだから、さがし求めるものなど、はじめからなにもありはしない。

ありはしないのは承知で、美女とか富とかが、消しきれない幻として、歌が終ったあとの余韻のなかにのこっている。動くことをすこしはロマンティックにするためにこの幻はのこされているのであり、実際に動いている人たちは、ロマンチストでなくリアリストなのだ。

動くことによってなにものをも求めないという姿勢は、動きはじめるときに、自分以外のすべてのものをあっさりとすて去っていくすっきりとあっけないすがすがしさに、しっかりと支えられている。幻のカウボーイたちは、ほとんどなにも持たずに、ひとりでただ馬に乗る。

アメリカにとって重要なのは、この幻のカウボーイ伝説なのだ。なにごとをも達成せず求めず、人生をひとつのジョークとして楽しむことがそのままそのひとの人生の創造過程になるという、ぜいたくな実践的な哲学は、アメリカだけのものだ。

この幻のカウボーイを、現実のカウボーイと混同してはならない。現実の彼らは、農業や牧畜やロディオの、ぼくなどにはちょっと気が遠くなるほどに徹底した職業人たちであり、これはまたぜんぜんちがった世界の、すばらしい人たちなのだ。

はじめのうちは、四〇〇字の原稿用紙で二〇枚も書くつもりでいたのだが、それほどのスペースは必要ではなかったみたいだ。

幻のカウボーイたちは、アメリカのいたるところに実在する。

カントリー・アンド・ウェスタンに直接につながった実例について、ひとつだけ書いておこう。

歌手のアーネスト・タブは、もう老人だが、まだ元気にうたっている。歌手になる以前は、ハリウッド西部劇のスターになることを考えていた人で、貧農の生まれだ。幻のカウボーイのひとつの現実的なヴァリエーションである、あのステージ衣裳を身にまとい、ギターを持つと、いい雰囲気を出す。

この人は、もちろん、グランド・オール・オプリーの常連のひとりで、毎週末には、特別のことがないかぎり、ナッシュヴィルにかえってきていて、これに出演する。

グランド・オール・オプリーの舞台がおわると、自分が経営しているレコード店のなかに席をうつし、そこで、たしか「ミッドナイト・ジャンボリー」と言ったと思うが、ラジオ用の番組のために、生の演奏や歌の、番組というよりもパーティみたいな雰囲気のステージが持たれる。

バックアップ・バンドのテキサス・トルーバドアズが、ニヤニヤと笑いながら演奏し、アーネストがうたい、お客たちはよろこび、アーネストのLPを買い、サインしてもらう。

このショーがおこなわれているあいだに、アーネスト・タブ・アンド・ヒズ・テキサス・トルーバドアズが乗って巡業に出るカスタムメイドの大型のバス、グリーンホーネット・ナンバー2の出発の用意がととのえられている。ショーが終わると、

「では、アーネストとそのトルーバドアズは巡業にでかけます。」

というようなしめくくりのあいさつがあり、お客や関係者のみんなが手拍子するなかをバス・ドライバーを先頭に、きらびやかなステージ用のカウボーイ衣裳に身をかためた男たちが店を出ていき、次々にバスに乗りこみ、最後にア

足をかける。アーネスト・タブが、ギターをちょっとかかげてみせてふりかえり、バスのステップに、カウボーイ・ブーツをはいた足をかける。

もしこれが映画なら、足をかけたとたんにコマがパッととまればぼくの言わんとしていることがすこしはより効果的に伝わりそうだ。

走り出したバスに、みんなが声援をおくる。幻のカウボーイの旅立ちだ。うんざりするような、多少は陰気な街なみにそのレコード店はあり、レコード店自体、あまりきれいではないが、とにかくこの旅立ちは、キラキラと輝いていて胸がときめくようで、しかも同時に、ものさびしい。

バスのなかでもまた、もう何千回となく経験してきた、オン・ザ・ロードのくりかえしが、再びはじまろうとしている。

ロックンロールの宇宙志向に関するぼく好みのご案内

ロックンローラーたちの目の前に巨大に立ちはだかっている絶望の色は、ひときわその濃さを増したようだ。絶望の巨大さは、日ごとに徹底されていき、その色は、幸せなことに、あせることはぜったいにありえない。

自分の力ではどうにも超えることのできない、すさまじくて大きくて圧倒的に現実そのものであるその絶望は、単にロックンローラーたちの眼前で巨大であるだけではなく、手をのばせば誰にでもたやすく触れることの可能な、ごく近いところにいる。絶望の息吹きはロックンローラーたちの顔には常にかかっているし、我が手で触れてみたいもののすべてのなかに、あらゆる不確かさのなかで唯一の確実さをともなって、感じとれる。

ロックンローラーたちの歌が、ごく一般的なかたちでこの社会の表面へにじみ出して広がっていった、アメリカの一九五〇年代のはじめのころは、ロックンローラーたちの行手に、絶望の一角がちらりと見えはじめた時代だった。風の香りが変り、自分たちの肌に吹きよせてくるときの感触が、わずかにしかし確実に変化したのを感知するのとおなじように、まだすこし遠いけれども行手に絶望がきずかれつつあることだけは、当時のロックンローラーたちには、本能的に察知できたのだ。

ロックンロールは、ほかに近似の例さえみつけることのできない、まれに見る珍らしい、しかも新しい歌だった。珍らしくて新しかったけれども、しかしそれはなんらかの思惑のもとに無理やりに造り出されたものではなく、どこかへむかって動いていく歴史の必然みたいなもののなかから、神のタイミングをそなえて、しぼり出されてきたものだった。

風が、変ったのだ。風が変ったというそのことが、ロックンローラーとしての資質をそなえていた人たちになにごとかを語りかけ、その語りかけにこたえて、ロックンローラーたちは新しい歌をうたった。

いま自分たちがいきているこの時代、あるいはこの文明のぜんたいが、どこかでなにかを大きくまちがえていて、とんでもない方向へいま音をたてて時代は曲がりこんでいきつつあるのではないだろうか、いや、そうであるにちがいない、という本能的な認識が、当時のロックンローラーたちを、まず第一に、具体的にせっぱつまらせた。すぐれたロックンローラーたちが、具体的にせっぱつまっている事実は、現在でもかわらない。

自分たちの文明が、ぜんたい的にまちがいの方向へ曲がっていきつつあるという認識は、ある日いきなり、ごくぼんやりとした、あいまいなかたちで、なされた。その認識の当事者であるロックンローラーたちにさえ、明確には意識化できないような姿で、それはなされたはずだ。さまざまな回路が、可能であったことだろうと思う。

まだ幼なくて、大人たちの文明のぜんたいになど、とうてい目がいかなかったときから、不思議なきゅうくつさを肌で感じていて、ティーン・エイジャーという、大人でも子供でもなくしかもその両方がある程度までは見渡せる位置についたとたん、これはヤバイ、という認識が、小さいけれども不動のものとして、できあがったのが、平均的なところだろうか。

自分が置かれている文明ぜんたいは、若いロックンローラーたちには、まず、「大人たちの世界」として意識された。そして、その「大人たちの世界」は、どう考えても、ひどくまちがっているし、もっとひどく、刻々とさらにまちがっていきつつあるのだった。

それはいやだ！　と、足を突っぱることが、ぼくの言う「具体的にせっぱつまった」状態であった。実証は省略してしまうけれど、なにしろ、大人たちの世界は、不自然で不自由なことだらけだった。こんなところへ入っていくのはぜったいに自分はいやだ、と自分の立場をとりあえずはっきりさせると、同時に、文明ぜんたいのありかたみたいなものに関する観念のありようが、激変してくる。観念は、多くの場合、白紙にひきもどされた。具体的にほんとうにせっぱつまると、頭の中が変ってしまう。

当時のロックンローラーたちのそれぞれに、このようなことが明確におこったのかというと、そのようなことはない。白紙にかえった観念が、社会的な有効性を持つにいたるまでには、一九五〇年代おわりちかくの二、三年と、そして一九六〇年代の大半をついやさなければならなかったのだ。

大人たちの世界はいやだ。しかし、やがてすぐに自分もそのなかに飲みこまれてしまう、という状態にせっぱつまったロックンローラーにできた唯一のことは、自分がそのときいたその場所に足を踏みとどめ、たとえば、「ぼくはいやだ！」という個人的なエモーションを、歌にしてうたうことだった。この歌が、じつはロックンロールだったのだ。

おもてむきいろんなかたちをとることが、ロックンロールには可能だった。大人の世界の戯画でもよかったし、ティーン・エイジャーという無定形で自由な状態を謳歌したものでもよく、あるいは、女のこにふられて嘆いているという単純な歌でもよかった。ほんのりと、しかし確実に自分の体で意識した時代的な絶望感が、一見ノヴェルティ・ソングのような自動車の歌とか、失恋の歌など、単純なかたちへと屈折しているのは面白い。ほんとうに単純さそのものだけしかそこに存在しなかったら、ロックンロールとして全時代的な共感は持たれなかったにちがいない。単純なものの裏にかくれている、その時代のもっともせっぱつまっていた若き当事者たちの意識の複雑さだとか深さみたいなものは、あらためてすくなくとも観察しなおすくらいのことは、おこなわれなくてはならない。「ぼくは、いやだ!」という、ロックンローラーの個人的なエモーションに、いささかなりとも近いもの、あるいは似たような感じのものがあったとするなら、それは、ニグロ・ブルースと、もうひとつは、白人のカントリー・アンド・ウェスタンだった。根本的にはロックンロールはまったく新たに歴史のなかから創生してきた音楽であって、ブルースもカントリーも、たいして関係ない。しかし、自分がすこしも望んではいなかったところへ無理やりにつれてこられて、非人間的な状態のなかで労働を強制されているニグロの内部から発してくる歌は、ロックンローラーの内部に芽を出しはじめたホワイト・ブルースと、ある部分、かさなりえた。そして、カントリー・アンド・ウェスタンがどうやってロックンロールのなかに流れこみ得たかというと、あの時代の白人ティーン・エイジャーたちがのっけからニグロ・ブルースを真似することはできもしなかったし、とうてい許されることでもなかったから、周囲から許してもらえてしかも自分たちでも多少とも興味の持てる唯一の音楽ということでカントリー・アンド・ウェスタンが、土台としてのこることになったからだ。ロックンロールはニグロ・ブルースと白人カントリーの合体であるという、ほとんどいつも馬鹿げたつかいかたがなされている公式は、じつはこれだけのことにしかすぎないのだ。

まちがった方向に曲がりこんでいく文明のぜんたいが発している音に抗する音が、ロックンロールだった。だから、単純でハッピーなロックンロール、というような表現は、もうそれだけで成り立ち得ない。真相は、残念ながら、アンハッピーで複雑なのだ。

文明ぜんたいの動きがいくらまちがっていようと、ひとりでそれに抵抗したところで、効果はたかが知れている。ロックンロールという歌を発すること自体の究極的なむなしさや無意味さが、ロックンロールが生まれてくるプロセスと表裏一体にからみあい、場合によっては、ロックンロールの根源でもあるのだから、創生期のロックンロールの単純さやハッピーさを、その額面どおりで受けとめることは、とてもできない。

一九五〇年代のはじめに、アメリカの白人ティーン・エイジャーたちにさえはっきりつかむことのできた、当時の文明のぜんたい的なまちがいを、不自然さや不自由さ、あるいは非生命的なものへの志向性を持ったものとしてとらえるならば、ロックンロールは、それと正反対のことがらを表現し、うたうものだったと言える。

たとえば、ロックンロールとセックスの関係の密接さがよくひきあいに出されるが、生命的なものをトータルにつつみこんで持っているロックンロールがセックスとつながっていたのは、当然すぎるほどに当然のことだったのだ。

生命的であると同時に、ロックンロールは、ひどくたくみに、絶望感をも表現していた。ふたつの異った命題をひとつのもののなかにあわせ持っていた事実がロックンロールの行手にあるものを暗示してはいたのだが、もちろん、その行手にあるものがなにであるかを、一九五〇年代なかばに読みとる作業は、不可能にちかかった。生命的であることと、その生命的であるものが一種の絶望を根底に持っていることとは、かならずしも矛盾しない。むしろそのふたつのものがひとつになることによって、ロックンロールはさらに補強されたような感があった。

日ごとにだめになっていきつつある文明ぜんたいを相手にまわして、「ぼくは、いやだ!」とロックンロールをうたうのは、さきに書いたようにほんとうに「むなしい」かどうかはしばらく置くとして、その文明ぜんたいが動いていく方向をかえさせる力としては、なきに等しいほどに無力だった。だが、パーソナルなエモーションとしては、たいへんに強力であったから、この次元で多くの若者がロックンロールによってつながれ、ロックンローラーの世代みたいなものが、あいまいなかたちで形成されたのだった。ここでぼくが言うロックンローラーたちとは、文字どおりロックンロールをうたい演奏するミュージシャンたちだけではなく、自分たちの時代のなかでロックンロールの直撃をうけた世代の個々すべてを広くさした言葉だ。


ロックンロールの直撃は、レコードやラジオをとおして受けることが、当時は圧倒的に多かった。ラジオのDJたちはレコードをかけてそれを電波にのせていたのだから、ロックンロールの直撃がやってきた経路は、主としてレコードをとおしてであったと、一本にしぼって考えることができる。

レコードは、一般には、生の演奏なり歌なりを固定して再生した複製の芸術品であると考えられている。たしかにそのとおりではあるのだけれど、ロックンロールの場合は、すこしちがった考えを持たなければいけないようだ。ロックンロールの場合は、自分の手もとで、あるいはラジオ局で、再生装置にかけられるレコードそのものが、オリジナルな直接の体験だった。

まったく新しいかたちをとって、ロックンロールとして世の中に出てきたこのトータルな体験は、新しいものであったがゆえに、ごく匿名的にレコードのなかにきざみこまれたうえで、商品としてばらまかれた。スタジオのなかでの、生身のアーティストやエンターテイナーたちによる生の演奏や歌がもとになるのだが、しかしそのたったひとつしかないもとのものにはあまり価値がなく、大量生産されたレコードという複製品のほうに、価値は大きくかたむいていた。

かなり大量のティーン・エイジャーたち個々に、匿名的なかたちでロックンロールを届けるには、レコードによるほかに手はなかった。レコードが唯一の伝達手段であり、唯一だったからこそ、それはオリジナルだったのだ。ロックンロールのシングル盤を持っているティーン・エイジャーの誰もが、等しくオリジナルを手にしているという、都市の文明のみが可能にした、奇妙だけれども面白い世界が、そこにあった。

そしてオリジナル体験は、おかねを出してひとりひとりが買う商品であった。ロックンロールは都市のなかの音楽であり、都市のなかの主として消費的な文明のまっただなかで生まれてきた。だから、あらゆるかたちのコマーシャリズムをロックンロールがどんなに大量にひきずっていても、それは不思議でもなんでもない。無料で手に入るロックンロールというようなものがあったなら、むしろそちらのほうがすこぶるうさんくさい。においたつようなコマーシャリズムのなかにパッケージされつくされたロックンロールのほうが、はるかに正しい。都市文明に対する絶望は、やはり都市のまんなかからにじみ出てきたという、当然の事実をそれは語っているにすぎないのだから。

創生期のロックンローラーたちは、正しくない方向へ大音響と共に曲がりこんでいく時代のまんなかにいながらなお、行手にちらりとその姿を見せた絶望を、見のがさなかった。そして、その絶望を、多くの場合、「大人の世界はいやだ」とか「大人になりたくない」という、直截なかたちで表現していった。それだけで、彼らの役目は、充分にはたせたのだ。

時代がほんの五、六年もすすむと、しかし、それだけでは不充分となる。

たとえば、ビートルズだ。後世のロックンローラーたちにこのビートルズがあたえた影響は、はかり知れず絶大であると、よく言われている。たしかに、彼らは、さまざまな影響をのこした。はかり知れないだろう。しかし、そのはかり知れなさのなかから、彼らの時代と具体的にしかも最大限にかかわりあったものを、かなり明確なかたちで取り出してながめることは、可能なのだ。ビートルズの時代の渦中にあってはおそらくできなかったことかもしれないが、それが過ぎ去ったいまは、比較的たやすく可能となってくれる。

創生期のロックンローラーたちのように、「ぼくは、いやだ!」と足を踏んばることはもうとっくに力を失っていた。「いやだ!」と叫ぶ質のロックンロールをビートルズもその初期にはおこなっていたのだが、やがてそれをやめ、もっと有効性のたかい表現行為へと、移行していった。

時代がその底にたたえている、言いようもない悲しさを、できるだけたくさんの人たちに伝える作業にビートルズはむかい、たいへんな成功をおさめた。一九六〇年代のなかばには、文明はすでにまちがった方向へ曲がりこんでいた。おかげで、絶望は、はっきりしたかたちでつかまえることはできなかったかもしれないが、その時代のごく基本的な色とかにおい、あるいは音として、時代ぜんたいをおおっていた。ビートルズは、それを「悲しさ」としてすくいあげ、ビートルズの存在と音楽という体験の土台にしたのだった。初期のロックンロールの、「いやだ!」という単一な叫び声は、ビートルズを通過することによって、全時代的な悲しさの表現へと変化していった。この変化は、いいことだった。

ビートルズがおこなったもうひとつのいいこと、ないしは面白いことは、ぜったいに現実ではないひとつの透明な虚構の空間をつくったことだ。

いまとなっては、もはやなにをどうすることもできない、絶望そのものであるような、巨大すぎるがゆえに手ざわりの薄気味わるく欠如したすさまじい現実のまえで、いじいじと逃げまわって生きのびているありさまが、ビートルズのいわゆるラブ・ソングふうな歌のなかに表現されているとするなら、それ以外のビートルズの歌には、現実を一歩はなれた透明な虚構の空間が、大ざっぱながら、かたちづくられている。

そして、圧倒的な現実が、自分ではどうすることもできない巨大なものでありつづけるがために、ある瞬間、ふとアンリアルな悪夢に見えるとき、その現実からはなれたところにイマジネーションでつくりあげた虚構の空間のほうが、はるかにリアルな感触を持ちはじめる。ビートルズがつくった、ひとつの透明な虚構の空間とは、具体的な一例で言うと、たとえば『丘の上の愚者』が、彼の「頭のなかの目」で見た世界だ。この空間は、もしそれが好みならば、宇宙と呼んでもさしつかえはない。


ビートルズがのこしていってくれた、根源的ではあるけれどもごく初歩的な宇宙空間は、その後の時代のなかで、どう変化していっただろうか。いまのロックンロールの本質を見きわめるうえで、そして、いまという時代のありようを正しく認識するうえで、この変化を知るのはとても大切なことだ。

いまのロックンローラーたちには、いちばんはじめにも書いたけれど、自分と絶望とのあいだに距離はすこしもない。大きな冷たい金属のかたまりの世界のような絶望が、目の前にある。目ばたきをしたら、まつ毛がその絶望に触れるのではないだろうか。というよりも、自分の存在そのものが、ひとつのたしかな絶望である。

たとえば、その数が増えに増えつづけてきた人間が、宇宙の極小部分である地球を、ひどくかたよったかたちで食いつぶしてきたことの結果として見えてきた、地球の終末ないしは人間の文明がおこなっているヘビのしっぽ飲みのような状態が、いまではもうたいていの人には実感できるまでにすすんでしまっている。

みんなで力をあわせればなんとかその事態がうまく収拾できるのではないだろうかと期待するのも馬鹿げているほどに、すでに文明はとりかえしがつかないところへきている。事態の進展を収拾するとまではいかなくとも、その進展をストップさせることはできないものかと真剣に考えた結果が、地球の人口を半減させることだった。みんなで力をあわせるのはいいとして、そのみんなの数が多すぎるのだから、ビートルズにうたってもらうまでもなく、現実は途方もなく巨大な現実でありつづけている。地球の人口がいますぐ半分になればなんとかなると言っても、ふたりのうちひとりを平和裡に殺し去ることは事実上不可能なのだから半分多すぎるその「半分」は、「全員」に等しい。

人間そのものが地球にとっては役立たずであるという現実は、しかし、想像力を刺激する。

人間の存在する空間の意識が、地べたからいっきょに銀河系の果てまで広がってしまう。ごく単純な宇宙願望から、冷えきって静粛しきった、まっ暗な宇宙空間というようなものすら存在しない、澄みきって完璧な絶望の世界まで、この意識の広がりのなかに共存しうる。

果ての知れない大宇宙の一端にある地球という循環系のなかに寄生している人間、という正しい認識も生まれてくる。地球はもちろん、宇宙そのものをも支配しているなんらかの巨大なる支配律の存在を考えるきっかけにもなるだろう。地球はその支配律にしたがって、なるようになったのだとする楽天的な結果論もできてくる。

宇宙は、人間にとっては、非常に現実味のある虚構だ。そしてその虚構は、すくなくとも現在にあっては、主として絶望の空間だ。

その絶望の空間が、宇宙であることをはじめるとたんに、宇宙は宇宙にあると同時に、人間の頭のなかにも存在することになる。なにかうさんくさい詭弁のようだが、こんなふうにしか書けないのだ。頭のなかにある虚構としての宇宙が現実のスペースとしての宇宙とかさなりあっていて同一である、とでも言いかえると、すこしはましになるだろうか。

宇宙志向が宇面にまであらわれている現在のロックンロールでは、この虚構の宇宙スペースと現実の宇宙スペースとのかさなりあいが、さまざまにこころみられているようだ。そして、そのようなロックンロールが、もうひとつ別種のロックンロールと共存している。どんなロックンロールかというと、創生期のロックンロールの根を掘りおこし、その根を現代のものとして食べなおしてみたようなロックンロールだ。両方共すてがたい。

時代がどこかへむかって決定的に進んでいくその速度は、想像を絶して早い。たとえば、創生期のロックンロールがたずさえていた、「ぼくは、いやだ！」という叫びは、いまのロックンロールのなかでは、虚構のなかにさらに虚構をかさねる、イマジネーション上のスペースづくりのエネルギーに変質している。それに、かつてのロックンロールがおもてむき持っていたハッピーさは、非生命的なものに対する全生命的な側からの拒否や抵抗のリズムみたいなものだったのだが、いまのロックンロールのハッピーなサウンドには、自分自身がそのものであるという絶望をも愛し楽しむ哲学の当然の帰結がうかがえる。

だから、なかなか油断ができない。一本の緑なる樹をこよなく愛するのだとうたうロックンロールは、緑化運動の片棒かつぎでもなく、循環系地球の讃美でもなく、地球の寄生者である人間のよろこびの歌でもなく、じつは、これまでにうたわれた絶望の歌のなかでも、もっとも底の深い透明な絶望の歌であるのかもしれないのだから。すくなくともぼくにはそのロックンロールは絶望の歌であり、その絶望をぼくは楽しむ。

丘の上の愚者は、頭のなかの目でなにを見たのだったか

丘の上の愚者は、沈んでゆく陽を見たのだった。そして、この愚者には、目がもう一対あり、その目は彼の頭のなかにあったのだ。頭のなかのその目で、丘の上の愚者は、まわっている地球を見たという。

そのときのその愚者には、まわっている地球しか見えなかった。あるいは、ひょっとして、「まわっている地球」とは、人間の言語がはじまって以来最大のスケールをそなえたおだやかな比喩であったのかもしれないが、とにかく、丘の上の愚者は、頭のなかの目で、まわっている地球をはっきりと見た。このことを否定する人はいない。ビートルズがそう言っているのだから。

とりあえずたしかに地球は、まわっている。ほんのとるに足らない小さな、しかし絶対的な片隅にその地球は回転をつづけていて、その片隅以外のすべては、これはもうあまりにも広く、とても広すぎるがゆえに「広い」というなんらかの実感が常にともなうひとつの概念すらあてはまることのけっしてない一種の立体状のスペースとなっている。

この広さには、そういえば、いっさいのありとあらゆる概念が、まるであてはまらないようだ。透明であると同時に、単なる完璧な暗さを静かに突き抜けて超えたような暗さを持ち、絶対的な静粛の内部になにかさかんに各種の音があるようでもあり、おそろしい空白のヴォイドでありつつぎっしりとなにものかがつまっているかもしれない。ようするに、単一な既成の概念は、それがいかに確固たるものであっても、丘の上の愚者が頭のなかの目で見たスペースによって拒否されている。

ビートルズを古文のように解釈するのではないけれど、「丘の上の愚者」とは、そのときたまたまその丘の上にいた、ある特定の愚者ではなく、たとえば、ぼくたちひとりひとりのことであったとするなら、ぼくたちは、その誰もが、頭のなかに全宇宙を見てしまったことになる。

宇宙はあまりにも広いから、壮大で静かな虚構として、ほぼ完全に頭のなかに描きうる。誰の頭のなかにも、いまや、宇宙があるのだ。とても現実味のある、刺激的な虚構として。

頭のなかに空想で描きうるスペースが、そっくりそのまま宇宙のぜんたいであるという、丘の上の愚者たち以後のぼくたちの現実は、これはいったいどういうことなのだろうか。深刻に考えつめるまでもなく、もちろん、自分と宇宙ぜんたいとの関係の自覚のありように、なにかひとつ、重大な変化がおこってしまったことを、それは物語ってくれている。

これまで、宇宙というものは、どうしたって人間の外にあるものだった。この地べたから、何億光年かのはるか遠い暗闇のむこうまで飛んでいけば、ここはどうやら宇宙らしいという実感が得られるといったぐあいに、人間からずっとはなれたところに、宇宙は常にあった。中学校の科学の教科書の記述どおり、宇宙は人間からもっとも遠いところにあるものとして、いつも意識されていた。

そのような意識が、ずっとながいあいだつづいたみたいだった。つづきながらも、その意識は、微妙なところですこしずつ確実に変化し、ある日、気づいてみたら、宇宙は自分の頭のなかに入りこんできているのだった。

当然、地球はその宇宙の一部分だから、宇宙が頭のなかに広がると同時に、人間は地球との一体感をよりいっそう緊密に意識しはじめたという、めでたい事態になったかというと、そうではなく、むしろその逆なのだ、頭のなかにほぼひろがりつくした宇宙は、人間が地球からもの静かにはじき落とされていく現実を、ぼくたちに見せてくれた。

丘の上の愚者の、頭のなかに目に、まわっている地球とそのむこうの果てしない宇宙が見えはじめると同時に、ぼくたちが地球や宇宙についていとしげに抱きつづけてきた気の弱い薔薇色の錯覚は、こなごなに打ち砕かれてしまった。ぼくたちは、あるひとつのまちがいに気がついたのだ。

人間そのものは、まちがいではなかったのだろう。何億年にものぼる時間の経過をその内部にたたえた、偉大なる中古品である地球に、ごくはじめは、なにかプランクトンのようなものとして人間は登場したのだから、さまざまな条件のよりあつまりのなかからすくなくとも自然発生したことだけはたしかだと、安心していられる。

発生の端緒がすこぶる生命的であった人間たちは、そのみじかい歴史のなかで、いろいろな錯誤に身を投じつつも、一貫して生命的でありつづけた。人間にとっては生命のみが現実であり、その人間がひたすら生命的であったのはとてもよいことだったのだが、その生命が、たとえば、「ふくれあがる地球の人口」というような現実をつくり出すとき、人間の生命そのものが、当の人間たちに対して、ふと目をむけただけで呆然となってしまうようなとてつもなく圧倒的に大きい、非生命的な日常を創り出してくることになる。

生命に対する生命の側からのしっぺ返しなどという生やさしいことではなく、今日はもはやひきつづき明日にはなり得ないという、問答無用の巨大な全能の支配律の到来だ。

どこかでなにかのまちがいを、人間はおかしたらしい。どのようなまちがいをどこでおかしたのか、ふりかえってみればわからないでもないようなのだが、ふりかえってみても、生命に対する手ざわりの感触のようなものが失われてしまってすでに久しい事実が、もういちどわかるだけだ。

日常は、非生命的なもので、ことごとく埋めつくされてしまった。その日常のなかで、人間の生命は増えつづけ、地球を食いつぶしてゆく。ひとつひとつをていねいにいつくしむべきであるはずの日常の現実は、見上げるだにおそろしい荒涼たる巨大なひとかたまりと化していて、いつくしむ手がかりすらそこにはない。「縁化運動」とか「ゴミをすてないキャンペーン」などがその馬鹿大きい現実に対してなんの力をも持ち得ないとわかったとき、愚者が歩いてゆくさきは丘の上であり、そこで沈んでゆく陽を見たくなる気持ちは、よくわかる。

そして、頭のなかの目が開いた瞬間、身のまわりの現実は、ひどく出来のわるい夢にかわり、まわっている地球つまり宇宙ぜんたいが、ありうべき唯一の現実そのものとして、押しよせてくる。

こちらへむかってやって来て、最終的な結論をくだそうとしている偉大な支配律を眼前にして、反省の淵に身を沈めるのは、とてもユーモラスだ。そして、そのユーモラスな行為は、非常にダークな色あいをおびることになる。たとえば、地球の人間がこれほどまでに増えなかったならば、と反省してみるその当人が、生まれたときからすでに、この地球にとっては不要なもののささやかな一部分であったのだ。ささやかな一部分は、現実につもりつもって、とんでもない事態をひきおこしはじめた。

その、とんでもない事態のさまざまな局面が、小さくわかりやすく分解されて、ぼくたち誰もの日常生活のそこ比処に、薄気味のわるい均一の質感をたたえていくらでもころがっている。

小さくわかりやすく分解されたひとつひとつに関しても、ぼくたちはどうすればいいのかわからないまま、ごく具体的にせっぱつまっているようだ。せっぱつまったというなにかせつない実感は、風のなかにすら感じられる。この実感の、目に見えないつらなりが、どこかに丘を想定し、その丘の上にひとりの愚者を置いたのだ。そして、地球と自分、あるいは、宇宙と自分、というような意識ないしは観念が、そのとき、うらおもてひっくりかえった。

いったんひっくりかえってしまうと、そこには、絶対的な正解がただひとつあるのみだ。澄みきった循環系が持つ唯一の汚点が自分たちであり、循環系そのものは厳としてそこに存在しつづけ、ぼくたちとは、明白に無関係に、循環をくりかえしている。ぼくたちがきたならしい汚点でありつづけるかぎり、汚点とはならずにきれいなまま、肩身は多少せまくても、おとなしくこの地球に寄生していればよかったという後悔がつきまとってはなれない。

この後悔の念は、しかし、過去をただくやむだけではなく、それ以上に有効な力となってくれる。なんとか汚点であることをやめるための対応策は、すべてこの後悔の念にその根源が根ざしているからだ。

地球は、ときとして「自然」とか「緑」とか呼ばれていた。いまでも、一部の人たちがそう呼んでいる。宇宙と自分との関係にかかわるいっさいの意識が、うらおもてひっくりかえったからには、この「自然」や「緑」に対するものの考え方も、完全に位相は異ったものになりきっているはずだ。

「自然」や「緑」は人の目に美しく、雄大にやさしく人間をとりまいて守ってくれていて、あくまでも人間のために存在し、人間はあまねくそれを利用し、ときには鉄面皮にもそれを征服していくのである、というような考え方がかつて支配的だった。美しくない「自然」は野蛮な「自然」であると考える人たちが圧倒的に多いとき、この地球のうえでとにかく最優位に立っているのは人間であるというおろかな虚構がかたちづくられる。ぼくたちは、その虚構の内部に、かつては住んでいた。

ひとりひとりの頭のなかに宇宙のスペースがひたひたとひろがるとき、「自然」や「緑」が人間のために存在するなどという馬鹿げた意識はきれいさっぱりと洗い流されてなくなってしまう。「自然」は、人間の存在など、はじめからまったく考えに入れてはいず、美しくもやさしくも雄大でもない、ただひたすらに自然な生命を持った「自然」として存在をつづけているだけなのだ。

青い空の下で陽に照らされつつ起伏する草原のつらなりとか、白い砂浜に寄せる緑の波のひろがりとかをつくづくながめて、「ああ、美しい」と、脆弱な感動にひたることをぼくたちはもはやおこなわない。そういった光景が持つ、かたくなな自然さには打たれるのだが、その光景が人間にとって美しいと思いこむことはとても出来ない。いったん「自然」のなかに人間が置かれたとき、その人間がその「自然」に対していかに不器用で役たたずで力が弱いかは、「自然」と人間とはまったく異質の別々の存在であり、一体感などはどこにもありえない事実を具体的に知ることによって、身にしみてわかるだろう。

さきほど見たばかりの一枚のポスターが、記憶のなかによみがえってくる。大きなそのポスターのほぼ全面に、どこか遠い南太平洋の小さな島の無人の海岸と、そのむこうの海、青い空、そして手前のほうから画面へななめにかたむいてあらわれている椰子の樹などをひとつの構図としてとらえたポスターだった。新しくできたショッピング・センターのような建物の開店を告げるポスターであり、さあ、いまこそ太陽の下へかえろう、というような意味のコピーがそえてあった。

ポスターの頭上にあった空よりも、そのポスターの中におさまった南太平洋の空のほうがはるかに青かったのは確実にひとつの不幸だろう。そして、その不幸の間隙をぬって、青い空や照りつける太陽といった「自然」がほんの一時的にお金で買えるものとして目の前にぶらさげられる。「自然」は美しい、と思いこむだけでもすでに充分におろかしいのに、その「自然」はさらにお金で買う対象となり、身のまわりから「自然」が消失するとこんどはどこか遠くの「自然」が、あらゆる消費や売りこみの前口上としてひっぱり出されるのだから、悲劇は決定的だ。効き目の薄い前口上だが、この際は効き目の薄さが問題なのではなく、「自然」に対する人間の側からのごく根源的な対応のメカニズムがいっさい失なわれている事実こそが問題なのだ。「自然」は、ポスターに使ってちょうどふさわしい薄気味のわるいきれいな光景ではぜったいにない。陽の照りつける南の島で椰子の樹に触れてみるとよいのだ。椰子の樹は椰子の樹なりに、人間のことなどこれほども意に介さず、自分をとりまく自然にそれこそ必死に対処していて、ひたむきに荒々しく、ある種の狂暴ささえをも、一定の水準で常に持続させている。自然の中にその自然の一部分としてあるものどうしの弛緩を許さない緊迫した関係のなかへ人間が入りこんでいける余地はほとんどない。

丘の上の愚者は、頭のなかの目で見た宇宙の光景のなかに、人間のための場所がない事実を知った。その愚者にとっては、そのとき、自分自身が絶望そのものであった。丘の上にのぼる以前、その愚者は、ごく普通の消費者としてきっと都会にいたのだろう。都市生活のなかで多少とも意識の触手をのばし、納得のいく手ざわりのようなものをさがしはじめると、そのようなものはひとつとしてのこされていないことに、すぐに気がつく。都市のなかで消費の都合にあわせて、いつでも何度でも再構成されていく迷路のなかに、いつも追いかえされているうちに、自分をとりまいている現実のぜんたいが、自分にとってののっぴきならない敵として姿をかえている事実が見えはじめる。

愚者は誰とも口をきかず、丘の上へ出かけていった。そして、わが身を宇宙のなかでの本格的な唯一の絶望としてとらえなおした。そして、そのような自分をも、やはり愛し楽しまなくてはいけないことを知ったのだ。

愛したり楽しめたりするうちは、そのことによってそこになにものも生み出されなくても、愛し楽しむ行為そのものが、宇宙のぜんたいをおさめている支配律の原則と同質になりうる。自分の頭のなかのスペースに宇宙のぜんたいをひきこむと、宇宙と自分との関係についての完全な唯一無二の正解が手に入る。その正解を持って、愚者は丘を降りてこなくてはいけない。そしてその正解は、都市をおおいつくしている非生命的な日常や、食いつぶされていく地球に対する対応策の要だ。

まわっている地球を見てしまった人の言葉は、しかし、まわっている地球をまだ見ていない人の言葉とは、外見はおなじでも意味はまるでちがっているから、たとえば空から降ってきた一滴の雨を、「私は愛し楽しむ」とその愚者が言うとき、彼の澄んだ官能のひろがりを支える本物の絶望を自分も知りたければ、のぼるべき丘はその人の目の前にある。

ざっと以上のようにソロの禅問答みたいなことを素直な実感として書きつけてきたあいだにも、人間と地球との関係のなかにおこったとりかえしのつかない事態は、そのとりかえしのつかない密度を刻々とたかめている。

エルヴィス純粋記号論

エルヴィス・プレスリーの記録映画が、また一本、アメリカで撮影されつつある、と伝え聞いたとき、ぼくは異なったふたつのことを同時に考えた。

ひとつは、その記録映画は面白くない映画になるだろうな、いや、面白くあるはずがない、という本能的な確信だった。そして、もうひとつは、そのエルヴィス・プレスリーの記録映画にはたとえば『休日のエルヴィス』というようなタイトルがつけられていて、そのタイトルどおり、ステージで歌をうたう以外のエルヴィスがふんだんに撮影されている、休日のエルヴィス・プレスリーの、フィルムによる日録みたいな映画だとしたら愉快だろうになあ、という幻想だった。

『エルビス・オン・ツアー』は、エルヴィスのステージ以外のことも多少はとりこんであるけれども、やはり、エルヴィスのステージの記録映画だったので、最初の本能的な確信のとおり、面白くもなんともない映画だった。彼がデビューした当時のニュースリールみたいな白黒のフィルムや、テレビの『エド・サリヴァン・ショー』に出演したときの、あの有名な二分の一のエルヴィスのフィルムがインサートされていて、それを見ることができるのが唯一のひろいもので、あとはほとんどつまらない。この話はやはりアメリカだなあ、と感じさせてくれるシーンが二、三あったりするけれども、それはまたべつな興味になってくる。

なぜ、こうも面白くないのだろうか。

ということに関して、いろいろと考えてきた結果をまず書こう。「エルヴィス・プレスリー」という一種のブランド・ネームが、大きくべったりと貼られていて、その商標が持っているある種のカリスマティックで同時に家畜品評博覧会的な日常性を持った吸引力だけが問題にされているから、したがってつまらないのだ。

ブランド・ネームとしての「エルヴィス・プレスリー」が、色彩もゆたかに、一般的でわかりやすく目をひきやすいデザインのもとに、大量に印刷され、おなじ内容のおなじ形状のガラスびんに貼られていって、売り出されている、そんな感じが、すくなくともぼくには伝わってくる。

たとえるなら、ピーナツバターみたいなものだろう。装いもあらたに開店した、郊外のショッピング・センターの、現代ふうにピカピカと光った感じのスーパーマーケットの棚に、ピーナツバターのビン詰めが、ずらりとならんでいる。その商標は、よく知れわたっているばかりではなく、日常生活のなかでちょっとした伝統的な存在であり、どの家庭の冷蔵庫のなかにもふたつやみっつは買いおきがあり、あらためて新装のパッケージを見せられると、ついまた買ってしまう。だが、そのガラスびんのなかにつまっているのは、あくまでも加工に加工をくわえられたピーナツバターであり、畑に生えているピーナツの姿など想像もつかない、薄気味わるい、良く言ってシュールレアリスティックな、変形されたものなのだ。

そして、『エルビス・オン・ツアー』のエルヴィスの場合は、ガラスびんのなかのものがピーナツバターであることを忘れさせてくれるほどに、「エルヴィス・プレスリー」というブランド・ネームは強力であり、それ以外にはもはやなにもなく、それだけしかないのだった。ただの商標を記録映画でながめて、いったいなにが面白いだろう。面白くあるはずがない。

モノクロームの、いささかゆがんで映っているフィルム・インサートでわずかに瞬間的にしのべる大昔のことを、すこし考えてみる必要があるようだ。

音楽は孤独な実感であり、その実感は多少とも抽象性をおびている、とぼくは信じている。しかし、こう書いたからといって、それを普遍にまで押し拡げたいという希望はすこしもなく、たとえばいまみたいに、エルヴィス・プレスリーの大昔について書くようなときには、受けとめる側でのごく個人的なロックンロール体験を書くことになるし、それ以外の方法では、なにも書けない。

ロックンロールは、まず、非常に匿名性の高い音楽であると思っている。なんらかの経路をへて、受けとめ手の側へ、そのサウンドが到達しさえすれば、それで完結していた。

その経路の代表として、ごく一般的にまず最初に存在したのは、ラジオだろう。SP盤でも45回転のシングル盤でも、どちらでもいいのだが、あるひとりのロックンローラーという芸術活動家が、自分のサウンドをレコードに固定する。ラジオ局のDJが、そのレコードを、自分の番組で放送する。そして、その番組を聞いていた人が、ロックンローラーのサウンドを受けとめる。

一九五〇年代なかばちかくのアメリカで、主としてティーンエージャーたちがロックンロールをうけとめたのは、ラジオをとおしてだった。自動車のラジオか、あるいはどこへでも持って歩けるトランジスタ・ラジオであることが多かった。

学校がひけてから、自宅での夕食をはさんで、最終的に眠りにつくまでの時間のどこかに、ロックンロールと出会う瞬間があった。

たとえば、ひとりで、あるいは学校の仲間たち数人で、自動車に乗り、べつにこれといったあても目的もなく、近所を走りまわる。当時のティーンエージャー用語でこれを「クルージング」と言ったのだが、このようなときに、その車のラジオは、彼らのもっとも好みの音楽番組を放送してくれるDJの局にダイアルがあわされていた。

コマーシャルをはさみつつ、DJは、次々にレコードをかけていく。アーティストと曲の題名をDJは必ず喋るのだが、聞いているほうにとっては、その情報はほとんど無意味に等しい。すでによく知っていて、自分たちの好みになっている歌手や曲の場合はべつだが、そうではないときには、歌手の名や曲名は、なんの意味も持たず、したがって聞きながされることが多かった。

そして、そのレコードがかけられ、気に入らなければ、やはりおなじように聞きながされるのだが、興味の持てるサウンドであった場合には、そのときいっしょに車に乗ってクルージングしている仲間のひとりが、たとえばラジオの音量をあげることを希望し、最後まで聞きとおしてから、この歌手は誰だ、この曲はなんという曲なのだ、というかたちで、歌手名や曲名に興味が持たれなおされていく。

受けとめる側が、なによりもさきにサウンドを問題にしているという点で、当時のロックンローラーは匿名性の拠点をまずひとつ持ち、さらに、ロックンローラーたちは、ティーンエージャーたちには好かれていなかった既存のポピュラー歌手たちにかわってまったくあらたに登場してこなければならなかったのだから、彼らの匿名性は、ごく当然のことでもあったのだ。

ラジオで放送されるレコード、という経路を通過して伝えられたロックンロールのサウンドが、抽象性をおびた孤独な実感となりうるには、どのようなサウンドでなければならなかったか、あるいは、実際にどのようなサウンドであったかという問題になると、もう言葉では表現できないだろう。当時の、いわゆるロックンロール・ヒットとして現在まだ命を失っていないサウンドを聞きなおすよりほかに手はない。

チャック・ベリー、バディ・ホリー、エディ・コクラン、ジーン・ヴィンセント、ビル・ヘイリーといったロックンローラーのサウンドが、重要な手がかりになるだろう。そして、大昔のエルヴィス・プレスリーも、ほんとうはひどく特殊で、その特殊さがゆえに、彼はロックンローラーではないと言ったほうがあたっているほどなのだが、とにかく彼もまた、ごく匿名的なシングル盤の一枚としてはじまったのだ。

エルヴィスが、どう特殊だったかを、さきに説明してしまおう。かさねてことわらなくてはいけないのだが、この説明もまたいわゆる客観的で普遍的なものではなく、ぼく個人のロックンロール体験の、あるひとつの側面からの記述になるのだろう。

エルヴィス・プレスリーの特殊性は、ごく簡単に言うと、ロックンロールのサウンドとして受けとめうる孤独な実感の抽象度が、ほかのすぐれて抽象度の高かったロックンローラーに比較すると、かなり低かった、という点にある。

構造的にも充分にそうだが、いい言葉が見つからないので仮りに精神的という表現をしておくけれども、精神的にもやはり、ロックンロールは、基本的にはギター・ミュージックなのだ。エルヴィスは、ギターをなんらかの支えにしてはいたが、それを弾いて自分のサウンドを表現することはしなかった。そのかわりに、彼は、自分の内部にためこんでいたエモーションを、肉声による歌ひとつに託して、爆発させ、ぶちまけるように、表現していた。そのぶちまけぶりは、デビュー当時のものをLPで聞きなおすと、あきらかに端正で、きれいにひとつ、方向がとられている。

つまり、彼がかかえこんでいたエモーションは、激しくはあったけれども、範囲はちょっとせまかったようだ。そして、そのせまさのおかげで、一点にしぼりこまれた、官能的ではありつつなおもキラキラとした透明で澄んだ感じの熱意が、増幅されている。

もちろん、肉声による歌でも、抽象性をおびたインパクトをつくりだすことは可能だし、ロックンロールにあっては特に、歌詞をまるっきりはなれたところでの肉声によるメッセージの抽象化は、よくおこなわれた。エルヴィスにもそれが認められるけれども、やはりギターには、かなわない。そのギターが電気ギターだと、なおさらかなわない。

実例をあげておこう。『エルヴィス・ゴールデン・レコーズ』のLPのなかに、『冷たくしないで』という曲がある。昔の大ヒットなのだが、いまではほぼ完全に忘れ去られている作品だ。これは、『エルビス・オン・ツアー』のなかでも、ステージ場面以外のところで効果的に使用されているので、都合がいい。前奏が、電気ギター一本でおこなわれている。電気ギターといっても、現在のそれにくらべると、アクースティックにちかいといったほうがいいほどの正直でシンプルなサウンドだ。スコティ・ムーアが弾いている、このみじかい、しかし永遠にすばらしい前奏が、『冷たくしないで』のすべてを語りきっている。エルヴィスのうたいぶりは、これもまたすてきなのだが、スコティ・ムーアのギター・ワークにくらべると、補足とかつけたりのような感じがあり、エルヴィスがその声だけでどこまでなにをおこない得るのか、その限界のようなものが、明確に感じとれるのだ。だから、ぼくが、エルヴィス・プレスリーの初期のなん枚かのすぐれたLPを聞いてやはり最後に心にのこるのは、エルヴィスの歌ではなく、スコティ・ムーアの電気ギターなのだ。エルヴィスが、顔をしかめ足を踏み動かし、腰をくねらせ、全身をふりしぼらんばかりにしておこなっていることを、スコティ・ムーアは、なんのてらいも無理もみせずに、ひょいとやってしまっている。聞いたとたんに心臓を素手でひとつかみにされてゆすぶられたような官能的な音なのだが、同時に、巧みに抽象化されてもいる。

話をもとにもどそう。ラジオやジュークボックスをとおして聞いたレコードがじつはオリジナルなロックンロール体験だったのだから、自分の気にいったロックンローラーの生身の姿がステージで見られるロックンロール・パーティなどは、逆に、複製品の位置にあったといえる。

レコードに固定されたサウンドが、ラジオという経路によってまったく不特定の多数にむかって、放たれる。自動車でクルージングしながらその放送を聞いていたティーンエージャーたちは、ある種のサウンドをかなり積極的な姿勢で待っていた。そして、待っていたそのような人たちの頭へ、ロックンロールは、個別に届いていったのだ。

このような流通経路によって、サウンドによるメッセージは、すでに充分に伝達されているのだから、ステージのうえのロックンローラーを直接にながめるという作業は、どうしても第二義的な意味しか持ちえなかった。

自分のヘッドにひびき、それをゆるがすことのできるサウンドを発する人間が実際にいるのだ、という事実をたしかめにいく証拠確認のおもむきがあっただろうし、ひとつの場へ集うという、一種の遊戯的な楽しみもあっただろう。第二義的な意味とは、だいたいこのようなことだ。そして、それらを超える意義としては、ロックンローラーがギターと一体になっている事実の、視覚による具体的な発見があったのではないか、と推測できる。

ロックンローラーの肉声による歌が具象であるとするなら、彼がかかえているギターは、あきらかに抽象なのだ。具象と抽象とをひとりの人間があわせ持ち、顔つきや姿や体の動かしかたが、具象と抽象のふたつをひとつにくっていて、さらに、ピアノ、ベース、ドラムスのようなリズム・セクションが、そのぜんたいを支えている。楽器は、どれもたいていは、人間の肉声ないしは肉体の延長なのだろう。ひょっとして、たとえば風の音を模する目的でつくられた楽器、というようなものが存在するかもしれないが、ぼくは知らない。肉声ないしは肉体の延長とは、肉声や肉体をある特定の一点でつかまえたうえでの抽象化ではないだろうか。ギターはこの点じつに不思議な楽器で、この抽象化がおこないやすく、しかも官能的にわかりやすく表現することが可能なのだ。そして、電気ギターになると、表現力の幅は、ほぼ無限にちかいまでにひろがっていく。ジミ・ヘンドリクスの『星条旗よ永遠なれ』を聞いただけで、このことは充分に納得がいく。

ロックンローラーの生のステージが持つ意味は、だいたいこのくらいで、あとは商業的な意味あいが、のこるだけだ。ロックンローラーそのものも、彼がつくるレコードと共に、商品でもあるわけだから、ステージというパッケージをあたえたうえで、一定の値段をつけ、観客に提供できる。ロックンローラーは、ステージ上では主としてエンタテイナーになるのだ。

総体的にひとまとめに語ることはとてもできないだろうけれど、一九五〇年代後半ちかくのアメリカのロックンローラーの、受けとめる側での印象は、どちらかといえば端正なプロフェッショナルであった。現実には、ロックンロールただひとつが自分にとってのよりどころで、ほかのいっさいはただもう混沌としていたのかもしれないが、レコードによるにせよステージによるにせよ、当時のロックンローラーがそこまで表現することは、できずにいた。そうする必要がなかったからだろうし、時代はまだ圧倒的に、区切られた時間帯を生活する人たちのものだった。

だが、エルヴィス・プレスリーの、当時のステージは、ほかのロックンローラーのステージとはあきらかにおもむきが異なっていたようだ。『エルビス・オン・ツアー』にインサートされた昔のフィルムで、一瞬、見ることができるけれども、あんなふうに顔をしかめたり体を動かしたりして、本能的におこなっているエモーショナルな舞踊の一種は、そっくりそのまま、みごとな偶然にちがいないのだが、あの時代のティーンエージャーたちが程度の差はあれ共通して持っていたエモーションの、ありったけの表現なのだ。

自分の気持を、あれほどまでに熱意をこめて純粋に表現してくれる人物がステージにいるのをながめている、受けとめる側の人たちは、狂って当然で、狂わなければどうかしている。エルヴィスの顔つきや体が持っている雰囲気、体の動かしかたなどが、サウンドよりもずっと重要なものにかわっていることが、よくわかる。レコードでは、スコティ・ムーアの電気ギターにかなわなかったのに、ステージでは、誰の目にも、なんのうたがいもなく、エルヴィスが主役なのだ。

彼が表現している、あの時代のティーンエージャーのエモーションの中核となっているものは、ある種の、形容しがたい不安のようなものだ。その不安が、ステージに出てうたうことに関する不安とうまくかさなっていて、たとえば、エド・サリヴァンのテレビ・ショーに出演したときのフィルムでは、エルヴィスが自分のバック・アップ・ミュージシャンたち三人を、不安そうにひっきりなしにふりかえったりするような動作で、きれいに表現されている。

この不安をとりまいて、トータルなかたちでの生命力があり、その生命力は、生きるよろこびとか、大人たちに対する攻撃とか、当時のティーンエージャーたちが身を置かされていた現実の細部にそくして、さまざまに表現できる。

眼がひきつったみたいにすわってしまっているエルヴィスが、それこそ必死にうたい、体を動かし、三人のミュージシャンたちとのインタプレーをおこなっている。結局、こうある以外にありようがなかったのだという、計算も演出もなにもない、まるっきり生な姿のエルヴィス・プレスリーが、加工と変形とリパッケージをされつくされたいまの彼のドキュメンタリー映画のなかで、かいま見ることができるのだ。

こんなふうな、大昔のエルヴィス・プレスリーの、たとえばエルドリッジ・クリーヴァーが書いているような、「ジョー・スタッフォードなどよりもはるかに社会的に意味のあった」プレスリーは、時間的にはほんの三、四年しかつづかなかったのだ。LPの数にすると、ゴスペル・アルバムの最初のものを加えても、せいぜい六枚ぐらいしかない。そして、それからあとは、どんどん面白くなくなっていく歴史しかなく、逆に見れば、エルヴィス・プレスリーが面白くなくなるにつれて彼の流通機構がどう変化していったかの歴史であるわけだ。その歴史を観察しなおしてみると、ロック体験というようなものに関して、いくつかまたちがった興味が見つけ出せる。

質的に最高だったときのエルヴィス・プレスリーには、ロックンローラーとしての特定の「場」は、なかった。歌をうたいたいという衝動と、うたえる条件とが、ゆっくりと偶然にかさなり、小さなレコードが一枚、できあがっていく。それがラジオ局のDJにわたり、彼の手によって放送される。どこにも、「場」と呼び得るようなものは、存在しない。しいていえば、そのラジオ局が電波でカヴァーしている地域ぜんたいが、「場」なのだ。その「場」のなかに、待ちかまえている聴衆が、ひとりひとり個別に存在していた。エルヴィスにもこのような時期が、ごくわずかながら、あった。そして、このわずかな期間に、パーソナル・アピアランスのステージが、主として南西部の各地をいそがしくかけまわるというかたちで、やはりあった。

バックのミュージシャン・グループのなかから、スコティ・ムーアたち三人が抜けていったころからエルヴィスが出すレコードはつまらなくなり、このころには、メンフィスを中心にしたひとつの小さな地域を出て、レコード会社も地元のワン・マン・オペレーションからRCAヴィクターという大企業に移っていた。すでに発売したシングル盤のマスター・テープや未発売のテープごと、エルヴィスはまずヴィクターに買いとられたのだった。

メンフィスのサン・レコードと、アメリカ全土が相手のヴィクターとでは、当然、音のつくりかたがちがってくる。主潮としては、はるかにポピュラーなかたちの音に、という方向へむかい、それと同時に、いくつかのテレビ番組をとおして、水割りされたかたちでありながらなおいくらかの衝撃をともないつつ、全米に知られていく。さらに、このことに重ねあわせるように、ハリウッドの映画会社と契約を結び、主演映画が製作されていく。

ロックンローラーとしてのエルヴィス・プレスリーがその最初に持っていたインパクトを、マス・セールスの可能な商品へと強引に拡大していくプロセスが、当時のアメリカのそういった世界の機構そのままに、忠実におこなわれていったのだ。

当時すでに、テレビは、強力な情報伝達手段だった。全米的なひろがりを持ったうえで若い人たちの生活に密着したアイドルでありつづけるならば、テレビのほうが有利だったのだが、エルヴィスにはテレビは採択されず、映画があたえられた。エルヴィス個人に関しても、また、ロックンロールぜんたいについても、いわゆる世間の良識の側からの反応は否定的であり、トランジスタ・ラジオのように若い人たちだけのものではなく、家庭のメンバー全員のものであったテレビは、あきらかに不利だとの判断がなされたのではなかっただろうか。それに、営業上のパターンがすでに固定されていて、そのパターンにうまく乗りさえすれば意外に手っとり早く、しかもかたくかせげた、多少とも時代おくれのしたハリウッドのほうが、エルヴィスの資質には適してもいたのだろう。

初期のエルヴィス・プレスリー主演映画の三、四本には、すこしはそれなりに工夫したあとが見てとれたりしたのだが、早い時期にそれはなくなり、こういう映画をいったい誰が観るのだろうかと、まったくの他人事ながら心配になるような出来ばえの映画がつづくことになり、悪化の一路をたどりつつ三〇数本の、エルヴィス・プレスリー主演の劇映画がつくられ、公開されたのだった。そして、おどろくべきことに、すくなくともアメリカ国内では、その三〇数本のいずれもが、興行的には大成功ないしは良好な成績をあげつづけたのだ。もっとも、最後の数本は、さすがにあまりよい成績ではなかったという。それでもなお、充分にもとがとれてしかも、もうかったのだ。

主演映画を四本つくり、レコードではロックンローラーからポピュラー歌手へ大きくちかづいていったころに、エルヴィス・プレスリーは徴兵されてアメリカ陸軍に入隊した。三年に満たない期間だったと思うのだが、彼が陸軍の一兵士としてすごしたこの期間は、それまでに彼が投影していたイメージの修正期間として作用したようだ。

デビューしてから陸軍に入隊するまでのエルヴィス・プレスリーが、ごく一般的に投影していたと考えられているイメージは、ようするに、あるまじきイメージであった。ステージを見なくても、レコードを聞かなくても、写真をふたつみっつながめるだけで、当時の彼の、あのあるまじきイメージは、誰にでも伝わっていたはずだ。

ひどく子供っぽい、乳のみ児的な雰囲気をのこしつつ、一目瞭然というか、あからさまにセクシーであり、そのセクシーさは、単に男らしく健康的で明朗なだけでは絶対に真似することのできない独特なセクシーさだった。ふてくされたような顔つきであるにもかかわらず、不安げであり、ぜんたいにたたえている奇妙な優しさは、女性的ですらあった。

このような奇怪な若者にティーンエージャーたちがなぜ夢中になるのかわからないまま、大人たちは、あわてたのだ。ティーンエージャーたちにとってのひとつの理想像として投影されているイメージは、それまでのアメリカが理想としてかかげていた若い男性のイメージを、ぐらりとひとつ、大きくゆるがし得る力を持っていたし、現実にそれはたしかにゆるがされたのだから。多少は余談になるが、陸軍に入隊する以前の、プレスリーの最盛期には、南西部のあちこちに、新興宗教団体がつくられた。エルヴィス・プレスリーはサタンからさしむけられた邪と悪の使者であり、その写真を見たりレコードを聞いたりした人間にはすでにそのサタンがのりうつっているから、おはらいをしてサタンを追い払ってあげます、と提唱する宗教団体だった。これがどこでも人をあつめていたし、既存のごく一般的な教会でも、エルヴィス・プレスリーを清める礼拝が、よくおこなわれた。

このようなイメージが、入隊によってすっかり洗い清められ、除隊してきたときには、清潔で健康・明朗な、有為なアメリカ青年のイメージに生まれかわっていた。入隊によってファンが去っていくことが心配されたりしたのだが、そのようなことはなく、ファンの数は逆に増えた。

ステージに出ることは、なぜだかもうやめにしてしまい、彼の活動の中心は、ハリウッドでの映画づくりに、はっきり移行していった。この時期には、シングル盤のヒットはまだ出ていたが、映画主題曲をヒットにもっていくことにセールスの力点が移され、やがて映画主題曲でもヒットしなくなり、一本の映画のなかで彼がうたう歌をまとめたLPが、映画が新しく公開されるたびに、それにあわせて、雑で安っぽい方法で、つくられては売り出された。映画の新作は、だいたい一年に三本、製作されていた。イースターとかクリスマスとか、学校が休暇になるシーズンごとに一作ずつ封切るローテーションが組まれていたという。

エルヴィス・プレスリーは、可もなければ不可もない、しかしあきらかに退屈な映画俳優兼歌手として、型にはまりきったおなじパターンのくりかえしのなかで、十年間、すごした。そして、そんなエルヴィスを、アメリカ国内の忠実で寛大なエルヴィス・プレスリー・ファンは、許しつづけたのだ。一九六〇年代の十年間、ほぼ全期間、エルヴィスはこんなふうだった。入隊以前についた膨大な数のファンが、時間の経過と共に質的に変化していく、その変化のもっとも保守的な部分に狙いをさだめた、市場確保の作戦だったとしたら、これほど薄気味わるい話はない。入隊以前にエルヴィスについた主として女のこのファンたちは、三、四年もすれば結婚して主婦や人妻となり、だいたいにおいてほぼまちがいなく、サイレント・マジョリティとしての生活のなかに巻きこまれていく。日常的にちょっと身動きのとれなくなったそのような人たちにとって、年に三度ほどずつ、ホリデー・シーズンごとに公開されるエルヴィスの映画と、それにあわせて発売されるLPが、かなりの力を持った楽しみないしはなぐさめであったであろうことは、充分に想像できる。

十年間のブランクを置いて、エルヴィスは一九六八年にテレビのワン・マン・ショー番組に出演した。この番組には、ひとつのメッセージがこめられていた。エルヴィスはカムバックしたがっています、というメッセージだ。かなり散漫な出来の一枚のLPを、曲の順に、テレビ局の現場でよくいう「絵」にしてみせたような印象のショーだった。エルヴィスを忠実に支持しつづけたファンたちは、このメッセージを、大よろこびでむかえたのだった。

カムバックは可能だ、とわかると、サイレント・マジョリティにとってのとりあえずのあこがれであるラスヴェガスで、エルヴィスはステージに出た。もっとも忠実なファン層の中核をなしている三〇歳前後の人妻や主婦は、その気になって努力すれば、ラスヴェガスへエルヴィスを見にいくことくらいはできる。十年間待ちました、と言いつつ実際に多くの人たちがラスヴェガスへ出かけていき、それができなかった人たちのためには、『エルビス・オン・ステージ』というエルヴィス映画が用意された。そして、ここからまた、ステージの奇妙な安売りおよびそのドキュメント映画とライヴLPというパターンが、くりかえされようとしている。

このさきどうなるのか、興味のある人もいるだろうけれど、ぼくにはなんの興味もない。そして、ここまで書いてきてふと思うのだが、ステージというものは、そのまえに坐ったり立ったりしている観客をも含めて、非常に厄介な存在であるようだ。たとえば、いまのエルヴィスには、とりあえずステージが必要だが、もう死んでしまったジャニス・ジョプリンには、常にステージが絶対に必要だった。彼女がテキサスの田舎町を家出してからロックのスターになるまでの匿名の期間は、感動的な物語を構成してあまりあるけれども、ビッグ・ブラザーと呼ばれるようになってからは、全身で絶叫するかのように彼女のブルースやロックをうたえばうたうほど、ステージからはなれることができないという不自由さがたかまっていく、かわいそうな時間の連続とかわる。そして、どうにもなりえないところまで自分で自分を追いこみ、死んでしまったのだ。それが彼女の生き方だったといえばそれまでだが、匿名の期間の彼女の生き方を、ステージに出てからは逆に自分で切り崩していったような印象はいつまでも去らない。このような現実の悲劇のためにステージは必要なのだろうか。ステージに出てから、うたいおわってひっこむまでの彼女の一挙手一投足のどれかひとつかふたつに感動をおぼえることはありうる。エルヴィスの場合にも、それは言えるだろう。しかし、ビートルズのようにごく自然にあっさりとステージを放棄したり、ローリング・ストーンズのように、現実とはかかわりあわないひとつの虚構としてステージを構成するほうがはるかに気楽であることにまちがいはない。

すぐれたロックンロールのなかに抽象化されているメッセージが、受けとめる側のひとりひとりの頭に伝わるためには、「場」などというものは必要としないのだ。いわゆるサンフランシスコ・サウンドのさかんだったころのように、ロックンロールが「楽しむ」と同義であったときには、その「楽しむ」ことのひとつのサンプルを提示してみせる意味からある特定の、たとえばフィルモア・ウエストのような場所が必要である場合もあっただろうけれど、ロックンロールはほとんどなんのあてもなくただ空中に放たれるのであり、それを受けとめるかどうかは、「場」にいたかいないかではなく、なんらかの経路によって触れることができればよし、できなければそれまでという、非常に運命的なものである。だから、ほんとうは批評も論もなにもできない。

ブルースに死んだジャニス・ジョプリン

たしかに刺激的ではあるけれども、とにかくなんとも不自由きわまりないうたいかただとつくづく思いながら、ターンテーブルからLPをはずすことになる。ジャニス・ジョプリンの五枚のLPを、ふと聞いてみたりしたときには、かならずそうなるのだ。そして、最近では、彼女のLPはもうあまり聞かなくなってしまった。

ジャニス・ジョプリンの不自由さには、ちょっとした感動みたいなものをおぼえないわけにはいかない。なにがどう不自由かというと、あのほんとうに「観客の目の前で、自分がうたうひとつひとつの歌の首をしめあげるような」うたいかたもさることながら、彼女には目の前に観客がたくさん座って熱狂しているステージというものが常に必要であり、ステージをひきずって歩いているような彼女の毎日が、レコードを聞いていてすら、いたたまれないほどの悲しい不自由さとして、せまってきてしまう。

ジャニスがほんとうにこんなことをしゃべったのかどうか、それはわからないけれども、彼女の有名なせりふのひとつとして、次のようなものが活字になってのこされている。

「あんた、これまでに人を愛したことがあるかい？　あたしには、ないんだよ。あたしのたったひとつの愛は、お客との間にしかないし、だから舞台があたしのすべてなのだよ。ほんとさ、あたしには、ほかにはなんにもないのさ！」

もしこれがほんとうにジャニス・ジョプリン自身の発言だったら、わが手による自分自身の正直きわまりない暴露だし、このみじかい言葉のつらなりのなかに、ブルースやロックをうたいはじめてから死んでしまうまでのジャニスのすべてが、表現されつくされている。ジャニスのうたいぶりは、あきらかに力みすぎていた。その力みぶりは、ある種のグロテスクなたかみをきわめる瞬間があり、悲しくてさびしくて、荒涼たるものだった。

命のありったけ、声のかぎりをふりしぼって、ひとつの歌のすみからすみまで、くまなく絶叫しつくしてうたうジャニス・ジョプリンのブルース・ロック、と単にこんなふうなうけとめかたをしてそれで終わりにしてしまえばそれでもいいのだし、現実にそのようなうけとめかたに終わってしまっている人たちが数多くいると思われる。しかし、悲しさや荒れたさびしさは、どうしてもあの絶叫のなかに聞きとれてしまうし、いったん聞きとれたら、その悲しさやさびしさはどこから来るものなのか、こわいもの見たさにちょっと似たような気分で、たどっていきたくなってしまう。ジャニスの絶叫が、単なる絶叫ではなく、彼女自身うっすらとでも自覚していたはずの、彼女の内部で確実にすさまじく欠落していたなにごとかの、その欠落した虚ろなる部分から発せられた絶叫であったことは、のこされた五枚のＬＰのうちのどれでもよいから片面だけでも聞けば、すぐに直感できる。

バンドをひとつ自分のうしろにしたがえてジャニス・ジョプリンがはじめてプロフェッショナルな気持でうたったときの自分について、彼女自身は、次のように表現していた。

「いったいなにがおこったのか、まるでわからなかった。あたしは大爆発したのだ。それまでは、あんなふうにうたったことはなかった。突っ立って、ただうたうだけだった。でもね、あのリズムと大きな音を出すロック・バンドの前じゃ、そんなふうにはうたえやしない。伴奏にあわせて、大声はりあげて、烈しく動きまわらなくちゃ。あの時がはじめてだったのだけれど、それからオーティス・レディングに夢中になって、それまで以上に、こういううたいかたに一生懸命になったの。いまじゃもう他のうたいかたなんて、考えられない。落着いて、叫ばないようにやってみたのだけれど、舞台を降りたときの虚無感たら、なかった」

はげしく体を動かしながら、絶叫のうえにさらに絶叫を塗りこめていかないことには、ステージのうえの彼女自身が、まず、みたされなかったのだ。

自分で絶叫して放った歌が、円環を描いてただちにまた自分のところへかえってきてしまうという、ジャニス・ジョプリンのきわめて個人的な色あいの強い歌ないしはステージでのそのうたいぶりに、人はいったいどのような感銘をおぼえたのだろうか。

一九六七年のモンタレー・ポップ・フェスティバルで、いわば正式にデビューしたジャニス・ジョプリンが、その三カ月あと、おなじくモンタレーのジャズ・フェスティバルでステージに立ったときの、感動的な様子が、ラルフ・グリースンの文章でのこされている。引用してみよう。

「彼女が舞台のうえでまずしたのは『ちきしょう』と言うことで、これがすぐに観客との距離を縮めた。それから両足を踏み鳴らし、髪をふり乱し、絶叫しはじめた。観衆は二、三秒間、静まりかえっていたが、太陽がさんさんとふりそそぐ会場のあちらこちらで長髪の若者たちが立ち上がり、通路に出、バンド演奏に合わせて足踏みをしはじめた。最初の曲の終わるころには、モンタレー・カウンティ・フェアグラウンズの会場は、もだえるように身をよじり、腕をくみ、ジグザグ行進して歩きまわる人でいっぱいだった。それは、まったくすばらしい光景だった。このようなことは、同フェスティバル十年間の歴史にかつてなかったことであり、あれ以来にも例を見ていない」

この「すばらしい光景」は、じつはジャニス・ジョプリンの内部の、非常に個人的な部分から生み出されたものだった。彼女の心の内部で確実にそして決定的になにごとかが欠落していて、その欠落したところからジョプリンの絶叫や、ふり乱される髪は、出発していた。「すばらしい光景」を描写したラルフ・グリースンも、おなじ文章の終わりのほうでそれは指摘している。「何か欲しいものが手に入らないことを彼女は承知していた」と、彼は書いているのだ。

心が満たされたあとに出てくる歌でもなく歌として成り立ち得る条件をプロフェッショナルにみがきたてて放った歌でもなかったジャニス・ジョプリンの絶叫が、観客たちのなかに「すばらしい光景」をつくり出したことこそ、ひとつのかなり大きな悲劇だった。だいたいにおいて、人を感動させるような歌は、悲劇から発している。

どうしても自分は絶叫してうたわなくてはならないのだというブルース的な衝動は、きわめて個人的なものだが、その衝動が一丁のギターをくぐりぬけるとき、あるいは、バンドをしたがえたひとりの歌い手が、ある種のステージ・プレゼンスをたたえて歌にかえていくとき、そのブルース衝動は、万人とまではいかなくとも、その場に居合わせた人たちのうちの何人かに、抽象化されたかたちで、一瞬の普遍性をおびて、伝えられうることは、いまさら言うまでもない。

しかし、そのようなことがおこりうるのはやはりどうしたって、宗教的な天啓の雰囲気をおびた、ごくごくみじかい、せつないほどに瞬間的な時間内においてであることがほとんどで、この天啓的な瞬間が、たとえばジャニス・ジョプリンがステージに立って絶叫するときには常に維持されうるとは、とても信じられない。

多くの場合、いや、ほとんどの場合、ジャニス・ジョプリンの歌がほとばしり出てくる彼女の心の内部の、あるひとつの虚ろな部分は完璧に虚ろであるまま、観客たちは、ジャニスが髪をふり乱して絶叫しつつ、「歌の首をしめあげる」のを、見に来ていたのではないだろうか。スターになってからのジャニスとその観客との関係についてのさまざまな文章が、このことを暗示している。

「名声のなかで生きるのは生やさしいことではない。一年たらずのうちにコンサートの前座に出る伴奏バンドから、たくさんのおかねをとって大きなコンサートに出るようになったための代価は大きい。

まず四六時中〈偉大〉であることが要求される。どこにいようと、どんな気分だろうがファンのイメージどおりでなくてはいけない——そうしなければダメになったという噂が広まる。そうしてファンたちは、皆自分たちのありったけの期待をいつもスターにかけ、ファンに応えてスターが呼応することを期待している。——ファンには結構なことだが、毎晩、ちがった町の異なった観衆を前にそれをつづけることが、気をめいらせる」

これは、時として観客のひとりでもありうる第三者の書いた文章だが、ジャニス自身、おなじようなことをしゃべっている。

「ファンたち——連中は、耳なれた曲を聞きたがる。聴きにくる連中がどんなだか、知ってるだろう。でも、あたしは、ぜひ新しい曲をやりたいんだよ。八〇歳になったとき舞台にあがって『ダウン・オン・ミー』をうたわなくちゃならないなんて、ごめんだからね。あたしがこれをやったのは、それをすることで成長しつづけられるからなんだ。新しい曲がレコードに入ってしまえば、若者たちは受け入れるようになるんだ」

観客は常に一定して、ボール・アンド・チェーンつきのジャニス・ジョプリンを求める。その観客を熱狂させつつ、自分も絶叫してうたわなくてはいけない。そして、うたいつづけていく途中で、ふと気がつくのではないだろうか。観客の求めるものがいつもおなじであるように、自分の絶叫のなかみも、おなじなのだ、ということに。

これに気づいたときには、悲劇は第二の段階に入っていく。

自分の絶叫のなかみを「進歩」させるための、いろんな努力が、つみかさねられはじめる。バックアップ・バンドを批難したり、とりかえてみたり、新しい曲をつくってそれをうたってみたり、絶叫のパワーをさらにたかめたり、放言の次元がふいにひとつたかめられたりしていく。

たとえばジャニス・ジョプリンにしても、彼女の生い立ちとか過去、それに人柄や性格などは、絶叫によっていったん空中に放たれてしまった彼女の歌とは、関係を持たない。絶叫された瞬間、彼女の歌は、彼女のいっさいから解き放たれて、ひとり歩きをはじめる。わかりきった当然のことだが、ジャニスの場合、歌はなかなかひとり歩きをしなかったようだ。絶叫が、力みすぎた絶叫であったがために、その絶叫への契機を、彼女の内部に存在するがままの姿で、さぐりあて、出来ることなら手で触れてみたくなってしまうのだった。彼女についてなにかが書かれるとき、さまざまな意味で彼女の故郷、ポート・アーサーがひきあいに出されるのは、おそらくそのためだろう。彼女の父親が、こう言っている。

「ワイルドな女性で、わがままな子供だったのです。悪口雑音を吐きながら生きていました。あんなに振まっていましたが、そのほとんどは芝居だったのです」

「自分の良い面だけを見せようとしない子でした。自分でこれが自分だと思ったことを示したのです」

「高校時代は、ほとんど誰ともつきあっていませんでした。そのために、ずいぶんつらいこともあったようです。服装も行動も他人とはちがえて、ゆずらなかったものですから、誰もが彼女を嫌っていました。かかわりを持ったり話したりできる相手はひとりもいなかったのです」

「自分を酷使していました。明日よりさきのことを考えたことがないのです」

「いつも活動していて少なくも休むようには見えず、まわりには人が絶えず集まっていました」

「観客の熱烈な反応が大好きでした。それが生きがいだったのです」

すくなくとも十四、五歳のころから、絶叫のタネを自分の内部に持ったまま、ジャニスは、声をかぎりの疾走をはじめたのだった。

絶叫がおさまり、疾走がやむためには、なにがあればよかったのだろう。クスリの飲みすぎによる死は、たしかにすべてを静止させうるが、その静止は、すこしも素敵ではない。

ジャニス・ジョプリンが、激変するのをぼくたちは知りたかった。

絶叫がしぼり出されてくる、彼女の心の虚ろな部分に、なにごとかがしっくりと平和に入りこみ、絶叫はもはやしぼり出される必要がなくなってしまうところを、ぼくたちは、レコードをとおしてでもいいから、知りたかった。

彼女が、自分の内部に、ブルースを大きくかかえこんでいた事実は、もうわかりすぎるほどにわかっている。というよりも、ジャニスは、自分のブルースの内部へ、がんじがらめにちかいかたちで、はまりこんでいた。彼女に必要だったのは、髪をふり乱し、足を踏みならして絶叫するステージではなく、ブルースのなかからとにかくはい出してくる、静かで強靱な力だった。

この力のことを、カントリー・ジョー・マクドナルドは、「愛」と呼んでいる。

「ただひとつ、彼女の手に入らなかったのは、愛。あたえる愛と、受ける愛だった」

愛、と言ってしまうと、とたんにすべてがあいまいにぼやけ、同時にあらゆるものが陳腐な光沢をおびてくる。しかしそれは、この「愛」という、聞きなれ触れなれた言葉のせいであるはずだ。

自分の内なるブルース、あるいは、自分がはまりこんでいるブルースをただ絶叫するときの力と、そのブルースからひとりはい出して来て、自分のブルースを、ボブ・ディランが言ったように、外からながめられるようになるための力とをくらべてみた場合、このふたつの力のうちの、どちらがより強力であるだろうか。

問うまでもなく、こたえは、きまっている。はるかに強くてしかも素敵なのは、後者であるのだ。

カントリー・ジョー・マクドナルドによると、ジャニスはとても美しいバラッドむきの声を持っていたのに、最後のレコードでもまだそれを生かすチャンスにめぐまれなかったという。自分のブルースからはい出すには、自分と向きあい、直面する必要があった。ところが、ジャニス・ジョプリンは、自分とはついに向きあうことなく、自分の背後から自分自身の絶叫で自分を追いたて、疾走の途中で死んだ。ブルースに死んだスターのあとには、LPで六枚分の絶叫が、のこされた。

（注・引用文は、すべて晶文社刊『ジャニス』によった）

III 『マッド』自身はどのように円環を描いたか

1

アメリカのユーモア雑誌『マッド』を古本で買うようになってから二、三年にはなるだろう。古本屋さんに出るのを待ちかねてそのつど買うのではなく、半年に一回くらいの割合で、ほかの古雑誌と共に、買うのだ。

なぜ古本で買うようになったかには、理由がある。『マッド』の各号の、業界専門用語で〈表三〉、つまり、表紙の第三ページ目、だから、裏表紙のおもてに、ほぼ一ページ全面をつかって、ひとつのカラーの絵がのせてある。この絵は、シカケ絵で、指示どおり二個所でタテに折り、折ったところどうしつなげると、またべつの絵になる。

タテに二度、まっすぐ折るのが、やってみると意外に面倒だ。もちろん、線は引いてなく、余白に印刷された黒い矢印の見当だけで折るのだから、たとえば一個所で二ミリ狂っても合計で四ミリで、四ミリの誤差があると、このシカケ絵は、死んでしまう。

折るまえに、したがって、なんとなくつきあわせてみて、なるほど、こういう絵になるのかと、なかみをあらかじめ見てしまってから、折ったあとに出現する絵柄をたよりにあらためてきちんと折ることになる。

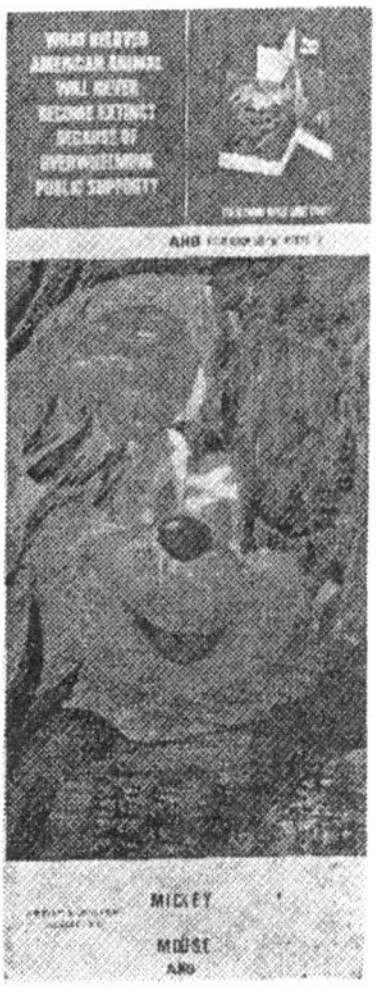

この手間を、ボクは、省きたくなったのだ。古本で買うと、五冊に四冊は、きれいに折り目がついていて、パッと一発で折れてしまって、これがなかなかいい。折り方が狂っていても他人のやったことだからどうでもいい。パッとすぐにシカケがわかるところがいいのだ。いちど一冊だけ古本で買い、それがすでに折られていて、このときに味をしめ、以後、『マッド』は、購読者を一名、失った。『マッド』は、このシカケ絵に、あらかじめ折り目をつけるということを、なぜしないのだろうか。

おくればせながら、『マッド』は、時の流れを適当にとり入れている。

たとえば、すでに過去の各号に掲載された傑作を選んで収録し再発売するのだという『スペシアル・エディション(特別号)』の第五号には、童話のパロディがまっさきにあり、そのなかのひとつは、「ジェリー・ルービンが三匹の子豚を書いたら、その物語はどんなふうになるだろうか」というのがある。RIGHT ONやUP AGAIN-

STやYOUR THINGなどの新語が適当につかってある。

よく『マッド』がおこなうポピュラーな雑誌のパロディは「未来のスキャンダル雑誌」となっていて、四つあるうちのひとつは、『実話新左翼』で、アンジェラ・デイヴィスが「私の恥ずかしい過去・私は六九年四月四日の演説でRIGHT ON! と最後に言うのを忘れたのです」などというアイデアが出ている。

一ページだけで処理したものでは、「繁栄」とタイトルをつけたアメリカ自己批判がおもしろい。はじめは小さな車に肩を寄せあって楽しく乗っていた夫婦が、年と共に車が大きくなり、それにつれて、生活を楽しまないような顔になり、車幅がページの横幅いっぱいの大きさのある車になるとふたりはおたがいに敵対すらしあい、最後、つまり、いまでは、夫婦それぞれがおなじフォルクスワーゲンにひとりで乗り、うれしそうにしている。

ようするにこういう笑いは、事後の消極的な笑いだろう。すでに世の中でとっくにおこってしまったことを、しばらくたってから、比較的おだやかなかたちでとりあげて笑わせるのだから。なるほど、いや、我々はまったくこのとおりだよ、と見る人をして身につまされた感じにおとし入れるテクニックは、ポピュラー・カルチャーの使い飽きない手口のひとつだ。

今年の各号を見ていくと、値段が三五セントから四〇セントに値上りしている。かつて『マッド』は一冊が二五セントで、古本ではどうまちがっても十円ないしは二〇円だった。二五セントのときには、その表示のうえに「私たちの価格」と小さな文字で入れてあり、二五セント、という数字の下には、「安い」とあった。この「安い」のひと言に天啓をうけてマンガ雑誌の編集者になったひとをボクは知っている。

二五セントからいちど三〇セントになったと記憶している。そのときには「安い」の文句は三度ほどちがうものにかえられたあとまた「安い」にもどり、その次に三五セントになったときにはどうだったかおぼえていない。今年の六月号から四〇セントになったらしく、六月号は「あ、痛っ！」といれてある。七月号は「言語道断」で、八月号はなぜか刊行しないことになっていて、だから、九月号は「笑いごとでない」とやってある。

こまかなテクニックによる気の配りようだとは思うけれど、やはり最初の「安い」のひと言はさえていたし、事実、まったく安かった。いまはぜんたいにあんまり面白くないから、「笑いごとでない」は、文字どおりの意味になってしまいそうだ。

いわゆるアメリカの危機というやつがさすがにもう『マッド』にも届く時期なのか、四月号の表紙はやけくそにちかく、ホワイトハウスらしい建物の写真に鉄のフェンスを合成したところへ「この国は故障中」と、黄色地に黒い文字でうたった告示がひもでひっかけてある。

半年分をとおして見た印象では、モート・ドラッカー、ジャック・デイヴィス、ジョージ・ウッドブリッジの作品が多くなり、この三人はなんとなく均質で、みんなモート・ドラッカーかと思ったほどだ。アンジェロ・トレスという新しい名前も見え、この人の絵は前記の三人を加えてちょっと水で割ったみたいな画風だ。「スパイ対スパイ」は、ますます複雑な、あるいは単純なアイデアの不足からくる考えすぎに原因した手のこみすぎた装置を案出して、白スパイと黒スパイとを対立させている。

わざわざ自分たちでつくったものではなく、手もとにある写真で処理したものが、最近では面白いようなのかもしれない。ニクソンとアグニューの顔をいろんな写真にはめこんだ六月号の三ページは、「アメリカン・ゴシック」がやはりいちばん面白い。

「アメリカン・ゴシック」のパロディとかあきらかに似せてつくった類似品だけを集めて展示しているうれしい美術館がアメリカにはあり、さっそく展示品のひとつに加えられただろう。

各号の各作品を適当に選んで一冊のペイパーバックにして刊行するのも、つづいている。こっちの発行部数も、どうやら落ちているらしい。

2

笑いについて考えるとき、これはあたりまえのことだけれども、やはりいちばん問題になるのは、なにを笑うか、なのだ。

一九五〇年代はじめの、創刊してまもない『マッド』は、たとえば、スーパーマーケットを笑っていた。笑うべきアメリカ的なものの代表のひとつとして、いまでも『マッド』は、スーパーマーケットのようなものを笑っているけれども、一九五〇年代はじめのあのときといまとでは、おなじ笑うにしても、意味はまったくちがってきてしまう。

あのときは、光り輝く合理的なスーパーマーケットは、全能のアメリカにとっての肯定や前進のシンボルだった。一般的には、スーパーマーケットは、笑うべきものではなく、偉大なる進歩への驚嘆の念をもって歓迎すべきものだった。

いまでは、スーパーマーケットは、ごく日常的な、そしてそれ故に非常に幻想的でもあるシュールな芸術作品になってしまっているから、笑いは、当然の要素としてすでに内蔵されている。

創刊まもない『マッド』でスーパーマーケットを笑った人は、ハーヴェイ・カーツマンだった。

カーツマンが脚本を書き、ジャック・デイヴィスが絵をつけた『スーパーマーケッツ!』という作品は、バランタイン・ブックスのマッド・ブックの第四冊目、『完璧にマッド』に、収録されているから、いまでもたやすく読める。

最初のひとコマが、じつに傑作なのだ。保存食品が記号で分類されて棚にならべられてあり、その棚はもちろんずっと長くつづいていて、棚と棚とにはさまれた通路には、まったくおなじ顔、おなじ姿のスーパーマンが、なん人も、ショッピング・カートを押して保存食品を買いにきている場面が、描いてある。

スーパーマーケットとスーパーマンとの、ごろあわせみたいなことから考えつかれた駄洒落のような感じはすこしもなく、やはりぜんたいに気味がわるくてすご味がある。つまり、スーパーマーケットというものが、地球のうえにある日こつぜんとしかも無理やりにつくられた非人間的な人工物として、はっきりとらえられてあるのだ。

バランタイン版のマッド・ブックで二四ページになっているこの『スーパーマーケッツ!』の話そのものは、べつにたいしたことはない。

遠く町はずれに新しくつくられた、ガラスとクロームに光り輝くスーパーマーケットへ、夫婦と子供ひとりの三人が自動車で買物に出かけるのだ。

駐車場、ショッピング・カート、オート・ドア、食品がこまかく分類された棚、買物にきている女性たち、自分のさがしている食品がどこに分類されているのかわからずにさがしまわること、ついたくさん買いすぎてしまうこと、などが、笑いの材料になっている。

笑いの材料となっている、とはつまり、このようなことすべてが、非人間的な好ましからざることとしてとらえられているのを意味する。

では、人間的な好ましいこととはなにかというと、ミスタ・フードが経営している昔ながらのグローサリー・ストアであって、ここでは、パンはむき出しでならべられてあり、そのパンが焼きたてであるかどうか、手のなかにぎゅうっと握ってみることができるのだ。

新鮮なパンならば、握られた手のなかで、ふくらみかえしてこようとする。この、パンを握る手と、その手のなかでふくらみかえしてくるパンとの、有機的みたいなつながりあいの存在を、善でも悪でもない、透明で自然な世界としてとらえると、対するスーパーマーケットは、ほんとにどうにもならないものとして、映りはじめる。

こういうふうな、一種の思想的な土台のうえで、一九五〇年代のはじめにスーパーマーケットを笑えた人、ハーヴェイ・カーツマンには、やはり興味がある。

どうにもならない、という認識が、妥協点をみつけるみたいな感じで、笑いを生んでくるのではないだろうか。どうにもならないのは、もちろん、自分のほうではなく、笑われるべき対象のほうだ。どうにもならない、という認識にいたるまで深く考えない人たちは、怒ったり悲しんだり、あるいは、これは最低のことだろうけれど、楽しんでしまうのだ。

『マッド』が創刊されたのは、一九五二年だ。発売元のエデュケーショナル・コミックスという会社は、一九四九年に、ウィリアム・M・ゲインズが、父からひきついでいた。

父の代のときには、エデュケーショナル・コミックスは、新聞に連載されているコミック・ストリップスを買い取り、ひとつの話を一冊にまとめてコミック・ブックとして売ることをおこなっていた。ひどくよく売れていたのだが、ウィリアム・M・ゲインズがひきついだころには、売れゆきが急激に下降していた。漫画の世界には、必ずこのように急に売れなくなる時期があるのだという。物理的な飽和点に達して売れなくなることもあるのだろうけれど、漫画でとらえうる世界が、周期的にしかめぐってこない、ということもあるらしいのだ。

ウィリアム・M・ゲインズは、このスランプ期に、コミックス界に新しい潮流をつくることを決意し、スタッフのクリエイティヴなパワーにはいっさいブレーキをかけずに仕事をさせるから、と何人かのアーティストたちに呼びかけた。

やってきたのが、ハーヴェイ・カーツマン、ウィル・エルダー、ジョニー・クレイグ、アル・ウィリアムスン、グレアム・イングルス、ジョー・オルランド、ロイ・クレンケル、それに、コカコーラのPR部にいたジャック・デイヴィスたちだった。

D・A・ラティマーがペイパーバック・マガジン『US』の第三号に書いていた、ハーヴェイ・カーツマンについての記事《ハーヴェイ・カーツマンが白雪姫をコミックスにしたならば、小人たちは白雪姫を犯してしまうにちがいない》によると、カーツマンとウィル・エルダーは、ニューヨークのブロンクスでの幼なじみであるという。

彼らは、D・A・ラティマーの表現では、不況世代の二代目、ということだ。堅実な中産階級の生まれでも、子供のころの思い出は、美しいノスタルジアに変節していかないかぎり、あまり思い出したくない、いやなことなのだというから、スーパーマーケットを笑うための土台は、すでにこのときにつくられていたことになる。

カーツマンとウィル・エルダーは、共に、ハイスクール・オヴ・ミュージック・アンド・アートにかよい、そこを卒業してクーパー・ユニオンへいき、ここで、ワラス・ウッド、アル・フェルドスタイン、グレアム・イングルスたちと知りあっている。

第二次大戦のときには、カーツマンは海軍にいて、アルキャップがやっていたコンタクト・コミックスに、『ブラック・ヴィーナス』というコミック・ストリップや一ページものを、毎月、描いていた。あとでジュールス・ファイファーのお手本となった、簡単な線だけで人の顔を書き、語りを入れていく形式のコミックスも、このころのカーツマンがつくりだした。

一九四九年ごろにゲインズのエデュケーショナル・コミックスのスタッフになる以前には、スタン・リーの『ヘイ、ルック!』誌に、作品を送っていた。

エデュケーショナル・コミックスに入ってからの最初の仕事は、物語コミックスをつくることだった。文学上の名作をかたっぱしから読み、ストーリイ展開の面白い部分や、なにかほかのことにつかえそうな場面をメモしておき、あとでそのメモをつきまぜてひとつのべつな物語をつくりあげる、という方法で製作していた。たとえば、『勇者の赤いバッジ』と『風と共に去りぬ』とをいっしょにすると、すてきな時代もののアクション・ロマンスができあがる、というしかけだ。

3

カーツマンが働いていたE・C・コミックス社のコミック・ストリップス(劇画)は、名作や有名な小説から、プロット、場面などをかたっぱしから借用し、コミック・ブックを製作していた。

アルバート・フェルドスタインと、ウィリアム・ゲインズのふたりが考えだしたテクニックだった。ワラス・ウッドやグレアム・イングルスたちの絵が特別にすぐれていたせいもあるのだろうけれど、多くの作家が自分のつくったストーリイが盗用されていることに気づいていたが、E・C・コミックス社を訴えるようなことは一度もなかった。

絵になったのを見ると、自分の小説なりプロットなりに、さらにもうひとつ異なった次元があたえられたのを知る快感があり、レイ・ブラッドベリは、アルバート・フェルドスタインにファン・レターさえ送ったという。ハーヴェイ・カーツマンは、E・C・コミックス社でのこのような作業のすべてに、深くかかわりあっていた。一九五一年には、カーツマンの発案で、新しいシリーズがひとつ生まれた。『トゥー・フィステッド・テールズ（血わき肉おどる物語）』といい、内容は、冒険をストレートに主題にしたものだった。

カーツマンがストーリイをつくってレイアウトをし、ウィル・エルダー、ワラス・ウッド、ジャック・デイヴィス、ジョン・セヴェリンたちが、絵にしていった。絵の技法には、映画カメラの特性が、とり入れられた。パン、クローズアップ、トラッキング、などが自由につかわれたのだ。出来ばえは最高で、ただちに大きな成功をおさめた。

朝鮮戦争がはじまり、『血わき肉おどる物語』は、戦争劇画へと、内容がかわった。だが、戦争で大活躍をするアメリカの兵士を讃美するごく普通の戦争劇画とは、調子がちがっていた。カーツマン自身、次のように言っている。「戦争を美化するようなことはいっさい言いたくない、という感情が当時の私の心のなかでは非常に強かった。それまでは、戦争を讃美する戦争劇画しかなかった。兵士たちが楽しげに戦場で敵兵を殺している、というようなことを子供たちに伝えるのは、まったくひどいことだ」

カーツマンの仕事の量は、たいへんなものだった。時間の大部分は、絵にしなければならないものの細部にわたっての調査にくわれていた。ミグ115戦闘機の補助翼にいたるまで、正確な調査がなされていた。おかげでカーツマンは病気になった。

そして、一九五二年、病気のまま、カーツマンは、さらに『マッド』を創刊することになった。それまで手がけていた仕事を不承ぶしょうほかの人に渡し、『マッド』の最初の数号を、彼は病院のベッドでつくったのだった。アートワークは、ウィル・エルダー、ジャック・デイヴィス、ジョン・セヴェリンが担当したが、内容は、完全にカーツマンひとりのものだった。

一九四〇年代のはじめから、アメリカでは、コミック・ブックが、批判の対象となっていた。特に一般の母親たちがうるさく、一九四二年には、全米的な広がりを持った婦人団体が、コミック・ブックの内容に関する規制をいくつかつくった。

一九四九年には、ニューヨーク州州議会が、コミック・ブックを専門的に研究した結果わかったことがら、と称するものを発表した。その、わかったこと、のなかには、「コミック・ブックは、サド、マゾ両面からの刺激力を持ち、子供の健全な性的発育に害をおよぼし、性的にアブノーマルな傾向が生まれてくる」という指摘もあった。まだこのころには、たとえばこのようなコミック・ブック批判に対してニューヨーク州知事は拒否権を行使することができていたのだが、一九五四年になると、E・C・コミックス社のウィリアム・ゲインズが、キーフォーヴァーの調査委員会に出頭させられるまでになっていた。

ゲインズを訊問した男は、フレデリック・ワーサム博士といい、いわゆるその時代の反動的で無知な良識みたいなものの側に立っていろんなものを批判し攻撃していた男だ。そのようなことに関しての著作もある。もちろん、良識の側と手を組む人たちもいた。ウォルト・ディズニーとか、アーチー・コミックスのジョン・ゴールドウォーターなどがそうで、いまでも生きているコミックス・コード(劇画内容規制)をつくったのは、ゴールドウォーターだった。

このコードをつくるにあたっては、印刷業者や、コミック・ブックの配給業者からのつきあげがあった。好ましくない内容だ、と当局からにらまれるようなものを印刷したり配給したりすると、それぞれの業者は、営業許可をとりあげるぞ、と当局からおどかされるのが常だった。

E・C・コミックス社が発行していたコミック・ブックのさまざまなシリーズが、かたっぱしから発行不可能となっていった。劇中の主人公の額に汗がうかんでいて、その汗のしずくが克明に描いてあるのが不快である、という理由だけで、全篇が調査委員会によって否定されたこともある。

シリーズはいくつかのこったのだが、規制されてからの内容はまったく気が抜けてしまったため、どれもみな次々に廃刊された。そして、最後に一冊だけのこったのが『マッド』だった。

『マッド』を、批判の対象からなんとかはずすことを、カーツマンは、必死に考えた。フォーマットをかえて、「コミック・ブック」から「マガジン」に格上げするのがいちばんの策だ、と気づいたカーツマンは、格上げにともなってあがっていく製作費をどこからか見つけてこなくてはいけなかった。E・C・コミックス社には、すでにおかねはなかった。ウィリアム・ゲインズの父、つまり自分の夫から、息子とおなじく、かなりの遺産を手にしていたウィリアムの母親に、カーツマンは接近した。資金を出させるのに成功したカーツマンは、MADの三文字を新しくデザインしなおし、コミック・ブックではなくてサタイア・マガジンとしての第一号は全ページを自分でレイアウトし、数人のライターやアーティストたちにぜんたいを完成させたのだ。

さらに十二号ぶん、おなじことをつづけたカーツマンは、一九五六年に、E・C・コミックス社をやめ、『マッド』からは完全に手をひいてしまった。

(このあとのカーツマンについては、いずれまた詳しく書くことにする。『マッド』以外のユーモア雑誌にまで話をひろげ、やがてはアメリカのユーモア雑誌のほとんどすべてに関して書くつもりでいる。コミック・ブック時代の『マッド』は、バランタイン・ブックスからいまでも版をかさねて刊行がつづけられているマッド・ブックの全五巻で、内容はぜんたいをほぼ知ることができる。ユーモア・マガジンになってからの『マッド』は、バックナンバーそのものではなくても、シグネット・ブックスから刊行されている四〇冊ちかいアンソロジーのマッド・ブックで読める。ハードカバーのアンソロジーは一九五〇年代に三冊あり、さらに一九六九年に、『バカげてネダンの高いマッド』が出版された。アンソロジーとしてはこれがいちばん豪華なのだが、初期のものがすくなく、一九六〇年代後半のものが多いので内容は薄い。)

ハーヴェイ・カーツマンの最大の弱点は、自分の作品のなかになんらかのメッセージをこめることからはなれられなかった点にあるようだ。カーツマン自身、告白している。『マッド』をやめて一九六〇年につくったユーモア雑誌『ヘルプ!』のアンソロジーがゴールド・メダル・ブックスから二冊出ていて、その一冊目の序文で、大意つぎのように書いている。

「メッセージをこめた映画について、サミュエル・ゴールドウィンは、メッセージ(伝言、お知らせ、などの意味もある)を伝えたければウェスタン・ユニオン(電報局)がいちばん便利だ、と評価していた。娯楽とメッセージをいっしょにしてはいけない、ということの教えを、私はおろかにも、一〇〇パーセント守りぬくことはできなかった」

カーツマンのユーモアないしはメッセージの質は、彼が『PLAYBOY』誌にのせた、みじかいコントのような短篇パロディ小説『ほんとのチャタレー夫人』という作品に、もっともよくあらわれている。

チャタレー夫人とメラーズが、小屋のなかで、おたがいの体を花で飾りながら性交する場面をとりあげて、カーツマンはひとつのサタイアをつくっていた。

人間の自然な生活が、機械文明とおかねとによってどんどんおかされていくことをメラーズはなげき、「どこかほかの国へいこう。アフリカとかオーストラリアへいき、おかね以外の生きがいをみつけよう。おかねを完全に無視した生活をし、まったく新しい生活を、おかねの呪いなしに、つくりあげるのだ」と、チャタレー夫人に言う。そして、あごをポリポリとかき、「さて、それについては、おかねがすこし必要だなあ」

花や草に埋れての性交は、場面そのものは伏せてあるが、事後、ふたりとも裸の体がかぶれてしまう、という落ちがつけてあった。

次から次へ、サタイアでひっくりかえしていくのはいいのだが、そのことは、結局、自分がどこにもフィットできない事実を、ゆっくりと露呈していくことになってしまう。カーツマンの発案になる数多くのアイデアが、ほかの人によって途中から盗用にちかいかたちで利用されてそこで有名になり、カーツマン自身は、自分のつくる雑誌が次々につぶれて借金を背負いこむという、現実の生活でのある種の弱さは、このへんに原因があるのだろう。

どこにもフィットしない自分というものは、サタイア作品をつくるうえでは、たしかに有利だ。

カーツマン自身の発言ではないけれども、「衣服産業は、人間のために服をつくり出してくれているけれども、同時に、衣服を食べる無数の虫をもつくりだしている」という、ひとつの立場が可能になるからだ。

いろんなものが、思いがけないところで悪しき鎖のようにつながっている現代の文明を、断片的におかしく見せてくれていたのが『マッド』だといえる。その文明をどこかで断ちきってしまうと、『マッド』のユーモアは成り立たなくなるので、文明のほうはあくまでも続行させておいて、それに対してサタイアをしかけるのだ。

このようなユーモアを、その面白かった初期から、もうそれほど面白くなくなった現在まで、現物にそってながめなおしていくことにしよう。

4

E・C・コミックス社では、ハーヴェイ・カーツマンやウィル・エルダーなどのアーティストたちが、文学上の名作のプロットや場面を、自分たちの商品づくりにかたっぱしから利用していた事実は、すでに書いた。『マッド』を刊行しはじめてからもひきつづきおこなわれたこの作業のひとつの見本を、これからなん回かにわけて、その全篇を紹介しておこうと考えた。

創刊当初の『マッド』について、非常に基本的なことがたくさん学べる好サンプルとして、ハーヴェイ・カーツマンが脚本とだいたいのレイアウトをつくり、ウィル・エルダーが絵にした『大鴉』をとりあげてみた。エドガー・アラン・ポーのもっとも有名な詩、一九四五年一月二九日付のニューヨークの『イーヴニング・ミラー』紙に発表された詩、『大鴉』を土台につかったコミックスだ。

『大鴉』の全篇が、そのまま、なんら手をかえられることなく、用いられている。タイトルのコマも含めて、ぜんぶで四六コマになっていて、『大鴉』のぜんたいがその四六コマ分に切ってある。そして、その『大鴉』の詩から、カーツマンやエルダーが得たイマジネーションが、『大鴉』とはまったくちがったひとつのストーリイとして、展開されてあるのだ。

もちろん、そのストーリイは、『大鴉』の単なる視覚化、スプーフないしはパロディ化であると同時に、ハーヴェイ・カーツマン、ウィル・エルダー版の『大鴉』がつくられた時代での、このふたりのアーティストたちの心の内面ないしはその時代をどう受けとめていたか、にまで広がっている事実は、否定できない。

この『マッド』版の『大鴉』は、バランタイン・ブックスのマッド・ブックの第四巻『とことんマッド』に収録されている。バラタインのマッド・ブックは、全五巻がそれぞれいまでも版をかさねて刊行されているから、簡単に手に入れて読むことができる。

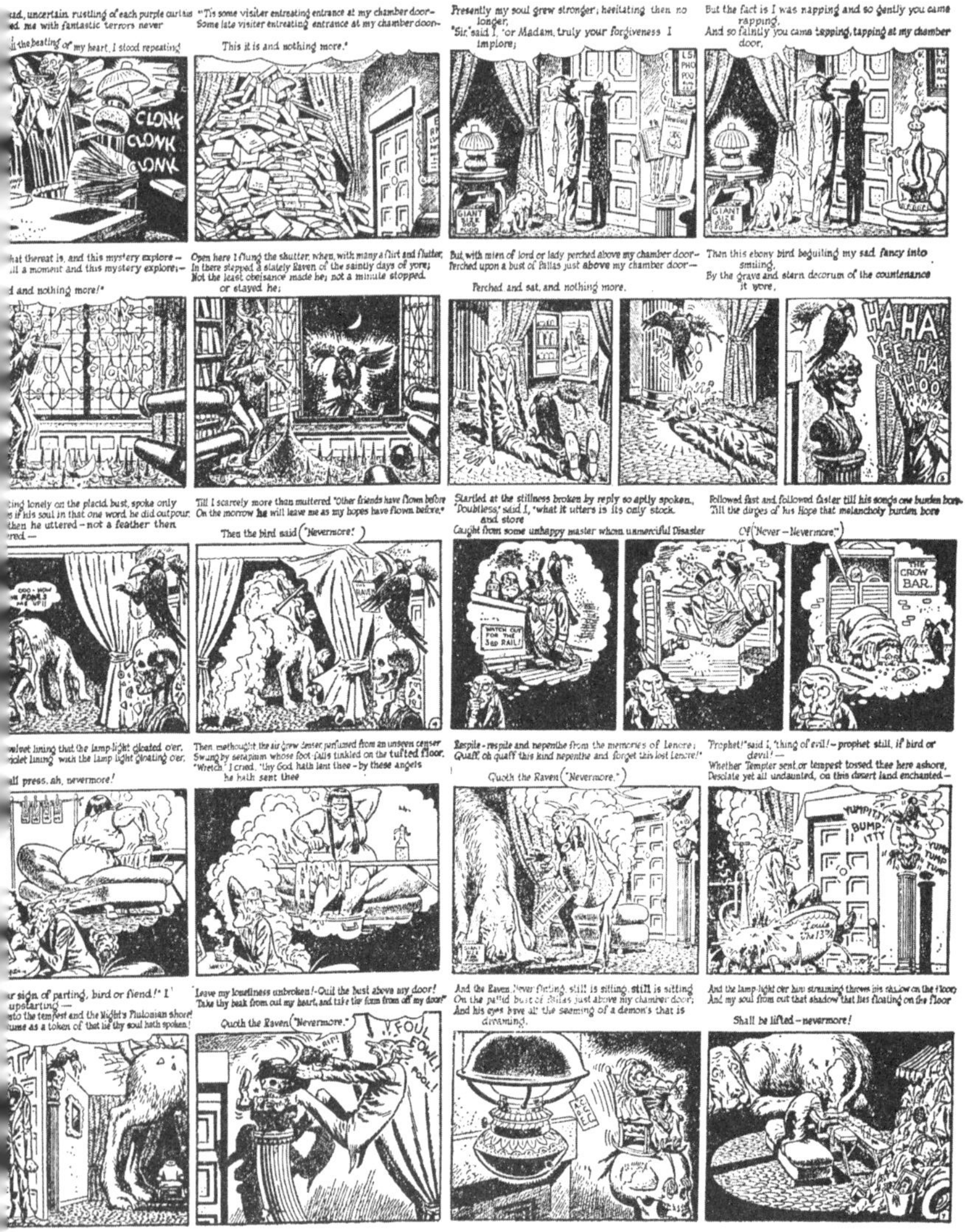

ad, uncertain rustling of each purple curtain
ed me with fantastic terrors never
ll the beating of my heart, I stood repeating
CLONK
CLONK
CLONK
"'Tis some visiter entreating entrance at my chamber door-
Some late visiter entreating entrance at my chamber door-
This it is and nothing more."
Presently my soul grew stronger; hesitating then no longer,
"Sir," said I, "or Madam, truly your forgiveness I implore;
GIANT SIZE DOG FOOD
But the fact is I was napping and so gently you came rapping,
And so faintly you came tapping, tapping at my chamber door,
GIANT SIZE DOG FOOD
hat thereat is, and this mystery explore —
ll a moment and this mystery explore;—
d and nothing more!"
CLONK
CLONK
CLONK
Open here I flung the shutter, when, with many a flirt and flutter,
In there stepped a stately Raven of the saintly days of yore;
Not the least obeisance made he; not a minute stopped or stayed he;
But, with mien of lord or lady perched above my chamber door-
Perched upon a bust of Pallas just above my chamber door—
Perched, and sat, and nothing more.
Then this ebony bird beguiling my sad fancy into smiling,
By the grave and stern decorum of the countenance it wore,
HA HA
YEE HA
HOO
ting lonely on the placid bust, spoke only
s if his soul in that one word he did outpour.
then he uttered — not a feather then
red —
OOO - WOW ME FOOT'S ME UP!!
Till I scarcely more than muttered "Other friends have flown before
On the morrow he will leave me as my hopes have flown before."
Then the bird said "Nevermore."
THE RAVEN
Startled at the stillness broken by reply so aptly spoken,
"Doubtless," said I, "what it utters is its only stock and store
Caught from some unhappy master whom unmerciful Disaster
WATCH OUT FOR THE 3RD RAIL!
Followed fast and followed faster till his songs one burden bore-
Till the dirges of his Hope that melancholy burden bore
Of "Never — Nevermore."
THE CROW BAR.
velvet lining that the lamp-light gloated o'er,
iolet lining with the lamp light gloating o'er,
all press, ah, nevermore!
Then, methought, the air grew denser, perfumed from an unseen censer
Swung by seraphim whose foot-falls tinkled on the tufted floor.
"Wretch," I cried, "thy God hath lent thee - by these angels he hath sent thee
Respite - respite and nepenthe from the memories of Lenore;
Quaff, oh quaff this kind nepenthe and forget this lost Lenore!"
Quoth the Raven "Nevermore."
"Prophet!" said I, "thing of evil! — prophet still, if bird or devil! —
Whether Tempter sent, or tempest tossed thee here ashore,
Desolate yet all undaunted, on this desert land enchanted —
YUMPITITY BUMP-ITTY
YUMP TUMP TUMP
Louis The 13th
r sign of parting, bird or fiend!" I upstarting —
nto the tempest and the Night's Plutonian shore!
ume as a token of that lie thy soul hath spoken!
"Leave my loneliness unbroken! - Quit the bust above my door!
Take thy beak from out my heart, and take thy form from off my door!"
Quoth the Raven "Nevermore."
RIP!
FOUL FOWL!
POOL!
And the Raven, never flitting, still is sitting, still is sitting
On the pallid bust of Pallas just above my chamber door;
And his eyes have all the seeming of a demon's that is dreaming,
And the lamp-light o'er him streaming throws his shadow on the floor;
And my soul from out that shadow that lies floating on the floor
Shall be lifted — nevermore!

Classical Type Comics Dept.: Once upon an evening dreary, while we pondered weak and weary in the Public Library, on a comic story plot; while we nodded nearly napping, came an attendant a-tapping, on our head so gently rapping, spoke "That's all the time you've got"! . . . Ooh were we mad! We howled! We raved! And that's what this story is about . . .

THE RAVEN

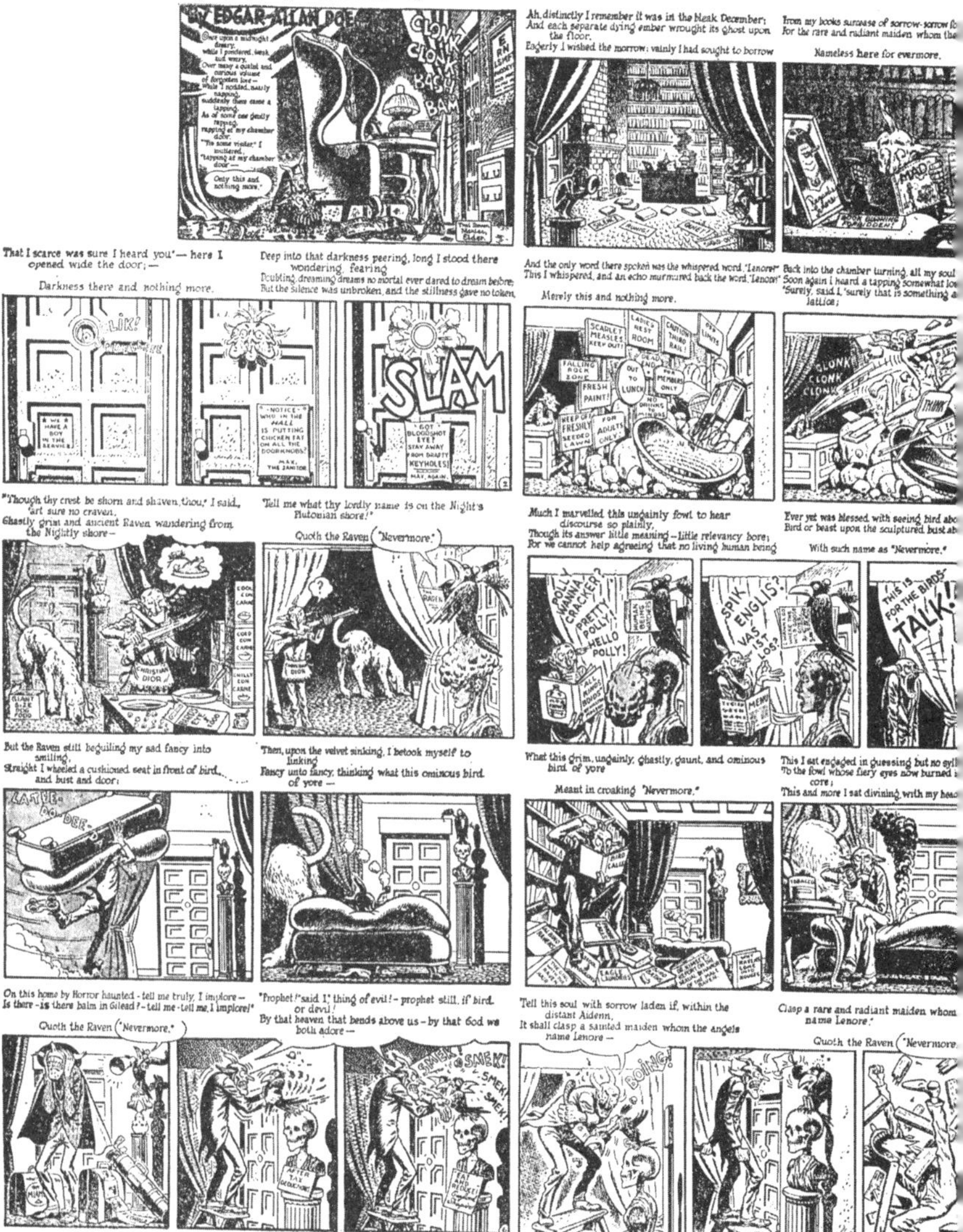

第一コマのなかに、イントロダクションふうな能書きがつけてあり、その能書きが、この『大鴉』のテーマを打ちあけてしまっている。ポーの『大鴉』の出だしを軽くもじった文章で、大意つぎのようなことを伝えている。「むかし凄涼の夜半のこと、私たちがやつれ疲れて、公立図書館でコミック・ストーリイのプロットの思いに耽っていたとき——まるでうたたねでもするかのように、私たちが微睡んでいたとき、図書館の係員がやってきて私たちの頭をそっとこつこつと叩き、今日はもう終りですよ、と言ったのだ……。ああ、私たちは、怒った。私たちは叫んだ！　私たちは、絶叫した。そしてこの物語は、じつはそのことについてなのです……」

おそらく意図はしなかっただろうと思うのだが、この『大鴉』(注・『マッド』にのったほうを『大鴉』、そして、エドガー・アラン・ポーの詩のほうは、『ザ・レイヴン』と、区別して呼ぶことにしよう)が、自分の静かな世界への乱入者の物語として、『ザ・レイヴン』が読みなおされつくりなおされていることを、この能書きは、告白してしまっている。

図書館でコミック・ストーリイのプロットを考えていたら、係員がやってきて頭を叩き、今日はもう閉館します、と言った。つまり、頭を叩きにきた係員は、乱入者の比喩であり、その乱入者に対して「私たちは、怒った。私たちは、叫んだ。私たちは、絶叫した」と言っている。乱入者にどう対処していいのかわからないが、とにかく血相をかえてとびあがるほどのおどろき、恐怖感、圧迫感、巨大な嘆き、などを覚え、この乱入者から自分はもうぜったいにはなれることができないのではないだろうかという、なかば確信としての絶望感みたいなもの、それがこの『大鴉』だということとなのだ。では、乱入者とはいったいなにだろうか。これだ、とはっきりと規定したり指さしたりできるものではなく、大ざっぱに言うならば、この『大鴉』がつくられた一九五〇年代のアメリカの、社会ぜんたいであるにちがいない。

ひとりの人間に対して社会ぜんたいが乱入者として意識される状況、つまり、社会が人間を無理やりにひとつの方向へ規制していく状況を、『ザ・レイヴン』のネヴァモアのくりかえしのなかに投影させた心象スケッチふうの作品がこの『大鴉』だ、と説明しておくことにしよう。

第二コマの絵には、『ザ・レイヴン』の一節目（むかし凄涼の夜半のこと、の出だしから、「誰だろう、」私は呟いた、「私の部屋の戸を叩いている――それだけだ、何でもない。」まで）が、入れてある。

エドガー・アラン・ポーのPOEには、TRYが小さくつけ加えられて、POETRYになっているし、エルダーの署名は、レイヴィング・メニアックにひっかけて、レイヴン・メニアックのエルダー、となっている。私が、あまた開いて思いに耽っていた「おかしな珍奇な書物」のうちの一冊が床に落ちていて、そのタイトルは『3Dコミックス』と読める。そのコミックスのページから、3D（スリー・ディメンショナル）であるがゆえにとび出してきた人物たちが小さく見える。ドアにはノックの音がし、「私」は、椅子の影にかくれ、床に這いつくばっておびえているのだ。

第三コマと第四コマには、『大鴉』の二節目が、ふたつに切ってつかってある。

ああ、はっきりと私は思い浮べる、荒涼たる十二月であった。
消えかかっている燃えさしは夫々に、床に影を描いていた。
私は夜明けをこがれた――死んだレノアの故にこの悲哀――
私は悲哀の慰めを本から借りようと、努めたけれど無駄であった。
類も稀な輝くばかりの乙女よ、天人達はレノアと呼んでいるが。
この世では永遠に名前がない。

（詩の訳文は、阿部保・訳『ポオ詩集』新潮文庫より）

問題のレノアは、第四コマに、デスクのうえに置かれた額ぶちのなかの女性として描かれている。葉巻きをくわえたひどいデブの女性で、サインが、「レノアより」と読める。こういった小さな細工、たとえば第三コマでは、部屋に置かれている彫像のうち、右側の像が自分の首を左側の男に投げていて、左側の男は野球のキャッチャーの姿でいるというような、ほとんどどのコマにおいても見られる、ぜんたいとはあまり関連のない小さな笑いが、逆にぜんたいに対して奇妙な軽さをあたえていることに気をつけると面白い。
第五コマは、『ザ・レイヴン』の、

深紅のとばりの絹の悲しげに定めなくさらさらと鳴る音が、
私をぞっとさせ――私の心をこれまでに覚えたこともない異様な恐怖で覆うた。
それで今、私の胸の動悸を静めようと、私は佇んで繰返した。

までが使ってある。絵のなかの、CLONK、という擬声音は、もちろん、ノックの音だ。
第六コマの詩は、次のとおりだ。

「私の部屋の戸を入ろうと懇願している、誰かが、――
私の部屋の戸を入ろうと懇願している、ある夜更けの客が、――
それだけだ、何でもない。」

第七コマから、原作の『レイヴン』には登場しない一匹の犬が、あらわれることになる。第七、八コマにつけられている詩は、

程なく私の心は強くなった、それからもはや躊躇うこともなく、
私は言った、「殿か、夫人か、失礼はお許し下されたい。
実際のところ、私が微睡んでいたときに、あなたは静かにおとのわれた。
いと密やかにあなたは私の部屋の戸をこつこつと――叩かれた。

5

第九コマ、十コマ、十一コマの絵につけられている詩は、

「それ故私はあなたの訪れを聞いたとも言われない程に」——そこで私は戸をあけてみたが——
ただ闇ばかり、何もない。
闇のなかをじっと覗いて、私はしばらくそこに立っていた、怪しみながら、怯えながら、
疑いながら、これまでに誰一人夢みたこともない夢路に迷うこの思い、
しかし静寂も破られず、ひっそりとして音もない、

さらに、第十二、十三コマでは、次の部分が、絵になっている。

そのときに洩れた言葉は「レノア」と囁く声ばかり、
私がこれをささやけば、木霊もひくく呟いた、「レノアよ」と、——
その声ばかり、何もない。
それから部屋に入ると、私の思いは私のうちに燃え上り、
すぐにまた前よりもやや音たかく、ほとほとと叩くのを聞いた。
「恐らく」私が言うのには、「恐らく私の窓の格子に何かがひそむ。

そして、第十四、十五コマは、『大鴉』の次の部分を、ふたつに分けて、つかっているのだ。

それならば何ものの隠れているか、その妖怪を探してみよう。——
しばらく私の心をおししずめ、その妖怪を探してみよう、——
　風ふくばかり、何もない」
そこで鎧戸をさっとおし開ければ、はたはたと羽搏いて、
いにしえの神の世にふさわしい、堂々たる大鴉、入りきたる。
大鴉は会釈もしなかった、一寸も立止まり、じっとしてはいなかった。

いよいよ、問題の大鴉の登場だ。第十五コマの鳥が、そうだ。「いにしえの神の世にふさわしい」ような鴉では、まるでないところが面白い。小さな、おわんのような帽子をかむり、木の枝を持ち、窓になぜか梯子をかけてそれをのぼって窓の外へやってきたのだ。

夜、自分の窓の外になにかがいて、ほとほとと窓を叩いている、という恐怖が、自分のなかにあるときいきなり乱入してくる社会としてとらえられていて、この『ザ・レイヴン』は、一九五〇年代にはすでにごく一般的に感じられていた、自分に対して容赦なく干渉してくる社会に対する恐怖の心象スケッチになっていることは、すでに書いてしまった。つけ加えることは、あまりない。

ところで、三年前の夏に創刊されたアメリカのユーモア雑誌『ナショナル・ランプーン』の一九七一年十月号が『マッド』のパロディをのせていたので、そっちのほうもついでに同時に紹介してみることにした。

『ナショナル・ランプーン』にのった『マッド』のパロディは、まあかなりよくできていた。

次のページにのせてある絵が、ナショナル・ランプーン・パロディ版『マッド』の表紙だ。描かれている人物は、

アルフレッド・E・ニューマンといい、『マッド』がコミック・ブックからサタイアないしはユーモア・マガジンにかわったときから、一種のトレード・マークとして、表紙その他に登場しはじめた。この顔の起原については、いくつかの説がある。ずっと昔、アメリカの南部で、選挙運動のときに、なにかのためにつかわれた顔だ、という説をどこかで読んだことがある。調べればもっと詳しくわかるだろうけれど、あとにしよう。

このアルフレッド・E・ニューマンにはたいていの場合、WHAT、ME WORRY? という文句がそえられている。「とんでもない、私には悩みごとなどありませんよ」といった意味だ。そして、ページの下にたくさんならべてあるのが、本来の『マッド』のアルフレッドなのだが、歯抜けの口と段ちがいの目で、楽天的にモロニック(『マッド』の好きな言葉のひとつ。魯鈍・低能ふう、という意味)に笑っている。

この文句が、『ナショナル・ランプーン』のパロディ版では、WHAT、ME FUNNY? となっている。「こ

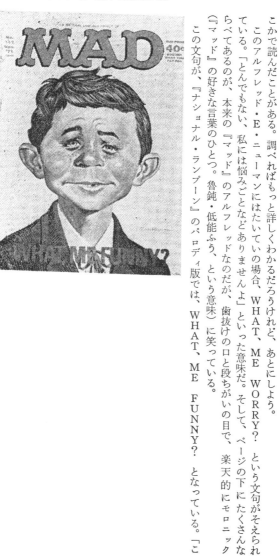

れはおどろいた、私が面白おかしいのですって？」と、アルフレッドは、低能笑いをやめ、眉を寄せて困惑している。そして、「私たちの価格」という四〇セントの下には、「値段だけのものしか手に入らないのだよ」と、やってある。

これが、つまり、いまの『マッド』は、もうほんとにちっとも面白くなく、どうにもしようのない存在だ、というのが、この『ナショナル・ランプーン』パロディ版『マッド』のテーマなのだ。

表紙も含めて十五ページのこのパロディ特集を読んでみると、二〇年ちかくかけておこなわれた『マッド』の風化がわかるのだ。ユーモアもサタイアもなんにもなくなってしまったこと、読者層を拡大して購読料収益をあげ、したがって内容は薄められパロディする主体とはなんのかかわりあいもないある種のユーモアとおぼしきものだけがのこったこと、一九五〇年代の風俗をいまだに商品としてひきずっていること、カーツマン、エルダー、デイヴィスなどがほんとに過去のものになってしまったことなどが、皮肉られている。

〈あなたと『マッド』との縁が切れるのはいつか〉という、一ページのデパートメントがのっている。このデパートメントにはTHROWING UP ABSURD（バカらしいものをすて去る）デパートメント、とタイトルがつけられているのだ。一九五〇年代に、管理社会に抵抗する若者のバイブルとまで言われた、ポール・グッドマンのGROWING UP ABSURDとのひっかけだ。

どうなれば『マッド』との縁が切れるかというと、①『マッド』でパロディにしないような映画（ポルノ映画）へいきはじめたとき、②最新号の内容が読まなくてもわかってしまうとき、③人にかくれて『マッド』を読むようになったとき、④『マッド』にとっての「いま」は「一九五七年」であることに気がついたとき、⑤たとえば石ころなどが『マッド』より面白くなったとき、⑥FUCKとSHITの意味がわかったとき、⑦バックナンバーを慈善バザーに寄付したとき、なのだ。

6

『大鴉』のさらにつづきを、見ていくことにしよう。第十六、十七、十八の三コマにつけられた詩は、ポーの『ザ・レイヴン』の、次の部分をふたつに分けたものだ。訳詩を引用しておく。

しかし貴族か貴婦人の風采で、私の部屋の戸の上に止まった——。
きっかり私の部屋の戸の上のパラスの胸像の上に止まった——。
　止まって坐った、何ごともない。
すると漆黒のこの鳥は、厳しくまた物々しい顔付で、
私の悲しい思いをまぎらして微笑へ誘えば、私はたずねた。

コマに描かれた絵のほうは、詩とはまるで関係ないものを視覚化している。

第十六コマでは、部屋に乱入してきた問題の大鴉が、副次的な主人公として設定された「私」のうえに乗っている。「私」はすでに、フロアに尻もちをついている。恐怖とも驚愕ともつかない表情を「私」がうかべたままであることには、かわりない。

部屋の奥にある、開けはなった冷蔵庫が、面白い。

本来、冷蔵庫のなかに入っているべきものが、ドアの内側の、せまい棚におさめられてあり、冷蔵庫の内部はじつは内部ではなく、コマーシャルの絵になっている。

このコマーシャルの構図には、見おぼえがある。商品、正確にはなにであったか、忘れてしまった。ビールとかシャンパンとか、そういうものだっただろう。一般に広く知られたコマーシャルだからいまではもうピンとこない人たちがいるにしても、この『大鴉』が描かれた当時にあっては、ひと目みただけで、おかしさはつうじたはずだ。この冷蔵庫も、『大鴉』のテーマに密接な関係がある。冷蔵庫を開けたら、その内部の空間はコマーシャルの光景によってすでにいっぱいに占拠されていたというおどろき、おかしさ。そして、冷蔵庫のドアを開けはなってそれをながめ

てみると、このような状態もまたなにか当然のことのように思えてきてしまうということ。

そんなことを、この冷蔵庫は表現しているし、さらに面白いことには、大鴉が「私」の部屋へ入ってきた事実を描いた第十六コマで、この冷蔵庫が、ドアを開いたままで登場してきていることだ。

「私」は、つまり、この冷蔵庫みたいな存在なのではないのか——当然のことのように自分のなかに入りこんでくる乱入者（冷蔵庫の場合では、コマーシャルの光景）に対して、自分は、もはやどうあがいても、抗しきることはできず、したがって自分のなかから乱入者を追い出すことは不可能で、その乱入者を自分のなかへとりこんだうえで、いやも応もなく、生きていかなくてはならないのではないのかという心象の、絵によるひとつのあらわれだと理解できる。


第十七コマでは、大鴉は、「私」の顔のうえに、タマゴを落している。大鴉が肩にかかえている木の枝につくってある巣のなかに、このタマゴはあったのだ。

「私」の着ている服に、ひざのあたりから胸まで、大鴉の足跡がついている。はじめのコマではまだ上半身をおこしていた「私」を、大鴉は、あおむけに踏みたおしていって、顔のうえにタマゴを落したのだ。

動きが、このように省略されていて、この省略された動きをとっさに見つけだしていかないことには、この『大鴉』のような作品は、なぜか奇妙に静的なものとして感じられてしまう。

第十八コマで、大鴉は、ポーの詩にあるとおり、パラスの胸像のうえにとまっている。そして、「私」は、哄笑している。この大鴉をつかまえて料理し、食べてしまうことを思いついたからだ。

第十九、二〇コマにそえられた詩は、次のとおり。これが、やはり左右ふたつに分けられている。

「たとえお前の冠毛は剃がれそがれてはいるけれど、きっと夜の国の磯からさまよい出た
臆病な、いろ青ざめてもの凄い、老いぼれた大鴉ではあるまい——
夜の、冥府の磯でお前の立派な名前は何と呼ばれるか」

大鴉はいらえた、「またとない」

はじめのほうに出てきた（タイトルをかねた、いちばん最初の大きなひとコマにすでに出てきていた）犬が、再び登場している。かなり大きくなっている。

大鴉は、胸像の頭にとまったままで、「私」は、鳥の料理を想像しながら、準備にとりかかっている。第二十コマでは、「私」は、大鴉を散弾銃で狙っている。『ザ・レイヴン』の詩集をひろげた大鴉自身の発言となっている。胸像の頭からは、「またとない」のひとことが、『ザ・レイヴン』の、以下の部分だ。かずらがずり落ちかけている。

第二一、二二、二三コマの詩は、『ザ・レイヴン』の、以下の部分だ。

この無様な鳥のこんなに鮮やかに語るを聞いて、いたく私は驚いた。
たといその答えは殆ど意味もなく――また相応しいものではなかったが、
というのもまだこれまでに誰一人、その部屋の戸の上に
鳥を見る幸をうけたもののなかったことは言うまでもない――
その部屋の戸の上の刻まれた胸像の上に鳥か獣か、
その名を聞けば「またとない」

この三つのコマでは、乱入者に対して「私」が、自分のほうから機嫌をとっていくような態度が、描かれている。乱入者がいったいなにを目的にしたなに者であるかが「私」にはつかめないため、あれこれと手をかえて、乱入者への接近をはかるのだ。そして、その接近が無駄に終り、乱入者の目的も正体もつかめないままになってしまうと、「私」は怒りだしてしまう。

第二一コマで「私」が持っているのは、ウォルター・ピジョン（ハト）著『あらゆる種類の鳥』という本だ。BOIDS（ボイズ）はニューヨークの下町なまりで、BIRDの「IR」の部分とか、LEARNの「EAR」のところが、「オイ」と発音される。ラーンは、ロインになる。

「私」が持っているその本には、ウィスキーのオールド・クロウの広告が入っている。大鴉に対して「私」が喋りかけているのは、オウムや九官鳥に言葉を教えるときの、きまり文句だ。日本語では「オターケさん！」にあたるのだろう。

第二二コマでも、「私」は、大鴉の機嫌をとっている。胸像の頭が、はがれ落ちはじめ、胸像の表情は、おどろきにかわっている。

第二三コマでは、「私」は、もう怒ってしまっている。「ジス・イズ・フォ・ザ・バーズ・トーク！」と怒鳴っている。

「ジス・イズ・フォ・ザ・バーズ」は、「くだらない！」という意味の、きまり文句。それに、トークをひっかけたものだ。大鴉がワキの下にかかえている本は『卵と私』。同名の有名な著作がある。

この三つのコマをとおしてずっと、大鴉の表情とポーズは、かわらずにおなじだ。

7

第二四コマから三〇コマまでに付されている『ザ・レイヴン』の詩を、まず書いておこう。

〈第二四、二五コマ〉

しかし大鴉はひとり静かな胸像の上にとまり、

その魂を一言《こと》にこめたごとくに、あの一言を吐いたばかり。

それからは何も言わなかった、またいささかも羽搏かず——
やがて私は僅かに呟いた、「他の友達はむかし去っていった——
明日になればあれは私の許を去るだろう、私の希望がむかし去っていったように」
この時鳥はないた、「またとない」

〈第二六、二七、二八コマ〉
こんなにうまく洩れた答えに静けさの破られたのに驚いて、
私は言った、「疑いもなく、鳥の述べた言葉はある不幸な人から聞いて、
忘れ得ないものである、その人に無慈悲な災難は次々に、
続いて起り、やがてその歌の一つの繰返しを添えるまで、
その希望をいたむ挽歌が、『またと——またとない』という
　陰鬱な繰返しを添えるまで」

〈第二九、三〇コマ〉
しかし大鴉はなお私のうら悲しい魂をまぎらせて微笑へ誘えば、
私はまっすぐに蒲団椅子を鳥と胸像と戸の前に動かした、
それから天鵞絨の上に身を埋め、それからそれと
空想の糸を辿った、いにしえのこの不吉な鳥が——

第二四コマから、多少ともこまかくながめなおしていくことにしよう。
「私」は、散弾銃を持って、胸像のうえの大鴉を見上げている。このとき、「私」が喋っている言葉は、「この鳥のお

かげで、私の頭はこんぐらかり、なにがなんだかわからなくなってきた」という意味だ。同音異義語ファウル（FOULとFOWL）をひっかけた、軽い洒落だ。

大鴉は、なぜか懐中時計を取り出して、時間を見ている。その鳥がとまっている胸像は、頭部がいよいよはげ落ち、内部のされこうべがあらわになりつつある。

こういう場合の、このようなされこうべは、ぼくの感覚からいくと、どうもなにか気になる。胸像の表面がバラバラとはげ落ちたら、内部からまたそっくりおなじ胸像が出てくる、といったようなアイデアのほうがいいと思うのだが、どんなものだろうか。

「私」のうしろには、あの犬がいる。この犬がじつは重要なのだということは、すでに書いたような気がしている。ポーの、本来の『ザ・レイヴン』には出てこない犬だ。この犬がどんなふうに重要なのかは、あとで書くことにする。はじめに出てきたときには、小さな犬だった。それが、次第に大きくなっていくのだ。とりあえずそのことだけに、気をつけておきたい。

第二五コマ目。

散弾銃は暴発し、床に穴があき、「私」はその衝撃でとびあがってしまい、カーテンごしに天井に頭をぶつけている。引いたカーテンをまとめてとめておく布がちぎれていて、アクションがこのような描写で省略されていることに注目しないと、アメリカの劇画は、たいそうスタティックで退屈なものに見えてしまう。

大鴉自身は、『ザ・レイヴン』を開いて持っている。そして、「またとない」のひと言だけを、吹き出しに入れ、大鴉の喋りとして、入れてある。小さな工夫だけれども、こういうのは、きいている。

第二六、二七、二八のコマは、「(その人に次々につづいておこった）無慈悲な災難」というものの、「私」による想像として描かれている。

バーで酒を飲み、おそらくは飲みすぎが理由なのだろうけれど、バーテンダーにおもてへ蹴り出されるのが、「私」にとっての「無慈悲な災難」なのだ。

第二六コマの、カウンターの腰板に貼られている注意書きは、これだけ見れば、地下鉄の線路によくある「高圧注意」の、注意書きだ。サード・レールとは、もちろん、電気が通っている、本来のレールのわきにあるもう一本のレールのことだ。立ち飲み方針のバーのカウンターの下に、足をのせるためにとりつけてある低いとまり木も、レールという。酒を飲んでいる人は、手品師ふうの人物として想定されている。かぶっているシルクハットは、てっぺんがフタのように開き、なかに氷がつまっていて、シャンペンが冷やしてある。バーのスイング・ドアから蹴りだされたその人物は、顔面から地面に落ち、歯を欠いてしまった。第二八コマで、倒れたその人の顔と酒ビンの周囲に散らばっているのは、欠けた歯なのだ。

バーの名前は、クロウバー、となっている。クロウは、カラスにひっかけてあるわけだし、クロウバーと一語にすると、バール、すなわちかなてこの意味で、このかなてこは、人を殴りつけるときにしばしば使用されているから、描かれているようないかついバーテンダーが客を外へ蹴り出すようなバーのイメージと重ねてあるわけだ。

第二九、三〇コマでは、「私」が鳥と胸像とのまえに、蒲団椅子を持ってきている。ローラースケートで椅子を持ってくる「私」はすでにパイプをふかしている。そのようなこまかいところはいいとして、問題の犬がすこぶる大きくなっていることに注意していたいのだ。

8

一九七二年一月号の『マッド』の表紙がいつになくすてきだということからはじめよう。写真（複写）ではうまくわからないかもしれないと思うので、文章で説明しておくことにする。

部屋の白い壁に、ペンキを塗っているのだ。

このペンキが、右下に描いてあるペンキのカンに見られるように、マッド・ペイントなのだ。どのようにこのペイントがマッドかというと、ローラーにペイントをつけて壁に塗りつけると、アルフレッド・ニ

ューマンの例の顔と、『マッド』という文字が、模様のようにいくつもつらなって塗りあげられていくという、そんなふうなペイントであるという設定になっている。

こういう、セミ・シュールレアリズムはこのところ絶えて久しく『マッド』の表紙にはあらわれていなかったので、まあかなり面白いと思ったわけなのだ。

面白いというよりも、この表紙をじっとながめていると、こんなペイントは、そのへんのスーパー・マーケットの地下へいけば売っていそうな気がする。だから、やはり面白い。

あきらかなつくりごと、たとえばこのマッド・ペイントのようなものが、実際にあるような、あるいは、すでにどこかで実物を見たような気がしているということは、じつは自分たちを取り巻いているほんとうの現実が、いろんなあたらしい工夫によって、幻想的なまでに埋めつくされている事実の、逆の投影ではないだろうか。

あ、今月はすこしはましだな、と思った『マッド』一九七二年一月号の表紙は、そんなわけで、見つめているうちに、急速にごくあたりまえのことみたいなものに見えはじめ、なんだ、こんなもの、ということになってしまった。どんな日曜ペインターでも、刷毛につけてただ塗りたくれば、きれいな花模様に塗れてしまうというペイントが、すでにあるのではないのか。いや、あるのだ。あるにちがいない。しかも、ときたまは、バーゲンで売られたりしているはずだ。

第三一コマから三六コマまでの、それぞれのコマにつけられている『ザ・レイヴン』の訳詞を、三つの部分にわけて、まず引用しておこう。

〈第三一、三二コマ〉

いにしえのこのもの凄い、無様な、いろ青ざめて、やつれた、不吉な鳥が、
「またとない」としわぶくとき何の意味かと考えながら、
これを判じようと私は坐っていたが、しかし一言も呼びかけず、
鳥の火のような目はいま私の胸の奥処に燃えついた。
あれやこれやと思いまどいつつ私は坐っていた、私の頭を安楽に、

〈第三三、三四コマ〉

灯影のしめやかに照らしている蒲団の天鵞絨の裏張によせかけて、
しかし灯影のしめやかに照らしているあの天鵞絨のいろは菫の裏張に、
あの女の、ああ、凭ることはまたとない。

それから私が思うのに、天人の振る目には見えない香炉から、香はのぼり、
空気は益々濃くなった、天人の足音は床の絨緞の上に響いた。
「薄命者よ」私は叫んだ、「お前の神はお前にあたえた――これらの天使を使にし
彼はお前に送った、

〈第三五、三六コマ〉
　休息を、レノアを思い出しての、愁を恐れる休息や憂晴らし。
飲めよ、飲め、ああこのやさしい憂晴らしを、そして死んだレノアを忘れよう」
　大鴉はいらえた、「またとない」

「予言者よ」私は言った、「魔物よ、――鳥か悪魔か分らぬが、さわれ予言者よ、――
悪魔がお前を送ったのか、狂嵐がお前をこの磯に抛り上げたのか、
魔の、この荒《さ》びれた国に、わびしくしかも臆せずに

説明は、ひとまとめにして、おこなうことにするから、次の八つのコマにつけられてある『大鴉』の訳詩を、引用しておく。

〈第三七、三八、三九コマ〉
恐怖のうろつくこの郷《さと》に、――まことに告げよと私は願う
ギリアドに香油があるか――ないか、告げよ、――ねがわくは
　告げておくれ」

大鴉はいらえた、「またとない」

「予言者よ」私は言った、「魔物よ――鳥か悪魔か分らぬが、さわれ予言者よ。
我らを蔽う天上に誓い――我らの崇める神に誓い――

〈第四〇、四一、四二コマ〉

悲哀を荷うこの魂に告げよ、遠いエデンの苑で、
天人達のレノアと呼んでいる聖なる乙女を、
天人達のレノアと呼んでいる類《たぐい》も稀な輝くばかりの乙女を抱き得ようか」
大鴉はいらえた、「またとない」

〈第四三、四四コマ〉

「この言葉を別れの印とせよ、鳥か魔か――」と私は立上り、叫んだ――
「お前はかえれ、狂嵐と夜の冥府の磯にかえれ、
お前の魂が語ったまどわしの名残に、いささかも黒羽を残すなよ、
私の寂寥を乱すな、――私の戸の上の胸像を去れ、
私の心からお前の嘴をぬけ、そしてこの戸からお前の姿を消してくれ」
大鴉はいらえた、「またとない」

あとふたコマ、残っている。これで最後、つまり、『大鴉』は、終りなのだ。
その、最後のふたコマの絵につけられている『ザ・レイヴン』の訳詩は、次のとおり。

かくして大鴉は、飛び立たず、じっと止まっている――じっと止まっている、
私の部屋の戸の真上のパラスの青ざめた胸像の上に、
彼の瞳はさながらに夢みている悪魔のよう、
そして灯影は大鴉の上に流れその影を床に投げている。
そして私の魂が床に浮かんでいる影から、
　脱れることも――またとあるまい。

まず、これまで見てきた範囲内で気づくことは、問題の大鴉自身が、ウィル・エルダーの絵では、ポーがくりかえしのべているような、「不吉な」ものではない事実だ。

すこしも不吉でないどころか、むしろ、とぼけた魅力が愛嬌になっている、かわいらしい存在なのだ。

ただなんとなく、「私」の部屋の窓の外にやって来ただけの感があり、それ以上のものではなく、絵のなかでもたいして重要な扱いはうけていない。

ポーの話では、この大鴉が、もちろん、中心的な存在となっているけれども、ウィル・エルダーの世界では、コマを進展させていくための第二義的な力としてのみ、描かれている。

絵を見ていただけばすぐにわかるとおり最後までこのことには変りがない。

第四〇から四二コマ、さらにそれにつづくふたコマにおいて、絵に描かれた主人公が、大鴉に対してヒステリックになり、どうかもう外へ出ていってくれと、はげしい態度でせまっている。

このへんのコマの意味は、とりちがえてはいけないのではないかと気づき、すこぶる慎重に考えてみたのだ。

大鴉個人に対して、絵のなかの主人公が示しているヒステリックな態度は、大鴉に対してそのような態度をとることがじつは見当ちがいなのだ、ということを言うために、ウィル・エルダーが工夫したものにちがいない。

たしかに、はじめに「私」のところへ乱入して来て、「私」を攪乱させたのはこの大鴉だけれども、「私」の世界へ

の乱入者は、じつは、この大鴉のような明確なかたちを持って、ある日あるとき、さあ、私はあなたのところに乱入いたします、となかば宣言したうえで乱入してくるものではなく、このウィル・エルダーの作品にそって考えていくと、大鴉が「私」の窓を、ほとほとと叩く以前から、乱入者はすでに「私」のところにいて、しかも、「私」は、その事実にいっこうに気づいていないのだ。

では、はじめから「私」のところにいた乱入者とは、誰なのか。

犬なのだ。

ウィル・エルダーの、この絵物語のはじめに、ポーの詩には描かれていない一匹の犬が登場していることはすでにのべた。

その犬が、コマがすすむにしたがって、次第に大きさを増していくことも、指摘しておいた。

もうひとつ、この犬に関して重要なのは、絵のなかの「私」が、この犬とまったくかかわりあわず、犬がいることすら知らない様子に描かれていることだ。

最後から四番目のコマを見なおしてみたい。

犬は、部屋の天井につかえるほどに巨大なものとなっているのに、「私」は、それはいっこうに意に介さず、胸像のうえでげんなりしている大鴉に、ドアをあけて外を示し、出ていけ、と大口をあけて怒鳴っている。

この『マッド自身』の第四回で、ウィル・エルダーの『大鴉』の本質について、次のように書いた。

「ひとりの人間に対して社会ぜんたいが乱入者として意識される状況、つまり、社会が人間を無理やりにひとつの方向へ規制していく状況を、『ザ・レイヴン』のネヴァモアのくりかえしのなかに投影させた心象スケッチふうの作品が、この『大鴉』だ、と説明しておこう」

乱入者は、しかし、大鴉ではなかった。

つまり、いま乱入してきたな、とその乱入者をはっきり見さだめたり、あるいは、乱入してきたときを、このときだ、と指でおさえたりすることはとうていできず、というよりも、なにものかの乱入に気づいたときはすでに遅く、ほぼ手おくれであり、真の乱入者には気づくことなく、乱入されているという不安感が真の乱入者に照準されていないため、見当ちがいな方向へエモーションが向けられていく。そういうことを、ウィル・エルダーは、言いたかったようだ。

たしかに、心象スケッチにはちがいないのだが、単なるスケッチではなく、もうすこし手のこんだ二重の構造を持ったものとして、仕上げられているのだ。

このような作品は、パロディとは呼べないにちがいない。かたちのうえでは、ポーの『ザ・レイヴン』のパロディだし、詩は全文引用みたいなかたちでつかってあるのだから、見た目にはパロディだけれども、まったくのオリジナルの、ひとつの寓話なのだろう。そして、ぼくの感覚としては、寓話は、好きではない。

最後のふたコマを、見てみよう。

この『大鴉』に登場した主要な三人が、それぞれの本質にしたがって、うまく描きわけられてある。

大鴉自身は、もう、安全無害そのもののエキセントリックでユーモラスな存在に落着いている。ロッキング・チェアにおさまって、編みものだ。

しかし、大鴉の表情を見ると、編みものは不本意であることがわかる。

「私」は、アイロンをかけている。

このコマの私も、そして、すこしまえのコマで登場したレノアも、アイロンをかけている。これは、ポーの原詩に出てくるプレス（凭る）の一語に対する、駄洒落の視覚化だ。

アイロンがけしている私の背には、胸像のうえの大鴉が、影を落している。これはポーの詩の、ほぼ文字どおりの視覚化と考えてさしつかえない。問題は、やはり、あの巨大になってしまった犬だ。その犬のシッポに、「私」は、アイロンをかけている。

なにものかに乱入されたのだ、という自覚はありながらも、その乱入者がなにであるのかは知らないまま、これが乱入者だと自分で思いこんでいるものを背後に意識して怒りに似た緊張をおぼえつつ、犬のシッポにアイロンをかけるという見当ちがいな方向に自分のエネルギーを向ける。

かたわらに真の乱入者がいるのにも気づいていない。

自分をも含めて、自分たちの時代というものをながめなおしたとき、ウィル・エルダーの心象は、こうであったのだろう。

そのような自分を、自分であきれかえりながら薄っ気味わるげにながめて出来たのがこの寓話だった。犬の表情に、寓話としての力の弱さが、はっきり出ている。寓話は、よく出来ていればいるほど、蛇のシッポ飲みの観を呈してくる。『大鴉』は、その好見本だった。だからぼくは『大鴉』は嫌いだ。

9

先月号の『マッド自身』が、予告なしでお休みになってしまったことについて、おわびしておかなくてはいけない。原稿は、ちゃんと送り届けるつもりでいたのだ。日本にいるよりは、『マッド』の最新号がずっと早くに手に入るところへまずいくことになっていたから、かたちどおり街角のニューススタンドで最新号を買い求め、それをさかなになにか面白いことを書こうと考えていて、彼の地へ到着するとすぐに、四月号をまず買ったのだ。そして、あくる日には、四月号はもうひっこめられ、五月号が、ならんでいた。『マッド』の五月号というのは、八月号、十一月号とおなじく、刊行はされず、そのかわりに、『マッド・スペシアル』などと称して、それまでのバック・ナンバーから適当に、ほんとうに適当に、よせあつめたものを八〇ページくらいにまとめ、やはり適当な付録をつけて、六〇セントほどの定価で発行する。今年の五月号は、『マッド・スペシアル』のナンバー・セヴンだった。

四月号もこのスペシアルも、いっこうに面白くないので、すぐに書いて送ろうと考えていた『マッド自身』の原稿づくりには多少のゆとりを持たせることにした。ほんとうに、しめきりまでには、まだずいぶん時間があったのだから。

そして、『マッド』のことはもう忘れてしまい、もっと個人的な興味のことに日夜没頭しはじめ、これがあらかじめ自分で考えていたよりずっときびしくしかも時間をとったので、本屋さんとかニューススタンドは、のぞいているひまがなくなってしまった。

一週間ほどしてふと見ると、もう六月号が出ていた。『マッド』の配本の状態は、なにかかなりイレギュラーなようだ。しかたないからその六月号も買い、これは我慢してはじめから終りまで読んだ。そして面白くないのでほうり出してしまい、書き送るべき原稿の内容は、この際はたとえば、番外みたいなことにして、珠玉のようなエッセイにしようかなどと考えはじめた。

そうなれば、テーマは、いくらでもある。ホノルルの下町について書こうか、いや、我が心の北海岸の話にしようか、それとももうひとつ別な我が心のラハイナのことをつづってみるかなどと、手ぐすねだけなかばひいて、やはり忙しさにとりまぎれてしまった。そろそろしめきりがせまっていた。

そうこうするうちに、七月号まで、出てしまった。そして、もっとわるいことにはこのあたりから急テンポに忙しくなり、さらに海をこえるというようなことがあったため、東京へかえってからすぐに書こうと決め、安心してしまった。

結局、なにも書かずにかえってきて、さあ書こうと思ったら、ひどいではないか、編集長は、「あてにしていなかったのだよ」というすてきな職業意識のもとに、先月号を進行してしまっていた。だから、一回、休みになったのだ。遠く海をこえて届くと人の言うまぼろしの原稿は、やはり届きはしなかったことはたしかだ。

一回だけ休んだのに、『マッド』は四冊もたまってしまった。四冊とも、我が第二の心の、ホノルルのダウンタウン、マーチャント・ストリートにある『マガジン・アレー』(雑誌露地)で買った。

文字どおりそこは露地で、信託会社のビルと、むこうどなりはなんのビルだったか、とにかく建物のあいだのすきまの両側に書棚をつくり、入って右側が雑誌、左側にはポルノグラフィーのペーパーバックや看護婦ロマンス、それに、アリステア・マクリーンなどが、ならんでいる。

店主の名は、ニックといったと思う。中国系の人らしい、中年の後期にさしかかった男で、目が不自由なのだ。雑誌を顔にこすりつけるようにすると、やっとタイトルだけは読めるみたいだった。

いちいち顔にこすりつけなくとも、手ざわりだけでどの雑誌だかちゃんとわかるらしく、ひとかかえ買っても、ぱっぱっぱっと、タイトルを言いながら価格を暗算で加えていく。『マッド』を一冊だけ買ったときには、よそをむいたまま指先でちょっと触れただけで、「マッド、フォーティ・センツ」と、彼は言った。

しかし、新しく出たばかりの雑誌にはまだなじんでいないらしく、たとえば、公害の追及と環境保全を内容にしている『エンヴァイロンメンタル・クォリティ』というような雑誌は、薄っぺたいにもかかわらず値段は高いので、うまくおぼえられないらしく、「これはいくらになってるでしょうか」と、訊いたりしていた。

マーチャント・ストリートのなかほど、マカイ・サイド（海のほう）にその露地はある。たとえば、あのきんぴかのカメハメハ大王の立像のすぐ前の道路がキング・ストリートで、これをエワ・サイド（西）にむかって歩いていこうとするとすぐにミリラニ・ストリートで道はふたつに分かれ、右がキング、左がマーチャントになるから、ミリラニ、リチャーズ、アラケア、ビショップと、四本のストリートを横切り、つまり、四ブロック歩き、さらにフォート・ストリートを横切って、その次のワン・ブロックはずっと長く、そのなかほどにある。

というわけで、その四、六、七月号が、一五四ページから一五五ページにかけて表紙だけならべてある。

四月号の表紙は、くだらない。見ればわかるとおりだ。なかみも、おなじように、さっぱりさえない。一五五ページの二段目に複写をのせてある、『コスモポリタン』の表紙のパロディが、ほんのすこし面白いというていどなのだ。『コスモポリタン』は、都会における流行の先端的な生活にあこがれるという若い独身女性のための月刊雑誌で、セックスのほうに多少ともかたむいた、編集部内ででっちあげた流行記事と小説、実用記事などが載っている。そして、最近では、男性のヌードを、折りこみでつけはじめた。

この『コスモポリタン』の本物のほうは一度はだめになりかけたのだが、ヘレン・ブラウンという女性の編集長に交代してから売れはじめたのだ。

〈なぜ売れているかというと、コスモポリタンは、毎月、このような内容を盛りこんでいるからであります〉

と、『マッド』は、パロディにしている。アイデアは、アーニー・コーゲンという人だそうだ。

「このような内容」とは、次のようなものだ。

〈ディスカウントで中絶手術してくれるお医者さん四〇軒の総ガイド〉

〈新しく発見された一〇一個所の性感帯〉（すべて首から上にあります）

〈小人の男性を口説く方法〉

〈彼に決定的な印象をあたえる中国料理のつくり方〉（全裸でお料理なさい！）

〈夫にかくれて浮気する、とってもいかした新しくてとんでもない方法三〇〉

〈月経閉止を楽しんじゃうには〉

〈人工受精・精液を注入する注入器に惚れたり悩んだりしないためには〉

六月号の表紙は、多少、手がこんでいるようだ。

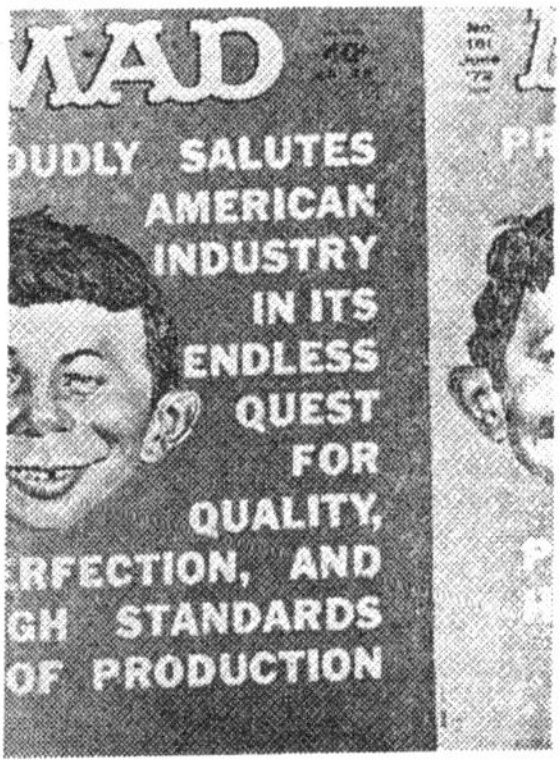

〈内容、完成度、そして、品質管理上の高い水準を永遠に追求しつづけるアメリカ産業に、本誌《マッド》は敬意を表するものであります〉という文句が、表紙に読める。

そして、この文句を印刷した表紙自体が製本のさいの不手際で大いにずれてしまいひどい出来あがりになってしまったという想定となっている。下地のブルーの色調が、右と左でたいそうちがえてあるあたり、こまかなアイデアだ。しかし、あまりおかしくはない。十数年もまえだったら、これでけっこう大笑いになったろうとは思うのだが。

この六月号の、映画のパロディは、『愛の狩人』だった。小さく、ひょいと描きこんだような部分だけが、すこし面白い。たとえば、『愛の狩人』を観た人はすぐにわかるだろうけれど、女性のアイス・スケーターがかなり重要な要素になっているシーンがあり、このシーンが、うまくパロディになっていたのだ。アイス・スケーターに、みごとに尻もちをつかせてあった。アイデアは、アーティストのモート・ドラッカーのものだろうか、それとも、ライターのラリー・シーゲルがそこまでアイデアを出すのか、よくわからない。

七月号の表紙は、なんということもないごく平凡なアイデアだ。アーティストの署名が、かつてはあったのだが、四月、六月そして七月号とも、編集部が安く自前であげてしまったような感じだ。

『マッド』自身はどのように円環を描いたか

END OF THE RAINBOW という決まり文句が英語にある。虹の端、と訳したら誤訳だろうけれど、空にたつ虹は、だいたい一方にかしいだようになっていて、一端はより地上にちかく、他端は、空中でフェイドアウトになっている。その、ときとして地上から生えているほどに地べたにちかく見える虹の一端をさがしあて、そこを掘ると、ツボに入った黄金とか、そのような宝物を見つけることができるという民間伝承がいまでもある。

これを絵にしたのが、『マッド』七月号の表紙だ。

エンド・オヴ・ザ・レインボウをアルフレッド・ニューマンがさがしあてると、そこにはもちろん黄金はなく、そのかわりに、アメリカン・ガーベジ（アメリカ的な生活様式が必然的に生む多量のゴミおよび廃棄物）があるというしかけなのだ。残念ながら、ひどくつまらない絵だと言わなければならない。

ついでに、『マッド・スペシアル』第七号に関しても、つまらないと言っておこう。

つまらないものを適当にまとめたスペシアルが面白くあるはずはなく、付録も、この二、三年は、スティッカーないしはマッド・ミニ・ポスターにきまっていて、今回は、大統領選挙を中心に、ベトナム戦争、麻薬、犯罪、公害などをテーマにしたミニ・ポスターが十六とおりあるだけ。大統領候補の顔写真のうえに、「おお、いやだ」という文字を入れただけの能のなさだから、どうにもならない。

つまらない、面白くない、というような表現ばかりくりかえしてきたのは、ほかでもない、ちゃんとそれだけの理由があってのことなのだ。

もう、私たち人間は、最後の笑いを笑ってしまったような気がしているのだ。

たとえば、いま心のある人たちのその心をもっとも強くとらえているムーヴメントはなになのだろうかと、アメリカでたずねまわったら、それは、エコロジーである、ということだった。

エコロジー・ムーヴメントをひとつの実践上の哲学にしぼりこむと、どのようなことになるのだろうかと、かさねて訊いたならば、それは、

「いますぐ、地球の人口を、半分にすることだ」

ということえが、かえってきた。

ぼくは、笑ってしまった。

これはおかしいのだ。こたえてくれた人は、なにがおかしいのかと、いささか憤慨したような顔をしていた。憤慨するのもまたおかしい。

いまの地球に人口が多すぎるのは、たしかだろう。

このままほうっておくと、三〇年くらいで地球はたいへんなことになってしまうのだという仮定は、アメリカみたいな巨大な浪費国を見ると、もはや仮定ではなく、すぐ明日の現実として実感できる。

あきらかに、人口は多すぎる。技術の発達は、まちがった方向にむけられたままだし、そのまちがった発達が、多すぎる地球の人口を支えている。

たしかに、いますぐ、地球の人口を半分にしなければならない。しかし、半分にするといって、どこからも文句の出ない平和な方法など、ありっこない。人口の増加を厳重におさえつつ、大量に殺さなければならない。

この自爆的な救済手段も面白いが、もっとおかしいのは、多すぎる人口のなかに当然のことのようにふくまれてしまう人間たちが、「地球の人口をいますぐ半分に」と口をそろえて唱えているありさまは、ダークなユーモアの極致としてとらえられるのだ。地球の人口を半分にするのだから、実際はふたりにひとりは生きのこれるわけなのだが、オレは生きのこるほうに入れるのだという確信は誰にもない。

いったいなにをどのように基準にして、生きのこる人間と、多すぎる人間とに、二分すればいいのか。

基準は、なにもない。だとしたら、考え方としては、地球の人口を半分に！　ではなく、いますぐ全滅！　のほうが正しい。地球の文明はもう終ってしまった。最後の笑いは、気がつかないうちに、笑われて消えていった。

だから、『マッド』などは、もうなんの力も持ちえず、人を笑わせることなんか、できっこないのだ。『マッド』は、すでに、今月号が生産されたとたんに、偉大なるアメリカン・ガーベジとならざるをえない。いや、生産されたとたんにではなく、もうはじめから、アメリカン・ガーベジとして生産されてくるのだ。いま生まれてきた赤子が、多すぎる人口のうちの確実なひとりとして生まれてくるのと、まったくかわらない。

人間は、自分たちの最後の笑いを笑ってしまった。

もはや笑いはありえないかというと、そんなことはないだろう。

笑いは、非常に大きな質的な変化を経験させられているのだ。

10

「人類はすでに最後の笑いを笑ってしまったのだ」

ということについては、すでに書いてしまったのだった。「最後の笑い」とは、たとえばいまの地球には明らかに人口が多すぎ、これを適正人口にもどすためには、ただちに地球の人口を半分にしなければならず、その明らかに多すぎる人々が、自ら、

「地球の人口をいますぐに半分に!」

と提唱しているというような現状のことだった。

この「最後の笑い」は、どうしたってぜったいに、やはり最後の笑いであると思うのだが、しかし、最後の笑いを、ハハハハと笑ってしまって、もうありません、というわけにはいかないのだ。

悲しいことに、人間の頭は、いろんなことを考えることができるようになっていて、この「最後の笑い」の、さらにさきになにがどのようにありうるのかについて、考えていかなければならないような気がしていて、実際、考えることができるわけなのだ。

たとえ最終的には全滅だけがあるにせよ人間の文明はまだ広がりをつづけている。

地球の人口は確実に多すぎるのにもかかわらず、子供が生まれつづけてくる。いま生まれてくる子供たちは、半減されなければならない人口の一部分として生まれてくるのだ。すこし極端な言いかたをするならば、ほとんど必要の

ない生命として誕生してくるわけで、この必要のなさは、生まれてきた生命のほうにも、ちゃんと自覚されている。東京・練馬区の小学校二年だか三年だかの幼い子供が、

「私たちは、大人になるまえに、公害で死んでしまうのではないでしょうか」

と、作文に書きのこしている。このような自覚を持った幼い生命が自らかなり直接的に公害へ加担的に巻きこまれているわけで、「より良き社会をつくるために」とか称して、管理社会の管理者であるテクノクラートたちに専門分野をかたっぱしからあけわたし、彼らにその管理をゆだねた結果が、こういうことになったのだ。

新しい生命が、不必要なもの、という看板を背負って生まれてくるのだから、生命は、それとは完全に正反対のもの、つまり死のような反生命的なものを、生命と共にたずさえて生まれてくる。

単なる抽象論ではなく、現実のこととしてすでに立派にいくつかの実例を私たちは見とどけることができる。たとえば、レイチェル・カースンの『サイレント・スプリング』(『生と死の妙薬』新潮社)には、

「いまアメリカでは、小学児童の死因の第一位が、ほかの病気ではなく、ガンなのだ」

と、書いてある。この『サイレント・スプリング』が書かれた一九五〇年代の終りから一九六〇年代のはじめにかけての時代における計算によると、

「一歳から十四歳までの子供の死因の十二パーセントがガンなのだ」

ということだし、臨床報告によると、五歳以下の子供にとくに悪性腫瘍が多く、「生まれ落ちたとき、いや、生まれ落ちるまえから、発ガンしていることが多い」そうなのだ。

先天的ガンや小児のガンは、妊娠中の母親が触れた発ガン因子が、胎盤をつきぬけて、発育中の胎児の組織に影響をあたえるためにできるのではないだろうか、と考えられている。しかも、幼い生きものほど、発ガンの率は高いのだそうだ。

胎児は、その最初から、すてきなひとつの生命と共に、立派なガンをたずさえている。

世に住み古した大人たちも、うかうかしてはいられない。やはり『サイレント・スプリング』のなかにあげてある

数字なのだが、現在のガンの罹病率から計算すると、「いま（一九六〇年ごろのことか?・）元気でアメリカに生きている人たちのうち、四千五百万人は、ガンによって死ぬ」ことになるという。誰がそうなるかはわからないのだが、すくなくとも四千五百万人分の死因だけは、早くも確実にガンであると判明していてその人たちの一生のプログラムのなかに組みこまれている。四千五百万というと、やはり気の遠くなるような数だから、自分もぜったいにそのなかのひとりとなるのだと、前もって信じこんだうえで生きることに、おそらくなんの抵抗もないはずだ。

したがって、次のような情景がつくり出す笑いは、もはや決定的に力を失っていると断言してさしつかえない。

産院の産室で、ひとりの女性が分娩している。赤ちゃんが、無事に生まれてくる。医師が、その赤ちゃんをとりあげる。ウェイティング・ルームで、いまかいまかと待っている父親のところに、看護婦が知らせにいく。

「おめでとうございます。お生まれになりました。とってもかわいい女のこですわ」

と、看護婦は、我がことのようにうれしそうだ。そして、こうつけ加える。

「それに、ちゃんと、ガンまで出来ていて」

ひところ、こんなふうなマンガを、たとえばチャールズ・アダムズが、得意にしていた。マンガのなかでの架空の出来事であり、ひょっとしたらやがて現実にそうなるかもしれないという知的興味が笑いをさそったのだが、まったく日常的な現実となってしまったいま、このようなマンガが笑いをつくり出す力はひどく弱く、地方新聞の戯評マンガほどでしかない。

さて、それでは、「最後の笑い」を笑ってしまったあとの世界に、どのようなことがありうるだろうか。ひとつ考えられることに、ヒューマニズムがほぼ完全にくつがえってしまうのではないだろうか、ということがある。

ヒューマニズム、という言葉の概念規定は、そう厳格にやらなくてもいいようだ。いわゆるヒューマニズムであって、ひとつの生命は地球より重い、などと言いながらとりあえず人命の尊重を心がける、とりこぼしのははだ多い、偽善的な人道主義、という程度のものとして考えておけばいいだろう。

科学技術の発達によって主として物質的に支えられてきた管理社会をその根底にちかい部分で精神的に支えたのが、

このヒューマニズムではなかっただろうか。ようするに、これまでの社会は、そのぜんたいがヒューマニズムのなかにとりこまれていて、たとえば笑いも、そのヒューマニズムのうえに立ってはじめて、成り立ちえた。

人間という生命体は地球上の万物に対して優位をぜったい的に保ち、しかもその全員が等しく同価値である、というヒューマニズムのたてまえは、現実にはさまざまな不平等や、いろんなことがうまくいかない状態をかかえこんでいる。

そのヒューマニズムの現実のほうが、さらに誇張され、なにはばかることなく笑える状況が人工的につくりだされ、それが、コメディの基本となった。考え方を逆にするならば、笑う側と笑われる対象との人工的な関係がつくり出す、笑い、という人工物は、最終的には、ヒューマニズムを突き崩してしまう力を持っていた。さきほど例にあげた、チャールズ・アダムズふうなマンガの情景で言うならば、ガンを持って生まれてきたことがたたえられている赤子を笑う私たちは、結局、なんのことはない、自分自身を笑っているのだから。

自分自身を、批判的に痛烈に笑いうる人間の能力は、ヒューマニズムというあくまでも仮の情況設定とは、本質的に相いれない。ぼく個人にとってすぐに思いうかべることができる、このことに関しての実例は、レニー・ブルースだ。ブルースは、自分(たち)を、ごく正直に笑いものにしていた。そして、そのレニー・ブルースを批判し抑圧し、最後には殺してしまったのは、当時のアメリカ社会というヒューマニズムだった。自分で自分を笑うのは、自分を自らの手で破滅させることにつながってしまうから、ヒューマニズムの側にいる人たちにとっては、こわいことなのだ。

生まれながらにしてガンのそなわっている赤子、という人工的なマンガ情況は、とっくの昔のある日、とつぜん、現実になってしまっている。他人ごと、という種類の現実もありうるのだが、このような反ヒューマニズム的な立場を身をもってとっている赤子は、じつは自分そのものであると考えたほうが、現代では、はるかに現実的な姿勢となる。

ヒューマニズム自体が、ヒューマニズムを完全にひっくりかえしてしまうことに、ほぼ成功しかかっている、そのような情況のなかで、笑いとして可能性があるように見えるものは、ヒューマニズムとは正反対の方向を志向しているものだ。

ひと言でいうと、技術の発展が、それにあたる。具体的には、化学薬品とか、ベトナム戦争とかが、すぐにも取り出せる。ベトナム戦争は、大じかけでしかも生身の人間をかたっぱしから殺しつつ進行しているアンチ・ヒューマニズムのコメディとしてぼくの目に映ることがある。「ベトコンはアメリカが落とす爆弾の破片ひとつひとつをタネに、土の中から生えてくる」というジョークは、これまでに人間が開発しえた科学技術の全知全能を惜しみなく注ぎこんで改良に改良をかさねられていくボール爆弾の実物見本を目の前に見るとき、ヒューマニズムを笑って突き崩した、ヒューマニズムとは真反対のものをも笑って内包してしまおうとはかる、なにか神秘的な東洋の体験的な哲学を感じさせないわけにはいかない。だから、いわゆるヒューマニズムを倒すのは単なるアンチ・ヒューマニズムではなく、アンチ・ヒューマニズムをも倒すことのできる、まだほとんど知られていない密教みたいなものだろう。

比較して、公害などは、もっとわかりやすい笑いとして、現実にひろがっている。たとえば、炭化水素の塩素誘導体という、DDTとおなじでしかもそれのはるかにソフィスティケートされた改良型みたいな殺虫剤、ディルドリン、ヘプタワロール、クロールデンなどは、体のなかにはいっていくと、だいたい脂肪のなかに蓄積されていく。

肥った人が、普通以上にこのような殺虫剤に触れていて、体内の脂肪への蓄積をふやしていき、ある日、やせることを決意したとする。潤沢なる皮下脂肪のなかに多少なりとも拡散されたかたちで蓄積をかさねていたそのような殺虫剤は、いきなり脂肪が減ったがために、ひとつにあつまらざるを得ず、行き場を失って本来の毒性を発揮し、やせることに成功したその人は、突然、中毒症状を呈して、たいていは死ぬ。

こんな、ミステリー・コメディみたいな話が、人間にとって害のある(!)虫を殺して、より良き生活をつくり出すというヒューマニズム実話として、ちっとも珍らしくない段階にまで、いまはすでに来てしまっている。ヒューマニズムは、堂々たる蛇のしっぽ飲みを、明らかに開始して久しい。

この、蛇のしっぽ飲みは、だいたいいつのころから、ごく一般的な次元で広く認識されるようになったのだろうか。じつは、このことが、以前から書こうとしていた、《『マッド』創刊の背景》といったようなものと、密接につながってくるのだ。

話はすこし飛躍するけれども、アメリカ国内でDDTが日常必需品みたいな感じで使用されはじめたのは、一九四二年だった。DDTという新しい品物は、それ単独で存在することはできず、そのさらにうえをいく改良品や、あるいは、こういうものはひょっとして人間自身の首をしめる側にまわるのではないかという、本能的な違和感もまた、同時に生まれてくるものなのだ。詳しい説明は、何回かあとに、具体的におこなうとして、科学技術の発達が、人間という生き物にとってはとうていなじみ得ない、アンリアルな一面を強く持っている事実の本能的な察知が、技術の発達にあわせてそのつど、たとえばDDTが一般に使用されるようになればそのときに、自動車が優位に立てばまたそのときに、かならずおこなわれるのだと書いておくだけにとどめよう。

一九五二年の夏に創刊号が世に出た『マッド』は、このような本能的な察知の、具体的な表現のひとつだった。

具体的にどのように表現されていたかを、ひとつの実例を見ながら、考えていこう。

一六四ページと一六五ページに入れてある絵を見ていただきたいのだ。創刊されて間もなくの『マッド』にのっていたもので、「もしテレビジョンにこのようなコマーシャルがあれば、本誌MADは、そのコマーシャルに対してMAD賞をあたえるでしょう」という設定のもとに、自動車、石ケン、窓、歯みがき、サラン・ラップの、五種類のテレビジョン・コマーシャルのパロディが描かれていて、ここに転載したのは、自動車のコマーシャルだ。

テレビジョン・コマーシャルというひとつの様式のパロディなのだが、この自動車のコマーシャルのパロディは、自動車そのものに対する違和感の表現となっていて、興味ぶかい。

当時のアメリカのテレビジョンでおこなわれていた新車のコマーシャルには、おそらく、若くて美しい女性がひとりで乗って、ハイウェイなりなんなりを疾走していくような場面が用いられていたのだろう。転載したウィル・エルダーの絵の、はじめのシーンは、若くて美しい女性がひとりで乗っているまったくおなじ新車が何台もぎっしりとならんで走っているところからはじまっている。牛を貨物列車に乗せるところにある、牛の通路みたいなものをはねと

Yes, sir! Here they come! The latest models of the new 'Rocker' engine Goldsmobiles.
Notice the different models . . . the 'Guided Missile 88' . . . the 'V-2 888' . . Some models, hah?
These models are imported from the finest model agencies to sit inside our Goldsmobiles
NO HANDBALL PLAYING
Notice the smooth quiet riding of the new muffled rockets of that new 'Rocker' engine . . .
Notice the instantaneous acceleration in response to the lightest touch on the pedal.
And notice the sure braking power that brings you to an *instant hairline* STOP!
SQUEE SQUEE SQUEE SQUEE
By George! We're riding too close!
SLAM SLAM SLAM

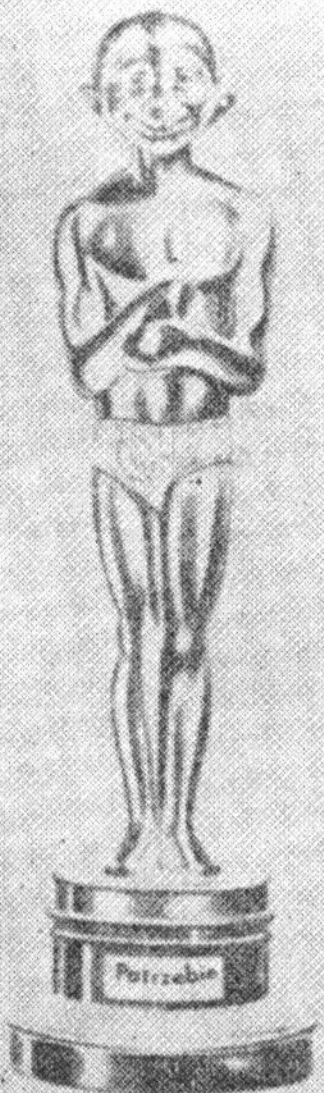

MAD AWARDS...

Have you been noticing what's going on nowadays? Have you been noticing how all kinds of awards for entertainment are being given out by magazines and like that? We of MAD emphatically believe that this is a wonderful and noble idea because it stimulates interest in the arts . . . produces a desire for more creative perfection . . . is in the great tradition of fair-play and private incentive . . . and mainly it's good publicity for us.

Knowing a good thing when we see it, we of MAD fling ourselves onto the bandwagon and into the rat-race to give out awards. "Aha," you might say, "everything has *been* awarded and there is nothing left to award to!" "Hoohah," we say, "not so!" As a matter of fact . . . the hugest area in the field of entertainment has been totally ig

As we all know, television i
taking up more of our time tha
other entertainment medium . . .
And as we all know, television c
partly of commercials . . . right? A
we all know, television consists a
of commercials...right? Draw you
conclusion...which is, obviousl
what we mainly do for entertainm
watch television commercials . . .

And so MAD herewith excl
awards our "Alfred E. Neuman"
ettes to the five best television
mercials of the year. And on th
lowing five pages are portions of
commercials, the first of which
crazy Goldsmobile commercial
you see this army of cars going by
flood and it goes something like t

ばして、何十台もの車が突進してきている。

小さなコマに移ってからの、それぞれのコマにそえてある文句は、左から右へ、順に次のとおりだ。

「新しい〈ロケット〉エンジンを搭載したゴールズモービルが、さあ、やってまいりました」

「いろんなモデルがあるのにご注目ください。〈誘導弾88〉モデル、〈V－2の888〉モデルなど……たいしたものですね」

「これらのモデルたちは最高のモデル・エージェンシーから届ってきてゴールズモービルに乗っけたのであります」

（まえのコマでつかった、モデル、という言葉とのひっかけであり、乗っている若い女性の説明でもある）

「新しい〈ロケット〉エンジンの完璧にマフルされた静けさはどうです……」

「ペダルをちょっと踏んだだけでただちにすごい加速をしますし」

「ブレーキングのパワーは、まるで線をひいたようにぴたっと、車をとめてしまいます！」

そして最後のコマは、何重もの追突でそのゴールズモービルがダンゴになってしまったありさまだ。吹き出しのなかの言葉は「車間距離がつまりすぎている！」だ。

さまざまなテクノクラートが、それぞれの分野をがっちり管理してかたまっている管理社会の象徴が、数十台もかたまって疾走してくる新車の群れだろう。

その管理社会のいきつく果てが、追突現場のダンゴ状態だ。そして、管理社会に対して強い違和感を持ち、なんらかのかたちで抵抗をこころみながらも、やはり巻きこまれている当事者としての私たちはどこにいるかというと、最後のコマでダンゴになったゴールズモービルのわきを走っていくひとりの男だ。自分の行先きを「ボストン」と紙に書きつけて胸の前に彼は下げているがこれはどのコマにも見られる小さなあそびと同列にあるものだろう。

ここで言う管理社会とは、ひとりひとりの市民の人生におけるあらゆる局面を、技術的に操作できるレベルにまでひき下げたうえで、各種の専門家たちがよってたかって自らの企業体の利益のためにコントロールしていこうとし、現にそれを着実に実行しつつある社会のことだ。

ダンゴになったゴールズモービルのそばを走っていく男は、自分の人生のほとんどの局面をすでにテクノクラートたちにあけわたしてしまったひとりの市民であり、彼には、歩くことだけはまだ許されているけれども、しかしボストンは、歩いていくにはあまりにも遠い。

追突でダンゴになった新車を描くことによって表現されている、自動車社会への不満は、しかし、描かれたとたん、いや、描かれる以前から、テクノクラシーの管理システムのなかの一部分としてすでに組みこまれてしまっている。組みこまれうるからこそ、『マッド』は創刊できたのだ。

11

アメリカのコミックスをさまざまな観点から研究したり考えなおしたりした本が、この数年間に、アメリカで何冊か刊行されてきた。

そのなかでもいちばん面白い、レス・ダニエルズの『コミックス―アメリカにおけるコミックスの歴史』のなかに《E・C・コミックス社における革命》という章があるから、今回はこの章に書かれてあることをぜんぶ紹介してしまうことにしよう。『マッド』の創刊当時のこととからみあわせて、E・C・コミックス社が一九五〇年代のはじめにどんなことをやっていたのかについてアメリカ人によって書かれた文章は、なかなかないからだ。

一九四〇年代の十年間で、コミックスというひとつのエンタテインメントないしは表現のジャンルが、社会的に定着されたらしい。

コミックスもまた社会体制のなかのひとつになっていたわけで、このコミックスというジャンルのなかでのフォーミュラ（定石的なやりかた）も、できあがっていたのだ。

業界の第一線で仕事をしていた人たちは一九四〇年代のはじめ、それぞれが子供だったころにコミックスの魅力にひかれてコミックスの世界に入ってきた人たちが多かった。

そして、それらの人たちは、一九五〇年代がはじまったころには、コミックスの世界で充分に経験をつんだ大人に成長していたのだ。

その大人たちは、表現方法としてもまたひとつの商売としても、すっかりできあがってしまったコミックスに対する軽いあきらめと、さらに表現の可能性をひろげて、なにか新しいものをつくりたいという、あらたな熱意とを、同時に持っていた。

戦後から一九五〇年にかけてのなん年間は、アメリカのコミックスにとってのスランプの時期だった。レヴ・グリースンの犯罪ドキュメンタリー・コミックスが、当時のコミックスの世界では、もっとも新しく工夫され創造された形式だったのだが、これの人気の頂点が一九四七年で、以後は下り坂となっていった。

「新しいコンセプトへの機は熟していたし、なにか新しいものをうけいれる準備が、市場のほうにもできていた」と、レス・ダニエルズは書いている。

この、なにか新しいものがつくり出されてくる過程のなかで中心となったのが、ウィリアム・ゲインズと、彼のE・C（エデュケーショナル・コミックス）社だった。

ウィリアム・ゲインズは、M・C・ゲインズの息子だった。このM・C・ゲインズは、アメリカのコミックスの初期に大活躍をした人だという。コミックスというフォーマットのすべてをつくりあげたのはじつはこの人だという説があるし、スーパーマンをニューススタンドに送り出したのはM・C・ゲインズだといわれてもいる。

とにかく、ウィリアム・ゲインズは、アメリカのコミックスの最前線を自分の父親からひきつぎ、下積みからすこしずつあがっていくのではなく、いきなりてっぺんから仕事をはじめるという、たいへんに有利な立場に立ったのだった。

戦争が終ると、不足していた紙がアメリカではすぐにまた豊かになっていったのだ。

戦後すぐに、ウィリアム・ゲインズは、父親からひきついだ会社を売り払ってしまい、E・C社を設立した。

E・C社がつくられてからしばらくのあいだ、商売はなかなかうまくいかなかったようだ。新しいジャンルと新しい内容のコミックスが要求されていた時代に、その新しいものを求めつつ模索していたときだったのだ。

まず、まじめな絵物語のシリーズを、E・Cは刊行していた。『聖書・絵物語』『アメリカ史・絵物語』『世界歴史・絵物語』『科学・絵物語』などだ。

このシリーズが、ある程度の成功をおさめていたけれども、妙に固苦しく生硬なところがあり、特に『聖書・絵物語』を担当していたドン・キャメロンの、なるべくよけいなものを描きこまないアート・ワークは、このシリーズの魅力をさげるほうに作用していたという。

しかし、とにかくまじめなこころみなので、売れゆきはそんなにわるくはなく、ノーマン・ヴィンセント・ピールにほめられたりしていた。

幼児むけのタイトルも、いくつかあったのだ。『タイニー・トット・コミックス』『失われた国』『動物物語』『ダンディ・コミックス』『アニメーテッド・コミックス』

ほかにも、なかばシリーズになっていたものが、コミックス本来の年齢層の読者たちむけに、いくつもあった。そして、その大部分が、ひっきりなしに内容やタイトルをかえていたのだ。売れゆきがよくなければ、新しく工夫してつくったタイトルでも、一号だけでやめてしまいほかのものにかえていたからだ。

魔術師を探偵役にして主人公にすえた、『ブラックストーン』はすぐに消えてしまったし、ユーモアものがいきなり『ガンファイター』とか『馬上の正義』などの西部ものにかわっていったりした。『馬上の正義』は六号までつづき、西部ものに恋愛ものをかけあわせた感じの『西部の恋』にかわり、これは三号しかつづかなかった。

面白いキャラクター、たとえば、ムーンガールみたいなものがあらたにつくり出されてもいたのだが、このムーンガールを主人公にしたシリーズも、いろいろとタイトルをかえつつ、通算で八号しかつづかなかった。

さまざまにためされていたもののなかでもっとも将来性があるようにみえたのは、犯罪ものだった。E・C社は、『インタナショナル・コミックス』という犯罪ものを出し、これは、『インタナショナル・クライム・パトロール』それから『クライム・パトロール』と、名称をかえていった。

そして、この『クライム・パトロール』の最後の二号につづけて掲載された、クリプト・キーパー（地下納骨堂の番人）という主人公の物語が、単独でひとつのシリーズをつくることになり、『クライム・パトロール』は、一九五〇年の四月に、『クリプト・オヴ・テラー』（恐怖の納骨堂）という、新しいシリーズになった。そして、このシリーズは、あとになって、『納骨堂の物語』と、名称をかえた。

一九五〇年の四月には、『恐怖の納骨堂』のほかに、『犯罪とのたたかい』というシリーズが『恐怖の地下納骨堂』と名称をあらためて刊行され、それからひと月あとには、西部ものの『ガンファイター』が、『恐怖の巣窟』となって、刊行されはじめた。

一九五〇年のごくはじめに、E・C社には恐怖ものの新シリーズが三つも出来たのだった。そして、これが、新しいコミックスのバックボーンとなっていった。

新しいコミックスのなかには、サイエンス・フィクションもふくまれていた。一九五〇年の五月には、『西部の恋』が『ウィアド・サイエンス』にかわり、さらに、『ウィアド・ファンタジー』のふたつが、E・C社の新しい戦列に参加したのだ。

E・C社での新しいコミックスの主流が、恐怖ものとサイエンス・フィクションものとにしぼりこまれていった理由を、レス・ダニエルズは、コミックスをつくるがわとうけとめるがわとの両方に、もとめている。

つくるほうとしては、ウィリアム・ゲインズのもとに、やりたいほうだいのことがやれていたのだ。ひとつのメディアムとしてのコミックスの可能性が、あらゆる領域にむかってひろげられていく途中で、恐怖ものと、やはり恐怖ものと大差のないサイエンス・フィクションものとをひろいあげたのだった。

うけとめるほうとしては、単なる西部ものや犯罪ものよりも、恐怖ものやサイエンス・フィクションもののほうが、想像力にうける衝撃の大きさがちがってくる。

恐怖もの、というひとつの新しいジャンルをみつけた一九五〇年代ごく初期のE・C社には、そのほかに、戦争ものとサスペンスものとがあった。

一九五〇年の十一月に、戦争ものの『トゥー・フィステッド・テールズ』ができ、一九五一年の七月に、もうひとつ、『フロントライン・コンバット』という新しい戦争シリーズができた。サスペンスもののほうは、やはり二冊あり、一九五〇年十月の『クライム・サスペンス・ストーリイズ』と、一九五二年二月の『ショック・サスペンス・ストーリイズ』だ。

当時のE・C社のエディターたち、アルバート・フェルドスタインやハーヴェイ・カーツマンが恐怖ものというジャンルをみつける以前から、恐怖ものは存在していた。スペクターとかスピリットとかの主人公を持ったシリーズがあったし、バットマンのようなシリーズも、冒険ものや活劇ものというよりは、恐怖ものにちかかった。

しかし、いかに見かけが恐怖ものではあっても、ストーリイのなかには、善と悪との対決、といったようなものが基本的な土台としていつも敷かれていて、最後には悪がほろびて善が勝つのだった。

それに、なおいけないことには、どの恐怖ものにもひとりの主人公がいて、この主人公は、そのシリーズがつづいているかぎり、死ぬことはなかった。恐怖ものによって読者のイマジネーションが大きくふくらまされかけても、主人公が常に生きのこることによって、そのふくらみかけたイマジネーションは、しぼんでしまうのだ。

ここで、読者は、ひどく落胆し、同時にひとつの発見をする。コミックスの出版社にとって大事なのは、自分たち読者のイマジネーションの拡大ではなく、主人公の商業的な成功と、その成功のできるだけながい存続なのだ、ということを読者たちは見ぬいてしまう。

E・C社の恐怖もののシリーズは、ストーリイの展開のうえで必要となれば、主人公を次々に殺していってしまった。主人公を殺すことは、コミックスをつくるがわにとっては、常に高い水準の内容を持った物語をあらたにつくりつづけていなくてはいけないということを意味した。そして、E・C社のアーティストやライターたちは、これをやってのけたのだった。そして、成功した。

成功した原因は、エドガー・アラン・ポーに負うところが多いという。次々につくり出していった「高い水準の内容を持った物語」の、内容の水準の高さは、話そのものではなく、ひとつの話が読者にあたえうる衝撃の大きさだった。

あらかじめ狙いをつけておいたひとつの効果が、その物語によって出しきれたら、そこでその物語を終りにしてしまうという、結果として普通とはたいへんにちがった感銘のある終りかたをする、そんなふうなつくられかたをしている物語は、当然、読者にあたえる衝撃が最高にたかまったところで終るのだ。

読者にあたえる恐怖感が、同時に、読者が自分と同一視できる正義でもあるようなプロットづくりがなされていたから、恐怖でもあり同時に正義でもあるものが、その悪行にふさわしい死にかたや終りかたをしていくのを確認する作業は、読者たちにとって非常にユニークなかたちのカタルシスとなったと、レス・ダニエルズは書いている。

このE・C社の恐怖ものシリーズには、三人のホストたちがいた。「納骨堂の番人」「地下納骨室の管理人」「オールド・ウィッチ」の三人だ。恐怖ものとはいっても、ブラックなコメディのほうに大きくかたむいていた。もちろんコメディとしては意図されてはいないのだが、物語の進展があまりにも荒唐無稽でグロテスクであるため、読者としては真剣な恐怖としてうけとることはとてもできず、さらに病的にもっと陰気に物語が展開することをよろこび、結果としてブラックなコメディとなったのだ。

ホストたちの語り口が独特で、これがまた、物語ぜんたいのシチュエーションを、笑いの源泉にしてしまう力を持った。やたらに頭韻を踏ませたり、語呂あわせや駄洒落をひんぱつしたりしていて、物語のグロテスクさをあおりたてるよりも、しんらつなユーモアや風刺の雰囲気をつくりだすほうに強く作用したのだ。(この時期のE・C社の恐怖コミックスは、バランタイン・ブックスで二冊のアンソロジーになっている。そのうち、実物を紹介しよう)ホストたちの語り口はアンブローズ・ビアスを思わせるものがあり、もっとちかくは、ラジオの恐怖ドラマのナレーションをやるアナウンサーの口調にも、似たところが多分にあった。スクリプトは、アルバート・フェルドスタインがひとりでみんな書いたのだ。ウィリアム・ゲインズは、プロットをまず大まかにつくりあげるときに、フェルドスタインの相談相手になるだけだった。そして、「納骨堂の番人」はジャック・デイヴィス、「地下納骨室の管理人」はジョニー・クレイグ、「オールド・ウィッチ」はグレアム・イングルスの三人のアーティストたちが、それぞれ担当した。

この三人のアーティストたち、それにアルバート・フェルドスタインの四人がつくりあげたE・C社の恐怖コミックスは、いまでもこのジャンルのなかでの最高の傑作として考えられている。

それぞれの作用は、実物を紹介するときに目でたしかめてもらえるだろう。恐怖やグロテスクさが、ブラックなコメディとして読める以上に、ある種の教訓みたいなものが、ぜんたいをとおして感じられたのだ。『恐怖の地下納骨堂』の第二二号にのった『釣りにいってしまった』という話は、釣り人が逆に釣りあげられてしまい、水のなかにひきこまれていく話だった。『納骨堂の物語』の第二五号には、『トロフィー』という作品が掲載された。自分が狩りで射殺してきた動物の首を切りとってマウントにするのが大好きなハンターが、人間を狩る人にであって命を落とす話だった。ハンターの首をマウントしてしまったその人は、「これはだんじて殺生などではないよ！　私は純粋なスポーツとして楽しんでいるのだから。それに、殺すも殺さないも、たかが人間じゃないか！」と言うのだ。

『恐怖の地下納骨堂』の第三七号では、『オー、ヘンリー！』という面白い話が読めた。ひとりの老婆が万引きで警官につかまるのだ。うちには下半身がマヒして車椅子に坐ったきりの夫がいますので、かんべんしてください、とその老婆は言うのだが、血も涙もない警官は、彼女をつかまえ、彼女が刑務所での服役刑に処されるよう、とりはからう。

車椅子に坐ったきりの夫なんて、どうせウソだろうと、警官も、また、読者も思うのだが、じつはほんとうなのだ。かなりの時間が経過してから、警官がその老婆の部屋へいってみると、車椅子に白骨が坐っている。

フィクションを活字で読むのではなく、たとえば白骨が車椅子に坐っているありさまをグレアム・イングルスの絵で見ると、衝撃の度合いはまるでちがってくる。そして、目で見せられている衝撃以上のものがここにある、と読者は直感できるのだ。

そして、それはいったいなにかというと、ひとことで表現するならば、カウンターバランスなのだ。

ほかのマス・メディアが、たとえば人間の生命とか愛とかを、不滅なもの、幸せなもの、万能なものとして提供しているとき、E・C社の恐怖コミックスは、カウンターバランスを提供する役にまわったといえる。人間の、生きている、という状態がじつはいかにもろいか、そのもろさが、ブラックな笑いと共に、絵を見ることによって体験できるのだ。

『オー、ヘンリー！』はその好例だし、いかにも邪悪でグロテスクな男女が真剣に清らかに美しく愛しあい、その愛がゆえに不幸になるといったような話では、人間がその身を置きうるマイナスの状態の極限が描かれていて、愛というものによって強く肯定的に支えられうるとされている人間の状態がみごとに粉砕されている。

特にE・C社のこういった恐怖コミックスについて言えることなのだが、人間の状態のもろさは、活字だけで読み頭の中で理解したのとはちがって、最大限の衝撃を計算して描かれた絵を見たうえでの理解は、現実に体験した以上の力強さを持っていた。

この恐怖ものがたいへんな人気を博していたとき、E・C社のサイエンス・フィクションのシリーズも、いささか高度な次元で恐怖ものとだいたいおなじような目的を達していたのだ。

サイエンス・フィクションのシリーズは、恐怖ものにくらべると売れゆきはずっとわるく、『ウィアド・サイエンス』と『ウィアド・ファンタジー』のふたつのシリーズは、一九五四年の三月にひとつに統合され、『ウィアド・サイエンス・ファンタジー』となった。

これでもまだ売りあげの不足はおぎなえなかったらしく、一冊の値段が十五セントにひきあげられた。だが、これは、末端の小声りディーラーたちである、ニュースタンドの主人たちの反対にあい、もとの十セントになおされた。そして、刊行はやはりつづけられたのだ。赤字でもなお廃刊にならなかったのは、廃刊にするにはものが良すぎたからだろうし、これは出しつづけたほうがいいという本能的な正しい判断が、ウィリアム・ゲインズたちにはあったのだろう。

E・C社のサイエンス・フィクションは恐怖ものとおなじく、それまでの単なるスペース・オペラ、つまり、善玉と悪玉とがわたりあって善玉が勝つという活劇の舞台が地上から宇宙空間に移っただけのものからは、新鮮に、そして、みごとに、脱しえていたのだ。

それまではさぐられもしなかった、ひょっとしたらこうなるかもしれないという可能性を追っていくことに最重点が置かれていた。このことによって読者にあたえられたのは、起承転結をそなえた勧善懲悪ドラマではなく、人間が存在している状態を、その考えられうる全般にわたってスペキュレートしてみる機会であった。高級と低級とにわけて考えると、やはり高級の部類に入るから、読者がすくなかったのは、この高級さがわざわいしていたのだろう。

サイエンス・フィクション・コミックスでも、やはりエディターとライターは、アルバート・フェルドスタインだった。そして、柱になるアーティストとしては、ワラス・ウッド、ジョー・オルランド、ジャック・カーメン、そして、アル・ウィリアムスンの四人だった。アルバート・フェルドスタインが、ストーリイづくりをやすめる唯一のチャンスは、レイ・ブラッドベリの短篇を、ブラッドベリの許しを得たうえでコミック・ブックスのフォーマットにつくりかえていたときだった。

12

とりあえずこのさきをつづけて書いていかなければならない。『コミックス—アメリカにおけるコミックスの歴史』で、著者のレス・ダニエルズが、『マッド』創刊前後のE・C社についてかなり詳しく書いているから、それを紹介していくわけだ。

恐怖コミックスという新しい傾向に加えて、E・C社は、SFコミックスという新製品をも持つにいたった。どんな内容のSFコミックスだったのだろうか。レス・ダニエルズが「ひとつの典型的な例」と呼んでいる『重要で堪えがたい決断』(これは『ウィアード・サイエンス』誌の第十三号に、のった話だった)のストーリイは、次のようだった。

宇宙のどこかへむかって、宇宙ロケットが飛んでいる。飛んでいるさいちゅうに、密航者がひとり、みつかる。美しい女性なのだ。

美しい女性の密航者、という、ひどく定石的な設定の人物は、いかなる場合に持ち出してきても、読者の側からは、なぜだかいつも、非常に寛大に許容されている。この『重要で堪えがたい決断』の場合も、そうだ。

宇宙ロケットに密航者など、ちょっとありえないのだが、なんの抵抗も感じさせずに、ストーリイの発端となりえたようだ。

この密航者は、じつは、そのロケットのキャプテンの婚約者なのだ。

しかし、宇宙ロケットのメカニズムは、ひとりの密航者をそのままいつまでも乗せつづけ、しかも無事に地球へかえりつけるようにはできていず、密航者は確実にひとりの余計な存在であり、その余計な存在は宇宙ロケットぜんたいの安全をおびやかしてしまう。

だから、彼女は、飛行している宇宙ロケットから、宇宙へはじき出されて、すてられてしまう。もちろんはじき出されるまえには、彼女とキャプテンとのあいだには涙の別れがあったのだ。

これはほんの一例にすぎず、文字どおり一例であって、ぜんたいの重要な傾向を如実に示しうる一例ではない。ウィリアム・ゲインズとアルバート・フェルドスタインのふたりによって考え出されたストーリーは、ちょっと信じられないほどにヴァラエティに富んでいたという。

E・C社の、ふたつのSFコミックス誌は、一誌に統合されてからも、毎号、四篇のSFをのせていた。ヴァラエティに富んだたくさんの話のなかから、しかし、抽象的なかたちで、E・C社のSFコミックス誌のテーマを感じとることは、やはり可能だった。

「人間という存在が、いかに誤りをおかしやすい存在であるか。そして、科学技術がどれだけ進歩しようとも、いろんなものを台なしにしたり、へまをやったりするという側面は、いつまでもかわらずそのままつづくのだ」

ということだった。

このようなぜんたい的なテーマが、あるときは『重要で堪えがたい決断』のようなかたちで提示され、またあるときは、『ウィアード・サイエンス』の第十四号（一九五二年七月）にのった、『広告』というような作品で、読者の側に渡されたのだ。『広告』は、どこにも現存しない商品の広告をつくる、という作業を発想の発端に置いたものだった。

人物と場所の設定は、E・Cコミックス社の編集部なのだ。漫画雑誌の編集・制作がやっと終り、編集者たちがほっとしているところへ、一ページのスペースをぜんぶつかった広告がキャンセルになった、との知らせがはいる。

一冊分の原稿は、すぐにも印刷屋へ送らなくてはいけないという切迫した状態なので、キャンセルになった広告の一ページを大急ぎで埋めなければならない。

どうすればいいかと考えたあげく、一種の冗談として、ニセの広告をでっちあげてのせよう、ということになる。火星への往復観光旅行がいいだろう、と決まる。ツアーの名称、旅行エージェントの名称、出発の日時、料金など、すべていかにもほんとうみたいにつくりあげ、新婚旅行中とおぼしき若いカップルが火星の運河のほとりに立ってうっとりしている絵までそえて、そのニセの広告は完成し、印刷所へまわされる。

「なにしろ我がE・C社は、貧乏ひまなしで、こんなニセの広告をつくったことなどとっくに忘れて、またもやあたふたと、次の号の編集にとりかかっていましたところ……」

と、読者に語りかけている地の文は、楽屋落ちのかたちで、なされていた。E・C社のコミック誌には、こういった楽屋落ちがいたるところにあり、これによって、つくる側と読者とのあいだに、奇妙な連帯感がつくられた、とレス・ダニエルズは書いている。

次の号の編集にとりかかっていたところへ、E・Cコミックスの熱心な読者だと称する、ひとりの中年の男が、編集部へやってくる。

編集者たちは、彼を適当にあしらうのだが、彼は、やがて、おかしなことを言いはじめる。

あの火星旅行は、ほんとうによかったのです。E・Cコミックスの漫画雑誌で広告を見たおかげで、あのツアーがあることを知り、参加したところ、自分にとって、たいへんに幸運な、すばらしいことがあったのでした。と、彼は言う。

火星で私は美しい火星女性を見そめて恋をし、自分の妻としてこの地球につれかえることができたのです、その妻がここにいっしょに来ていますから、どうぞ会ってやってください。火星人は、目が三つあり、腕は四本ですけど、すぐに見なれてしまって気味わるくなんかありませんよ。男は、そう言って、その火星妻を、編集者たちにひきあわせる。

彼が言うとおり、その火星女性には、目が三つあり、腕も四本あった。そして、物語ぜんたいに対する軽い落ちも、ちゃんと用意されていた。編集者たちがのせたニセの広告には、火星への往復観光旅行のツアーは、午後八時の出発となっていたが、

「八時三〇分でしたよ」

と、男は言うのだ。

いわゆるショート・ショートふうな味つけの、時としてなにかしら考えさせられるSF的なコミックス、と言ってしまうと、もうそれっきり、みもふたもなくなるのだが、たとえば、『ウィアード・サイエンス＝ファンタジー』誌の第二六号（一九五四年十二月）にのった、未確認飛行物体（空飛ぶ円盤や葉巻き、などのこと）のドキュメントなどを考えあわせると、E・C社のSFコミックスのぜんたい的なテーマが、さらにはっきりと感じられるのだ。

当時、空飛ぶ円盤などについて調査をおこなっていたアメリカ空軍は、空飛ぶ円盤の存在に対しては懐疑的で、未確認飛行物体をほぼ全面的に否定していた。

これに対して、『ウィアード・サイエンス＝ファンタジー』誌は、「E・C社がアメリカ空軍に挑戦」という姿勢で、空飛ぶ円盤は実在する、と仮定する側から、未確認飛行物体についてのドキュメントをのせたのだった。

E・C社のSFコミックスのテーマとして、さきに引用したレス・ダニエルズの言葉は、だいたいあたっているだろう。

人間そのもの、あるいは、人間の存在、さらには、人間が存在している状況のぜんたいなどは、単一な固定された、

しかも人間にとってのみ都合のいい価値観だけではとうていはかりきれるものではない、といったような、意識の拡張のようなことが、なかば本能的に、E・C社のSFコミックスのなかに、大きなテーマとして、とりこまれていた。人間にとって都合のいい、小さなポジティヴだけを後生大事に撫でまわすことをやめ、ネガティヴのほうにまで、目をむけはじめたのだ。

『広告』のなかに見られた楽屋落ちにも、このようなテーマを感じとることができないだろうか。E・C社の編集者やアーティストたちが、自分たちを自らサタイアやパロディの対象にしている楽屋落ちが、読者たちとの連帯感をつくりあげるうえで力を持ったとするなら、自分で自分を笑えるE・C社のアーティストたちの姿勢、つまりネガティヴな場に投影された自分たちを平気で表現してみせる意識の広さに、読者たちが、我がこととしての共感をおぼえたからにほかならない。

SFコミックスだけではなく、恐怖コミックスにもこれはあったし、自分たち自身のサタイアやパロディは、次の『マッド』を生み出すための、ひとつの重要なステップでもあった。

ハーヴェイ・カーツマンは、『マッド』をつくり出す以前は、E・C社の戦争もののコミックスのつくり手として、一般読者の目に触れはじめた。

当時のE・C社には、『トゥー・フィステッド・テールズ』と『前線コンバット』の、二種類の戦争コミックスがあった。

恐怖コミックスが、いかに恐怖に満ちていても、また、どのようにグロテスクであっても、ぜんたいとしてどちらかといえばダークなものではあっても、ひとまず笑いを誘ったのに反して、ハーヴェイ・カーツマンが担当していた戦争コミックスは、カーツマンの個性が大きく影響した結果なのだろう、ある種のメッセージのこめられた、薄気味わるいほどにリアリスティックで、真剣なものだった。

「戦争のはなやかさとか、肯定的にたたえられているような面に対して、当時の私は非常に強い反感を持っていた。当時の戦争コミックスといえば、戦争を讃美するようなものだけだった」

と、カーツマン自身が語っているように、彼が手がけていた二種類の戦争コミックスのメッセージは、

「戦争とは、地獄のようにひどいものだ」

ということだった。

作品のなかから一例をあげるなら、レス・ダニエルズも実物を紹介しているように『ビッグ・イフ』など、適当だろう。

戦争で、ひとりのアメリカ兵が、爆弾の穴のそばに坐りこんでいる。じつはこの兵士は、たったいま自分のそばに落ちた爆弾の破片を体にうけ、もうじき死ぬのだが、そのことは読者には知らされていない。

その爆弾の穴と、自分との関係について兵士は、考えている。

「もし、あのとき、私がひとりで隊列をはなれなかったら……」

「もし、あのとき、私がもうすこし早くに身を伏せていたら……」

と、自分のごくちかい過去の、さまざまな時点にたちかえったうえで、「もし……」を想定し、自分を殺す爆弾と自分との関係をさぐり出そうとしていく。

いろんな「もし……」を想定するのだが、もちろん、問題はそんなことでは解決しない。そして、最後には、「もし自分が生まれていなかったら……」というところまでさかのぼったあげく、

「もし……もし……もし……」

と言いつつ、爆弾の穴のそばにひっくりかえって、死んでいく。

この『ビッグ・イフ』は、『前線コンバット』の第五号(一九五二年五月)に発表されたものだ。そして、この号の同誌の投書ページに、

「物語の調子が、ぜんたい的に陰気すぎやしないか」

と、ひとりの読者が意見をよせてきていた。カーツマンは、それに対して、

「戦争の恐怖と無気味さとを、私たちは知る必要がある」

と、こたえていたのだ。

カーツマンがつくった戦争コミックスはたしかにいまで言う反戦コミックスだったのだが、知力をはたらかせていわゆる客観的に体得した反戦ではなく、カーツマンの個人的な文脈のなかで直感的になされた反戦であったことに注目しなければならないだろう。

人間そのもの、そして、その人間が存在する状況ぜんたいに関する意識の幅をひろげよう、ひろげなくてはいけない、という本能的な直感が、E・C社の恐怖コミックスにも、SFコミックス、あるいは戦争コミックスにも、共通したテーマとしてあった。

恐怖、SF、戦争と、それぞれに限定的な舞台で、そのテーマが充分にあつかわれつくしたあと、この三種類のコミックスが『マッド』というひとつの場に、集約されていったのだ。そのときからはすでに二〇年もたっている現在から、こうして考えなおすと、『マッド』という一冊の雑誌が、ある日いきなり出来てきたのではなく、一九四〇年代の後半から一九五〇年代のなかばにかけてのアメリカという大勢自身が、どうしても生み出さざるを得なかった、大勢への、まっこうからのプロテストだったということが、はっきりとわかる。一九五〇年代アメリカの産物として最高のものはロックンロールなのだが、コミックスの世界でも、こんなふうに意識の拡張がおこなわれていたのだから、二〇年後のいまでも、その事実を知ってやはり多少ともおどろかずにはいられないのだ。

このような、かなりたいへんなテーマを支える力として、アートワークのすばらしさを忘れてはいけない。現物を見ればすぐにわかるけれども、パノラミックな広大な描写を得意とした、ワラス・ウッドの、克明なアートワークは、SFコミックスで特に力を発揮したし、明確なラインを用いないことによってぜんたいに深みや厚みを加えることに成功したアル・ウィリアムスンは、一九五二年にE・C社のアーティストたちのなかに加わり、やはり、スペキュラティヴなストーリイでそのストーリイを推しすすめる力となった。

こまかなところまで徹底して調べあげて絵にしたハーヴェイ・カーツマンは、自分でつくったストーリイを自分でレイアウトし、ポジションやアングルを自分できめ、最終的に絵にするアーティストたちとは、いつも密接につながって仕事をしていた。映画的な手法、たとえばズーミングとか、広大なパースペクティヴでとらえた画面がほとんど変化ないまま何コマもつづき、よく見ると、こまかな一点だけが、コマを追うごとに刻々と重要な変化を見せている、というようなテクニックが駆使された。

カーツマンの、こまかな調査は有名な語り草で、調査に身を入れすぎて体をこわしたほどだが、彼の調査の場は、使用料は無料の、公立図書館というまったく陳腐な場所であったことは知っておく必要がある。身ぢかに公立図書館はいくらでもあり、ちょっとその気になって足をはこべば、たとえば、敵の戦闘機の性能向上にあわせて、味方の爆撃機の砲塔や機関銃座がどう変化したかというようなことが、誰にでもすぐに調べがついたのだ。つまり、カーツマンがこまかく調査して正確に描いてみせたディテールは、カーツマンの専売品ではなく公立図書館を基盤にしたうえでの、読者たち全員との共通の財産だった。

E・C社の恐怖コミックスやSFもの、あるいは戦争ものなどのこころみが、結局はひとつにしぼりこまれていって、『マッド』というひとつの雑誌になっていった。このことは、恐怖もの、SF、戦争もの、どれを見ても、終りにちかづくにしたがって、掲載された作品がどれもみな『マッド』的になっていた事実からも、充分に納得できるのだ。

しかし当時のE・C社で『マッド』をつくり出していく現場にいた人たちのあいだでは、『マッド』のフォーマットや方針あるいはテーマみたいなものは、それほど明確にさだまっていたわけではなかったようだ。

『マッド』の第一号には、編集部からの言葉として、大意次のような文句がのせられていた。

「とにかく、コミックなコミック・ブックなのです！　まじめなコミック・ブックではなくて、そのへんにいくらでもあるバカみたいなコミック・ブックではなく、みなさんがたいへん好んでおられるような、ワイルドなアドヴェンチャーのショート・ストーリイにもとづいたコミック・ブックです」

どういうものを『マッド』でやっていくか、あらためてはっきり決めなおしたりはしなかったのだという事実が、ここからもうかがい知れる。

戦争ものやSFものコミックスをひきついでそれをひとまとめにする、という程度のことしか、とりあえずは考えられていなかったようだ。事実、創刊号からの『マッド』に掲載されはじめたものは、「ワイルドなアドヴェンチャー」とは、かなりはなれたものになったのだ。

ハーヴェイ・カーツマンのもとで、ワラス・ウッド、ジャック・デイヴィス、ビル・エルダーの三人のアーティストたちが、『マッド』の主要な推進力となった。

創刊号から第二三号まで、『マッド』はいわゆる十セント・コミックスのフォーマットで刊行された。毎号、ストーリイが四つ、のっていた。

このころの『マッド』で、もっとも目につき、しかも、成功のための大きな理由となった作品群は、一般によく知られたもののパロディだった。

ターザン、スーパーマン、ドラグ・ネット、フラッシュ・ゴードン、GIジョー、テリーと海賊、ポゴ、ミッキー・マウス、アーチー、ポパイ、魔術師マンドレーク、ガソリン・アレーなどが、かたっぱしからパロディにされた。当時のヒット映画もパロディにされたし、映画とその有名原作小説とのあいだにあるちがい、そしてそのちがいがどのようにして生み出されるかを描いてみせたパロディもあった。

この場合の、パロディ、とはどのような意味を持ったものであったか、その定義的な説明をしておかなければならないだろう。

一般によく知られたもの、たとえば、新聞漫画の『ポゴ』という既存のものを、ただめちゃくちゃにひっくりかえしてみたりあるいは好き勝手にいじりなおしたり、トピカルな問題を織りこんで風刺ふうにしただけでは、パロディにはなりえないのだった。

ポゴでもターザンでも、なんでもいいのだけれども、こういった既存のものは、よくながめなおし考えなおしてみると、どの主人公もみな、たいへんにせまい枠組みのなかでしか生存させられていないわけで、パロディにする人たちは、この枠組みのせまさに気づいたうえで、その気づいた自分をポゴやターザンにうつしかえ、ポゴやターザン自身に、自分の枠のせまさに対する認識や憤慨、を語らせ、あるいは、そのせまさを破ろうとこころみる行為をおこなわせる必要があった。

『マッド』のアーティストたちは、みな、これをおこなった。ターザンがついに知った自分の枠組みのせまさは、読者にとっては、じつは自分もせまいところに押しこめられている事実の、新鮮な認識だった。

このように、『マッド』がたいへんにスリリングに進行していたあいだにも、いわゆるコミックス全般に対する良識の側からの風当たりはたいへんに強くなってきていて、一九五四年の十月には、コミックス倫理規定委員会という、検閲機関ができてしまった。

このころの『マッド』には、『ニュースペーパーズ』という、パロディ作品がのっていた。タブロイド新聞の内容がいかにグロテスクでありうるかに関した、誇張のための誇張のすくないパロディだった。

「いま、この瞬間にもなお、青少年を堕落させつつあるという出版物に対してアメリカの大人たちは、飽くことなく戦いをしかけていますが、その大人たちのすぐうしろには、当の大人たちを堕落させつつある、いまだなんの挑戦もうけていない出版物、すなわちタブロイド新聞があるのであります」

というような調子でやっていたのだからコミックス倫理規定委員会は、当然、E・C社に向けられてくるわけで、事実、そのとおりになった。

コミックス倫理規定委員会とコミック・マガジンとの対立の過程は、あまりにもくだらないので、省略することにする。フレデリック・ワーサムというつまらない人物が主役になってコミック・ブックスとわたりあったいきさつは、この『『マッド』自身』の書きはじめのあたりで、すこし触れておいた。それで充分だろう。『マッド』が、人間の意識を広げようとする、非常に正しい直感であったのに対して、コミックス倫理規定委員会は、ネガティヴを描きすぎるコミックスをすべていわゆる客観的な判断によってよくないコミックスと断定し、ごく小さなポジティヴのみを描く方向へむけさせようとしたのだ。

結局、すべてのコミック・ブックは、このコミックス倫理規定委員会に現物をいちいち提出して検閲をうけたうえで、委員会のほうから、これは刊行してもさしつかえないまともなコミック・ブックである、とのひと言と、刊行許可のシールをもらわないことには、いっさい発行できないことになってしまった。現在でも、これは、かわらない。コミックス倫理規定委員会から刊行許可をあたえました、という意味のシールがどのコミック・ブックの表紙にも印刷してある。

このシールがないと、たとえ発行しても配給会社で扱ってもらえなかったり、末端のニュース・スタンドでボイコットをくらったりするので、コミックス倫理規定委員会は、たいへんな障害物になったわけだ。

数多くの会社が、おかげで、コミック・ブックの発行をやめてしまった。

うちは、はじめから良質のコミックスだけを発行してきていて、これからもその方針には変りがないので、コミックス倫理規定委員会とはかかわりあう必要はない、という態度を示した会社が、二社あった。

動物を主人公にした、明朗ユカイ漫画ふうのものを数多く出していた、デル出版社と、『絵で見る古典名作』のシリーズを出していたギルバトン社のふたつだ。

E・C社はどうしたかというと、恐怖もの、戦争もの、SFものなどの、新しいコミックスを、すべて廃刊にしてしまった。そして、『マッド』だけをのこして、一九五五年三月に、新しいシリーズをいくつか同時に刊行した。そして、そのいずれもがコミックス倫理規定委員会のシールをもらうことができた。

ショッキングなエンディングを持ったショート・ストーリイをいくつか絵で見せる『衝撃』というシリーズ。『ウィアード・サイエンス＝ファンタジー』をひきつがせた『信じがたきサイエンス・フィクション』シリーズ。戦争ものの『剛勇』シリーズ。やはり戦争もので、空中戦だけにしぼった『空のエース』のシリーズ。新聞記者たちが犯罪事件を追う『号外』シリーズ。ほかに『パニック』というシリーズもあり、さらに、医者の世界を扱った『医学博士』と『精神分析』のふたつのシリーズもあった。

これだけのシリーズが同時に刊行され、そのどれもが、かなり高い内容的水準を保っていた。面白いことに、医者の世界を扱ったふたつのシリーズが、かつての恐怖もののシリーズよりもさらに、恐怖感をつくりだす効果をあげていた。

この新しいシリーズは、しかし、一年たらずで、すべて廃刊になってしまった。『マッド』だけが生きのこり、このときから、E・C社は、『マッド』という商品だけしか持たない出版社となったのだ。

おなじ年の七月に、『マッド』は、コミック・ブックのフォーマットをすて、雑誌のフォーマットにかわった。

コミック・ブックとしての最後の『マッド』の第二三号には、「重要なお知らせ」として、フォーマット、価格、内容が変化することを、編集部からの言葉として、つぎのようにあげてある。

「本誌は、二五セントの普通の雑誌みたいなかたちになるのであります。写真が入ったり、ちゃんと表紙らしい表紙がついたりするのであります。非常にエキサイティングなプランではありませんか。ひょっとして売れなくなるかもわからないわけで、たいへんに心配してエキサイトいたしてもおります。本誌は、大人の雑誌になるのであります。この二年間、本誌は、アメリカの青少年の心を鈍磨させてきましたので、こんどは大人たちの心の鈍磨にとりかかるのであります」

フォーマットをかえることによってコミック・ブックから脱し、倫理規定委員会をバイパスしようというこころみだった。

雑誌になってからの『マッド』（第二四号）は、六四ページあった。コミック・ブックは、はじめのころは六四ページあり、なん年かたって五二ページ、そしてさらには三二ページへと、減ってきていたのだった。コミック・ブックを脱しつつも、分量的にはコミック・ブックのオリジナルなかたにかえったわけだった。そして、第一ページには、「どうぞこの雑誌を買ってください」というお願いの文句が入っていた。

新しい『マッド』は、一九五〇年代のアメリカで創刊されて大成功した三つの雑誌のひとつとなった。（ほかのふたつは、『プレイボーイ』と『TVガイド』だ）第二四号のぜんたい的な雰囲気は、『ライフ』のパロディだった。人物のセリフを入れる吹き出しはあまり多用されず、かわりに、説明文のブロックが多くなり、ストーリイ性にかわって記事的性格が強くなり、映画のパロディがやはりおこなわれ、有名な商品の広告パロディが、新しい呼び物としてのるようになった。

13

コミック・ブックのフォーマットを脱して、普通の雑誌のかたちになった『マッド』と並行して、E・C社は、また新しいシリーズの雑誌を刊行しはじめた。『ショック・イラストレーテッド』『クライム・イラストレーテッド』『テラー・イラストレーテッド』『コンフェッションズ・イラストレーテッド』の四種類だった。いずれも、それまでのE・C社が得意としていた内容のものを、コミックスではなくて、散文でのせ、スタッフ・アーティストたちにふんだんに挿絵を描かせて、そえたものだった。どのシリーズも、二、三号しかつづかなかったのだ。

『マッド』が雑誌になってからすぐに、編集長のハーヴェイ・カーツマンと経営者のウィリアム・ゲインズとのあいだに、意見の相違が生じた。

どのような相違だったかに関して、いくつかのことなった説があるようだ。レス・ダニエルズの推測によれば、カーツマンは編集権の強化をはかるために、E・C社の株をもっとたくさん持ちたい、とゲインズに申し出たのだという。カーツマンにとっては、編集権の強化しか眼中になかったのかもしれないが、ゲインズからみれば、経営権をおびやかされかねないことであり、ゲインズは、結局、カーツマンの申し出を断った。

カーツマンは『マッド』を辞めてしまったのだ。かわって、あの万能のアルバート・フェルドスタインが、第二九号から、『マッド』の編集長になった。

このときから、E・C社は、『マッド』以外の出版物をすべて切りすててしまい、『マッド』ひとつでいくことにきめた。

フェルドスタインのもとで、『マッド』は、多少とも鋭さをやわらげていった。ぜんたい的にソフトになっていく傾向にカーツマンはもっと早くから気づいていて、それを食いとめようとして編集権の強化をはかり、ややソフトにというぜんたい的な大きな傾向には勝てずに脱落していったのだろう。エンタテインメントのジャンルでは、おなじ鋭さを保ちつづけたままいつまでもながくつづくということは不可能だし、ながくつづく必要もないのだ。ソフトになったらなったでそこでまたちがった役割りを充分にはたしていくのだから。

鋭さをやわらげた『マッド』は、さらに多くの読者たちを得たし、『マッド』自身としては、新しいライターやアーティストたちを起用することによって、『マッド』が基本的にはカーツマンというひとりの人間によってつくられていたという雰囲気を消していった。

新しく『マッド』に参加したアーティストたちのなかで、いまでも『マッド』で活躍しているのは、モート・ドラッカーとドン・マーティンのふたりだ。

それまでの『マッド』のなかから、すぐれたものだけをえらび、バランタインのペーパーバックで五冊のシリーズにして売り出すことにゲインズが決定したのは、ちょうどこの時期だった。(この五冊は、いまでも版をかさねていて、簡単に手に入る)『マッド』の名目上の頭首というか誌上でのマスコットというか、トレードマークみたいな人物がえらばれたのも、このころだ。いまではアルフレッド・E・ニューマンと呼ばれている、左右の目が段ちがいで、欠けた歯をのぞかせている子供だ。はじめのうちは、ほんのわずかな期間だったが、この子供は、メルヴィン・カウスノフスキあるいはメル・ヘイニーとして知られていた。

マス・メディアをパロディにするという『マッド』の姿勢は、かなり早くに、社会的に認められることになった。パロディとして『マッド』に自作曲がとりあげられたアーヴィング・バーリンが『マッド』を相手に訴訟をおこし、一九五四年に『マッド』の勝訴になったからだ。

『マッド』がおこなうようなパロディは、たとえばアーヴィング・バーリンの場合、版権侵害とはならず、パロディであれサタイアであれ、エンタテインメントとしてあるいは社会・文芸批評として大幅にその自由を認められてしかるべきである、という判決だった。

パロディやサタイアでなにごとかをとりあげること自体、そのなにごとかが社会に対して持っている影響力を裏がえしのかたちで認めたことであり、裁判によって勝訴となってさらにひとつの足場があたえられた事実は、パロディする側とされる側とがあきらかに持ちつ持たれつになったことを意味している。

しかし、多少はおだやかになったにせよ一九五〇年代の『マッド』が、自分たち人間が生きている状況のネガティヴなほうにまで目をむけた認識や、世の中ぜんたいのありように対する懐疑の念を当時の読者たちにひろめていったことにまちがいはない。『マッド』を去ったカーツマンは、『トランプ』という新しいユーモア雑誌の編集にたずさわることになった。

この『トランプ』は、すでに『プレイボーイ』誌で成功をおさめていたヒュー・ヘフナーが、カーツマンの活躍に感嘆していたことから、はじまった。

ビル・エルダーとジャック・デイヴィスのふたりがカーツマンに加わって、『トランプ』の第一号は、一九五七年一月号の号付けのもとに、スタートした。

上質の紙を用いて、カラー印刷など入念に仕上げた、当時としては常識やぶりにぜいたくなユーモア雑誌だった。ジャック・デイヴィスが描いた『スポーツ・イラストレーテッド』誌のパロディと、ビル・エルダーがおこなった『リル・アブナー』のパロディがハイライトだったりした。

『トランプ』は、しかし、二号しかつづかなかった。内容や、一般の反応などとはほとんどかかわりあわないところで、廃刊がきめられてしまったのだ。

新しい雑誌をつくる、というようなことに対して、当時の金融筋は、まるっきり理解がなかった。しかも、運わるく、『コリヤーズ』という有名な雑誌が、『トランプ』のはじまったすぐあとに廃刊になった。もっともポピュラーな雑誌のひとつだった、この『コリヤーズ』の廃刊は、ヘフナーに投資するかたちで融資していた人たちの決意をひるがえさす結果となり、『トランプ』をきっかけに事業を拡大しようとしていたヒュー・ヘフナーにブレーキがかけられることになった。

『トランプ』がだめになったあと、みじかい期間をおいて、カーツマンたちは、またべつの新しいユーモア雑誌『ハムバグ』の制作にとりかかり、一九五七年の八月に第一号を出した。

『ハムバグ』の出版元は、ハムバグ・パブリケーションズ・カンパニーといい、ハーヴェイ・カーツマンおよび彼のもとに参加したアーティストたちによって、共同出資で経営されていた会社だった。アーティストたちのなかには、エルダーやデイヴィスのほかに、新しく参加したアル・ヤッフェやアーノルド・ロスたちがいた。

一冊の値段は十五セント。コミック・ブックよりも小さなサイズで、いろんな種類の雑誌がところせましとならんでいるニュース・スタンドに出されると、どうしてもほかの雑誌のかげにかくれてしまい、それだけ不利だった。印刷は白黒で、さらにそのうえに、一号につき一色で、淡いハーフトーンをかけていた。このハーフトーンは、たいへんに微妙なパステル効果をあげていた。

『ハムバグ』の何号かを通読しただけですぐに感じとることのできる、雑誌ぜんたいの重要なテーマは、やはりはっきりとあった。

この世の中のいろんなことに関する、まるっきり思慮を欠いた定石的なものの見方に対する拒否の姿勢、と表現できるようなものがテーマになっていたのだ。

たとえば、第六号には、アーノルド・ロスが、ディケンズの『クリスマス・キャロル』をパロディにしていたが、登場人物のなかでもっとも共感が持てるのはスクルージであるという処理がなされていたし、第九号には、「これまで読者諸兄がどこの雑誌でもまだ一度もお読みになったことのないようなものが、以下のページにのせてあります」

と、枕を置いた四ページの記事は、なにも印刷されていないまっ白だった。

第一号には、ティームスタのボス、デイヴ・ビークのセミ・ヌードのピンナップが二ページにわたってのせてあったりした。『ハムバグ』は、いろんなものをとりあげて、サタイアの対象にしていた。そのなかでも、特に目立つのは、テレビだ。アメリカ国民の意識を押えこみ均一化する手段として、テレビは、一九五〇年代に急速な発展を見せ、『ハムバグ』は、テレビを材料に、好んでトピカルなパロディやサタイアをおこなっていた。

「私たちは、馬鹿な人たちのためにこの雑誌をつくっているのではありません、笑ってもらえさえすればなんでもいというような内容の雑誌ではないのです。こんなことを言っていたら、本誌は一冊も売れないかもしれませんが、それでもかまわないのです」

と、ハーヴェイ・カーツマンは、第一号で所信みたいなことをのべていた。

このような編集態度は、読者の側にやはりかなり高い意識を要求するから、『ハムバグ』は、熱狂的な読者を一部に獲得することはできたのだが、一般読者に対して広くアピールすることは、できなかった。

それに、ニュース・スタンドへの配給方法にも多くの難があったらしく、『ハムバグ』の投書ページには、なかなか手に入らないので困る、という読者からの苦情がいつもたくさんのっていた。

第十号から、『ハムバグ』は、普通の雑誌のサイズになり、値段は二五セントになりカラーハーフトーンがなくなった。

この変化に、読者のほうは混乱しただけだったらしく、第十一号で『ハムバグ』は終ってしまった。

ハーヴェイ・カーツマンと共に、『ハムバグ』でもっともよくがんばったのは、ビル・エルダーだった。おどろくべき熱情をこめて描いた、たとえば一九三一年のユニヴァーサル映画『フランケンシュタイン』のパロディのようなたいへんな傑作が、『ハムバグ』には、毎号、のったのだ。広告のパロディも、やはりビル・エルダーが担当し、すばらしいの一語につきるできばえだった。

一九五八年の十月に『ハムバグ』がなくなってしまい、ハーヴェイ・カーツマンは自分のサタイアやパロディの発表の舞台を三たび失うことになった。カーツマン自身のオリジナル・コミックス、『ジャングル・ブック』がバランタインのペーパーバックで刊行されたのは、この年だ。

『ハムバグ』はなくなってしまったけれども、一九五八年にはまたべつのユーモア雑誌がひとつ、創刊された。『映画のなかの有名なモンスターたち』という題名の雑誌だ。

E・C社の恐怖コミックスが三つとも廃刊になって約四年たっていたのだが、それにかわる新しいものはまだ出現していず、恐怖コミックスに対する需要は以前のままかわらずにあることに目をつけたフィラデルフィアの広告マン、ジェームズ・ウォーレンが刊行したもので、第一号の表紙にはウォーレン自身がフランケンシュタインのマスクをかぶり、美人モデルと共にポーズをとって登場していた。

なかみは、ごく簡単につくられた、ちょっと大ざっぱで、あっけないようなものだった。恐怖映画、怪物・怪奇映画などのスティル写真のなかから、主人公のさまざまなモンスターたちがうつっているのを選びだし、適当にテーマをつくりあげてはその写真をいくつかの特集にふりわけ、あってもなくてもどうでもいいような記事をそえたものだった。

どう見ても、一号きりで終ってしまうような雑誌だったのだが、廃刊になるようなことはなく、いまでもつづいている。

この『映画のなかの有名なモンスターたち』の編集にあたった男は、フォレスト・J・アッカーマンといい、こういった分野でのエキスパートだった。こまかな知識と善意の熱意をこの雑誌のなかに持ちこんだアッカーマンは、軽いユーモラスな調子で記事を書き、記事としての最終的な表現のたかまりは、途方もない語呂あわせや駄洒落のなかにあった。

本来ならば、恐怖そのものであるはずのモンスターたちは、これによって、独特の諧謔味をおびることになり、若い読者たちに、たいへんにうけた。E・C社の恐怖コミックスと基本的にはまったくおなじであったわけで、絵を描くかわりに映画のスティル写真を流用しただけ手間が省けていた。

この面白い雑誌が世に出るのとだいたい時をおなじくして、映画とテレビでも、モンスターものや恐怖ものが、ひとつの流行みたいになって、もりあがっていった。

ハリウッド製のいろいろな有名なモンスター映画が、シンディケーションをとおして、全国ネットのテレビにつながされた。そして、映画のほうでは、アメリカン・インタナショナルと、イギリスのハマー・フィルムズが、恐怖映画の分野で新しい作品をたくさんつくりはじめたのだ。

ジェームズ・ウォーレンは、『映画のなかの有名なモンスターたち』の成功の余勢で、ほかにいくつかのシリーズ雑誌を刊行しはじめた。やはり映画のスティル写真を利用して、『スペースマン』『もっともワイルドな西部劇』『スクリーン・スリル・イラストレーテッド』の三種類だ。

この三つのなかでは、『スクリーン・スリル・イラストレーテッド』が、もっともながつづきした。この雑誌は、シリーズ映画になったコミック・ブックスのヒーローのことや、新聞の連載コミックスの映画化されたものなどに編集上の力点が置かれていた。

やがて、どの雑誌も、廃刊になってしまったのだが、『映画のなかの有名なモンスターたち』だけは生きのびて現在にいたっている。人間の、この世におけるありようを、裏から、つまり、ネガティヴのほうからあらためてながめなおす手段として、恐怖とかアンチ・ソーシアルなモンスターとかがいかに有効であったかは、これだけでもよくわかる。

ジェームズ・ウォーレンは、もうひとつ雑誌をつくった。ハーヴェイ・カーツマンが編集にあたった、『ヘルプ!』だ。第一号の号付けは、一九六〇年八月号、となっている。もちろん、『ヘルプ!』は、ユーモア雑誌だった。あとの時代につづくコミック・アーティストたちに対して多大な影響をのこしたユーモア雑誌として、いまでは高く評価されている。写真の使用に新しい工夫が見られたし、この『ヘルプ!』に登場した若いカートゥーニストたちは、数年後には、アンダグラウンド新聞の大きな魅力となった漫画やイラストレーション、それにグラフィックスの主役として、たいへんな力を発揮することになったのだ。

実物を手にとってながめているのとおなじ感じで、たとえば『ヘルプ!』の表紙の雰囲気などを文章で伝えることはできないだろうかと思いながらこうして書いているわけだが、できそうにない。

表紙には、有名なコメディアンが、おかしなポーズをとって、毎号、登場した。ジェリー・ルイス、モート・サール、デイヴ・ギャロウェイ、ジョナサン・ウィンターズ、ジャッキー・グリースンたちが、ハーヴェイ・カーツマンに対する尊敬の念の表現として、『ヘルプ!』の表紙に登場した。おかしな雑誌だということは伝わってくるのだが、いま当時の『ヘルプ!』をならべてながめなおしてみると、あまり効果のあがっている表紙ではなかったようだ。一九六五年一月号の表紙には、ビートルズがはげ頭にされてつかわれていた。「心がくたびれた人たちのために」と副題をつけられた『ヘルプ!』には、もちろんまだ絵は多かった。ビル・エルダーとジャック・デイヴィスの二人の絵が目立ち、対立するようなかたちで目立ったのは、写真をつかったユーモアのページだった。

たとえば、映画のスティルや、報道写真に、スピーチ・バルーン(せりふを書きこむ吹き出し)を白くくり抜き、そこにそのスティル写真とは本来的にはなんの関係もないユーモラスなせりふを入れた、ありものの写真を材料にしたひとコマ漫画みたいなものが、まず目についていた。

これの古典的な傑作のひとつに、こんなのがある。カストロとフルシチョフがどこかで会ったとき、おたがいに相手を抱きあうようなポーズで撮られた政治的な写真のカストロのほうに吹き出しがつけられていて、その吹き出しのなかには、「あとでふたりだけになってからにしましょうよ、馬鹿ねえ!」というせりふが入れられていた。こんなふうにエロチックな暗示を持ったものが、かなりひんぱんにあり、使用する映画のスティルには、女性の半裸体や脚線美のうかがえるものが、適当にえらばれていた。通常のコミック・ブックの読者たちよりもいささか高い年齢層を狙っていた編集が、このようなところにもあらわれたのだろうか。

写真の利用でもうひとつ目立ったのは、写真によるコミック・ブック・スタイルのストーリイだった。なん人かの登場人物をほとんど映画とおなじように、必要な場所へ出かけたうえでスティル撮影し、あとでスピーチ・バルーンを入れて物語にしていくのだ。これの本場はイタリアで、雑誌ぜんたいがこのようなフォト・ストーリイ数篇でうまっているという雑誌が、いまでも何種類か発行されている。

非常に手間のかかる仕事なのだが、『ヘルプ!』は、第三号から定期的にこれをのせていった。はじめは、ネヴィル・シュートの小説、『渚にて』をパロディにしていたりしたのだが、やがてオリジナルなストーリイだけになり、たとえば第六号には、当時はこの『ヘルプ！』のアシスタント・エディターをやっていたグロリア・スタイナムがストーリイをつくったものが、有名なユーモリスト、ロジャー・プライスを主役にして掲載されている。

昔の傑作をさがしだしてきて復刻掲載するということも、『ヘルプ！』は、やっていた。ミルト・グロスやミルトン・カニフたちの作品があらためて紹介されたし、漫画だけではなく、ディケンズ、サキ、アンブローズ・ビアースなどの散文も紹介されていた。

さらに、これがもっとも重要なことなのだけれども、『ヘルプ！』は、読者たちに画稿を投稿してくるように呼びかけた。数年後に、アンダグラウンドのコミック・ブック『ビジュー・ファニーズ』の支柱として活躍することになったジェイ・リンチやスキップ・ウィリアムスンの初期の作品がはじめて『ヘルプ！』で紹介されたのだ。

ロバート・クラムやギルバート・シェルトンの二人も、のちのアンダグラウンドでの活躍のための最初の足掛りを、『ヘルプ！』にみつけた若いアーティストたちだった。ともに、『ヘルプ！』誌に大きなスペースをとって作品が紹介されつづけた。

ロバート・クラムの名前が『ヘルプ！』誌上にはじめてあらわれたのは、一九六三年二月号の投書ページだった。『ヘルプ！』というすぐれた仕事をさらにつづけていくよう、ハーヴェイ・カーツマンをクラムは、はげましていた。作品が掲載されたのは、それから二年あとの一九六五年一月の第二二号だった。あとになって、フリッツ・ザ・キャットに成長していく猫のプロトタイプがはじめて作品として発表されたのも、『ヘルプ！』誌上でだった。

ギルバート・シェルトンは、一九六二年の二月に、『ヘルプ！』に登場した。『スーパーマン』のストーリイ・パターンを基本にした、非常に馬鹿げていることにおいて秀逸なスーパー・ヒーロー物語、『ワンダー・ワートホッグ』を、テキサス大学のユーモア雑誌『テキサス・レインジャー』にはじめは描いていたのだが、これが『ヘルプ！』のレギュラーな呼び物になったのだ。

『マッド』で仕事をしていたベイシル・ウォルヴァトンと共に、ジェイ・リンチ、スキップ・ウィリアムスン、ロバート・クラム、ギルバート・シェルトンたちは、『マッド』『トランプ』『ハムバグ』『映画のなかの有名なモンスターたち』そして『ヘルプ！』とつづいてきた、人間の生存状況をその全域でスペキュレートしてみようという意識拡大のこころみが、ついにとらえた、次の時代のにない手だったのだ。

一九六五年には、すでにアメリカでは、アンダグラウンドのムーヴメントがはじまりかけていたから、そのにない手をひとまずおもてに出してしまえば、たとえば『ヘルプ！』はもはや用はなく、『ヘルプ！』のような雑誌づくりのむずかしさとさらにほかの難題がいくつか重なったあげくに、『ヘルプ！』は、一九六五年に廃刊になってしまった。ハーヴェイ・カーツマン自身の活動も、だいたいこのあたりで一段落し、『ヘルプ！』が終ってからは、ビル・エルダーと共に『プレイボーイ』に『リトル・アニー・ファニー』という、カラーの、豪華な、このようなジャンルの作品としてはいまだにほかにくらべうるもののないほどにぜいたくなパロディを描きはじめることになった。

このあとの、ジェームズ・ウォーレンの動きなど、まだいろんな意味で面白いのだ。コミックス倫理規定委員会があれほどまでに目のかたきにした恐怖コミックスが、ジェームズ・ウォーレンの手でまた生きかえることになったりなどしたからだ。『マッド』が創刊される以前の状況から、『マッド』が一九五〇年代の終りからかなりのスピードで面白くなくなり、それにかわって『トランプ』『ハムバグ』『ヘルプ！』などが断片的にそれぞれうけついでいった鋭さが、アンダグラウンドのムーヴメントの有力な武器になっていくまでを、とりあえずごく大ざっぱにだけれども、なぞってみたわけだ。

アンダグラウンドのムーヴメントは、もちろん、人間の存在に関する意識を、拡大するというよりも旧来の意識をトータルにそっくりすててしまい、入れかえをはかろうという運動だった。

意識の入れかえをはかるまいとする力、あるいは、そのようなものの入れかえの必要性にすら気づいていない人たちの力が、一九六〇年代なかばになると、もうほんとうに抗しきれないほどに強くなっていた。人間に関しての公式的な考え方が、高度に独得な発展をとげたアメリカ社会の隅々にまでしみこんでいたからだ。

だから、重要なことは、ほとんどすべて、アンダグラウンドでおこなわれた。なにものにもとらわれずに心を白紙にかえすことができた場所、それが、アンダグラウンドだった。いわゆる客観的知性主義という小さな枠にとらわれた人生の定石からはなれうるところで、人間に関する考察が、反知性的に、直感的に、官能的に、やりなおされたのだ。

初期の『マッド』と、一九六〇年代後半のアンダグラウンド・コミックスとのあいだに介在した、『トランプ』『ハムバグ』『ヘルプ!』などは、だから、『マッド』によってあたえられたひとつのモーメンタムが、地下へもぐっていく過程だったと考えれば、まちがいはない。

そして、『マッド』自身も、パロディないしはユーモア雑誌としてかたちをととのえていきなり世に出てきたのではなく、それ以前に、恐怖コミックスやSFコミックスという、じわじわとなにごとかにむかって進んでいった段階があったのであり、その段階は、人をして自分の存在状況を、完全なゼロから、まるで異なった頭で考えなおさなくてはいけないのだと気づかせた、あの時代の動きと言いかえることができる。気づいた人たちがたくさんいたという事実が、つまり、歴史の必然性、というようなことなのだろう。

14

じつは、コスチュームド・スーパーヒーロー(日常の衣服とは一線を画された衣裳をまとった、超能力的ないしは超人的な活動をおこなう英雄たち)は、バイパスしてしまおうと考えていたのだ。

主として、広い範囲の恐怖コミックスを中心に、身のまわりに存在する現実に対して、コミックスのなかに描かれている非現実あるいはファンタジーがどのような意味を持つのか、ということを、わりと気のむくままに考えていきたかったのだ。

しかし、スーパーマンやバットマンのような、コスチュームド・スーパーヒーローも、現実から見事に飛翔したファンタジーであることにはかわりはないのだし、古いコミック・ブックの表紙に描かれているスーパーマンの姿をつくづくながめていたら、不思議な気持になってきたので、スーパーマンとバットマンが世に出たころの事情くらいは書いておく必要があるのではないかと思いはじめ、こうして書くことにしたわけなのだ。書くといったって、もちろん、すでに熟知していることをただ書きつけるのではなく、いろいろと考えながら同時にアメリカ人が書いた本を参考にしつつ、すこしずつ書いていくことになる。『ぜんぶ色刷りで10セントです』という題名の本が、一ドル五〇セントのペーパーバックで買える。四色刷りのコミック・ブックスについて、十一人の人たちがそれぞれに書いた文章を一冊にまとめたものだ。その十一人のうちのふたりが編者になっていて、序文をつけている。

「平均以上の知性と社会的な有用性とを持った十一人もの男性が、よってたかってこんな本をつくるのは、アメリカでも珍らしいことではないだろうか」

と、その序文には書いてある。たしかに珍らしい本であることにはまちがいはない。

一九六〇年から六三年にかけて、もうとっくにつぶれてしまったXEROという雑誌に、『ぜんぶ色刷りで10セントです』という総合的なタイトルのもとに掲載された十編の文章が中心になっているのだそうだ。

その十編のうちの、あまりにトリヴィアルな興味についてのみ書かれた文章は落とし、落としたかわりにあらたに何編かの文章を加えて、単行本になったのだという。

懐古の情、書誌学的な情熱、それに社会・文芸・芸術・文明批評の目、の三種類の異なった立場をひとりの人間のなかで総合させつつ、十一人それぞれが、コミック・ブックについて書いたそうだ。懐古の情や書誌学的な情熱には、ぼくはあまり興味がない。しいて言えば、文明批評の目、ということになるのだが、なにがなんでも文明批評しなければならないというわけではなく、なにか考えられるなら考えてみようという程度だ。

しかし、コスチュームド・スーパーヒーローは、それを受け入れる人と拒絶する人とで、メンタリティのありかたがはっきりとわかれてしまうので、面白い。

日常の現実にしか目が向かなくなってしまった大人のメンタリティでは、コスチュームド・スーパーヒーローの存在などは、たとえコミック・ブックのなかでのことにせよ、馬鹿ばかしくて相手にできないのではないだろうか。

このようなヒーローは、彼らにとっては現実にはありえないことだから、したがって、そのヒーローたちの活躍も、大人たちはファンタジーのなかですら受けとめることができない。

大人たちにとっては日常の現実が至上であるのだが、子供の目をとおしその現実をながめなおしてみると、その現実は、およそ退屈な、一瞥しただけで心のふさぐような、つまらない世界なのだ。

そのつまらない世界から飛翔するための足場が、スーパーヒーローたちのあのコスチュームだ。日常的な衣服が、それを着る人たちを日常の虜にしている、という単純な真理を信じることのできる子供たちの代理人として、スーパーヒーローたちがそのコスチュームをまとって、空に舞いあがる。舞いあがったスーパーヒーローたちの数は、『ぜんぶ色刷りで10セントです』の序文によると、現在までに八千名を軽くこえてしまっているそうだ。

『ぜんぶ色刷りで10セントです』の第一章は、テッド・ホワイトがスーパーマンとバットマンについて書いた文章になっている。ふたりの代表的な、しかも元祖にちかいコスチュームド・スーパーヒーローに関しての通史みたいになっているので、これを読みながら、書いていこう。

テッド・ホワイトというひとは、その少年時代に、「一万冊のコミック・ブックを持っている少年」として、住んでいた地元の新聞にとりあげられたこともある、コミック・ブックスの熱心な読者で、いまは、SF雑誌『アメイジング・ストーリイズ』と『ファンタスティック』のマネジング・エディターをやっている。かたわら、テレビ漫画のスクリプトを書いたり、キャプテン・アメリカの小説化などをおこなっているというから、コミックスについて書く人のひとりとして、適任だろう。

まず、スーパーマンの創成から、たどっていくことにしよう。

スーパーマンは、テッド・ホワイトの文章では正確にはわからないのだが、一九三三年とか三四年といったころに、まだハイスクールの生徒だったかあるいはハイスクールを出たばかりの年齢の、ジェローム・シーゲル、ジョー・シャスターという二人のティーンエイジャーたちによって、創り出されたのだった。ふたりが、どんなふうにしてスーパーマンをつくるにいたったかを書くまえに、一九三〇年代のアメリカの、コミックスの状況がどんなふうだったかを、知っておきたい。

新聞に連載漫画が載りはじめたのは、十九世紀から二〇世紀へかわるころだった。日曜日の新聞の、主としてうしろのほうに載ったのだ。この連載漫画を、何回分かあつめて、一冊の小冊子にまとめて発行し、売るという商売がはじめられたのが、一九二〇年代だったそうだ。『リトル・オーファン・アニー』とか『マット・アンド・ジェフ』などが、一定しないさまざまなサイズの小冊子として、カラー印刷ではなく、たくさん出まわっていた。

このリプリントが、一定のサイズにいきなり統一されたのは、一九三〇年代のはじめだった。M・C・ゲインズという人物が、日曜の新聞の漫画を、新聞一ページをコミック・ブックの一ページとして縮小してそのままおなじカラーをつかって新聞用紙に印刷し、売り出したのだ。M・C・ゲインズがいちばんはじめにつくったコミック・ブックのタイトルは『ファニーズ・オン・パレード』(漫画オンパレード)といった。コミック・ブックは、現在でもそうだけれども、「ブック」と呼ぶよりは「パンフレット」と呼んだほうがずっと正確なような体裁をしている。『ファニーズ・オン・パレード』もそうだった。

『ファニーズ・オン・パレード』につづいて、『センチュリー・オヴ・コミックス』というのが世に出た。総ページ数が百ページあったので、センチュリーという題名がつけられ、日用雑貨店がお客に無料で配ったサービス品だった。

つづいて、『フェイマス・ファニーズ』が出た。リプリントのフォーマットはどうやら成功したらしく、『フェイマス・ファニーズ』はつぶれることなく何度も号をかさね、亜流も出はじめた。(『フェイマス・ファニーズ』は、一九五〇年代なかばまでつづいていた)

当時、リプリントのコミック・ブックを出版していたのは、新聞シンジケート、パルプ雑誌の出版社、それに、そういった雑誌類の配給会社、の三者だったそうだ。

かなり数多くの会社がコミック・ブックを出版していて、そのなかには、INDのトレード・マークで知られた、インディペンデント・ニュース・カンパニーがあり、この会社は、ディテクティヴ・コミックス社（探偵コミックス社）を所有していて、『ディテクティヴ・コミックス』や『モア・ファン・コミックス』『アドヴェンチャー・コミックス』などを刊行していた。

M・C・ゲインズは、こういった状況のなかを、あっちの会社、こっちの会社と精力的に鞍がえしつつ、熱意とある種の信念とを持って、コミック・ブックをつくっていたようだ。つまり、新聞の連載にせよリプリントにせよ、コミックスは、熱意や信念を持ってあたりうる世界であったらしいのだ。たとえば新聞の連載漫画は、家じゅうの人たちが読むわけで、テッド・ホワイトが書いているように、コミックスは、「文章によるよりもずっと多い、かなりの量のインフォメーションを、わかりやすいかたちで、提供していた」のだ。関係ないことかもしれないがテッド・ホワイトは、一九三六年に『ライフ』が創刊された事実をあげ、目で見て理解するフォト・ジャーナリズムと、やはり主として目で見るコミックスとの関連を暗示している。

いくつもの会社から、新聞連載をリプリントしたコミック・ブックが次々に出版されていき、やがて、リプリントするための新聞連載が底をつきはじめた。そして、ここにいたって、多少とも熱意ないしは熱心な商業意識のある出版社は、すくなくなったりプリントのストックを水増しさせるだけのためにせよ、いわゆる書きおろしみたいな、まだどこにも発表されたことのない、オリジナルな画稿を買い、採用していくことをおこないはじめたのだ。

オリジナルの、作品としてのそれぞれの出来ぐあいは、ほとんどの場合、よくなかったそうだ。新聞連載のリプリントと、コミック・ブックスの穴埋めのためにつくられた作品との商品価値の差あるいは勢力関係は、当時はまだあきらかにリプリントのほうにあり、したがって、オリジナルは、リプリントを真似しなければならなかった。新聞連載とおなじ程度にすぐれたものが描ける人たちは、はじめから新聞連載にむかうわけで、そこへはむかえない、いろんな技術がまだ幼稚な人たちが、コミック・ブックス用のオリジナルを描いていた。ハイスクールの生徒とか、ハイスクールのドロップアウトといった、まだごく若い人たちが多かったそうだ。コミック・ブック・オリジナルは新聞連載のための練習場みたいな感じがあり、そのことは現在でもかわってはいないという。

それに、もうひとつ面白いことには、当時のコミック・ブック出版をやっていた人たちは、おおむね、心よこしまな人たちであったという事実だ。

禁酒法の時代に荒かせぎしたおかねを持っていて、そのおかねで、なにか合法的な商売をはじめたい、と考えていた人たちが多かったのだそうだ。パルプ・マガジンとかコミック・ブックが、手ごろな、しかもかたいもうけの保証されている商売に見えたのだ。

とにかく安あがりに商品をつくることをこの人たちは商売の鉄則として心得ていて、ごく安い値段でオリジナルな画稿を提供してくれる若い人たちがいたのは、とてもありがたいことだった。そして、その若い人たちは、たいていは大きな才能を持っていたのだが、労働者低層者階級の出身で、そこにはあの大不況の影響がまだのこっていたりしたから、搾取されることがわかっていながら、才能や労働者を安く提供したのだ。


一九三〇年代のアメリカのコミックスの状況は、ごく大ざっぱに書くと、だいたいこのようであったらしい。

この一九三〇年代のはじめにまだ高校生だったジェローム・シーゲルとジョー・シャスターは、『サイエンス・フィクション』という、自分たちの雑誌を、ミメオグラフ印刷で出していた。ジェロームが文章を書き、ジョーが主としてイラストレーションを担当していた。

そして、このふたりは、まだハイスクールに在学しているあいだに、自分たちのサイエンス・フィクションのための特定の主人公をひとり、創造していった。どんなきっかけでふたりのイメージがひろがっていったのか、テッド・ホワイトの文章だけではわからないけれども、その主人公には、ほかの天体から地球へやってきた人物で、地球よりもはるかに重力が大きくて過酷な条件下にあるその天体に適応できる体であるため、その能力が地球上では何十倍にも拡大されたかたちで発揮され、高いビルをとびこえたり、汽車より早く走ることができる、という物質を持たされていた。

こうして生まれたスーパーマンのサンプル画稿が、一九三五年にはすでに、パルプ雑誌出版社のＤＥＬＬ社に持ちこまれていた。そのころM・C・ゲインズはDELL社にいて、持ちこまれてきた『スーパーマン』の画稿を検討し、DELL社では刊行できる余地がないという理由で、その画稿をジョーとジェロームにかえした。『スーパーマン』物語の第一回分には、スーパーマンの生いたちがのべてある。カラーで、あるいはモノクロームで、いろんなところに再録されているから、いまでも比較的たやすく読むことができる。

どういう理由でか、爆発による自滅を余儀なくされた天体、クリプトンの科学者が自分のまだおさない息子をロケットに入れて、地球へむけて発射する。その直後にクリプトンは爆発し、ロケットは無事に地球にとどく。そして、ケントという初老の夫婦にひろわれる。

いったんは孤児院にあずけるのだが、ケント夫妻はその子供が忘れられず、ひきとって自分たちで育てることにする。クラークという名をもらった少年は、すでにそのころから、人間の常識では考えられないような力持ちぶりを発揮している。

「慈愛に満ちた養父母にみちびき育てられたことが、この少年の将来を形成するにあたって重要な要素となったのであります」

というような説明がなされているコマのなかで、その養父母が、クラーク・ケント少年にそれぞれ次のように言っている。

養父「クラークや、よくお聞き。おまえはたいへんな力持ちだけれども、人には内緒にしておかないと、こわがられるだけだよ」

養母「でも、その時がきたならば、人類を助けるためにその力をつかわなければならないのよ」

この、養父母の台辞は、たいへんに面白い。なぜかというと、養父の言葉は、クラーク・ケントが実際はクリプトンに生まれた人間であるという真実のアイデンティティをかくし、眼鏡をかけて新聞社で働く、現実の姿を予告していて、養母の言葉は、超人スーパーマンの資質をあらわにして悪とたたかう姿を予告しているからだ。クラーク・ケントのエゴは、現実とファンタジーの両方に、明らかにひき裂かれている。

自分の両側からこのような言葉を語りかけてくる養父母のあいだで、Vネックのセーターを着てシャツの襟を外に出したクラーク・ケント少年は、ズボンのポケットに両手を入れ、比較的きょとんとしていた。

『スーパーマン』はなかなか買ってもらえなかったけれども、一九三六年になるともう、ジェロームとジョーのふたりは、『ディテクティヴ・コミックス』『モア・ファン』『アドヴェンチャー・コミックス』などにオリジナルを書いていた。

そのあいだにも、コミック・ブックのオリジナルとして描かれた『スーパーマン』は、あちこちの出版社を持ちまわっているうちによごれたり破れたりしてきていた。そして、コミック・ブックでは発表できそうになかったので、コマを切りはなし、ならべかえ、あらたにいくつかコマを描き加えたりなどして、新聞の連載につかえるかたちに修正されて、さらにあちこちのシンジケートを持ちまわられていた。

そうこうするうちに、一九三八年となり、『ディテクティヴ・コミックス』の出版社が『アクション・コミックス』というあたらしいコミック・ブックを刊行しようとしているのを知ったM・C・ゲインズは、三年まえに見た『スーパーマン』の見本原稿を思い出し、それを『アクション・コミックス』にすいせんした。『スーパーマン』には、やっとのことで買手がつき、『アクション・コミックス』の第一号に登場することになった。そして、ただちに成功をおさめたのだ。『アクション・コミックス』の巻頭に毎号、掲載され、やがてスーパーマンだけで独立したコミック・ブックができ、はじめて登場してから一年以内で、百万部以上も売れるようになった。

はじめての『スーパーマン』物語をふくめて、初期のものがリプリントでたやすく読める。正直にいって、面白くもなんともないのだが、それはおそらく、複雑な現代の人の目で読むからで、当時の子供たちにとっては、非常に新鮮なものであったにちがいない、ということは見当がつかないでもない。

スーパーマンもやはり時代の産物だとするなら、当時がどのような時代であったかを、知らなければならない。簡単に言うと、「打ち砕われた理想と、それをのりこえていくさらにあらたなる理想の時代」だったと、テッド・ホワイトは説明している。そのとおりだっただろう。

「打ち砕かれた理想」とは、一九二九年にはじまったという大不況のことだ。そして、「それをのりこえるさらにあらたな理想」とは、科学によってすべてが征服でき、民主主義の世の中をつくりあげることができるのだという、科学の発達を単純に信じたオプティミズムだった。ヨーロッパでの戦争が、奇妙なかたちでこのオプティミズムに輪をかけていた。

スーパーマンは、打ち砕かれた理想をのりこえていくための、「さらにあらたなる理想」の、具体的な表現のひとつだった。そして、そのあらたな理想が、現実のなかでではなく、ファンタジーのなかで展開されたところが興味ぶかい。スーパーマンがクラーク・ケントでいるときがつまらない一片のファンタジーで、スーパーマンがスーパーマンであるときこそ、素敵な現実なのだと解釈する方法は、ジュールス・ファイファーも自著『コミック・ブックの英雄たち』のなかで述べている。表現がちがうだけで、結局はおなじことだろう。ひとりの存在のなかにクラーク・ケントとスーパーマンという異なったふたつのものがある点に興味が持てるのであり、この二面性は、たとえばスーパーマンならスーパーマンの持つファンタジーの力を、弱くするほうに働くのではないだろうかと、なんの根拠もなくぼくは直感する。あとの時代の、マーヴェル・コミックスのスーパーヒーローたちのように、一種の神話的な世界は構成しえても、その神話的な世界は、グロテスクになればなるほど、袋小路の様相をおびてくるのではないだろうか。おなじファンタジーにしても、恐怖コミックスとスーパーヒーロー活躍物語とが対照的になってくる原因は、このあたりにあるような気がする。現実に対して嫌気がさしていることにはかわりはないだろうけれども、スーパーヒーロー物語は、現実から完全に離れたところでの美しき世界の構築を目ざし、恐怖コミックスは、現実を意識する心の幅を広げようとこころみている。

さて。スーパーマンに関して、もうすこし書いておかなくてはいけない。

初期のスーパーマンには、いまから三〇年も昔だったということもあるのだが、超人としての能力はそれほどなかったそうだ。銃弾がはねかえる、汽車より早く走れる、ひとりで自動車を持ちあげられる、高いビルディングをひと飛びできる、それに、X線式に透視できる視力がそなわっている、という程度だった。そして、これらの能力をもとに、悪とたたかっていたのだが、その悪は、スケールの小さい単なる悪漢であることが多く、テッド・ホワイトが言うには、スーパーマンは最良のボーイスカウトであったそうだ。

一九四一年にアメリカはヨーロッパの戦争に加わることになった。本来なら、スーパーマンは、さっそく戦線へ出かけていきナチスと戦わなくてはいけなかったのだが、彼は戦争にはいかなかった。

とりあえずスーパーマンは徴兵検査をうけ、透視力を持った視力がわざわいし、視力検査のときにとなりの部屋の視力検査表を読んでしまい、兵役不適格の4Fに査定されてしまったのだった。スーパーマンがこうであったいっぽう、ハーヴェイ・カーツマンが、戦争を材にとって哲学的な恐怖コミックスをつくっていた事実を、ぼくは思いおこす。スーパーヒーローたちのなかには、サブマリナーやキャプテン・アメリカのように戦争にいったのもいたが、戦場へいってたたかい、そのたたかいにただ勝つだけであった。

スーパーマンの超人能力は、やがてその範囲が広がり、空を飛べるようになり、ファンタジーの世界をいろんな道具立てや設定で飾るために、小道具とかわきの人物がどんどん増えていった。おなじことが、マーヴェルのスーパーヒーローたちの世界でも、耽美的におこなわれている。

15

この数年、『マッド』がすこしも面白くないことはすでに書いた。とりあげるユーモアやサタイアの形式なりパターンなりが、いくとおりかにすでに決定してしまっていて、それ以外のものが新鮮に割りこんでくる余地はなく、そのいくつかの形式におなじような内容をくりかえし盛りこみつつ提供していくだけなのだから、「面白くない」という形容以外、ちょっとあてはまらない。毎号、アートワークや文章は、それなりに一定の水準を保ってはいるのだが、それだけのことでしかない。

面白くないだけではなく、一九五二年の創刊のときから『マッド』が描きはじめたひとつの円環が、どうやら閉じられたらしいので、それについてまず書いておこう。

一九七二年の終りに、『マッド』は、年に何回だか定期的に発刊する『マッド・スペシアル』の第九号を、刊行した。それまでに『マッド』の本誌に掲載された作品を適当によせあつめ、なにか付録を加えて、八〇ページの厚さにして売る増刊号だ。

面白くないもののよせあつめなのだから、この『マッド・スペシアル』は、当然、面白くもなんともない。だが、第九号は、最近の『マッド・スペシアル』としては、異色であった。なぜなら、創刊当時の『マッド』数号から作品や表紙をいくつか選択し、創刊号の表紙をつけて、とじこみの付録として提供していたからだ。

この付録のフォーマットは、色や紙質などを創刊当時の『マッド』によく似せてあり、サイズはおなじだ。とじこみになっているのをはずすと、『マッド』の創刊号を手にしたような感じに、一瞬、なれる。すくなくとも創刊号の内容くらいは、その一ページずつをゼロックスで鮮明に複写したうえで、この『マッド自身』で再録し、ゼロックス・コピーではあるけれども『マッド』の創刊号がみなさんの手に渡るようにしようと考え、そう書いておきもしたのだが、その必要はなくなってしまった。

十セントの定価表示が、大きな×印で消してあり、FREE（無料）となっていて、MADの表題のうえにつけられた、たたき文句のような文章は、ザ・ノスタルジック・マッドとなっている。「古き良き日々を楽しんでください」と指示がしてあり、その古き良き日々のほうが、現在の『マッド』の作品群よりずっと面白いし迫力があるのだから、古き良き日々をのこして、『マッド』は、すくなくともぼくにとっては終ってしまった。どのような雑誌でも、創刊号と現在の号とを比較すると、たいていの場合、創刊号はひどくみじめに色あせて見えるものだが、『マッド』の場合は、そうではなかった。創刊当時のほうがずっとよく、いまのは、なにか異質のひどくつまらないものなのだ。

このつまらない『マッド』自身をパロディにするのが専門の雑誌がひとつ可能なのではないかと、ふと考えたとき、『マッド』の円環は閉じられた。なぜなら、ハーヴェイ・カーツマンが創刊したときの『マッド』は、コミックス、特にカーツマンがきらいだった恐怖コミックスを、パロディにしたものの専門誌だったのだから。

『マッド』が創刊される寸前のころのE・C社は、かなり安定していたようだ。経営者のウィリアム・M・ゲインズは、そのとき自分のところで発行していたコミック・ブックのそれぞれに、五〇万ちかい読者が毎号ついていたので、満足していた。アルバート・フェルドスタインはE・C社で七種類のコミック・ブックを編集していて、そのひとつひとつに対して、報酬を設定されていた。寄稿していたアーティストたちは、原稿とひきかえに原稿料をもらっていた。それほどに、景気はよかった。

ハーヴェイ・カーツマンは、戦争コミックスを二種類、つくっていた。ふたつともよく売れていたから、E・C社での自分の給料は、アルバート・フェルドスタインと同格であってもよさそうなものだと思い、このことを、ウィリアム・M・ゲインズに伝えた。これが、『マッド』を創刊するための直接の動機になったのだそうだ。『ウィリアム・ゲインズの「マッド」な世界』(一九七二年・ライル・スチュアート社刊)を書いたフランク・ジェイコブズは、そんなふうに当時のことを書いている。

給料をあげてほしい、とカーツマンに言われたウィリアム・M・ゲインズは、アルバート・フェルドスタインが七冊を担当していて、カーツマンは二冊しか担当していない事実を指摘した。そして、もう一冊、ユーモア雑誌をつくることを、提案したのだった。

「きみはユーモリストだし、ユーモア雑誌を一冊つくってくれたら、給料は五〇パーセント、あがるようにしてあげるのだが」

と、ゲインズに言われたカーツマンは、なにを材料にユーモア雑誌をつくったらいいのかを、考えた。

結局、自分がいちばんよく知っているものをパロディにするのがいいのではないだろうか、とカーツマンは結論を出した。カーツマンがいちばんよく知っていた世界とは、コミックスそのものだ。このアイデアを、彼はゲインズにはかった。ゲインズは乗ってくれたけれども、もうかる雑誌になるとは、思っていなかった。

有名なコミックスのパロディを何本かのせた『マッド』の創刊号は、一九五二年の夏に、世に出た。準備段階では、

『マッド』は『E・C社のマッド・ドッグ』と呼ばれていて、正式なタイトルには「マッド」の一語があてられた。

ストーリイのスクリプトは、カーツマン自身がすべて書いた。アーティストは、ウィル・エルダー、ワラス・ウッド、ジャック・デイヴィス、ジョン・セヴェリンたち、E・C社のヴェテランがあたった。はじめのうちは、カーツマンが嫌っていたE・C社の恐怖コミックスのパロディがつづき、やがて『アーチー』『リトル・オーファン・アニー』『ターザン』『スーパーマン』『キャプテン・マーヴェル』『ミッキー・マウス』などが、とりあげられた。

この『マッド』は、はじめからとてもよく売れたのだ。カーツマンの仕事の量は、とたんに急増した。しめ切りを守らず、また、守れないのですでに有名だったカーツマンは、さらにしめ切りをおくらせるようになった。と同時に、朝鮮戦争が終り、そのせいだけでもなかったのだろうが、戦争コミックスは売れゆきが鈍りはじめた。そして、『フロントライン・コンバット』は一九五三年に、『トゥ・フィステッド・テールズ』は五四年に、廃刊になった。

『マッド』は、単によく売れていただけではなく、いろんなところにさまざまなかたちでファンを持つようになった。一九五三年にビジネス・マネージャーとしてE・C社に入ってきたライル・スチュアートという男も、そのようなファンのひとりだった。

当時のライル・スチュアートは、独創的だけれどもあまりおかねのない、若い出版人だった。『エクスポゼ』という、明らかに二流以下のタブロイド版の新聞を発刊していたスチュアートは、創刊された『マッド』に対する讃美と共感の手紙をウィリアム・M・ゲインズに送り、これが縁でE・C社に入ることになったのだ。

十セントのコミック・ブックの様式をとっていた『マッド』は、二三号までつづいた。二四号からは、コミック「ブック」ではなく、ユーモア「マガジン」に転じた。フォーマットが、ごく一般的な雑誌のかたちになり、紙質も変ったのだ。なぜそうなったかについて、フランク・ジェイコブズは『ウィリアム・M・ゲインズの「マッド」な世界』のなかでふれているので、紹介しておこう。

『マッド』は人気をあつめ、さかんに売れていたが、カーツマンには、E・C社での仕事に満足できない部分があった。

そのころのハーヴェイ・カーツマンには、コミック・ブックの仕事は、正統的な出版人たちの世界からは遠くへだたったところで成立しているものなのだ、という奇妙な意識が、なぜだかあった。コミックスは異端的な出版であり、正統の主流のなかへなんとか入っていけないものだろうかと、カーツマンは考えていた。それに、E・C社の旗印であった恐怖コミックスがカーツマンは嫌いだったし、カーツマンのそのような側面を、ゲインズはあまり歓迎してはいなかった。

一九五四年おそく、カーツマンは、主として家庭むけの小型な一般雑誌『パジェント』から、編集をほとんどまかせるから来てくれないかと、誘いをうけた。『パジェント』は、まともな雑誌だったし、コミック・ブック、特に恐怖コミックスに対する、いわゆる良識の側からの風あたりが強くなっていた。E・C社の恐怖コミックスは、当然、やり玉にあげられることだろうし、いったんそうなったら、まず廃刊しか道はなかった。それに、『マッド』が持っていた自由さも、大幅に制限をうけるようになるのではないかと、カーツマンは考えた。

『パジェント』からの誘いをうけることにしたカーツマンは、ゲインズに相談した。『マッド』を、単なるコミック・ブックではなく、もうひとつ格が上である「マガジン」に変えていきたいというカーツマンの希望を以前から聞かされていたゲインズは、『パジェント』への転職を相談しに来たカーツマンに、「E・C社にいつづけてくれるなら、マガジンに加えてもいいのだよ」

と、すべてをまかせる約束をした。

この約束は、一石二鳥だった。カーツマンをひきとめることはできたし、『マッド』を普通の雑誌へ格上げしておけば、コミックスに対して厳しくなるいっぽうの批判を多少はかわすことができそうだったからだ。

普通のかたちの雑誌にしてもいい、との許可をゲインズからとりつけたあくる日のカーツマンは、非常に幸せだったと、カーツマン自身、語っている。

「これまでの私の生涯のなかで、その日は、もっとも興奮した日のひとつだった。ニュース・スタンドで、いろんな雑誌を、ひとかかえ、私は買いこんだ。普通の雑誌の世界でどのようなことがおこなわれているのか、知るためだ」

新しいフォーマットをさまざまに検討しながらも、カーツマンにはうれしさと同時に、大きな不安がつきまとった。

「コミック・ブックのフォーマットをすて去るのが、ほんとうにこわかった」

と、彼は言っているし、新しくころもがえをした『マッド』が売れるかどうかを考え、眠れない夜がつづいたという。

フォーマットが新しくなった『マッド』第二四号は、売り切れてしまい、増刷しなければいけないほどだった。雑誌出版界で増刷など、非常にまれなことだったのだ。

内容は、やはりカーツマン自身が、スクリプトの大半をこなしていた。ワラス・ウッド、デイヴィスたちのアーティストは、以前とかわらずに強力だった、カーツマンの給料は、約束どおり、あがった。そして、ディテールにこだわりすぎて時間をくわれ、しめ切りにおくれるのが、さらにひどくなった。

一九五五年おそくに、カーツマンを中心にまたひとつ問題がおこった。彼は、編集におかねをかけることを希望し、寄稿してくれているアーティストたちに支払う原稿料の増額を望んだのだ。

ライル・スチュアートは、経費を節約する姿勢のほうに大きくかたむいていたので、カーツマンとスチュアートのふたりは対立しあうこととなった。そして、その年の十二月、ふたりの対立は決定的となり、スチュアートを辞めさせるか自分が身をひくか、ふたつにひとつなのだと、カーツマンはゲインズに伝えた。

ゲインズは、スチュアートをくびにした。カーツマンは、自分とゲインズとのあいだに介在したスチュアートなしで、直接、ゲインズを相手にいろんな話をすすめることができるようになった。編集におかねをかけすぎるカーツマンのやりかたにゲインズは賛成しかねていた。それに、本来なら『マッド』は、ひと月おきに年六回、刊行される定期刊行物であったのだが、しめ切りを大幅におくらせるカーツマンのおかげで、年に四回しか発行できていなかった。このことも、もちろん、ゲインズは、よく思っていなかった。

一九五六年の一月、カーツマンは、自分のサラリーから五〇ドルを引き、その五〇ドルを編集費用にまわしてくれるよう、ゲインズに申し入れた。ゲインズは、この奇妙な申し出をうけいれ、しばらくのあいだまた平穏な日がつづいた。

E・C社のコミックスの配給会社、リーダー・ニューズ社の倒産があったり、『マッド』の編集に関するおかねのかかりすぎがかさなったりで、E・C社の経済状態はやがてかなり悪化していき、『マッド』の一時的な休刊をウィリアム・ゲインズが真剣に考えるまでにいたった。

ここで一万ドルあればなんとか『マッド』をもちこたえさせることができる、と主張したカーツマンは、ゲインズとゲインズの母のふたりを説き伏せ、それぞれ五万ドルずつ出させることに成功した。ゲインズの母は、息子のウィリアムと半分で、夫の財産であったE・C社をひきついでいたのだった。

このころ、ハーヴェイ・カーツマンは、『プレイボーイ』誌のヒュー・ヘフナーと知りあい、親しくなっていた。おたがいにとてもよく気があい、具体的に引き抜きの話などはおこなわれなかったが、自分のところへ来てくれたら好きなような仕事をさせてあげる、とヘフナーはカーツマンに対して言外に暗示した。

カーツマンは、とりあえず『マッド』の責任編集者だったのだが、最終的なところまですべてまかされていたわけではなかった。編集のための費用は制限されていたし、雑誌ぜんたいの感じのつくりかたやデザインなどに関しては、ウィリアム・M・ゲインズが、たいていの場合は決定権を持っていたようだ。

全権を手にしたうえで、いろんな新しい実験をやっていきたいと、カーツマンは考えていた。原稿料も、高くしたがっていた。

おなじ年の四月、カーツマンは再びウィリアム・M・ゲインズに申し入れをした。EC社の株がほしい、と彼はゲインズに告げたのだ。十パーセントなら持たせてあげられる、とこたえたゲインズに、カーツマンは、五一パーセントを主張してゆずらなかった。ぜんたいの株の五一パーセントを自分が持てば、すくなくとも編集に関しては、全権を持つことができるからだった。

五一パーセントを主張しつづけるカーツマンに、ゲインズは、ついに、

「グッドバイ、ハーヴェイ」

と、言った。

ハーヴェイ・カーツマンは、このときをもって、EC社とは手が切れたのだ。

あとのことをどうしたらいいのかを、ゲインズはライル・スチュアートに相談した。アルバート・フェルドスタインを呼びもどして『マッド』の編集にあたらせるようスチュアートにすすめられたゲインズは、そのとおりにした。

EC社を辞めて、ひと月たたないうちに、カーツマンは、ヒュー・ヘフナーと共に新しいユーモア雑誌の準備にとりかかった。そして、『マッド』で共に仕事をしていたアーティストたちがどうしても必要であったため、カーツマンは、ウィル・エルダー、ワラス・ウッド、そしてジャック・デイヴィスの三人を、引き抜きにかかった。

エルダーとデイヴィスのふたりは、さんざん考えたすえではあったけれども、EC社をはなれてカーツマンのもとに入った。ウッドは、しばらくのあいだ『マッド』の仕事とカーツマンのほうの仕事の両方をおこなっていた。どちらかにはっきりと態度をきめてくれとつめよられたウッドは、『マッド』をはなれないことにきめた。

カーツマンの新しいユーモア雑誌『トランプ』は、一九五六年の十一月に創刊された。いい紙に、フル・カラーで印刷した、五四ページの雑誌で、定価は五〇セントだった。評判はよく、たいへんな売れゆきだった。

アーティストを引き抜いていったこともからんで、カーツマンとゲインズとの仲はかなり険悪になり、辛辣な手紙のやりとりがあったりした。

新しいユーモア雑誌をはじめるに際しては、ハーヴェイ・カーツマンという男には一種のカリスマ的な魅力があったらしい。いろんなアーティストがカーツマンのもとにあつまったし、『トランプ』をつくるときには、アル・ヤッフェも、それまでのかせぎの半分でカーツマンのもとに移ったのだから。アル・ヤッフェは、当時はタイムリー・コミックス社にいて、スタンリーのもとでティーンエージャーむけのコミックスを二冊、担当していた。『マッド』にも寄稿していて、ユーモアの分野でのライター＝アーティストとしてのヤッフェの才能に、カーツマンは注目していた。いまでは第一級のフリー・ランサーとして活躍しているヤッフェを、カーツマンは、それまでの彼の年収の半額で『トランプ』のフル・タイムの寄稿者にしたのだった。

『トランプ』の第二号も、創刊号とおなじようによく売れた。だが、二号とも、製作費がかさみすぎ、よく売れても赤字だった。そして、ほかにもいくつかのことがからんだらしいのだが、『トランプ』は二号でおしまいになってしまった。

このあと、カーツマンは自分で会社をつくり、『ハムバグ』というユーモア雑誌を創刊した。これは、配給上の問題が命とりになり、第十四号で廃刊となった。そして、もういちど、『ヘルプ!』というユーモア雑誌をつくり、これもみじかい期間につぶれていった経過は、以前に書いたと思う。

現在、カーツマンは、ウィル・エルダーと組んで、『プレイボーイ』誌に、『リトル・オーファン・アニー』のパロディ、『リトル・アニー・ファニー』を連載している。できばえは最高にちかいのだが、カーツマンと波長のあった読者たちのみを相手にしているようなところが感じられ、波長があわないときには、退屈だ。


アルバート・フェルドスタインは、『マッド』の編集を独力で立派にこなした。編集にとりかかりはじめてわずか数日後、フェルドスタインは、ひとつの幸運にみまわれた。抜けていったアーティストたちのあとを埋めるべき素晴らしいライター＝アーティストが、ひとりみつかったのだ。

フェルドスタインがそれまで見たこともなかったような奇妙な漫画の原稿を持って、若い男がひとり、アルバート・フェルドスタインをたずねてきた。いまでは「マッドのもっともマッドなアーティスト」と言われているドン・マーティンだった。

モート・ドラッカーという、新しいカリカチュアリストも、みつかった。彼もまた、原稿を持ちこんできたのだ。気に入ったフェルドスタインは、そのサンプル原稿を、ウィリアム・M・ゲインズに見せた。ゲインズは、自分のオフィスで、一九五六年度ワールド・シリーズのドジャーズ対ヤンキースの試合をテレビで見ていた。

「ドジャーズが勝ったら、採用してあげよう」と、ゲインズはドラッカーに言った。ドジャーズは勝ち、ドラッカーはいまでは『マッド』のスターのひとりだ。

『マッド』の編集をひきついで一年以内に、アルバート・フェルドスタインは、たいへんなアーティスト・グループを自分のまわりにつくりあげた。ワラス・ウッド、ドン・マーティン、モート・ドラッカー、ジョージ・ウッド・ブリッジ、デイヴ・バーグ、ジョー・オルランド、ノーマン・ミンゴ、ボブ・クラークたちだ。自分の好きなことをやれるのではないのかという、自由に満ちた雰囲気が当時の『マッド』にはあり、これにひかれてあつまってきた人たちだった。アルバート・フェルドスタインがひきつぐまでの『マッド』は、進むべき方向はまちがってはいなかったのだが、同一種類のユーモア、つまりハーヴェイ・カーツマンのユーモアが、ありすぎるほどつまっていた。方向をまちがえたり大きく変えたりすることなく、フェルドスタインは、ユーモアの幅を広げ、ぜんたいのバランスを保ちつつ、さまざまなスタイルの画をとりこんでいった。いろんなアーティストやライターがこの時期の『マッド』にあつまったのは、フェルドスタインのこういった方針のおかげでもあったろう。一九五九年には、『スパイ対スパイ』のアントニオ・プロフィアスがカストロのキューバから亡命してきたし、一九六二年には、やはりサイレント・カートゥーンのセアジョー・アラゴンが加わった。六五年にはジャック・デイヴィスがかえってきたし、それ以前に、アル・ヤッフェも、もどっていた。

アル・ヤッフェは、一九六四年に、じつに面白いことを思いついた。『マッド』の名物になっている、フォールド・インを、彼はつくったのだ。この「『マッド』自身」のいちばん最初に書いた、『マッド』の裏表紙を折りたたむと別の絵になるというしかけだ。これは、『プレイボーイ』誌の、まんなかにあるフォールド・アウトをヒントに、思いつかれた。折りたたんである長いページをひっぱりだすのではなく、普通の裏表紙を折りこませることによって、おかねのかかるフォールド・アウトとは同質の効果を持つけれどもまったく逆の方向にむいたアイデアだ。

Ⅳ

ニューヨークからカウボーイ・カントリーへ

1　西37番通り・ブロードウェイ交叉点

南北にまっすぐな七番街に対して、ブロードウェイがななめに交叉していて、この交叉している地点がタイムズ・スクエアと呼ばれている。グリニジ・ヴィレジからさきのほうの地区では、道路がななめに走っていたりまっすぐではなかったりするのだが、南は14番通りから北はセントラル・パークの北端までマンハッタンではどこの道路もみな、東西あるいは南北にむかって、まっすぐにのびている。もちろん、ウェスト・サイド・エレヴェーテッド・ハイウェイ、それにつづくヘンリー・ハドスン・パークウェイ、そして、F・D・Rドライヴなどは、除外するとして。

東西あるいは南北にしか方向のとれないセントラル・マンハッタンのなかにあって、そこをななめに突っ切っている感じのあるブロードウェイは、常になんとなく不思議なのだ。

どこかの道からブロードウェイに踏みこむたびに、方向感覚が確実にすこし狂い、ワン・ブロック歩いてまたほかの道路に出るときにも、おなじように方向の感覚がちがってきてしまう。

常に、と書いたけれど、ぼくはニューヨークのマンハッタンには、正味で六時間ちかくしか、「いた」ことがない。なにしろ、夜明けの薄明かりの、もやなのか霞なのかあるいは夜どおし晴れずにしたがって一年じゅういつもよどんでいるスモッグなのか、そういったものが圧倒的な質感を持って空を埋めつくしているなかに、マンハッタンの、あのいわゆる摩天楼の大群が、ぽっかりとうかんだみたいにそびえていて、そのかなり高いところだけがぼうっと見え、下のほうはかすみきっていて見えず、そびえるなどという生やさしいことではなく、いまにもグワーッと大音響と共にこちらのほうへ崩壊してくるのではないのかと思えるような、戦慄ないしは恐怖感が肌の毛穴をひとつひとつみんなふさいでしまいかねないすさまじい感じを、ニュージャージー州のほうから知ることができた。ハドソン河の河底に掘ってあるリンカン・トンネルに入るときには、早朝のまだ車がすくない時間だったせいもあり、巨大な墓場へ入っていく雰囲気以外のなにものでもなく、チェルシー公園のあるブロックの手前、30番通りへ出て来たら、目の前の道路に、主として紙くず的なゴミと、割れて砕けて飛び散ったままの空きビンのかけらが、これは誇張でもなんでもなく、目のとどくかぎり無数に散乱していた。あとになって人に教えられたのだが、自動車でマンハッタンに入ってくる経路のうち、人の意気をもっとも消沈させるのが、夜明けにリンカン・トンネルをくぐって入ってくるルートなのだということだった。ぼくは、なにも知らずに、そのいちばん好ましくない経路でマンハッタンに入り、入る以前から、もののみごとに意気消沈させられてしまった。だから、六時間しかいなかったのだ。どうして六時間になったかというと、連れのアメリカ白人男性が、どう譲っても六時間以上このマンハッタンにいるのはいやだと言い張り、その六時間のあいだ自分は自動車から降りずに走りまわっている、と言ったからだった。

なにを書きたいのかというと、このわずか六時間のなかでも、マンハッタンのなかでタクシーや地下鉄に乗ったり、あるいはてくてくと歩いたりしてあっちへいったりこっちへもどって来たりしていると、たいへんに面白いことをいろいろと見れるのだ、ということなのだ。

メイシー百貨店の角をすぐ左に曲がってブロードウェイを歩いて来て最初の赤信号のところだったから、いまになって地図をながめなおしてたしかめるとあれば西37番通りとの交叉点だったのだろうか。

この交叉点まで、ぼくは歩いてきて、信号が赤だったので、立ちどまって待った。ラッシュ・アワーのひとまずすぎ去った、朝の十時半くらいの時間だったと思う。この時間になると、個人の自家用自動車は、目立ってすくなくなる。自動車でマンハッタンまでやって来たサラリーマンたちが、自分たちの車をなんとか駐車スペースにおさめてしまうからだろうか。自家用に代って、それぞれに特殊な用途を持った自動車、つまりトラック、配達のヴァン、消防自動車、パトロール・カー、タクシー、サーカスで象が乗るトラック、スティーム・ローラー、道路掃除の自動車、などが目につきはじめる。目につくというよりも、そのような自動車ばかりが走っているような印象をうける。

そういった自動車たちの流れを、信号が赤のあいだずっとながめていて、やがて信号は緑になった。横断歩道を渡ろうとしてぼくは歩きはじめ、一瞬とまどった。このまま、まっすぐブロードウェイを歩いていれば、さきほどとおったタイムズ・スクエアへ出てしまうから、まっすぐはいかずに右へいこうか、と考えなおしたのだ。右へいって五番街をまた右に曲り、34番通りまでいけば、エンパイア・ステート・ビルディングがある。エンパイア・ステート・ビルディングをその真下からあおぎ見ないという手はない。

しかし、それはあとまわしにして、やはりタイムズ・スクエアまで歩いていくことにして、ぼくは横断歩道にむかいなおした。この間、まあ二秒ほどの時間が、すぎ去ったと思う。

この二秒のあいだに、ぼくのうしろから白人の男性がひとり、足早に歩いてきて、横断歩道へ踏み出していった。ぼくはその男性のうしろ姿を見ながら、やはり、歩道から車道へ出た。信号待ちしている自動車の、最前列にとまっていた黄色いタクシーが、その一台だけ、横断歩道の境界線をはみ出して、ノーズを横断歩道のなかに突っこんでとまっていた。アメリカの、ほかの都会ではめったに見ない光景だが、ニューヨークではよくあるらしい。

黄色いタクシーが、はみ出してとまっているな、と気がついた次の瞬間、ぼくは、アッとおどろいた。声はあげなかったかもしれない。いや、たしかに、声はあげなかっただろう。しかし、「アッ!」のひと言ぐらい、充分にあたいするような、はじめて見る仰天すべき光景だった。おどろくとか仰天するとかの範疇に属する光景ではなく、なにしろはじめてなのだから、それまでの経験のなかには比較しうる同一の光景はなく、したがってどのような形容もあてはまらない、それ単独でひとつの分野をなすべき、新鮮なショックをともなった光景だった、というような書き方をしなくてはいけないみたいだ。

ぼくをうしろから足早に追い抜いていった白人の男が、横断歩道にはみ出している黄色なタクシーのノーズの、どこへどう片足をかけたのかしらないが、ぼくの視界のなかで、あるときひょいと高く浮きあがり、あらためてその男に主だった視線をむけなおしたときには、その男はすでに、タクシーのエンジン・フードのうえを、ドン、ドンと、大またに二歩で歩き、三歩目をフードのむこうの端につき、それがごく当然のことのように、たったいま自分がそのうえを歩いたタクシーに一瞥すらくれるでなく、のぼったときとおなじように身軽に、ひょいと飛び降り、すたすたと、西37番通りの向こう側へ歩いていってしまったのだった。

我と我が目をうたがう、という使い古された表現がひとつあり、その光景を見たときのぼくの状態は、この古い表現にほぼ当てはまる。

このような光景をマンハッタンで見たことのある人は、すくないのではないだろうか。それとも、ながくニューヨークに住んでいる人たちは、すくなくともこのときのぼくほどにひどくおどろいたりはしない程度に、自動車と人間との奇妙な触れあいを目撃できているものなのだろうか。

フードのうえを歩かれたタクシーのドライバーのほうの反応はどうだったかというと、これがまたちょっと描写しにくい。まず、その男が遠慮もへちまもなく、いかにもドン、ドンと歩いたおかげで、フードが、まず最初の一歩でボコとへこみ、次の二歩目でも、ちがうところがおなじようにベコとへこみ、二歩目の衝撃のせいか、一歩目でへこんだところはもとどおりになり、二歩目でのへこみは、男の足が離れると九〇パーセントは復元し、十パーセントのくぼみが、フードにのこった。

ウインドシールドごしに、ドライバーはこの一部始終を見ていた。ぼくが見たままを、できるだけ正確に書きつけると、次のようになる。

男が、どこかへ片足をかけてフードのうえに飛びあがるようにして乗り、一歩目を踏みだし、さらに二歩目をフードに踏みつけたときまで、まるでなにごともおこっていないみたいな、平気な顔をそのドライバーは、していた。二歩目が離れたところでようやくドライバーは、ちらりと、ほんとうにせつないほどに短時間、ちらり、とその男のほうに目をくれるというか顔をむけるというか、その男がたまたまそのような方向にいたので、なんの気なしについそちらへちょっと顔がむいてしまった、という感じで視線がわずかに動き、その視線はすぐにまたもとへもどり、その表情はというと、怒ってもいず憤慨してもいず、眉をしかめたり、唇をゆがめたりもしていず、強いて柔和でもなくあきらめてもいず、常日頃となんら変るところのない、例によって平々凡々たる信号待ちのみじかい時間にすぎないというような、描写するためのなんの手がかりもないみたいな、事実そのようなものはひとつもない、ごくあたりまえの表情をしていた。そして、運転席に坐りづめの腰の疲れをほぐすためか、信号待ちのドライバーが時としておこなうように、腰をおこし腹を突き出して背を反らせるという、あの姿勢をとっていた。その黄色いタクシーには、客がひとりいた、女性だった。ニューヨークによくいるタイプの女性で、職業婦人にしては明らかに年をとりすぎているが、髪のつくりや化粧にべらぼうな手間と時間とをかけたおかげで、あきらかに老女に見えてしまうのだが、同時に、プラス・マイナス二十年くらいの誤差がなんら不自然ではないほどに年齢不詳になってしまっているプラチナ・ブロンドないしは白髪の女性だった。つまり、五十一歳なのか元気な七十一歳なのか、誰にも見当のつかない女性ということだ。そしてこの女性は、そのときのぼくの視線の中心ではなかったから、はっきりとは証言できないけれども、どこかよそを見ていたためにフードのうえを歩いていった男に気がつかなかったか、あるいは気がついても、なんの興味も示さなかったかの、いずれかだ。その男のほうに顔を向けることはせず、その男に関してドライバーになにかを喋ったりすることもせずにいた。

こうしてぼくがおどろいているあいだに、信号は赤にかわり、ぼくはうしろへひきかえして歩道にあがり、信号が緑になるのを、もう一度、待たなくてはならなかった。

ぼくは、興味を持ってしまった。タクシーのフードを乗りこえて歩いていったあの男はもちろん、その男に対してほとんどなんの反応も示さなかったタクシー・ドライバーに対しても、たいへんな興味がわいてきたし、この一事をもってニューヨークの真髄の一端に触れた思いである、などとは言わないけれども、俗に言う、ニューヨークならではのことにはまちがいないから、ニューヨークというところは、深く知ろうと思ってその気になれば、おそらく底なしに面白いだろうという実感が、はじめてつかめたのだった。

この、交叉点での小さな出来事のあと、のこりすくない時間のなかで可能なかぎりニューヨークのタクシーについて知ってやろうと思い、三台のタクシーにぼくは乗った。そして、交叉点で目撃した、ぼくにとってはおどろくべきあのことを、どのドライバーにも話して聞かせた。

三人のドライバーが三人とも、ぼくの話に対してごく稀薄な反応しか示さなかったのが、かさねてのおどろきだった。「そういう奴もいるさ」と、ひとりのドライバーは言い、「世界じゅう、ほとんどの都会を知っているが、ニューヨークだけは例外的な都会だから、ありとあらゆる想像を絶したことがおこる」と、もうひとりのドライバーは言い、横断歩道にノーズを突き出している車は、タクシーであれ自家用車であれパトロール・カーであれ、乗りこえていく男は「珍しくない」と言っていた。三人目のドライバーは、YEAH、YOU GET THOSEと、はじめのドライバーとおなじようなことを、当然のことだと言わんばかりに、こたえていた。

世界じゅうどこの都会でもたいてい知っていると言っていたドライバーは、銀座四丁目の交叉点を知っていて、あそこのポリース・ボックスでは、拡声装置でドライバーたちに注意しているだろう、あれが忘れられなくて覚えている、と語ってくれたりした。

フードを乗りこえて歩いていく男たちに対するタクシー・ドライバーの側からの反応は、たしかめ得たのは三人にしかすぎないけれども、一様にこんなふうなので、すくなくともニューヨークでそれ相応の年季をつんでいるドライバーたちにとっては、たとえば赤信号やパトロール・カーのサイレンなどとなんらかわるところのない、ごく日常的なものなのだろうという推量は、そうたいしたまちがいではないようだ。いちいちおどろいているぼくのほうが明らかにおかしいみたいで、拍子抜けしてしまった。

黄色いタクシーのフードを乗りこえて歩いていったあの白人の男性は、ごく普通の人のようだった。横断歩道にノーズを突き出しているタクシーに対する、明確に意図されたいやがらせでもなかったようだ。フードのうえを歩きながら、なかのドライバーに対して、すごみをきかせた視線を向けたわけではなく、また、停止線をこえてとまってはいけないのだという正当な批判をおこなったわけでもなかった。自分がいま歩いている地面に、多当とも凹凸のはげしいところがあり、そこを乗りこえただけの、ごく自然な行為をとっているような歩き方だった。

いったい、どういう人なのだろうか。ニューヨークにはたくさんいるという、一種の気ちがいだろうか。その人のぜんたい的な人格はどうでもいいとして、たとえば横断歩道に車首をはみ出させているタクシーのフードを乗りこえて歩くとき、その人には、どのような評価ないしは形容があたえられるのだろうか。

ぼくは、自分が乗った三台のタクシーの運転手に、このこともたずねてみた。赤信号でとまっている自分のタクシーのフードのうえを歩いていく男についてあなたはどう思うか。たとえば、その男をひと言で形容ないしは評価するとしたら、どのような言葉を使用するだろうか。というようなことを、ぼくは訊いてみたのだ。

訊き方がすこし抽象的だったせいか、返答はいずれも哲学的だった。

「このニューヨークのなかで、なんとか生きようとしている人間たちのひとりだろう」「自分のなかに、自分に固有の不平や不満を持ち、それを街頭で普遍的に発散・解消させているのだ」あるいは、「ほかのみんなとすこしもかわらない、ただのニューヨーカーだ」といった返答だった。

問題は解決しないままだが、ニューヨーク滞在じつに全六時間で得た印象から逆に考えていくと、ニューヨークでタクシーのドライバーなどをやっていると、考えられうること、とても信じられないことなどさまざまにとりまぜて、とにかくありとあらゆることがおこるのではないだろうか。ニューヨークというひとつの大きな怪物のなかで日々刻刻につくり出されていくひどく硬質で同時にグロテスクすぎるほどに生身の人間を思わせる軋轢やきしみのようなもののすべてのしわよせが、タクシーのなかですてられているのではないだろうか。タクシーは、ニューヨーカーたちが心のなかに持っているあらゆる種類のフラストレーションをひろってまわる、動くゴミためみたいなものではないだろうかと、ぼくは思いはじめている。

自分の自動車以外にニューヨークでつかえる交通手段というと、地下鉄とバス、そしてタクシーしかない。地下鉄は、なれると早くて便利だという。乗るまでに、あるいは降りてから、あまり長い距離を歩かないのであれば、地下鉄がいいのだろうけれど、ニューヨークで地下鉄に乗るには、勇気と覚悟が、ときにかなりの量、必要だ。地下鉄の駅へ降りていくエレヴェーターなどは、地獄へ降りる鉄の箱のようだ。バスは、地上の交通ラッシュのなかを走るのだから、スピードは遅くなる。だが、地下鉄よりはずっと安全だろう。

おかねさえいとわなければ、気軽につかえるのは、タクシーだ。いつだったのか調べてないのだが、タクシー料金がいっきょに五〇パーセントも値上がりし、それ以前はケネディ国際空港までチップも含めてマンハッタンからなら七ドルですんだのだが、いまでは十四ドルから十五ドル、かかる。この値上げに対してニューヨーカーたちはしつこい抵抗の姿勢を見せていて、タクシーはまったくひまで、バス・ターミナルや鉄道の駅、それにホテルの前などに、かなりの列をつくってじっとお客を待っている。ホテルの前にとまっているタクシーは、空港へいくお客を待っているのであり、それ以外のちかいところへいくお客は、ベルボーイがほかのタクシーにふりわけている。こうして列をつくって客待ちしいるタクシーのドライバーたちは、小用をもよおすと、ドアを開けてシートに坐ったまま、道路にむかっておこなっている。赤信号のときにやる人もいるし、ヒッピーの運転手などは、運転しながらそのまま、ペダルのあたりめがけてやってしまう。これだと、小水は後部座席のほうへ流れてくる。こんなことも、しかし、ニューヨークでは当然のことらしい。運転ぶりは、かなりすごい。混んだ道路でほかの車が自分の前に割りこもうとしたりすると、ようしゃなくその車にドッシーンとバンパーをぶつけ、いやがらせをしていた。ぶっつけられるほうもなれたもので、日本のように両者が車を降りて喧嘩、というようなことにはならない。

マンハッタン内部で一日じゅう一台の自動車を操る作業にいくらなれても、やはり、タクシーのドライバーという職業は、毎日おなじようにくたびれきってしかもそのわりに報酬のすくない職業であることにまちがいない。

警察でもらってきた資料によると、ニューヨークには、一万三千台ちかくのタクシーがあり、タクシー会社の経営になる、土地の言葉でいうFLEETと、日本の個人タクシーとおなじ個人タクシーとが、だいたい半々であるということだ。『ヴィレジ・ヴォイス』の求人広告ページを見ると、タクシーのドライバーと、モーターサイクルによるメッセンジャー・サーヴィスの求人がいつでもたくさんのっている。タクシーの運転手の求人広告には、誰でもすぐに自主的に独立経営みたいなかたちではじめられてしかも金銭的にむくわれる仕事であります、とうたってある。こんないい仕事にいつでも口があるということは、手軽に誰でもはじめられることだけはたしかだろうけれど、その手軽さがある種の落し穴になっている、ひどい仕事なのだろう。

タクシー会社の運転手になると、一日の水揚げの五一パーセントを会社にかえし、のこりとチップは、すべてその日の現金収入になるのだそうだ。自分のやっていた商売がうまくいかなくなり、とりあえずつなぎになにか日銭の入る仕事が欲しいというとき、タクシー・ドライバーになるかならないかで、その人の質がほぼ最終的にきまるような気がする。なぜかというと、客待ちでつくねんと駐車しているタクシーのなかで、ドライバーが、それまでの水揚げを計算している姿を、ぼくはよく見かけたからだ。一日の水揚げが四〇ドルになればまあまあだと、あるドライバーが言っていたから、仕事の途中でいくらあがりをかぞえなおしても、せいぜい二、三〇ドルだろう。しかし、タクシー代は一ドル紙幣や小銭で払うから、多少はかさばり、しかも、お客をひとりひろうたびにあがりは増えていくのだから、なにかといえばかぞえたくなる心理は、わからないでもない。

その日の自分のかせぎが、自分の手のなかで現金という具体的なかたちで増えていくのを実感できるのは、ニューヨークでは、女性なら娼婦、男性ならタクシーのドライバーだろう。すこしずつ増えていく小銭のかせぎを、何度も数える姿は、あまりいいものではない。

タクシー運転手の数は絶対的に不足しているので、タクシー会社のドライバーの仕事ぶりは、気ままなものだという。時間は、つづけて一度に十二時間乗ればいつでもいいみたいだし、今日の水揚げは十二ドルといったような、あきらかにごまかしていることがわかるような申告でも会社は文句を言わないそうだ。

空港で三、四人の客を相乗りさせてそれぞれから通常の料金よりすこし安いおかねをとり、しかもメーターは倒さずにエントツ、というドライバーも多い。

エントツ防止のために、うしろのシートないしは助手席に重みがかかると自動的にメーターが動き出すシカケを持った、通称ホット・シートというタクシーもあるということだった。メーターを倒すと、ルーフのライトが消えるようになっている。

ぼくが乗った三台のタクシーのドライバーは、三人とも、ひっきりなしに咳をしていた。肺は、排気ガス漬けのようになっているにちがいない。

個人タクシーをはじめるには、警察のタクシー局みたいなところで、許可をもらわなくてはいけない。この許可料が、二万八千ドルだそうだ。仕事の質と報酬とに比較して、この投資は、少し大きすぎるみたいだ。

営業につかう車も自分が負担し、新車が三年ともたないそうだからたいへんだ。規則にしたがって黄色に塗るのも、自分の負担になる。

自分ひとりで、しかも道路を走りながらおこない、手のなかに小額ながら現金がつもっていく仕事なので、独立して働いている錯覚がタクシー会社のドライバーにもあり、さぼっても不思議に一定の収入はつづくから、きりあげてほかの仕事にかわるのがなかなかできないみたいだ。

2　赤さびだらけの自動車への共感

1

サーフィンの本場、たとえばハワイのオアフ島の、ワイアメとかサンセット・ビーチとかで巧みに撮影されたサーフィン・フォトをながめていると、なにしろワイルドで豪快で、俗にいう男らしいスポーツだ、というような感じをうける人が多いらしいのだが、すくなくともぼくの場合、こんなことはまずない。

非常に危険で、命を失うことなどごく簡単にありうる、という実感はあるのだが、サーフィンが勇壮だったり男らしかったりする瞬間は、ぼくの体験の範囲内では一度もなかったし、これからも、ないにちがいない。いや、ぜったいにない、という妙な自信がぼくにはある。このへんの、ちょっと変な自信が、じつは大切なのだ、という気がぼくにはしているのだ。

男らしいとかワイルドだとか豪快だとかの概念や実体は、やはり、なんといっても、これまでの社会の中で、ある種の肯定的な意味を持ちえたものでしかなく、これまでの社会とは完全にはずれたところでの生き方にとっては、男らしいとか豪快とかの言葉は、なんの意味も持たないし、そういう具体的な実感もまた、ちょっとありえない。

むしろ、サーフィンは、波がいかに高く、海岸から双眼鏡でながめていてどんなに勇壮にみえても、豪快なんかではなく、静かなのだ。

深く落着いた静かさの下に、地球という、かなり巨大だけれども繊細で敏感な生命体の、その命の鼓動が感じられるといった、そんなふうな静かさがあるのだ。

サーフィンのために沖へ出ていくと、波は、ひとつの生き物として実感できる。地球ぜんたいと命がつながっている。自然そのものの、命ある生き物なのだ。

自然そのものであるだけに、サーフボードに乗って出てきた人間のぼくなんかにその波が制御できるはずがなく、波という気ままな生き物に、やはり地球の付属品みたいな小さいひとつの生命体であるぼくが、うまく自分自身を調和させていくその楽しみが、サーフィンの楽しみなのだ。

だから、自由自在に、うまく波に乗ることも大事なのだけれども、乗れなくったってべつにかまわない。うまく乗れたときには、ぼくがその波を意のままに征服したのではなく、たまたま波がぼくを乗せてれたのだという感じがあり、その偶然みたいなことが、地球の生命の一部分である波と、やはり地球の付属品でひとつの命を持っているぼくとの、瞬間的に調和し共存できた、ひとつにつながることのできた時間なのだ。その、地球ぜんたいとの、瞬間的な一体感が、このうえもなくスリリングで楽しい。

サーフィンに対するぼくのこのような実感は、もちろんぼくひとりのものだけれども、サーフィンの好きな人たちのなかには、これとだいたいおなじようなことを考えている人が多いということを、ぼくはたしかめてもいる。

サーフィンは、地球、つまりもっと広がりを持たせれば宇宙ぜんたいというようなことになるのだけれど、人間のまわりにあるぜんたいすべてと人間との一体感を具体的に説いてくれるシャーマニズムなのではないだろうか。そして、個々のサーフィンは、そのシャーマニズムを万人のものとして普及させていく、シャーマンなのだ。

サーフィンではなくモーターサイクルのことを書くはずだったのに、ながながとサーフィンについて書いてしまった。

しかし、ぼくの場合、サーフィンとモーターサイクルは深くつながっているから、モーターサイクルのことについて書いたのとたいしてかわらない。

モーターサイクルも、一種の非常に有効で面白いシャーマニズムだとぼくは考えている。

シャーマニズムは具体的な参加と行動とをぜったい不可欠の要素としていて、まずどう考えたってごまかしのきかない世界であるところが、透明に澄んでいて、すがすがしい。サーフィンもそうだけれども、オートバイも、ごまかしのきかない、不思議な機械だ、二輪にくらべると、自動四輪車は、ごまかしのきく範囲が比較にならないほど大きい。

自分自身の体と頭とをフルにつかって、具体的にひとつひとつやっていかなければならない、農夫に似たところのある手づくりの世界がオートバイの世界だとぼくは考えている。

アメリカの、彼らたちの言葉でいう、ホッグ・ラヴァー（豚の愛好者）つまり、ホッグとは自分の好みにあわせて自由に改造された大排気量のチョッパーなのだが、このホッグ・ラヴァーたちになぜぼくがひかれているかということについて、先月号のつづきみたいな感じで、もうすこし書いておこう。

おもにカリフォルニアで、ぼくは、ホッグ・ラヴァーたちに何人か会ってきたし、サタンズ・ドーターズ（悪魔の娘たち）と自称する、モーターサイクル・クラブのメンバーたちにも会い、週に一回くらいは野外でおこなわれている彼らのパーティにも参加というか鑑賞というか、そんなふうなことをやってきた。

その範囲内で、ホッグ・ラヴァーの具体的な姿について知りえたことを、まず書いておこう。どこのモーターサイクル・クラブにも所属せず、単独で一台のチョッパーをほとんど自作にちかいかたちで古いハーレー・ダビッドソンの一二〇〇からつくりあげ、それにまたがって走る以外に、毎日、ほとんどなにもしていないという、三五歳の独身の白人男性をひとつの典型として、大ざっぱに紹介しておこう。

まず、この男は、職業を持っていない。前歴をあまり語らないので、詳しくはわからないけれども、かつては普通の仕事についていたこともあり、失業保険とか社会保障とか、そんなところから入ってくるおかねと、ひと月のうち通算して一週間くらいはおこなうアルバイト的な仕事からの収入によって、自分ひとりの生計は、完全にまかなえている。

生計をまかなう、というような表現はあまり適当ではない。いわゆる俗世間のプログラムにそって毎日を物質的に処理していくような生活は彼の念頭にはないのだから、ごくわずかな収入でごく完璧に満ち足りている、とでも言えばいいのだろうか。

物質的なものへの執着は、いっさいもののみごとに断ち切れていて、これは想像していたよりもはるかにたいへんなものだった。アメリカという、ぜいたくのきわみのような世界が、逆に、こういった物質に執着しない人間をつくり出すのだろう、などとぼくは想像していたのだが、それは彼にとってはごく部分的な土台でしかなかった。

物質的な達成が、人間をはかる重要なものさしとなっているストレートな世界がいっぽうにデンとあり、彼は、このストレートな世界とは正反対の方向にある、ハイな世界にいるわけだから、物質への執着のなさは、ヨガの頂点みたいだった。

苦心の作であるチョッパーが一台、ガレージにあり、エンジンをとりはずして自分で手入れできるほどの工具がそろっていて、あとはベッドと冷蔵庫、そして、いま身につけているブーツ、ブルージーンズ、Tシャツが、それぞれ、一足と一着ずつしかなく、これだけで彼の世界は完全なのだった。

カリフォルニアのはずれの、小さな町の、そのまたはずれの、家賃の見るからに安そうな、古びた一軒家を借りて彼はひとりで住んでいた。結婚していたこともあるのだが、離婚してしまったと、彼は言っていた。

朝は十時ごろ、目をさます。のそのそとおきてきて、家の外へ出てアクビをしたり、ヘソのあたりをぼりぼりとかいたりする。着たきりすずめだから、着替えなどということはなく、ほんとうにありあわせのものでごく簡単に食事をし、やおらガレージへいき、ドアをあけ、チョッパーの各部を点検し、ゆっくりとまたがり、腰を高くあげ、体重をひと息にかけて始動はキック一発。年季をつんだカウボーイが馬に乗る時とよく似ている。

ドッドッドッと、大地にへばりついた生き物のような排気音をたてて、彼はチョッパーと共にガレージの外へ出てくる。

スタンドをかけてチョッパーを外におき、ガレージのドアをしめ、どこへいくともなく走りはじめ、午後おそくにかえってきて、また夕方になって出かけ、夜は十一時ごろに眠ってしまう。

こんな生活が、もうずっと、つづいているのだ。大事なことだけをとりあえず書いておくと、彼は、ストーンされたハイな状態に、ごく日常的に、しかも一日二四時間、つねにあるのだ。

いわゆる知性を信じ、形を持った物質をよりどころに、つまらない客観の世界にとどまっている人たちからみれば、一種の奇人・変人だろうけれど、彼の心は、ほぼ完全に開かれていて、意識はそっくりとりかえられてしまっていて、区切られた時間も空間もない、無限のなかに彼はいる。ストーンされたハイな状態を説明できる言葉などあるはずがないので、こんなふうに断片的にぼんやりとしか語れないのだが、語れないというそのこともまた、ハイな意識の状態の、きわだった特色の一つであるようだ。

2

自然というものは、たしかに人間に対して、いろんなことを教えてくれているにちがいない。もちろん、教える意図が自然のほうにあるのではなく、自然はただ自然として生きているだけで、人間のほうがそれを見て学ぶわけだが、ではどのようなことが学べるのかというと、ぼくがどんなことを感じているかについて個人的な文脈でしか語る意志はないから、やはりそんなふうに語っていくほかない。

どこから語ってもいいのだけれど、波乗りとモーターサイクルに関係したところでの話にするなら、たとえば、オアフ島北海岸の波乗りの現場に、キラキラと光った新品ないしはそれにちかい、ディーラーのショールームから出てきたまんまの無改造のモーターサイクルで乗りつけると、その人をも含めて、そのモーターサイクルの周辺には、言うに言われない、一種なんというかとにかく異様な、どことなく確実に殺気だった狂暴な雰囲気が生まれてきて、いつまでもそれは去らない。

モーターサイクルだけではなく、四輪の自動車にも、まったくおなじことがあてはまる。

オアフ島北海岸の波乗りの現場という自然について、基本的なことを説明しておかなくてはいけないだろう。

ようするにそこはサンドイッチ諸島の一部分であって、自然以外のものは、なにもないのだ。

オアフ島には、ほぼ南北に走るふたつの山脈があり、その西側のがワイアナエ連山で、東にあるのはコオラウ連山だ。いわゆるホノルルは、コオラウ連山の南端にちかいところに位置している。

このふたつの山脈のあいだが、たてながの盆地になっていて、まんなかを北の海岸まで、ステート・ハイウエイが敷いてある。

このステート・ハイウエイを北にむけて、おんぼろ車で走ることそのものが、すでに退屈きわまりなく、この退屈さは周囲にある起伏した赤土の砂糖キビ畑という、自然にかなりちかい自然が生み出す退屈さだから、良質の退屈さだと言わなければならない。

たてながの盆地の中央に、ワヒアワの町がある。こういった町の描写は、ちょっとむずかしい。ワヒアワにさしかかるかなり手前から、あたりの光景は、古き良きハワイの名残りをとどめたものとなる。春、夏、秋ならばだいたい晴天で、適当な広さのアスファルト舗装の道路はサトウキビ畑のなかを起伏していて、陽がまっ青な空からきれいに分厚く、多少の圧迫感を持った暑さをともないつつ、照りおろしている。風は、さわやかだけれども、たとえばそれが貿易風ならば、大海原の厚みと深さを、いつでも確実に持っている。

ホノルルのベッドタウンは、幸いなことに、コオラウ連山をステート・ハイウエイ61と63とによってすぐ裏へこえた、カネオヘを中心にしたコオラウポコ地区になっている。ワヒアワのほうにまでは、まだなにごともおよんではいない。

ワヒアワをぬけると、まもなくステート・ハイウエイは西のほうへ曲がり、ずっと海へちかづいたところで、北へ曲がっている。そして、すぐに、ハレイワがある。

さらにそのまま北上していくと、ワイメアがあり、そのさらにさきが、サンセット・ビーチだ。このあたり一帯が、我が心の北海岸であるわけだ。

道路から海のほうにむかって、たいていの場所では、ゆるやかに傾斜した広い斜面があり、畑になっているところもあるのだが、丈の高い草とか、ちょっと背の低い雑木などが、勝手気ままに生えていて、たまに小屋や民家があり、一九四〇年代の乗用車が感動的なほどの赤さびのかたまりとなってがくんとかたむいてすててあったりする。

そういった斜面をすぎると、ちょっとあるいは大きな段差がついて海岸だ。海岸に人の影は見当たらず、ただ海岸があるだけで、流木がころがったりしていて、波うちぎわに波がよせている。

美しくも雄大でもなく、ただひたすらに自然であり、主要な要素としては、ものさびしさがあたりを支配している。

こういうところへ、キラキラとした新車の、無改造のモーターサイクルで乗りつけると、そのモーターサイクルも、またそれに乗っている人も、異様に狂暴にうつるのだ。

丈の高い草のなかに、なかば海のほうにむけてすててある、赤さびだらけの、一九四七年オールズモービルのセダンのほうが、はるかにおだやかでさびしく、すべてを心得たうえであたりの光景に似つかわしくおさまっている。各部分が、キラキラと光っている、きずもさびもない、新しいモーターサイクルや自動車は、こんなふうな自然のなかでながめなおすと、耐えられないほどに殺気だっている。なにものかと競合し、勝とうと、歯をむき出している感じがある。

オアフ島の北海岸には、波乗りヒッピーとも言うべき、一種の放浪生活者の集団が、ごくあいまいなかたちで形成されている。そして、このような波乗りヒッピーたちのなかでも、すぐれて本質にせまっている人たちは、ちょっと見ただけでは満足に走ることすら疑問であるような、高度のおんぼろ車に乗っている。

おかねがあまりないから、買うにしてもおんぼろしか買えないから必然的にそうなるのだが、おかねがないからぼろ車でがまんするというのではなく、彼らの生活全般のありさまとか、頭のありようとかが、ぼろ車をもっとも強く志向するから、そうなるのだ。

もちろん、誰かが新車をただでくれたりしたら、よろこんでそれをつかうけれども、波乗りヒッピーたちのあいだでその新車は、たちまち共有の道具になってしまうだろう。

彼らの車のイグニションは、キーがさしこまれたまま抜けないように改造されていることが多く、そうではないときには、イグニションをとおさずに誰でも直結できるようになっている。

所有の観念はほとんどないから、誰が乗ってもかまわないわけで、誰かがその車に住みこんでいるようなら、もとあった場所にかならずかえしておく。

あっというまに、一台の新車は、じつにきたなくぼろぼろになっていき、必要最小限の補修しかせず、いろんな仲間たちがさまざまに利用するから、自動車につきものの個人的な所有の観念は、草のなかにとめてあるのをながめるだけでもきわめて稀薄で、運転してやると、北海岸という自然のなかにつくられた波乗りヒッピーのたいへんにあいまいなコミュニティの基本的な原理みたいなものが、感触としてわかってくるのだ。

二〇年くらいはつかった、ぼろになるにまかせた、しかも立派に用の足りる自動車。潮をふくんだ風にいつもあたっていると、ボディは下のほうからぼろぼろにさび、ほころびていく。

ドアはとれてしまい、バンパーもなくなっていて、タイヤは山がすりへっている。スピードは最高でも三〇キロぐらいしか出ないようになってしまっているし、とばしたりしないから、これで充分に安全だ。

観光地という自然には、キラキラと光った狂暴な新しい車がふさわしいかもしれないが、ただの自然のなかでは、さびが体じゅうにまわったぼろ車のほかに似つかわしい車もモーターサイクルもない。ぼくの個人的な好き嫌いの次元での問題ではなく、自然という大昔からある使いこまれた中古品のなかで、キラキラ光るピカピカの新品には、なんの実感も持てず、親しみもわかないのは、誰にとってもごく当然のことだろうと思うのだが。

3

自然、という独特な世界のなかに置いて似つかわしいのは、たとえば潮風にさらされてちょっと感動的なまでに赤さびのかたまりと化したボロボロの自動車である、というようなことをこのまえは書いたのだったと思う。

たしかに、そのとおりなのだ。

しかし、問題は、そこで解決されたわけではない。自然に似つかわしいのはこれだから、とばかりに赤さびの自動車やモーターサイクルをさがしてきて、うんこれはなかなかいい、と満足しているのはどちらかといえば明らかに脆弱な妥協的な態度であるにちがいない。

自然のなかにほぼ完全にとりこまれて日々の生活を送っている人たちの足がわりの自動車が赤さびのかたまりであるというのは、これは非常にいい。そして、そこへたまたま、たとえば目的や意図はどうあるにせよ、一種の観光旅行みたいなかたちで、大都会から一時的にそのような自然のなかの生活をかいま見にいった、たとえばぼくならぼくが、その赤さびの自動車に、人間が本来的にたどっていくべき姿がにじみ出ているのを感じるのは、これはたいそう悲しいことだ。

まず、一台の自動車を、赤さびの権化のようなポンコツにまでつかいこむという生活が、ぼくにはない。これだけでもう人間失格みたいなものだが、他人が生きている本来そうあるべき人生に感動しその感動を我がことにするために、自然という偉大なる中古品のなかでは赤さびのポンコツ自動車がよく似合う、などと考えてそれを文章にして悦に入っているようでは、悲劇はがっちりと二重構造になっていくばかりで、先はまっ暗だ。

つまり、ぼくは、すでにして取りかえしがつかなくなってしまっているのだ。取りかえしのつかないシティ・ボーイ。それが、ぼく。そして、この場合の「ぼく」は、じつは、あなたでもあるにちがいない。

話をすこしちがう方向からすすめていくとして、たとえば、人間が自然と対決し、あまつさえそれを征服しようという大いにまちがった考え方が、正しい考え方として普遍化してしまったのは、いったいいつごろからだろうか。人間は自然を征服できる。いや、征服し利用して当然なのだ、という、もはやなんの疑いもさしはさまれなくなった前提は、人間が持っている肉体的な弱さとか身体的、生理的な発見ないしは分化のアンバランスさからくる、ある種の横着な便法的な考え方なのだということに気がつかなくてはいけない。

人間という生命体は、じつに非常にアンバランスにできているようだ。たとえば、体ぜんたいに対する頭の大きさの比例からして、いまのままで人間は充分に火星人的なほどにアンバランスだ。この体で構造的になんの心配もなく支えられる頭の大きさは、せいぜいテニスのボールほどのものではないのかと、ぼくは考えている。

それがこんなに大きな頭をどっかりと毎日かかえていて、その頭が記憶しうること、その記憶や学習にもとづいて考え出しうることといえば、これは無限にちかく、その無限にちかい頭脳の働きと、たとえば両足の、ごくごく限定された働きとを比較してみるとき、構造的にも内容的にも、人間は頭でっかちにならざるを得ない宿命の、すこぶる奇怪な生き物だという冷静な判断がひき出されてくる。

このような、アンバランスのはげしい生き物に、好き勝手に横着をさせておけば、その結果がどのようなひどいことになるか、これは最初から自明の理で、ことここにいたって公害におどろいたりいきどおったりすることのほうがはるかにおかしい。

人間を自然から切りはなし、自然というものに対して対応させてしまったのがそもそものまちがいだったのだ。じつは人間も、まぎれもない自然のなかのごくささやかな一部であったのに、そこから人間だけ切りはなし、その人間を自然と対決するかたちで向きあわせてしまった。とりあえずこれまでの人間の歴史は失敗の歴史であり、どんなふうにして自分をすこしずつしかも確実に自然からひきはがしてきたかという視点すら、人間の歴史は謙虚に書きかえられなければならない。

自然へのあこがれ、みたいなことがいまさかんに言われているのだが、これほど馬鹿げて嘘っぱちなことも、ちょっとほかにない。勝手に自分を自然からひきはがしつくしておいて、あこがれも回帰もないのだが、そのようにして、自然にあこがれている自分たちの姿が自然で人間らしいのだという、蛇のシッポ飲みのような悪循環がおこってくる。

自然に対して人間のほうが無力になりきった瞬間にじつは自然へのあこがれが頭をもたげてきて、人をして自然に回帰しえたようなつかの間の錯覚をあたえる不自然な商売がまたひとつ生れてくることになったりする。

自分の身のまわりにすっかりなくなってしまった自然に対してあこがれの感情を持つのは勝手として、すくなくともぼくには、いわゆる「自然」との共存の能力など、なにひとつありはしない。この意味でぼくは、ぼく自身のことを、もはや取りかえしがつかない、と表現しているのだ。

人間が都市化された果てに、このような小さいけれども素朴な自覚がころがり出てきたのは、いいことだと思う。この自覚のもとに、ぼくは、たとえば破壊された自然を取りもどすための〝緑化〟に参加して、樹を植えたりするようなことは、まずしないだろう。緑化、ということはなにごとかよこしまなることのすりかえに利用されている気がするし、ほんとうなら緑化よりも樹を切らないことだろうし、樹を切らないということは、又必要なパルプの生産の即刻中止および使用中止、というようなことにつながっていかなくてはならない。

ハワイのオアフ島北海岸で、赤さびのかたまりになりつつなおかつ走りつづけている自動車に、ぼくはなにを見たが故に感動しているのだろうか。

むずかしく考える必要はけっしてないのだが、つまりこのようなことになるらしいのだ。その赤さびの自動車も、最初はピカピカの新車であったわけで、「物」が「人」を支配する技術文明の果てに人間にあたえられた、技術的合理主義に支えられた品性下劣で明らかに醜い物体であった。

このような物体である、単なる一台の自動車が、赤さびのかたまりとなって人を感動させるのは、つまり、その自動車がそこまでボロボロになるまでに要した自然に経過した時間が、ひとつの物体に勝ってしまっているからだ。陽がのぼり、潮風が吹き太陽が照り、ホコリにまみれ雨に打たれ、陽が沈み、という自然のリズムが、たとえば三〇年なら三〇年にわたって静かにひたひたとくりかえされることによって、自動車という本来ならばものすごい道具を、いとも簡単につくり出した薄っ気味の悪い制御されざる技術が、ほぼ洗い落とされているからだ。

ぼくとしては、たとえば自動車のような物体に生命を吹きこめばいいわけだ。土ぼこりを巻きあげながら原野を走る自動車は意外に美しく、整然とした道路をごく当然のように走っている自動車が醜かったりするのは、自動車と道路という技術の結合が、人間という自然の「道」にひどく反しているからだ。

反さないようにおさえていくためには結局、人間の頭と体とのつかいようのバランスが問題になってくる。シティ・ボーイは、いま、都市の思想を持たなくてはいけない。安易に都市をつくり出してきた技術の高慢でさわがしいリズムを、その技術がつくり出した個々の物体という最末端から逆に、自然の静かなリズムにまで押しもどす。これしかないようだ。赤さびの自動車を仲介としてしか自然と触れあえない悲劇を、そういつまでも嘆いたり怒ったりばかりもしていられない。

4

自動車がなければどうすることもできないか、あるいは、たいそう不便な生活状況のなかで、不本意ながら自動車をつかわなくてはいけないとき、どのような具体的な考えを持ってことにあたればいいのか、というようなことに関して、ぼくは興味を持っている。アメリカの現実にそくして多少は知り得たことがらのなかから、まずひとつ結論をくだすと、自分のものとして自動車を一台とにかく手に入れるときには、中古車として最低の価格しか支払わないことなのだ。

この最低の価格は、いまでは七五ドルということになっている。七五ドルで買えてしかもまともに走ってくれて、定期的におこなわれる安全検査テストにも合格する中古車は、「グッドな（良い）中古車」と呼ばれていて、それ以外は、単なる中古車なのだ。

七五ドルの中古車を買い、それを生活のなかで使用していると、その生活自体かなり大きく、正しい方向へ矯正されていくし、自動車そのものがどれだけの悪をかかえこんでいるか、よくわかる。

自動車を持たずに生活するにこしたことはないのだが、自動車のメカニズムはちょっとした魔術みたいで、つきあうと楽しいし、自動車という体験の面白さはこれもすてがたい。

どのへんで妥協して自動車を持つかが問題になってくる。そしてその妥協点が七五ドルという購入価格なのだ。まともに走るのをできるだけ安く手に入れ、その車にはたとえば半年は乗るとして、その半年間、よけいなおかねはいっさいかけず、出費を厳しくミニマムにおさえる。まずこのような基本線を敷いておくといいのだと、ロサンゼルスで知りあった、ジムという若いオート・メカニックが教えてくれた。彼は、ぼくと相棒になって中古車を一台買い、一年前のアメリカを西から東までいっしょに走ってくれた男だ。

アメリカ大陸横断に耐えてくれるだけの余力を持った中古車、という条件があったからでもあるのだが、ジムが「これだ」と言いきれる中古車にいきあえるまで、七軒の中古車ディーラーをまわり、一七〇〇台ちかい中古車を点検した。優秀でしかも良心的なメカニックであるジムが自分の持っている判断力のすべてを投入して一台を選ぶのに、一七〇〇台も見て歩かなくてはいけなかった。

すくなくともいまのアメリカで、中古車がいかにあてにならないものか、具体的によくわかった。たとえば、ちょっと大きなディーラーだと、「二年まえのキャデラック」というコーナーがあったりする。「わずか二年ですよ！」と注釈が大書してあり、照りつける陽のもとに、巨大なあのキャデラックがぎっしりとならんでいた。三、四年ものの大衆車を買おうとしてやってくる人に、それよりもその半分の年月しか使用されていない高級車を格安でお買いになったほうが得ですよ、というようなセールス・ピッチにはじまって嘘八百をならべ立て、キャデラックにぐらい乗ってみたいなあ、といつも思っている、たとえば黒人のあまりおかねのない人たちに売りつけるのだそうだ。

二年しか使っていない高級車のほうが長持ちしそうに思うけれど、そんなことはない。アメリカ車の場合、高級車とはとにかく馬鹿大きくて重く、いろんなところがオートマティックになっていて、不必要なものがいっぱいついている車のことだ。車重がすさまじいから、各部のいたみがはげしく、四、五年ものの軽量車とおなじ程度なのだ。その後のいたみぐあいは、年月と共に加速度を増し、オートマティックの部分はすぐにいたむ、パーツは高い、燃費はべらぼうと、ろくなことはない。

おなじようなことが、六〇〇ドルや五〇〇ドル、あるいは三五〇ドルあたりの中古車についても言えるので、いっきょに七五ドルまで落としてしまい、半年でまた七五ドルのをさがして乗りかえることにする。自分でパーツを買ってきて修理するときには、そのパーツ代が三〇ドルちかくになったりあるいはそれをこえてしまうようだと、修理はあきらめ、その車はポンコツにする。そして、できることならそのポンコツと近接した年式や型の、七五ドル・カーを買ってくる。ポンコツにしたほうは、スペア・パーツと考えればよい。こうしたほうが、三〇ドルちかい修理代をかけるよりも、安くあがる。コンミューン生活をおくっているヒッピーたちが、この方法を実践にうつしているそうだ。

アメリカ国内だけで一日に二五万トンの自動車排気ガスが大気中にはなたれている、という数字を見ただけで、すくなくとも正気の人なら、自動車を完全にすてないまでも、購入価格や維持の費用を最低におさえたくなる気持ちはよくわかる。オンボロ車のバンパーがとれてしまうと、ヒッピーたちは角材をボルトどめしてバンパーのかわりにする。日本では一般住宅の柱につかうような角材だ。自動車の墓場へ出かけていき、トランクのフタをはずしてあつめてきたり、屋根だけ切りとって持ってきてそれを壁がわりに自分たちだけでつくったドーム形式の家のまえに、そのようなオンボロ車がとまっている。

七五ドルの車だと、かえって不経済だし危険ではないのか、とぼくが言うと、ジムは、そのような考え方こそじつは落し穴なのだ、と言っていた。

古い年式や型の車でも、メーカーに手紙を出せば、マニュアルを無料で送ってよこす。それに書いてあることをよく読み、そのとおりにすれば、危険でも不経済でもないという。

七五ドル・カーでいちばんこわいのは排気ガスのパイプに穴があいていたりひび割れしていたりして、排気ガスが室内にもれこんでくることだ。しかし、これのチェックのしかたも、マニュアルに書いてある。

自分の車が使用される状況に応じたオイルのつかいわけにはじまって、自動車各部の系統別に、もっとも効率よくしかも正しくつかえるような状態にしていけば、自動車はひとまず安全だ。

あとは、運転のしかたと、生活の様式にかかわる問題がのこるだけになる。タイヤ圧が何ポンド減ると燃費がどのくらい悪くなるのかなども、完成したデータとしてたやすく手に入るので、その気になりさえすれば、あるいは無駄なおかねのつかえない賢明な生活をつくりさえすれば、経済的で安全なドライビング以外は、したくともできなくなる。

ぼくにむかってジムが力説したところによると、七五ドルカーのもっともすぐれた点は、生活のスピードが落ちることだそうだ。自動車に乗って走るときのスピードが、当然、まっさきに落ちる。ゆっくり走って危険なのはフリーウエイだけで、こんなところは走らないほうが身のためだ。意味もなく早く走ることがやみ、自動車で走りまわるのが減り、たとえば自動車がどこかへいってかえってくるようなときには、七五ドル・カーに乗りかえると、途中の光景なり事物なりが、スピードの出る車でふっ飛ばすときよりも、はるかに身近にこまかく、しかもゆっくりと知覚できる。こうなったとき、ぼくたちはスピードをあげることによって失われたり崩されたりしていた生活のバランスを、正常なところへひきもどしているのだ。

目の前にひろがっている光景の持つ広さとか奥行きの深さが、アメリカと日本ではかなりちがっている。風土の差なのだろうけど、広くて奥行きの深いアメリカの光景のなかで実際にスピードを落とすと、早さということがいかに異常で空疎であったか、あるいは、ありうるかが、実感できる。クロームの輝きやペイントの光沢などとっくに失い、できることなら赤さびの全身に出た、ゆっくりしか走れない自動車についてぼくが書きつづけるのは、結局、そのような自動車が人間にいちばんふさわしいからのようだ。

3　プリムス・ヴァリアントはトレーラー・タンクからなにを学んだか

ネクタイをしめ、パムキン・レッドのプリムス・ヴァリアントのセダンに乗ったあの男（デニス・ウィーバー）にとって、カリフォルニアの自宅までの自動車のひとり旅は、退屈であることは言うをまたないとして、なにひとつかわったことのない、ごく平凡なトリップ・バック・ホームであるはずだった。

事実、途中までは、みごとに平凡だった。

アメリカのあのような光景のなかを、あのような男が普通のセダンで走るのは、面白くもなんともないことであるにちがいない。律義なセンターー・ピラーや三角窓にかこまれてただかなりの距離を移動するにすぎない。

過去にもう何度も体験したことのまた何度目かのくりかえしであり、ラジオを聞きながらすのも時速四〇マイルから五〇マイルの速度をたもつアクセルの踏みようも、もはやなんの新鮮味も抵抗もない、なかば自動的におこなわれる単純作業だった。

もちろん、上下二車線のブラックトップ道路のあるところで、ふいと、なんの気はなしに、ほとんど意識すらないままに、あのトレーラー・タンクを追いこしたのも、彼にとってはまったく意味のない単純作業だった。

そして、彼にとっての大いなる天啓の、じつに劇的なスタートは、トレーラー・タンクを追いこしたこの瞬間だったのだ。

新鮮な感動をともないつつ、自らの体を文字どおり張ってなにごとかを学ぶチャンスのきわめてまれであるにちがいない彼のような都会のファミリー・マンにとって、あのトレーラー・タンクを追いこしたことは、かけがえのない幸運であったと言わなければならない。なにごともおこりようのない平凡で退屈な単純作業が、トレーラー・タンクを追いこしたとたんに、密度の濃い天啓的な学習にと急変したのだから。

追いこしていったパムキン・レッドのプリムス・ヴァリアントを、そのトレーラー・タンクは、追いかけはじめる。自分よりも小さな車に理由もなくひょいと追いこされたことに対する、気晴らしをかねつつ殺意をはらんだいやがらせ、としてあのトレーラー・タンクを解釈することは、なんとしても避けなければいけない。意外な方向への示唆を持った重みの充分にある簡潔なドラマを、ひどく矮小な次元に落としこんでしまうことになるから。

自分が乗っているごくスタンダードなセダンにひきくらべると、ちょっとした怪物のようなトレーラー・タンクに追いかけられていると知って、ネクタイの男は、当然のことだろうけれども、なぜ自分が追われなければならないのか、合点がいかない。

しかも、その追われかたは、かなり危険ではないか。うしろにせまるディーゼルの怪物は、有無を言わず、はなはだ単純明快に、うしろからせまってきて、追いたてる。いやおうなしに、ネクタイの男は、ふだんは出したこともない、時速八〇マイル、九〇マイルといったスピードにまで、自分の車をもっていかなければいけなくなってしまう。なぜうしろのあのトレーラー・タンクは、こんな危険なことをするのか、と自問自答しながら。

疾走するうちに、すこしずつ、わかってくる。うしろにせまっているトレーラー・タンクは、自分に対してかなりの敵意を持っている。遠慮なくぶち当ててくるバンパーの衝撃で、その敵意は、尻から背から、じかに不気味に伝ってくる。

とにかく、なんとかしなくてはいけない。しかし、どうすることもできない。自分にできることといえば、とりあえずアクセルをさらに踏むことだ。

彼はたいへんなスピードで走りつづけ、トレーラー・タンクは、平然とそれを追いつづける。こうして、プリムス・ヴァリアントとトレーラー・タンクとの関係が、たくみにあっけなく、かたちづくられていく。たいへんなことに巻きこまれてしまったという、とりあえずそれだけの認識を持って、彼は疾走をつづける。そして、道路の片側が駐車用のスペースもかねてすこし広くなっている場所に車を乗り入れ、すぐうしろにせまったトレーラー・タンクをやりすごすことによって、ひとまず難をのがれる。

簡単な柵をへし折り、軽いムチ打ち症になっただけですんだ。呼吸を乱したまま、しばらく車から出てこれない彼の、首が痛そうだ。すこしあとのシーンで、彼がシート・ベルトをしめるショットがあるのだが、あのシート・ベルトは、まちがっている。ガソリンはハイ・オクタンを使っているのがまちがいであるように、あのシート・ベルトも、すくなくとも三点式でなければならない。たすきがけのベルトでは、首や背骨、それに腰が、ねじれるだけだ。

痛む首をなでさすりながら、やっとのことで車から降りてきた彼は、好奇心に目をかがやかせつつ心配してくれる地元のひまな老人に、だいじょうぶだ、なんともない、と言いつつ、軽食堂、チャックズ・キャフェに入っていく。

すこし話はそれるけれども、田舎のさびしい道ばたにぽつんとあるダイナーなどの描写になると、ごく最近のアメリカ映画は、なぜどれもこれもこう巧みなのだろう。それに、こんなシーンで登場するわき役の俳優がまたうまいのだ。中年のウエートレスが、とてもいい。あんなふうな軽食堂には、まさにあのとおりのウエートレスがいるのだ。ふと『イージー・ライダー』や『断絶』を思いだしてしまう。地元の人たち、あるいはそこを定期的にしかもひんぱんに通過する一定の人たちが利用するロードサイドのダイナーは、とおりがかりにたちよったはじめての人にとっては、なにかかなり大きな負の要因があるらしい。アメリカではそうらしいのだ。

この軽食堂の中年のウエートレスに、ネクタイの男は、まずアスピリンを注文する。アスピリンを飲んでみても、問題はすこしも解決しないのだが、アメリカ人に特有の生まじめな自問自答のスターターがアスピリンという薬物であることは、興味ぶかい。

手洗いで顔を洗ってみたりして気をしずめるシーンから、彼の自問自答は、はじまっている。

「なにごともおこらないはずだったのに、もっともおこりがたいことがおこった」

という省察から、彼は、はじめていた。

「ほんのわずかな時間のあいだに、まず普通ではおこりえないようなことが現実に自分の身にふりかかった。こんなことがいったんおこってしまった以上、自分のこれからの人生は、けっして以前とおなじではありえない」などと彼は手洗いのなかでつぶやいている。

まだふらつく足で自分の席へかえってきた彼は、アスピリンを二錠、飲みほし、食事には手をつけずに、考えはじめる。このあたりから、彼の自問自答、そしてそのあげくにとりあえずひき出されてくる解答は、奇妙で見当ちがいな方向にねじ曲っていて面白い。

「なぜあのトレーラー・タンクは、自分を追いかけてくるのか。しかも、殺意すら抱いて、容赦なく追ってくるではないか」

「天下の公道で、まるでこれでは殺人とおなじではないか」驚愕しつつも、彼はそんなふうに憤慨する。

「自分はたしかにあのトレーラー・タンクを追いこしたが、追いこしたことになんの他意もありはしない。追いこしたのがいけなかったのであれば、それはそれでいい、おだやかに話しあって解決できるはずだ」

彼は、こんな経路で、自分の考えをまとめていく。

追いこされたことを根にもってしかけてくる、自分に対するトレーラー・タンクのほうからの単なるいやがらせ、という個人的で小さな次元でしか、彼はこの当面の問題をとらえることができずにいる。できなくて当然だろう。

彼の左側にある窓ごしに、あのトレーラー・タンクが外にとまっているのが見える。このころから、このトレーラー・タンクは、ピーターービルト359の567・4キュービック・インチ、290馬力の大きくてパワフルな怪物性と同時に、相当な広がりのある一種の人格みたいなものを持ちはじめる。つまり、それまでそのトレーラー・タンクが固有の雰囲気としてたたえていた気味のわるいこわさは、ほとんどなくなってしまう。トレーラー・タンクに、寓意が出てきた、と言いかえてもいいだろう。

ネクタイの男の、閉じこめられた孤独な思考は、さらに次のようになっていく。

「あのトレーラー・タンクは、このあたりをしばしば走っているにちがいない。だったらこの食堂を、いつも利用しているのではないだろうか。いま、現に、あのトレーラー・タンクに乗っている男は、この店のなかにいるのかもしれない」

男は、店内を見わたしはじめる。何人かの作業衣の男たちが、店のカウンターにとまっている。ビールを飲みながら、ふと自分のほうをふりかえってながめてよこす男たちの誰もが、あのトレーラー・タンクの男に見えてくる。カウボーイ・ブーツをはいたどの男の足もとも、狂暴な雰囲気を持ちはじめる。

「たしかに自分は、あなたのトレーラー・タンクを追いこしたけれども、私を追いかけてくるのは、もうやめにしてくれ。公道であんな殺人まがいのことをしてはいけないはずだ。もうやめてくれ」

トレーラー・タンクの男に、こんなふうに話をして解決できるはずだ、とネクタイの男は、考える。というよりも、そのような考えのなかに、自分を追いこんでいく。

話しあって解決するのはいいのだが、いまこの店にいるどの男が、あのトレーラー・タンクの男なのだろうか。正確にはわからないが、誰もがその男に見えてくるというちょっと錯乱した状態のなかで、ネクタイの男は、立ちあがる。

面白くもなんともないという顔つきでサンドイッチを食べ、ビールでながしこんでいるまるで関係のない男に、彼は、なかばくってかかる。

だが、はじめから見当ちがいなのだから、話はいっこうにつうじないまま、彼はその男に逆に殴り倒されてしまう。

個人的な話しあいの次元で解決し、自分がトレーラー・タンクを追いこしたことも、また、ここまでそのタンクに追われてきたことも帳消しにできるのだ、と思いこんでいる彼を軽く叱るかのように、店の外にとまっていたトレーラー・タンクは、動きはじめる。タンクの男は、ずっとトレーラーの運転席のなかにいたのだ。

店をとびだしていったネクタイの男は、走り去るトレーラー・タンクを、自分も走って追いかける。トレーラー・タンクの後姿は、ほんとうになにかを語りかけているようだ。おまえは俺を追ってくるよりほかに道はないのだ。どういうことになるか、とにかく、自分の車で追ってこい。見当ちがいなことをするな。そんなようなことを、トレーラー・タンクはネクタイの男に語りかけているようだった。

ネクタイの男にとって、トレーラー・タンクから逃げるだけならば、いくらでも方法はあったはずだ。殺されかねない危険をさけるだけならば、そのとき選択できる道はいくつかあったはずだ。

しかし、彼は、逃げずに、自分が本来ならば車で走っていかなくてはならない方向へ、彼は走りつづけることにしたのだ。そして、この『激突!』という映画に持たされている意図がはっきりしてきはじめるのは、だいたいこのあたりからだ。

ネクタイの男の心情としては、無謀でただ意地のわるいトレーラー・タンクに、ひとつまちがえば殺されそうないやがらせをされている、という程度の認識しかまだないのだが、そのスクリーンを観ているほうとしては、もうすこしさきをすすみつつ、彼の行動をながめることができるようになっている。

この、プリムス・ヴァリアントの男は、ある日あるところで、トレーラー・タンクをなんの気なしに追いこすという偶然を経験したことをきっかけに、なにか非常に大きな支配的な力、たとえばこの地球上の万物をゆるやかにしかしがっちりと統制している、大きすぎるがゆえにふだんは目にも見えないし自覚することもない力と、触れあっているのだなと、わかってくる。

好んで無理にこう解釈するのではなく、ごく受動的にスクリーン上の展開を追っているだけで、このことはわかってくる。

しばらく走るうちに、再び、トレーラー・タンクとのかかわりあいがはじまる。強制的にたいへんなスピードで走らされたり、あるいは、あっさりと殺されそうな目に、何度かあわされる。そのたびに、しかし、プリムス・ヴァリアントの男は、なんとかきりぬけていく。

時速八〇マイルとか九〇マイルとかのスピード自体、その男にとっては、まったく新しい体験だった。自分からそんなスピードで車を走らせたことはこれまでなかったし、ましてや、巨大なトレーラー・タンクに追いかけられながらいやおうなしにそのようなスピードで走らなくてはいけないといういまの状態など、現実に我が身におこりつつあることとは信じがたい、異種の体験なのだ。

なにものをも学びえない、馴れきった日常が、いとも簡単にくるりとひきはがされ、日常の裏面にそれまでずっと息をつめてひそんでいたとてつもない世界があらわになっていくすがすがしさが、画面から感じられる。アメリカのあのあたりの、ものさびしい荒涼たる風景も、こうなってくるとなかなかすてたものではない。あのあたり、と気軽に書いたけれど、正確にどこなのかは、はっきりしない。トレーラー・タンクの前部にならべてとりつけてあるナンバー・プレートは、ワイオミング、ネブラスカ、アイダホ、モンタナ、ネヴァダ、ニューメキシコなどのものだ。こういった地方の、しかもサザン・パシフィックが走っているあたりのどこかであることはまちがいない。

これからさきに展開されるドラマには、プリムス・ヴァリアントの男と、トレーラー・タンクとのかかわりあいが必要なだけで、ほかのことはいっさい関係ないのだということは、次第にはっきりしていく。

プリムス・ヴァリアントの男が、外部に助けを求めようとするそのこころみが、どれもみな、みごとにむなしく粉砕されていく事実が、この物語の中心がじつはどこにあるかを、雄弁すぎるほどに語ってくれている。

お客にみせるためにペットの蛇がおいてある、ささやかなスネークラマをかねたガソリン・スタンドで、プリムス・ヴァリアントの男が電話で警察に助力を求めるシーンは、秀逸だ。

警察に助力をあおぐことによって問題は解決できると、まだなかば信じている彼に対して、トレーラー・タンクの側の容赦のなさはさらにいちだんと熾烈さをたかめていく。

スネークラマのまんなかにぽつんとある電話ボックスにむかって、トレーラー・タンクは、タンクを「く」の字にひきずって、突進し、粉々にしてしまう。

このスネークラマに彼がプリムスを乗り入れてすぐに、家のなかから出てきたおばさんにむかって、ラジエーターのホースも点検しておいてほしい、というようなことを彼は言う。ガソリンにはハイオクタンを希望しながら、ラジエーターのホースは蛇狂いのおばさんにまかせてしまう、うかつなまちがいないしは矛盾は、なにを語りたいのだろうか。

自動車で、かなりの距離を普通に走ることになれているとはいえ、そんなふうに自動車に乗っている局面だけをとり出してみても、彼の存在がいかにあぶなっかしく、あぶなっかしくありつつもほんの小さな足場ゆえに日常のなかでいかになにごともなく生活できているかという、人の存在のありようの、なんともあてにならないありさまをかいま見せてくれている。

スクリーンを観ているほうとしては、トレーラー・タンクとプリムス・ヴァリアントの「激突」には、このあたりで興味がなくなってくる。

かわって、プリムス・ヴァリアントの男が、自分の存在に関する偉大なる真実の学習をどんなふうになしとげていくかが、大きな興味の中心として持ちあがってくる。

学習をなしとげるためには、彼はやはり、走りつづけなければいけない。トレーラー・タンクが自分よりもいかにパワフルであるかは、道ばたにエンコしていたスクール・バスの救出でも、思い知らされている。

そのトレーラー・タンクも、登り坂では多少のおくれをとるはずだと、一見、合理的な思考を根拠に、プリムス・ヴァリアントの男は、走りつづける。

たしかに、トレーラー・タンクは、いかにも重そうに、坂をあがってくる。しかし、のぼり坂は誰にとってものぼり坂であり、過熱したプリムス・ヴァリアントは、白煙を噴きあげはじめる。

「頼むから、走りつづけてくれ！」

と、彼は、そのプリムスに、泣き出しそうな顔で言う。

だめになりはじめた機械にむかって、いくら頼むから、などと言ってみたところで、どうにもならないことはわかりきっているはずだ。だめになった機械は、自然にはなおらない。平穏無事をとおりこして退屈でさえあった、安定しきっているかにみえた自分の存在が、じつはどれだけ底知れぬ不安定さをたたえていたのか、ここでようやく彼には、わかりはじめる。

もうこうなったら、その不安定さをつきとめるよりほかはなく、彼にとっての一種の鬨の声が、

「頼むから走りつづけてくれ!」

だったのだろう。

断崖に追いつめられた彼は、自分の車をトレーラー・タンクに正面からぶつける。そして、これは彼がはじめにそのトレーラー・タンクをふと追いこしたのと同質の偶然なのだが、そのときトレーラー・タンクは断崖にむかって走っていて、プリムスを押しつぶしつつ断崖から突き落とし、同時に、力あまって自分も下へ落ちていってしまう。

ここでまちがえてはぜったいにいけないのだが、プリムス・ヴァリアントは、トレーラー・タンクとの「激突」(本来は決闘)に、勝ったのではない。うまく知恵をつかって、トレーラー・タンクを自滅させたのではない。トレーラー・タンクとプリムス・ヴァリアントとの関係は、単なるつまらない競合関係ではなく、小さいものがはるかに大きいものから貴重ななにごとかを学ぶという、天啓を受ける側とそれをあたえる側との関係であった。

小さいものとは、落日の陽を浴びつつ断崖にすわりこんでいるたとえばあの彼であり、大きいものとは、この世のありとあらゆるいっさいをとりこんだ、ほんとうにそんなものがあるのかどうかもさだかではないほどに大きい、すべてのことの支配律のようなものだ。その支配律に彼は幸運なことに触れ得たのだ。だから、まれにみるごまかしのすくない落日で、このすてきな映画は終っていた。

4　道路と荒野の袋小路

"TWO-LANE BLACKTOP"という不思議な映画に関して、書きうるだけのことを書こうと思う。CIC配給で

日本で公開されるときの題名は『断絶』というのだそうだ。原題は、アスファルト舗装の二車線の道路、つまりアメリカでは、田舎道とかわき道、といった意味だ。このような原題が『断絶』にかわるところに、この映画の不思議さが象徴されているみたいだ。不思議というよりも不可解、いや、さらにすすめて奇怪と形容してもさしつかえのない映画だからだ。

「はじめて、読むにあたいする映画ができた」と、この映画を評したアメリカの雑誌『エスクワイア』が、昨年、シナリオの全篇を掲載していた。まったくおなじシナリオがペーパーバックで一冊の本になり、それには、監督のモンテ・ヘルマンについての短文、ヘルマンとのインタヴュー、そして、『断絶』のプロダクション・ノートがつけ加えられているから、試写を二度見たうえでシナリオを読み、ヘルマンのインタヴューやプロダクション・ノートにも目をとおしたうえで、ぼくなりに考えをめぐらせたうえでの考えを、個人的な文脈で書いていこうと思うわけなのだ。

フィルムのほうが、シナリオにくらべて、ずっとわかりにくい。シナリオは、『エスクワイア』の評のとおり、読んでいてたいへんに面白く、なにかちょっと爽快なゲームに参加しているような感じが自分のなかに生まれてくる。

シナリオはフィルムよりもずっと説明的であり、したがってわかりやすく、ロサンゼルスからメンフィスまで自動車で走りぬけていくことのテンポがうまく伝ってきてこころよい。

この、シナリオに書きこまれている説明的な部分が、フィルムでは、ほとんど欠落している。意識して撮らなかったのか、撮りはしたけれどもエディティングで切り落とされたのか、よくわからない。三〇数人の撮影隊がキャンパーや車で実際にキャラヴァンを組んで西から南西部へむかって移動しつつ撮影していったという。出演者たちにシナリオをまえもって読ませることはせず、ロケーションの現場でそのつど見せ、あらかじめシナリオとして定着させてある演技ではなく、その場での自然発生的な演技をモンテ・ヘルマンは要求したというから、説明的な描写の部分は撮影されなかったのかもしれない。と同時に、ディレクティングの足らない部分を自分はエディティングでおぎない、きずきあげていくと、ヘルマンは言っている。このフィルムの編集には、六カ月かけたそうだ。六カ月という時間を、ヘルマンがどんなふうに編集についやしたのか、それは、わからない。だが、説明的な部分が、この編集の段階で、自分にはすべてよくわかってしまっているヘルマンによって切られてしまったのではないかという推測は、無理で一方的な推測ではない。

主要な登場人物四名と、その四名がかたちづくっている世界を説明するまえに、この映画にあらわれる自動車と、ストリート・レーシングやドラグ・レーシングに関して、書いておく必要があるだろう。

登場人物の誰にも、名前がない。ジェームズ・テーラーが扮している人物は、シナリオでは、「ドライバー」となっている。この「ドライバー」と、その相棒、ザ・ビーチボーイズのドラマー、デニス・ウイルスンが扮している「メカニック」のふたりが乗っている車は、一九五五年モデルのシヴォレーの2ドアを、改造したものだ。

ボディは、下塗り用のグレイのペイントを部分的に何回か重ねて塗ってある。エンジン・フードは、グラスファイバーでつくりなおし、フェンダーごとそっくり前へ倒れ、エンジン・ルームをひと息に丸出しにすることができる。車内にはロール・バーがあり、後部シートは取り払われていて、工具や部品、寝袋などを置いておくスペースになっている。一見、古びたポンコツふうなのだが、じつは余計なものをすべて削り落とした、ストリート用のドラグスターの、ひとつの典型だ。ワイパーも、普段は、とりはずされている。ドラグ・レースのときの空気抵抗をすこしでもへらしたいからだろう。雨が降りはじめてから、「メカニック」が外に出てワイパーをとりつけるシーンが、フィルムにある。

エンジンは、一九五五年当時のものではなく、一九六五年から出まわっているシヴォレーのビッグ・ブロック・セミ・ヘミ・エンジンで、ディスプレースメントは454キュービック・インチのものだ。ヘッドはアルミ合金のものをつかっていて、これはエンジンの重量を大きくさげることができる。

ボアやストロークは明確にされてはいないが、トランスミッションは4スピード。リンケージは、ハースト。ステアリング・ホイールはコヴィコだということがわかる。ダッシュボードには、スピードメーター、タコメーター、水温計、油圧計、アンペア・メーター、ラジオなどが見える。ガソリン・タンクは三〇ガロン以上はいる大型のものにとりかえられているということが、はじめのほうのガソリン・スタンドで紹介されている。正確には三八ガロンだ。

エンジンにもボディにも、また、ドライヴ・トレインやサスペンションにも、さまざまなカスタマイジングがなされている。ボディに一九五五年モデルという古いものが使用されているのが、こういうドラグスターの世界を知らない人たちには、不思議に思えるかもしれない。シヴォレーの一九五五年モデルは、アメリカのハイ・パフォーマンス・カーの愛好者たちのあいだでは、高く評価されている。一九五四年までのモデルにくらべると、一九五五年、五六年、五七年のモデルは、世界観をまったく異にした、できのよいすぐれた車だったのだ。

シヴォレーが一九一八年以来、V8エンジンをのせた車を売り出したのは一九五五年がはじめてであり、265キュービック・インチ排気量、一六二馬力、2バレル・カービュレーションのスタンダードでさえ、それまでに売り出されていたどのエンジンよりもホットであり、これによって、シヴォレーは、それまでずっとフォードがしめていたハイ・パフォーマンス・カーの王座をうばったのだった。この265キュービック・インチが、さらに、283、307、327、350、400、という具合に、大きくなっていったのだ。

ボディのスタイリングやエンジニアリングも、一九五五年のモデルのシヴォレーは、完全にあたらしかった。ウインドシールドの視界の広がりは新鮮で感動的だったし、フロント・サスペンションはキングピンではなくてボール・ジョイントだったし、オープン・ドライヴ・シャフトにリア・エンドはトルク・チューブ・ドライヴではなくホチキスだった。ステアリング・ギアは、ボール／レース。フロントのクロスメンバーは、それまでは重たいボルト・オンだったのだが、インテグラルにかわっていた。シャーシのウエイトはずっとさがり、同時に、強度は増したのだ。一九五五年のインディアナポリス五〇〇マイル・レースのペース・カーには、この一九五五年モデルのシヴォレーが用いられた。こんなふうに、じつは由緒のある車なので、ボディはこれを用い、その広いエンジン・ルームに排気量の大きなエンジンをつみ、重要関連部分をハイ・パフォーマンスを目的に自分の思いどおりに改造していくのは、ストリート・ロッドの愛好者たちにとっては、非常に楽しいことなのだ。シヴォレーのビッグ・ブロック・エンジンは、396、402、427、454いずれも重要な部分のディメンションやサイズはおなじだから、パーツのインタチェンジの範囲はすこぶる広い。だから、シヴォレーの、このてのエンジンは、いじりがいがあるのだ。この映画の撮影に、テクニカル・アドヴァイザーおよびメカニックとして参加したのは、ジェイ・ホイートレーという、若い有名なドラグ・レーシングのドライバーだった。

車のことは、書きはじめるときりがないから、このくらいにしておき、ストリート・レースとドラグ・レーシングについて、すこしふれておかなくてはいけない。

映画の冒頭で、ロサンゼルスのストリート・レーシングの現場の雰囲気が紹介されている。スピードや加速自慢の車が、多いときには二千台も三千台も、巨大な駐車場にあつまってくる。このなかから二台ずつが、適当に相手をみつけては、夜になって交通量の減った道路を勝手に遮断して、レースをおこなう。レースといっても、ぐるぐると走りまわって抜きつ抜かれつのレースではなく、正式なドラグ・レーシングとおなじ、クォーター・マイル・レースだ。二台の車がスタート・ラインにならび、ヨーイ、ドン！　で走りはじめ、エンジンの性能をフルにひっぱり出した巧みな加速により、四分の一マイルの距離を走りぬける。二台のうちどちらが先に四分の一マイルを走りきるかを競う、一種のタイム・トライアル。それがクォーター・マイル・レースで、ストリート・レーシングも、これとおなじ方式でおこなわれる。

夜になる以前に、今夜はどこでストリート・レーシングがおこなわれるかという情報は、いわゆるカーキチたちのたまり場みたいな場所をいくつか拠点にして、ながされていく。レースの場所をきめ、集合地をさだめてその情報をながすのは、この映画に出てくる、ロサンゼルス・ストリート・レーサーズ・アソシエーションみたいな、ごく私的な、しかも自動車に関してのアウトロー的な団体だ。競争相手をみつける人たちの仲介役をとりしきると同時に、賭け金からいくらかはねて、それを手間賃みたいな収益にしている。

もちろん、警察への届けも許可もなしにおこなうのだから、警察を相手にした遊びとしての局面も、持っている。ひとつの駐車場に千台も二千台もの自動車があつまってくればすぐに警察の目にとまるし、ストリート・ロッドの排気音で、ストリート・レースがおこなわれようとしていることは、すぐにわかる。ヘリコプターまで用意してとりしまりにあたる警察をしりめに、ストリート・レーサーズ・アソシエーションは、おかねを賭けて走りたがっている人に相手をみつけてやり、賭け金をあずかり、レースの場所をひそかに教える。競争をする二台の車は、駐車場の出口で落ちあい、おたがいに賭け金をきめる。

「あんた、競争したがっているそうだね」

「したいことはしたいのだが、相手がいなくてね」

「それは、こっちの言いたいことだ。そんなデトロイト仕様のゴミクズみたいな車じゃ、相手になんかなりはしない」

「ほんとうにそのとおりかどうか、多少のカネを賭けてやってみないと、わからないだろう」

「どのくらいのおかねだ」

「一〇〇ドルほどを考えていたのだが」

「二〇〇にしろよ」

というようなやりとりで、話はきめられていく。

レースをしたがっている人となら誰とでもおかねを賭けて走るというのではなく、この映画の「ドライバー」と「メカニック」のふたりは、特に巧みに、弱そうな相手ばかりをみつけている。映画のはじめおこなわれるロサンゼルスの夜のストリート・レースでは、一九六八年モデルのダッジ・チャージャーを相手にえらんでいる。レースをとりしきっている人から、

「六八年のダッジ・チャージャーだ。誰とでも競争する、と言ってるよ」

と、ふたりは聞かされる。このひと言で、デニス・ウイルスンが扮している「メカニック」には、自分たちに勝てそうな相手であるかどうかの判断が、とっさについてしまうのだ。

六八年のダッジ・チャージャーの性能なら熟知しているし、誰とでも競争するという思慮を欠いた態度からは、デ

トロイト仕様の車にほとんどなにも手を加えずにそのまま乗っている未熟さが推測できる。

だから、その六八年のダッジ・チャージャーと競争することにきめる。勝てば、二百ドル弱のもうけになる。レース用の四〇〇メートルのコースは、一般の道路をストリート・レーサーズ・アソシエーションが勝手に遮断してしまい、いくつかの要所に車をとめて、かためている。

「ドライバー」と「メカニック」の車は、二インチの差でダッジ・チャージャーに勝つのだが、レース地点をかぎつけてやってきたパトロール・カーから、すぐに逃げなくてはいけないことになる。

ドラグ・レーシング、特にこの映画の「ドライバー」と「メカニック」のふたりがやっているような、ストリート・レーシングにちかいレースでは、車の性能をクォーター・マイル用にぴったりあわせてひきあげるように改造することも重要なのだが、いかにして自分よりもあきらかに弱い相手をみつけ、その相手にどうやってうまくレースをふっかけるかということも、おなじように重要なことになっている。とにかくレースには勝たないことには、生活費さえないのだから。

夜のロサンゼルスのストリート・レースの次に、カリフォルニアのニードルスという小さな町のガソリン・スタンドでのシーンがある。ここで、ガソリン・スタンドの少年が、この車はどのくらい速いのか、と「ドライバー」に訊くと、ドライバーは、

「相手による」

と、こたえている。相手によるとは、どういうことなのかというと、おかねを賭けたレースでは、弱そうな、しかもうまくレースにのってきそうな相手をみつけるということと、おかねの賭かっていないただ単なる追いこしみたいなこととか、最終的には自分たちの車を追いぬいてしまうような、たとえばポルシェみたいな車とは張りあわない、というような態度のことなのだ。

「ドライバー」と「メカニック」の車に、ヒッチハイクの「女のこ」が加わってすぐに、路上で一台のポルシェにその車が追い抜かれるシーンがある。

ポルシェが追い抜いていくと、その「女のこ」は、なぜ追い抜きかえさないの、と「ドライバー」にけしかける。

「メカニック」は、彼女に対して、

「こんなときポルシェを負かしてみても、なんにもならないのだ。クォーター・マイルではポルシェにだって勝てるかもしれないが、もっとながく走れば、おそらくぼくたちはポルシェにまかれてしまうだろう」

と、こたえている。

ウォーレン・オーツが扮する「GTO」と、車そのものを賭けたレースを、ワシントンDCまでどちらがさきに着くかということでおこなうのだが、ワシントンDCの郵便局どめでおたがいにまえもって送ったはずのピンク・スリップ（自動車所有者証明書）のうち、一九五五年シヴォレーのほうの証明書は、ニセモノであると、途中で「メカニック」が「女のこ」にうちあけている。

だから、「メカニック」と「ドライバー」がおこなうレースは、インチキと言えばインチキなわけで、「GTO」を相手にしたレースも、「GTO」の乗っている車が、ディーラーのショー・ルームから出てきたばっかりみたいな、一九七〇年ポンティアックGTOそのままだからこそ成立しえている。

インチキ、という言葉は、適当ではないかもしれない。ようするに、「ドライバー」と「メカニック」の、自動車に関した生活は、自分たちよりも未熟な人たちのうえに成り立っている。

この映画を見ていて最初から感じられる、ものさびしい虚ろなものは、こういったことを土台にして生まれていて、さらに、アメリカ西部、南西部の荒涼たる風景が、それを補足しているように思える。


はじめに書いたとおり、ぼくはこの映画を試写で二度、見た。二度目のときには、不思議な映画だという印象は、当然、すこしは薄らいでいたけれども、どんなふうにでも解釈できるたいへんに抽象的な生活を描いたものだという見当づけだけは、そのままのこっていた。

ニューヨークで試写を見たという二六歳の若いアメリカ男性がぼくに語ってくれたところによると、この映画はアメリカではひどく不入りで、一般の映画館観客には、なんの映画なのかさっぱりわからなかったはずだ、ということだった。

アメリカの西部から南西部を東へむかって自動車で旅する実感がみごとにとらえてあり、ぼく個人の体験もほぼあのとおりなので、ロード・トラヴェリングの映画だと考えてもいいだろうか、とぼくが彼に訊くと、それでもいいだろうと彼はこたえていた。トラヴェリングがじつはこの映画のなかでは非常に抽象的で、この抽象性がひとつの足がかりみたいなものになっているような気がするのだがというぼくのひとつの解釈に対して、アメリカの「緑色の子供たち」のひとりとして評価されている彼は、そんなふうには考えてみたこともなかった、それははじめてだ、と言った。

一種のラブ・ストーリイだということは、誰にでもすぐにわかるだろう。「女のこ」は「ドライバー」を愛しようとし、「メカニック」は「女の子」と「ドライバー」を愛し、「GTO」は多少とも週末の冒険者的に、「女のこ」を愛する。だが、この愛の輪は「女のこ」が最後に輪からはずれることによって解体してしまい、それっきりになってしまう。

ラスト・シーンは、ドラグ・レーシングをやるために車のなかにひとりでいる「ドライバー」で終っている、車が走り出すと、画面はスローモーションふうになり、二度ほど静止し、「ドライバー」を背後からとらえ、彼の頭や肩のむこうに車のウィンドーシールド、そしてその外に、いまは使用されていない空港の滑走路が見え、画面は神経症的に溶けていって、終る。

「女のこ」が愛の輪から抜けていったのは、この「ドライバー」のせいだということが、このラストシーンでわかる。「ドライバー」は、監督のモンテ・ヘルマンがインタヴューのなかで言っているとおり、ひとりの人としての自分の存在そのものと格闘していて、その格闘にあまりに没頭しているあまり、自分の存在のために自分がもっとも欲しがっているもの、つまり愛を、すて去ってしまうのだ。

ひとりの人としての「ドライバー」の存在は、いろんな方向にむかった、それぞれにばらばらなもので構成されているのだが、それをみんなひとつの方向にむけなおし、単一なものに統合してしまおうというのが、「ドライバー」がおこなっている自分の存在との格闘であるらしい。単一なものにやはり統合してしまおうと、何度目かの決心をするとき、その自分の方向とは反対のほうにむかっている「女のこ」(愛)をすて、四分の一マイルの長さを持ったまっすぐなものを車のなかから凝視しなければならなくなる。自分の存在をひとつにまとめあげたうえでつかもうという不可能事にたちむかっているこの「ドライバー」は、したがってこの映画のなかで、もっともあわれをきわめた人物として描かれている。

自分の存在と格闘するというジレンマが、いつのまにか、自分にとってもっとも大切なものをも切りすてて自分だけの袋小路にさまよいこむという単なるゆうつうな閉鎖状況になってしまっている。この、閉鎖感という、「ドライバー」のリアリティを補足するものとして、ドラグ・レーシングがあり、広がりではなく閉鎖しか感じさせない南西部の風景などが、あるわけなのだ。このような、実りのない閉鎖された状況が、はじめにこの映画を見たときにうけた奇怪な印象につながっているようだ。

シナリオでは、フィルムよりもずっとわかりやすいラブ・ストーリイになっている。いちばんはじめにシナリオを書いたのは、ウイル・コリーというライターだったという。白人と黒人の青年ふたりが、ひとりの白人の女のこに追いかけられながら、アメリカ大陸を西から東へ自動車で走っていく話だった。

モンテ・ヘルマンは、この話に興味を持ったのだが、まだ熟しきっていないところがあるという理由で、ウイル・コリーのシナリオをもとに、ルドルフ・ウルリッツアーに書きなおしを依頼した。このウルリッツアーは、『ノグ』と『フラッツ』という、ともに奇妙な小説を書いた男で、『エスクワイア』に掲載されペーパーバックになったシナリオは、ウルリッツアーの手になったものだ。

「メカニック」とひとまず結ばれたうえで存在している「ドライバー」の世界に、「女のこ」がなんとか入りこみ、愛のようなものをつかもうとするのだが、果たせない。「ドライバー」のほうも、メンフィスのドラグ・レース場から「GTO」といっしょに消えた「女のこ」を追っていき、早朝の軽食堂で「女のこ」をつかまえる。しかし、そのど

たん場になっても、やはり、

「オハイオ州のコロンバスへいこうと思うんだ。部品を、ただみたいに安く売ってくれるという男が、コロンバスにいるのだ」

としか、「ドライバー」は言えない。

このひと言が、結局は崩れ去るしかなかった愛の輪を決定的にこわしてしまうことになり、「女のこ」は、その場にたまたまいあわせたモーターサイクルの若者と、どこかへいってしまう。それまでの彼女が、かなり後生大事にかかえまわっていたダッフェル・バッグは、モーターサイクルでは持っていけないので、あっさりとすてていってしまう。

「ドライバー」の世界に入りこみ、彼のなかにとりこんでもらおうとする「女のこ」の側からのこころみが、シナリオには、かなり何度も、しかもあまりかたちをかえずに、書きこまれている。「女のこ」が、はじめに体の関係を持つのは、フィルムでは「メカニック」のほうなのだが、シナリオでは、「ドライバー」だ。そして「ドライバー」の頭のなかに割りこもうとする自分のこころみが「ドライバー」によって拒絶されるたびに、あなたのような状態はへヴィでいやだ、と「女のこ」は、くりかえす。「女のこ」が「ドライバー」から拒絶されるときは、かならず「メカニック」が「ドライバー」に自動車のテクニカルなこまかなことに関して話をしている。

「メカニック」は、たいして意味を持たない存在なのだろう。というよりも、「ドライバー」が、閉鎖のなかに自分を追いこんでいる一種の精神的な存在として想定されているのに対して、「メカニック」は、肉体だけの存在として、「ドライバー」に対比されているような感じがある。「女のこ」が「メカニック」に対してさしたる興味を示さないのは、したがって、彼女が求めているらしいある種の充足感は、肉体的・物質的なものではけっしてないことが、間接的に、しかし、やさしくわかる。

いちばんはじめにこの映画をみたとき、もっとも不思議だったのは、「GTO」だ。

ポンティアックのGTOに乗って、ただやみくもに、たったひとりであてもなく飛ばしているという彼の肉体的な存在は、わかりやすい。週末の冒険者だろうと、うさばらしをしている失業中の男だろうと、解釈はなんだっていいのだ。着ているセーターの色が、シーンがかわるたびに、ちがっていたりする。

この「GTO」も、ドラグ・レースやファニー・カーや、南西部の荒涼とした風景とおなじように、「ドライバー」の閉鎖状況というリアリティを補足する存在なのだろう。

日常の現実的な生活感覚からは、はずれてしまっていて、自分がなになのだかわからなくなってしまっている人らしいのだが、「ドライバー」のように閉鎖されてはいず、閉鎖されてはいないという一点をもって、「ドライバー」とは完全に世界を異にしている。「ドライバー」を陰性とするならば、「GTO」は、ごく平易な次元での陽性だろう。

おなじ根なし草にしても、たとえば、ドラグ・レースというものが持つ意味が、「ドライバー」と「GTO」とでは、まるでちがっている。「ドライバー」にとっては、すでに書いたとおり、自分を袋小路へ追いこむものなのだが、「GTO」にとっては、彼がこの映画で乗せる最後のヒッチハイカー、ふたりの若い兵士に語ってみせる言葉で表現されているように、陽性で単純なものなのだ。

「古い自動車を一からつくりかえて、デトロイト製のこういったGTOを負かすのは、なんともいえない気分だよ。こういった満足感は、いつまでも消えずにのこるからな」

このときの「GTO」は、自分が乗っているGTOを一九五五年のシヴォレーの改造車で競争して勝ちとったことにして喋っている。

「GTO」がヒッチハイカーに対して自分のほうから語りかける話の内容は、そのたびにまるっきりちがっている。これも、ちょっと不思議な要素だ。「メカニック」に対して「GTO」が自分からおこなっている説明によると、「ヒッチハイカーがまた、たいへんなんだ。ひとりひとり、まるっきり出まかせのファンタジーを喋りやがって」ということになってしまっている。でたらめのファンタジーを次々に喋っているのは自分のほうなのに、ヒッチハイカーのほうが語るのだということにして、それをそのまま「GTO」は信じている。

シナリオを読むと、この「GTO」も、フィルムのなかの「GTO」よりも、ずっとわかりやすい人になっている。わりと簡単な充足感を追い求めながら、それがいつまでたっても得られない人だ。たとえば「メカニック」のように、ストリート・ロッドの製作や修理でもいいから、具体的なことをひとつひとつ自分の手でやるという生活感覚を手に入れさえすればいいのだが、それに気づいていず、デトロイト仕様のポンティアックGTOに部品のかわりにウィスキーをつみ、ただ突っ走ることしかできずにいる。

「ドライバー」と「メカニック」とを相手にしたワシントンDCまでの競争に勝ったら、車は二台とも売り払い、あらたにフォード・コブラを手に入れるのだ、というような「GTO」の台辞が、シナリオの終りちかくにある。

「いや、だがコブラは手に入らないだろう。なぜだかは自分にもわからないのだが、コブラは手に入らないだろう。サンダーバードなら、ひょっとして……とにかく、俺は自分がどこへいこうとしているのかすら、わからないのだよ。きみはまだ気がつかなかったかもしれないが、こうしてただ動いているだけが、俺にはやっとなのだ。明日のことは、考えてみただけで、いらいらしてくる」

早朝の道路をGTOで走りながら、助手席で眠っている「女のこ」に「GTO」は、こう喋るのだ。「GTO」の本音だと考えてさしつかえはないだろう。こういう人は、比軽的たやすく救えるのだが、「ドライバー」は救いがたい。

いまの自分には動きまわることしかできないという「GTO」には、動きまわることがネガティヴなかたちで価値を持っているが、「ドライバー」には、動きまわることのなかにはいっさいなんの意味もない。

たとえば、「GTO」は、自動車で走り抜ける数々の見知らぬ町に対して、

「知らない町には、あきあきしてきた。どの町もみな、見知らない町ばかりだ」

という感情を持ちはじめるのに対して、「ドライバー」は、

「できるだけ早く走り抜けるのが、いちばんだよ」

と、こたえている。

このようなふたりに対して、「女のこ」は、次のような評価をくだしている。フィルムのなかで実際にこんな台辞が喋られたかどうだか記憶していないのだが、シナリオには書きこんであるのだ。

「まっすぐな線（道路のこと）には、やすらぎとか平和みたいなものが、ないわね。右へいったり左へいったり、どこかへはぐれてしまったり、とまったりすることができないわ。これは、ヘヴィなトリップね」

そして、「ドライバー」が迷いこんでしまったこのヘヴィなトリップという、かなり抽象性をおびた世界は、この映画にとらえられているようなアメリカの風景のなかの道路を、あてもなく自動車で走ることによって生まれてくるものなのだと、ぼくは個人的な実感として、感じている。自分はなぜここにいるのかという、実存上の難問を生真面目に考えつめて出てこれなくなる一種のぜいたくな生活は、アメリカが自動車の国になって以来の特産物だ。

5　ターザンの芸術生活

どういうきっかけなのか自分にもよくわからない。時たまふと思い出したりしているのだと思うのだが、次第に寒くなってきたことにも、すこしは関係があるのかもしれない。

とにかく、ふと、思い出したわけなのだ。泳ぐ、ということ、あるいは、実際に自分が気ままに泳ぐ行為が持っている、エロチックで官能的で、楽しくて無責任な、一種の芸術的な世界を思い出したのだ。

泳ぐ、と簡単に二文字で書けてしまうが、この場合には、普遍的な水泳とか海水浴とかのイメージは、まるであてはまらない。ごく特殊な個人的な記憶のなかに存在している泳ぎだから、多少の説明を要する。

まず、プールでの泳ぎではないことはたしかで、なんとかサマーランドの温泉プールでも当然ないし、夏の神奈川や千葉県の海岸での泳ぎでもない。そして、まっ青な空でサンゴ礁と熱い太陽の、人影のないたとえばフィージー島の海岸での泳ぎでもない。

そうなのだ、やっぱりジャングルのなかにある大きな池あるいは湖、いや、どちらかといえば水がわずかによどんだような雰囲気をただよわせている、大きな沼のような池でなくてはならない。

どこのジャングルでもいいけれど、ひとまず、アフリカのとある奥地、ということにしておこう。いろんな種類やかたちの樹々がその池のまわりには生い茂り、昼なお暗いような部分がたしかにあり、水と陸との境界がいっこうにさだかではない、というような状態でなければならない。

しかし、たったった、と走ってきてひょいと身軽にダイヴすれば、どこからダイヴしても池の水のなかにざんぶとばかりに飛びこむことができ、水の温度は適当になまぬるく、澄みきっていてはならず、水草とか水こけとか、そのほか生命を持った微生物がわりあいにいて、なおそのうえ、ワニがいなくてはならない。

こんなすてきな池が、かつて、あったのだ。かつてあった、という事実を思い出したところから、この文章は、はじまっているといえる。

白黒スタンダードのスクリーンのなかに密林のさまざまな効果音をともなって、かつてこのような池が、ターザン映画のなかで官能的に息づいていた。(もちろん、この場合のターザン映画とは、ジョニー・ワイズミュラの、おしまいのころの二、三本をのぞいた何篇かのターザン映画をさしている。だから、以下に登場するターザンは、そのターザン映画のターザンであり、エドガー・ライス・バロウズの小説のターザンとは、まったく関係はない)

ターザン映画の主役は、じつはあの不思議な密林のなかの、幻の池ではなかっただろうかと、いま、ぼくは思いはじめている。なにしろ、あの池は、すばらしい池だった。いつでも、じっとターザンを待っていて、ターザンのほうは、ふと気がむけば、いつでも飛びこめるような服装でいたし、事実ターザンは、必要に応じて自由自在にあの池に飛びこんでいた。あるときなどは、うっそうたる密林のなかを、樹々の枝から垂れている、あれはロープなのかそれとも蔦のような植物なのか、とにかくそんなものを次々に曲芸のトラピーズのように利用しつつ飛ぶようにやってきて、最後の一本で池のほぼ中央あたりまで飛翔し、ロープがのびきったところで、一瞬、時間がとまったような瞬間があり、次の瞬間、やおらターザンはそのロープをはなれ、空中に舞い、そのまま池に落ちるのではなく、落ちながらもきれいに体を反転させ、ダイヴィングのフォームにととのえて池に対する礼をつくしたのち、水しぶきも官能的に、池と一体になったのだった。小学校のおそらく二年生ごろにぼくはジョニー・ワイズミュラのターザン映画を、集中的に観た。そのときすでに取りかえしのつかないシティ・ボーイではあったけれども、早熟でもなんでもない普通の少年だったぼくに、こんなシーンはたいそう官能的で生命的だった。それからも映画はたくさん観ているのだが、これをしのぐ息づまる官能のシーンを観たおぼえはない。

ターザンというひとりの人物の全的存在の中心に、あの池は、すえられていた。なんといっても、水がいつもにごったようになっているところがよかったのだ。

あのにごりは、水槽のなかでおこなわれる演技をその水槽の外から撮影するという便法のために、さまざまなトリックがばれるのを防止するため、わざとつくったにごりであったという。

ターザンがその水中で格闘するワニは、じつは本物ではなく、一定の周期で体をきりもみ回転させる電気じかけを腹のなかに持ったゴム製であり、そのしっぽからは電気のコードがのびているという結構なしろものだったのだ。

こんな情報を、ぼくは小学校二年生のときすでに誰からか教えられて持っていたから、スクリーンに映し出された幻と、現実の事実という、相反するふたつの世界が重層するなかで、あの池のたたずまいを観ていたことになる。

しかし、現実の事実のほうに水をさされるようなことはぜったいになかったから、やはり幻が官能に訴える力のほうがたしかに強かったわけだ。

あの池が、すべてだった。たいていの生命体は、池のようなところからはじまるような気がするが、ターザンはその池と常に共にあり、これがゆえに、どうしたって密林の王者でなければならず、実際に、そうだった。ターザンが住んでいた樹上の家は樹の枝からさがっているロープにつかまってひと蹴りして空中におどり出て、そのロープののびきったところが池のうえであるような位置にあったではないか。

あんなふうな池のなかで裸にちかい全身が水に濡れるということは、非常にエロチックなことなのだ。そのエロチックなことを、あのターザンは、生きることと同義のように毎日いつでも気がむけばおこない、それが彼の「仕事」であったのだから、ターザンは存在そのものからして芸術的であった。芸術とはやはりこのようなターザンみたいな毎日をいうのであり、完成された一個の芸術品は芸術とはちがうのだろう。

あくまでも池が中心であったから、銃を持ってやってくる白人など、ほんの気晴らしにしかすぎず、ボーイなどは、じつにあわれなそえものでしかなかった。

どうあわれかというと、はじめてスクリーンにボーイの姿を観たとき、あ、これはターザンとジェーンの子供ではない！　と見事に直感を的中させることができたからだ。『ニュー・アメリカン・レヴュー』の第十四号にケネス・バーナードが書いているように（『キング・コング　ひとつの黙想』という題名の文章）、ボーイは、とうのたったキャベツ畑から、チーターがひろって連れてきたみなしごにすぎないのだ。

ボーイがこうしてみなしごであるからには、ターザンとジェーンが自由気ままに樹上の家で性交はしても、子供はぜったいにつくらないのであり、つくらないこと自体にはたいして意味はないが、密林のなかにふたりきりでいるというエロチックな関係の密度は、いやがうえにもたかめられてきていた。

ジェーンについては、なにも語る必要はない。あからさまではなかったけれども、彼女に関してすべてはあまりにも明白に描かれていたから。

彼女は、ターザンの性交相手であり、池を共に泳ぐパートナーであり、それ以上でもそれ以下でもなく、ターザンの芸術活動に完全に溶けこんだ半身として、自己充足していた。

ジョニー・ワイズミュラとそのジェーンがともに池を泳いでいたり、樹上の家にいたりするのを観て、このふたりが性交する場面を頑として想像しなかったり、あるいは想像できなかったりする人が、いったいほんとうにいるのだろうか。

ふたりが、おそろしく自由に性交するという事実は、誰にでもひと目みればまったく自明であり、交わるところをわざわざ描く必要は、当然、ありはしない。

ジェーンは、ターザンと密林のなかで交わればそれでいいのであるから、したがってターザンの妻、というような役割りは、課せられてはいない。

妻であろうが姉であろうが、なにであってもかまわない。容姿や年齢からいって、ターザンの母親であるはずはなく、母親でさえなければ、ターザンの性交相手である以上にほかになんの役割りも肩書きも必要ではないのは、わかりきったことだ。

密林の池をめぐって毎日を生きるという芸術活動のなかに、その芸術活動にさらに厚みと緊張感をつけ加える性交が、ターザン映画ほど自然におりこまれていた世界を、ぼくはほかに知らない。

ターザンとジェーンが、正式な夫婦であっても、これはいっこうにかまわない。しかし、夫婦であることが、ふたりにとってなんの意味も持ちえないのだから、たとえ夫婦ではあっても、夫婦ではないのとおなじことだ。

密林の池のほとりで、ふたりがいかに完璧に自給自足しているかは、ターザンがジェーン以外の女性となんら関係を持たない事実に明瞭にあらわれている。

関係とは、たとえばジェーンの目を盗んでの密通とか、そのようなことに対するターザンの側からの興味の表明などの、わかりやすいかたちでの関係であってもさしつかえない。このような関係が皆無であるばかりか、たとえば、象牙を盗みにジャングルへやってきた悪徳白人の同伴者である、本来は善意の白人美女が、ジェーンに対して羨望の目をむけることとすら、ターザン映画のなかでは、おこなわれていない。

これはいったい、なにを意味するのだろうか。

いわゆる識者たちが好んでいうように、ターザンとジェーンは、はじめから性器を持たない一対のお人形であるから、性につながったいっさいのことがおおいかくされているかあるいは削り取られているのだ、という説のあかしなのだろうか。ケネス・バーナードも、そんなようなことを書いている。ターザンの腰布の下には、たしかにペニスはあるのだが、ターザン自身、そしてジェーンもまた、そのペニスの機能を知らない、などと書いている。

なにものをもってしても犯しがたい一対であるからこそ、ターザンとジェーンとのあいだに、三番目の男ないしは女が介在することは、完全に不可能なのだ。

もし、ジェーンに羨望のまなざしを向ける白人美女がいたならば、その美女は、またべつにターザンをさがさなくてはならず、さがしあてたなら、となりの密林の池のほとりに、ふたりだけで移り住まなくてはいけない。そして、移り住んでそこにできあがる関係は、ターザンとジェーンの関係であり、プロトタイプはひとつあればすべて説明できるのだから、ターザンとジェーンは、一対以上にはなにも必要ではないということになる。

ターザンとジェーンがあんなふうにエロチックでありうるのは、なぜだろうか。

このふたりには、密林のなかでの日々を生命力の自由な燃焼に用いていくということ以外に、なんの責任も義務もない。文明社会とはいちおう切りはなされたところでなんの不自由もなく健康体を維持していけるという設定なのだから、これはいまさら言うまでもないあたりまえのことだ。しかし、あたりまえだからこそ容易に見のがされている、ターザンとジェーンの、ひとつの重要な局面ではないだろうか。

ターザンもジェーンも、いっさいの「仕事」から自由であるのだ。このふたりは、生命の維持と「仕事」とをひきかえにしていないことをもって、人間のありようをもっとも純粋に提示してくれているプロトタイプとして永遠の生命を持ちうるはずだ。

ジェーンに「仕事」がないのはあたりまえで、ターザンにも、「仕事」はない。ジェーンを守るためにライオンやワニと格闘したりするが、これは「仕事」とは呼べないだろう。

自分の性交相手を守る行為が「仕事」と呼べるだろうか。呼べはしない。そのようなときのライオンとの取っくみあい、ワニとの水中での格闘は、生命力の燃焼というターザンに課せられた天職そのものであり、それだからこそ、ワニやライオンとの格闘が、エロチックに見えるのだ。ここのところを、ケネス・バーナードのような文化的な評論家は、「セクシュアリティの昇華」だなどと取りちがえている。

ターザンがライオンやワニと闘う場合には、二種類ある。ひとつは、ジェーンを救うためであり、もうひとつの場合は、文明社会からやってきた白人美女や悪徳探険家などを、ひとまず猛獣から救ってやるときだ。後者の場合は、ターザンにとっては、気晴らしかあるいは腹ごなしになるのだが、腹ごなしも彼の芸術生活にとっては重要な一部分だから、そんな場合でもワニとわたりあっているターザンは、にごった池の水のなかで、やはり圧倒的に美しい。

ターザンは、ジェーンおよび猛獣を相手に生きていると考えられているらしい。ターザンは、ジェーンや猛獣を相手に生きているのではなく、ジェーンや猛獣たちと渾然と一体になったうえで生きているのだ。

彼らの生命力(エロス、と表現してもいいだろう)は、密林の生命力であり、その密林はただうっそうたる密林であるだけでは表現力が不足であるから、その中心には生命のみなもとである、水をたたえたくぼ地、すなわちこの文章のはじめのほうで書いた池が、すべての代表としてちゃんとあるわけだ。

密林、池、ターザン、ジェーン、猛獣、ワニなどがみごとに一体となって日々を生きていて、そのままの状態で完全に自己充足しているありさまは、現実のものではなく、いつまでも幻として彼方に存在している点に価値が見出せる。

幻を追うわけでも、また、そのような自己充足的な密林の状態にあこがれるのでもなく、かつてターザン映画という幻があったという事実だけをぼくは書きたいのだ。

ごく自然な、あの密林の世界のなかで、いま考えてもやはりどうにも不自然で人工的に感じられてならないのは、ボーイの存在だ。

一九三九年に公開された、ジョニー・ワイズミュラ主演のターザン映画、『ターザン、息子をみつける』という作品のなかでジョニー・シェフィールドのボーイが、はじめて登場した。

ジェーンがターザンと性交することによりみごもって出来た子供ではなく、どこからかもらってきた養子のような設定がされていたと記憶している。

ターザンとジェーンの性交物語のなかに、なぜボーイが登場しなければならないのか、その根拠がついに見つけ出せなかった。ボーイなんか、まったく必要ではないのだ。必要でないものが出現したことにかなりぼくは失望させられ、『ターザン、ニューヨークへいく』で決定的にターザン映画と別れることになったのだが、それはいいとして、ボーイの存在には当惑させられた。

ターザンとジェーンとが、密林のなかで自由に性交すれば、その当然の結果として子供ができておかしくはない。だから、当然できるものができました、という意味をこめて、ターザンとジェーンの自由な性交の事後承諾の意味あいもこめて、ボーイを登場させたのだろうか。

だとしたら、なぜボーイは、もらい子などに設定されたのだろう。ターザンとジェーンの子供であることにはかわりがなくても、やはりジェーンの子宮から出てきた子供だという説明は、当時の風俗倫理のなかでは許されなかったので、一種の妥協案として、ボーイは、もらい子にされたのだろうか。このような屈折した不愉快な解釈をぼくはとらない。

ジョニー・ワイズミュラとモーリーン・オサリヴァンが主演したターザン映画の第二作目の作品は、『ターザンおよび彼のつがい』という、まことに簡潔にして要を得たタイトルだった。

これが公開されたのは、一九三四年四月のなかばだったという。ターザン愛好者たちのなかでも、この『ターザンおよび彼のつがい』は、数あるターザン映画のうちの最高傑作にあげられている。そして、公開された当時もたいへんに好評であったのだが、と同時に、全篇に敷かれていたエロチックなアンダートーンに対して、かなりの批判があったそうなのだ。

モーリーン・オサリヴァンのジャングル衣裳がもっとも彼女の肌や体の曲線を見せてくれているのは、この『ターザンとそのつがい』であって、MGMがソル・レッサーと協力して、わざとそのようにしたのだった。

まずこれに対して批判がよせられ、ターザンの腰布にも、文句がつけられ、ジョニー・ワイズミュラのターザン映画が回をかさねるたびに彼の腰布は肌をおおう面積が多くなり、最後には普通のショーツみたいになってしまったという。ほんとうにそんなふうになっていったのかどうか、ぼくは知らない。

ターザンとジェーンが樹の枝のうえに立っていて、まずターザンがジェーンの服をちょっとひっぱるようなしぐさをしてからさきに池のなかに飛びこむ。それを追ってジェーンもダイヴし、彼女が池の水面にあがってきたときには、乳房があらわになっている、というようなシーンも、この『ターザンとそのつがい』のなかにはあったのだが、これは見逃がされたらしい。ふたりのアクションがとても美しく、池やそのうえに枝をのばしている樹のたたずまいもすてきで、クライド・ドゥ・ヴィナとチャールズ・クラークのカメラワークがすぐれていたからでもあるのだろう。ピューリタンの三〇年代、と呼ばれていたアメリカの一九三〇年代では、ジェーンやターザンのジャングル衣裳までが、批判の対象になっていたのだ。

だが、『ターザンとそのつがい』という題名は、批判されなかった。ジェーンは、つがい、でよかったのだ。本来なら、ターザンの花嫁、ターザンの婚約者、あるいはターザンの妻、などとなるべきところなのだろうが、やはりつがいのままだった。そして、ジェーンがターザンのつがいであったことが、ボーイがふたりにとってもらい子であったということとつながっているような気がする。いや、つながっているのだ。

もしジェーンがターザンの「妻」であったなら、ボーイは彼女の腹から出て来た実の子でなければならない。しかし、「妻」ではなくて、自由なただのつがいであるのだから、ボーイなども正体の知れないもらい子であっていっこうにかまわず、また、もらい子でなければ困るわけだ。

ターザンとジェーンのふたりは、いっさいの「仕事」から自由であったとさきに書いた。そして、その「仕事」の、象徴的な中核が、当時でも、また、現代でも、育児であるのだろう。育児が楽しく創造的な作業になりうる可能性はあるのだろうけれど、あの密林の官能的な池が、ひとつの幻としていつまでも光りをはなちつづけるためには、ターザンとジェーンは、ふたりきりで密林の生命と一体になって自己充足していなければならず、実際にふたりはスクリーンのなかでそうしていた。

ほんとうはターザンとジェーンとの、ふたりきりの問題なのだ、ということをより明確にわからせるためにどこからかひっぱり出されてきた存在、それがボーイであるのだ。

「ミー・ターザン、ユー・ジェーン」は、動物たちに対してなにごとかを命令するときにターザンが用いるHUNGAWA！と共に、ターザン言語のなかでも特に有名なもののひとつだ。ほんとうは「ミー」も「ユー」もなく、「ターザン、ジェーン」とジェスチュア入りでつかっていたらしい。「ミー」や「ユー」が入っても、「ミー・ターザン、ユー・マイ・ワイフ」とは言っていないことに注目したい。いつまでも、ターザンとジェーンのふたりであり、ジェーンはターザンのつがい、つまり自由な性交相手であるからこそ、ふたりであの池を泳ぐシーンがあのように美しかったわけだし、あの池じたい、ジョニー・ワイズミュラのターザン映画の、真の主役になりえたのだ。

「ターザン、ジェーン」のせりふが、ターザンによってはじめて喋られたのは、ジョニー・ワイズミュラがはじめて主演したターザン映画『猿人ターザン』のなかでだった。トーキーでつくられ、しかもその一篇だけで完結するストリイになっていたターザン映画としてこれは最初のものでもあった。

エドガー・ライス・バロウズのオリジナル・ストーリイ『ターザン・オヴ・ジ・エイプス』とはほとんど関係のないアダプテーションをセシル・ヒュームがおこない、ダイアローグ・ライターのアイヴァー・ノルヴェロが、「ターザン、ジェーン」というせりふを考え、ターザンに喋らせたのだ。

どのような状況でターザンが「ターザン、ジェーン」と言ったかについて、書いておかなくてはならない。書いておこう。

イギリス人の貿易商がひとりいて、若いパートナーと共に、アフリカにある交易中継所みたいなところに来ている。そして、ある日、象の墓場への探険に出かけていく。象の墓場をみつけ出せば、象牙がたくさん手に入るからだ。このイギリス人貿易商には、美しい娘がひとりいて、これがジェーンなのだ。ジェーンもその探険に加わり、途中でターザンに会い、ターザンは「ターザン、ジェーン」とひとこと言い、ジェーンを抱きかかえて樹上にある自分のすみかへ、さらうようにして持っていってしまったのだった。もちろん、ジェーンは、抵抗など、しなかった。

ジョニー・ワイズミュラという名前のひびきからして、すくなくともぼくにとっては、ちょっと息がつまるみたいなスリリングな感じがあるのだ。

ターザン役者として唯一無二の人であったことにまちがいはなく、彼は第六代目のターザンにあたっていて、それ以前の五人も、それ以後の九人も、ジョニー・ワイズミュラには遠くおよばない。一九二〇年に『ターザンの息子』というサイレント映画があり、これに主演したハワイ人の俳優、カムエラ・サールがちょっとよかったのだが、撮影中の怪我がもとで死んでしまった。

エルモ・リンカンとかジェームズ・ピアース、バスター・クラッブ、ジーン・ポーラー、デンプシー・ティブラー、フランク・メリルなど、みんなスティル写真でみたかぎりでは、イメージの広がりのない、ちぢこまったつまらない、スクエアな雰囲気だけをただよわせている。

ジョニー・ワイズミュラだけは、がらっとちがっていて、その顔つきや体つきは、写真で見ただけでも、見たとたんに一種の爽快な解放感がある。実際のワイズミュラという人物は、そのときまかせの、陽気なしかしあまり頼りにならない人間らしいのだが、そんなことはどうでもいい。

泳ぎ方は、ただダイナミックなだけではなく、美しさがあるし、ちょっと静かな感じの、じつによく水になじんで自然に濡れた、形容しがたい独特な資質を持っていた。

十六本のターザン映画をプロデュースしたソル・レッサーは、ワイズミュラについてこんなふうに言っている。

「体つきもさることながら、あの顔がよかった。センシュアルで、アニマリスティックで、グッド・ルキングだった。なにかこう、密林とか、とにかく野外の雰囲気があの顔にはあり、ジョニーがもっともすぐれたターザンであったことには、疑問の余地はこれっぽっちもない」

ワイズミュラは、一九〇四年の六月二日に、ペンシルヴァニア州のウインドバーに生まれている、子供のころはシカゴにいて、やせこけた、あきらかに病気がちな感じを強くただよわせていたそうだ。

体を強くするために医者から水泳をすすめられ、YMCAのプールにかよい、結局は一九二四年のパリと一九二八年のアムステルダムのオリンピックで金メダルをとり、一九二九年に現役からしりぞいたときには百ヤードからハーフ・マイルまで、すべての自由形のレコードが、ワイズミュラの手中にあった。

メトロが最初にターザン役にえらんだのは、ロサンゼルスのオリンピックで金メダルをとった、スタンフォード大学のウエイト・リフティングの選手、ハーマン・ブリックスだった。撮影がはじまりかけたときにブリックスはほかの映画の撮影で怪我をし、かわってワイズミュラがえらばれたのだった。

撮影がおこなわれた「密林」は、北ハリウッドのトルューカ・レイク地区の、草や樹がしげるにまかせてあった場所だった。熱帯植物がトラックで何台もはこばれ、急いだわりにはたんねんにたくさん植えられ、ジャングルの気分がうまく出た。ハリウッドから檻に入れてつれてきた猛獣のうなり声が、近所に住んでいたわずかな人たちの苦情の的だったという。

ジェーンの、モーリーン・オサリヴァンは一九一一年アイルランド生まれで、一九二九年にハリウッドに来た新人だった。とてもいいキャスティングで、あのむずかしい役をよくこなしていた。

6　ポケット・ビリヤードはボウリングなんかよりずっと面白い

プール・テーブル（玉突き台）が置いてある部屋は、奥にあった。手前のほうの部屋には、ピンボール・マシーンやソフト・ドリンクのカウンターがあり、ジューク・ボックスが鳴っていて、そのときかかっていた曲は、ロレッタ・リンがうたう『酔って家へかえってこないでちょうだい』という歌だった。オクラホマ州のほぼまんなか、ショーニーのなんと言えばいいのだろう、街はずれとでも言えばいいのだろうか。街と呼ぶにはもうあまりにもなんにもない、荒涼たるアスファルト道路からすこしひっこんだところに、駐車場のスペースを前にしてぽつんと建物があり、「ソフト・ドリンク、ビア、プール」と、かならずしもピンクとも呼べない淡い赤のネオンで看板が出ていた。その店だ。ソフト・ドリンクはソフト・ドリンク、ビアはビール、そしてプールは、この店の場合はポケット・ビリヤードの玉突きだった。

ほんとうはそのビリヤードの部屋へいき、ひとくせもふたくせもありそうな人物たちがおこなっているビリヤードを見物したいのだが、いきなりその部屋へいくのは、やはりすこしためらわれた。

というのは、このような田舎町のプール・ホール(玉突き屋)の内部、特に夜の九時すぎの内部の雰囲気は、すでに完璧に出来あがってしまっていて、いかなるかたちにせよいきなり割りこんでいくすき間など、どこにもありはしないからだ。

来ているお客たちは常連ばかりだし、かなりの額の現金をかけたうえでのビリヤードが進行中であるはずだし、このような場所でつかわれる言葉をよく知らないし、とにかくじわじわとその場になじみこんでいくほかはなく、まずビン詰めのビールを買い、カウンターに坐って、ごく善良な怠け者の顔をして、なめるようにしてそのビールを飲みつつ、店内を観察していった。

ジューク・ボックスでかかっている歌が、ロレッタ・リンだということに気がついたのは、グラスに注いだビールを半分ほど飲んでからのことだった。

ビンをからにして、グラスを持ってカウンターをはなれ、ピンボール・マシーンのところまで歩いていき、こういうことにはもうたっぷり時間を注ぎこんでなれっこになってしまっている様子を装ってグラスをマシーンのガラスのうえに置き、きたないブルージーンズのポケットから硬貨をつまみ出し、ちょっとピンボールでもやってみようとしたら、その台はこわれていた。

となりの台に移ってまったくおなじ動作をくりかえし、こんどは故障していなかったので、しばらくピンボールで遊んだ。そして、ピンボールのマシーンでガチャン、ガチャンと音をたてているのはぼくだけだということにやがて気がつき、気がついたらすぐにぼくはピンボールをやめた。夜の時間にわざわざこんなところでピンボールをやる人はあまりいないはずだし、故障したままの台があったりするのはピンボール・マシーンがすくなくともこの店ではあまり使用されていない証拠なのかもしれない。

ちょうどビールがなくなったので、ゆっくりとカウンターにかえり、カウンターの男にもう一本注文し、それをゆっくり飲みながら、さてどうしたらいいだろうか、とぼくはぼくなりに考えた。

ジューク・ボックスが、沈黙してしまったままだ。おもむろにぼくはカウンターをはなれて、ジューク・ボックスまで歩いた。こんどは、ビールのグラスはカウンターに置いたままだ。

ポケットからまたコインを取り出しながら、ぼくは、そのジューク・ボックスの曲目を読んでいった。ひとわたりずっと読んでいくと、その曲目を知っただけでこの店の雰囲気とか常連の男たちの全体的な気質みたいなものがかなりわかってしまったような気がした。なにしろロレッタ・リンの『酔って家へかえってこないでちょうだい』などという歌が入っていたのだから、どこでいつながめても奇怪そのもののジューク・ボックスのたたずまいから、奥の部屋より聞えてくるビリヤード・ボールのぶつかる音にいたるまで、そのときのその店内の情況みたいなものは、みごとにできあがっていたと言える。

『ボーリン・ザ・ジャック』と表裏になって、『アップル・トリー』という曲名が読めた。『林檎の樹』だ。『ボーリン・ザ・ジャック』から察して、これは『林檎の樹の下で』というスタンダード・ナンバーにちがいないと見当をつけたうえで、ぼくはスロットにおかねを落し、キーを押した。はじめに『ボーリン・ザ・ジャック』がかかるまでぼくはジューク・ボックスの前にいて、かかってからゆっくりカウンターにひきかえした。

はたして、『アップル・トリー』は、『林檎の樹の下で』だった。かなりよく出来たデキシーランドふうな演奏を、ぼくは、こんなものをこんなところでおかねを払って聞こうとは思ってもみなかったなあと思いながら聞いていった。

このときのことをこうして思い出しながら、いまこんなふうに書くためにすこしは役立つのではないかと考えて、ぼくは自分で持っているレコードのなかから、『林檎の樹の下で』の演奏が収録してあるＬＰをさがし出してきた。

たしかイギリスのデキシーランドのグループの演奏があったはずだと、半日ちかくかけてさがしたが見つからない。ハンフリー・リトルトンでもないし、ミスタ・アッカー・ビルクでもなく、クリス・バーバーのLPにもなかった。モンティ・サンシャインにかならずあったはずだがと思ってさがしているうちに、トマス・ジェファスンのLPにいきあたり、これには『林檎の樹の下で』が、アップ・テンポとスローなのとふたとおりあり、この原稿を書きはじめるまえに聞いてみた。オクラホマ州ショーニーのプール・ホールの雰囲気を思い出すためには、しかし、あまり役に立たなかった。

カウンターでビールをほぼ飲み干すと、バーテンダーみたいなことをやっている男が、「奥の部屋へいってゲームを見たらどうだ」と、ぼくに言ってくれた。まるで夢みたいだ。というのは、潜在的なプールホール・バム（玉突き屋にたむろしているろくでなし）としてぼくが知っているほぼ唯一にちかい言葉が、つかえるからだ。

WHAT IS THE SIZE OF THE ACTION? というセリフを、幸いにして四音節ほどのあまりはっきりしない音のつらなりみたいに言えるので、そう言ってみた。本から活字をとおして知った言葉だったのだが、もののみごとに通用してしまい、そのバーテンダーは、もちろんよく承知しているのだけれども、そんなこと存じませんよ、という顔をして首を振り、奥の部屋のほうにあごをしゃくり、「なかへ入ってみたらいいじゃないか」と、ごく当然のことをこたえた。

ACTION とは、このような場合、ビリヤード・ゲームに賭けられている現金の額のことを意味する。プール・ホールでのポケット・ビリヤードに現金が賭けられているのは常識だが、とりあえず法律ではギャンブル厳禁となっている。

警察がプール・ホールを手入れすることは滅多になく、ギャンブルは黙認にちかいかたちで常に進行している。しかし、それでもやはり、ゲームが終って負けたほうが現金をプール・テーブルに投げ出すような光景は、まず見られない。ただ、真剣におかねを賭けておこなうゲームではなく、単なるひまつぶしで楽しむとき、まったく現金が往き来しないというのもさびしいので10セント硬貨をひとつ賭けたりするときには、負けたほうはテーブルに10セント玉をほうり投げる。ホノルルの下町で、地元の誇り高きぐうたらたちが、朝からこれをやっている。

職業的なハスラーが活躍していると思われるプール・ホールで、賭け金はどのくらいか、などと訊くのは、アマチュアのやることであるにちがいない。しかし、もう取り消すわけにもいかず、しまったなあと思いながら、ぼくは奥の部屋へ入っていった。

その部屋には、ポケット・ビリヤードの台が、十二台、あった。客は、男ばかり。この、男ばかり、という事実に関してぼくはしつこく書きたいと考えているのだ。おそらく来月号で書くだろう。

照明はなんとなく薄暗く、台ごとに、それぞれかなり低い位置におろしたシェードつきのランプで、さらに照明している。ゲームしている人たちの台のまわりには、職業的観覧者と言ってさしつかえないほどに本格的な雰囲気をただよわせてそのゲームを見ている男たちが、数人から十数人いる。ちょっと異様な光景だが、身の危険を感じるほどの狂暴性をはらんだ異様さではなく、男ばかりがポケット・ビリヤードというひとつのスキル・ゲームに神経を集中させていることからくる、かなり緊張した雰囲気なのだった。

部屋に入ってすぐに気がついたのはこの張りつめた空気であり、とことん張りつめたままであるかというとそうではなく、スキル・ゲームでありつつ同時に一種の無為でもありうるポケット・ビリヤードの気質からくる、しかも男たちだけの、息の抜ける瞬間が適当なタイミングでいく度もある、いい雰囲気だった。意外に静かで、口をきいている人はほとんどいず、玉のぶつかりあう音が、緊張の変化の刻々を伝えてくれていた。

そして、ある一台でいま自分の玉を突こうとした男が、深く台にかがみこんだときに見えた、ヘア・クリームでべったりとなでつけた、由緒正しいダック・テイルのヘア・スタイルにもぼくは気がついた。と言うよりも、それが目にとまった。

よくみがきあげた銅板のような色をした髪を、ヘア・クリームをつけてクシですいたと言うよりも、ヘア・クリームで頭ぜんたいが濡れるほどにたっぷりとクリームをつけ、頭に貼りつけるみたいにクシで形をととのえた、非常に個性の深い、独特のヘア・スタイルだった。

あっちの台、こっちの台と、ぼくは静かに観察した。ポケット・ビリヤードの変則的なルールにぼくは詳しくない。現金を賭けたゲームであるからには、勝負は比較的短時間できまって回転の早くなることが望ましく、事実、ナイン・ボール、エイト・ボール、ワン・ポケットなどのヴァリエーションが、どの台でもおこなわれているらしかった。ひとつの勝負をひとつの台ではじめから終りまで見守っていても、ルールはよくわからない。プレーヤーふたりは、ほとんど口をきかないし、見ている人たちも、おおむね無言だ。よくわかっているような顔をしてただじっと見ているほかはなく、どのプレーヤーが職業的なハスラーなのかも、うまく見当をつけることは出来なかった。

オクラホマのショーニーだけではなく、ほかでも数回はプール・ホールに入って観察した。しかし、あまり多くを学ぶことはできずじまいだった。ただ、プール・ホールが、かつてのアメリカでさかえていた、あくまでも〈ヘテロセクシュアル〉でありつつ、女性の立ち入ることの出来ない、男たちだけの場所という文化遺産であることだけは実感としてたしかめ得たし、ロサンゼルスのリトル・トウキョウちかくの、うらぶれたプール・ホールで、白人男に二五ドルもまきあげられるという経験をした。

この男は、やはり一種の食いつめ者なのだろう。ワーク・ブーツに洗いざらしのデニムの作業ズボン、白い半袖のシャツにまっ青なナイロンのウインド・ブレーカーを着ていて、薄くなりかけた砂色の髪をぺたっとなでつけていた。そして、早口で喋った。

昼すぎの、客のすくない時間にぼくがひとりで突いていると、どこからともなくいつのまにかやってきていて、「ひまつぶしを小銭かせぎにかえようじゃないか」などと、話しかけてくる。ぼくは、負けるにきまっている。ハンディキャップをつけてもらったって、結局は負ける。だから、ぼくは、それはいやだ、と言った。

おまえはなかなかうまいではないか、とその男は言う。すこしもうまくないのはこのぼくがよく知っているから、そんなことを言うだけですでに、この男が腹のなかで一計をめぐらせていることは、知れてしまう。

五ドルほど賭けようではないか、と男はなおもつづける。この話のつづけかたが、男どうしあくまでも友好的にちょっと腕を競ってみようではないか、といった調子でなかなか巧みであり、中間は省略するが、結局、三ドルの現金およぴ台をかえてあらたにおこなうその場所代を賭けるということで、ゲームをすることにきまった。

いざゲームがはじまってみると、その男のポケット・ビリヤードの腕は、ぼくと互角だった。じつはこれが巧妙に仕かけられた罠であったのだが、そのときはまったく気がつかなかった。

突きながら比較してみると、ほんとうにどっこいなのだ。すこぶるうまくいった場合でも、ぼくがつづけてボールをポケットに落とせるのは三回連続が限度であり、四回もつづいたら、それは大よろこびの奇跡にちかい。その男も、そんな程度の腕なのだ。

スキル・ゲームが互角で進行し、その進行に自分が参加している場合はちょっとした快感であるから、ぼくはうれしくなってしまう。男が使うプール・ホール用語についてぼくが問いただしたりすると、男は、意外にインテリジェントに説明してくれる。

最初のゲームは、ごく少差でぼくが負けた。少差ではあっても負けは負けだから、ぼくはその男に、一ドル紙幣を三枚、渡した。そして、負けがほんとうに少差であったがため、ぼくは、もっとやろうではないか、ともちかけた。「うん、やろう」と、ふたつ返事で言わなかったところが、非常に憎い。ちょっと表情をくもらせ、時間がどうのこうのとぶつぶつ言い、しかしまあいいや、つきあおう、というような顔をして、YEAH. OK. とその男は言ったのだ。

二回目はぼくが勝ち、その次はまた負け、もういちど負け、五回目は、ぼくが勝った。ここで、男は、賭け金を五ドルにあげることをもちかけ、そのもちかけぶりが巧みであり、しかもぼくは二度目の勝ちをおさめたばかりだったから、なにも考えずに承知してしまった。

それからは、その男が勝つほうが多くなり、はじめのころはミスしていたちょっとむずかしいコースをぴたりと決めたりしはじめ、ときにはぼくが勝つことがありはしたが、四時間ほどのあいだに二五ドル、ぼくは負けた。

一ドルを二六〇円で計算して二五ドルは六五〇〇円だと思う。それほどの額ではないけれど、二五ドルも負けるようでは、このさきもやはり負けるにきまっているから、そこでやめにした。

もうやめよう、おまえのほうが明らかに腕は上である、とぼくが言うと、男は、気の弱そうな微笑をうかべ、そんなことはない、ちょっと今日はついていただけだ、外へ出てビールでも、おごろうか、と言った。

おごってもらわずに、その男とはそこで別れた。二五ドルも負けたのに、たいへんいい気分だった。うまくひっかけられたことにまちがいはないのだが、ひっかけかたがあまりにも誠意に満ちていて巧みであり、しかも、ポケット・ビリヤードというスキル・ゲームを、楽しませてくれたのだ。ハスラーという人種に関していろんなことを知るのはきっと面白いにちがいない、とぼくは思った。

アメリカのプール・ホールやハスラーに関してのぼくの直接的な体験や知識は、このあたりでつきてしまう。映画『ハスラー』の原作になった小説と、ドン・カーペンターの『ハード・レイン・フォーリング』それに、ミネソタ・ファッツの物語である『ザ・バンク・ショット』がいまぼくの目の前にあり、この三冊はただながめているだけでまだ読んではいない。ネッド・ポルスキーの『ハスラー・ビート、その他』がいちばん面白そうで、そちらを読みはじめてしまったからだ。

自分自身、教養のあるプール・ホール・バムで、ポケット・ビリヤードが上手であり、定期的に楽しんでいるというネッド・ポルスキーは、アメリカのハスラーについてとてもうまくリサーチし、その結果をすっきりと書いている。だから、これからさきは、『ハスラー・ビート、その他』を読みながら書いていくことになる。

読んでいって確認できたのだが、ロサンゼルスでぼくから二五ドルまきあげた男は、まさしくハスラーだった。正式にプロフェッショナルなハスラーではなく、パート・タイムのうらぶれたハスラーだったのではないかと思う。人相や風体から察して、ぼくが勝手にそう思っているだけなのだけれど、しかし、ぼくのひっかかりかたが、じつに古典的なひっかかりかたであったから、ぼくから二五ドルとっていったことに関するかぎり、彼は見事なハスラーぶりだった。

ポケット・ビリヤードのようなスキル・ゲームでは、腕が上の人が必ずいつも勝ち、腕の劣っている人がまぐれや幸運によって勝つことは、ぜったいにない。それに、インチキは、事実上、不可能だから、ハスラーが客をひっかけるにあたっては、彼ら固有のさまざまな工夫が、とりこまれることになる。

7　カモに手加減する馬鹿はいない

プロフェッショナルなハスラーたちにとって、プール・ホール（玉突き屋）は、自分の仕事場でありアジトであり、ときによっては寝ぐらでさえありうる。ハスラーの多くが、いや、ほとんどが、ビリヤードでのハスリング以外にこれといって別種の生活を持たず、いたって無趣味・不調法で、しかもたいていの場合、独身の旅がらすであるという。このようなことを根拠に、『ハスラー・ビート、その他』の著者、ネッド・ポルスキーは、ハスラーは自己充足度のきわめて高い、自分ひとりで自給自足の生活を送っている人間である、と書いている。たしかに、プールホールの内部でポケット・ビリヤードとハスリングの腕だけで生計を立てているハスラーたちの生活は、形態的には完璧にちかい自給自足だと言えるのだが、そのような生活形態を支えるハスラーたちの実践的な哲学は、ひとつの決定的に矛盾した哲学であるという事実をみのがすわけにはいかないはずだ。

ハスラーは矛盾のさなかに常に身を置いていて、しかも、その矛盾の存在そのものを足場に、自分の生活のための費用をかせぎ出しているのだ。ポケット・ビリヤードのさまざまな哲学や技術の世界でハスラーはすさまじい腕を有していることをもちろんまず要求されていて、と同時に、彼らは、そのすさまじい技術をフルに発揮することを常に自ら厳しく抑制していなければならない。

最高度にちかい完成度を持った自分の技術が、ハスリングのたびに異なったふたつの方向に引き裂かれる。そして、その引き裂かれかたのバランスがうまく保たれたとき、そのときそこに、絶妙なハスリングが成立していく。

このような矛盾を常にかかえたハスラーたちの生活を具体的に知りたいとぼくが思った最初のきっかけは、先月号で書いたとおり、ロサンゼルスのリトル・トーキョウのちかくのプールホールで、うらぶれたハスラーにみごとに乗せられてしまった体験だった。

現場でひとつひとつ調べていけばそれにこしたことはないのだが、とても出来ない相談だから、ネッド・ポルスキーの本の、ハスラーについての章を読みながら、それにそくして書いていくほか、いまのところ手はない。そして、ポケット・ビリヤードのハスラーに関してアメリカで書かれた文章はたいへんにすくなく、男性雑誌の記事として書かれた少量の文章は、その多くが誤謬に満ちているという。ネッド・ポルスキーの本は、したがって幸いなことに、ポケット・ビリヤードのハスラーについて書かれた唯一無二の質の高い文章であるらしいのだ。

アメリカのプールホールでのポケット・ビリヤードの遊ばれかたに関するひとつの現実として、どのようなゲームにも必ずなにがしかの現金が賭けられている。プールホールでの賭けは違法であり、どこの店でも客の目につきやすいように大きく「ノー・ギャンブリング」と、注意書きが出ている。しかしこの注意書きは完全に無視された状態が正常なのであり、おかねを賭けないで玉を突いたり、あるいは、テーブル台、用具のレンタル料金などを賭けておこなわれるゲームは、あるまじきものの一種として異端視されている。プールホールといえば現金を賭けてゲームをし、また、見物人どうしがひとつのゲームにおかねを賭けて楽しむところなのだが、このプールホールが警察の手入れをうけるようなことは、事態がよほど悪質になったり、あるいは、なにか別な方向へ進展していかないかぎり、まずありえないという。

どのようなゲームが、その場にいあわせた人たちのもっとも大きな興味をひくかというと、高度な技術を持ったふたりのプレーヤーの、技術上の対決ではなく、アクション（賭けられている現金の額）が可能なかぎり大きいゲームなのだ。

プールホールのハスラーが、たとえばぼくのような人間をカモにする場合、ワン・ゲームのハスリングは二ドルから三ドルが平均的なところで、これが五ドルから十ドルまでになると、ハスラーにとっては、かなりいい仕事なのだ。

十五ドルをこえ、さらに二〇ドルをこえることはあまりなく、五〇ドルのゲームなど、めったにないという。もしあったとすれば、たいていの場合それはハスラーどうしの対決だ。ワン・ゲームが一〇〇〇ドルの、ハスラーどうしの果たし合いをネッド・ポルスキーは見たことがあり、やはりハスラーどうしの対決であったが連続六時間のセッションで勝ったほうのハスラーが八〇〇ドルかせいだのを目撃したことがあると書いている。プールホールで普通どのくらいのおかねが動くのか、これだけの数字でだいたいの見当はつく。

技術上の決闘ではなく、賭けられている現金の大小のほうが興味の対象であるからには、どのゲームもなるべく早くにけりがつき、おかねの回転が早くなることが望ましい。だから、ポケット・ビリヤードのスタンダードなゲームはその目的にそってデザインされなおされていて、五分から十分でワン・ゲームが終了するようないくつかのヴァリエーションが、おこなわれている。所要時間をみじかくするには、玉の数を半減させたり、クッションの使い方に制限をもうけたりするわけで、このことは、ひとつの幸せでしかも奇妙な結果をもたらす。十五個の玉をみんな使うスタンダードなルールによるゲームでは、玉の数の多さがすでに「偶然」のポケットを生む原因になっているけれども、玉の数がたとえば半減すれば、それだけでもう「偶然」はほぼ完全に切りすてられ、玉の動きを支配するのは技術のみであるということになっていく。

現金を賭けておこなわれるゲームには、ふたとおりしかない。ハスラーとカモとがおこなう場合と、ハスラー対ハスラーの場合との、ふたとおりだ。カモがハスラーにハスリングされているとき、常連のお客たちはゲームの進行をひと目みればそのことがわかるのだから、見物人どうしがそのゲームにおかねを賭けることはまずない。そして、このようなゲームはハスラーにとってはハスリングではなく、なるべくなら避けるように心がける。ハスラー対ハスラーのゲームのほうをむしろ彼らはとるのだが、一般に抱かれている印象とはちがって、このようなゲームもハスラーたちは好かず、これがハスリングだとも考えてはいない。だが、ほかに格好のハスリングが見あたらないときにはこのゲームを彼らはおこない、このときだけは真に技術上の果たし合いだから自分にとって挑戦的であり、賭けられる現金も、このゲームのときがいちばん額は大きい。

ダイスやカードでは、いわゆるインチキがいろんなかたちで有効に使える。しかし、ポケット・ビリヤードでインチキをおこなうことは、事実上、不可能だ。自分の一挙手一投足は、相手および何人かの見物人によって注意深く見守られているし、テーブル上の玉にはいかなる細工もしかけも出来ない。点数を一点か二点、故意にごまかすという手があるようなのだが、これは相手に気づかれたときのペナルティを考えると危険が大きすぎるし、一点や二点のごまかしは、結果的にみてなんら意味を持たない場合がほとんどだ。

ポケット・ビリヤードというゲームの構造には、しかし、ある種のインチキの入りこめる余地がただひとつだけある。実際にはたいへんな技術を持っていながら、その技術を決定的ないくつかの場面で故意に発揮しない、ということだ。

狙った玉が、定められたポケットに入るか入らないかは、ほんのわずかな差できまってくる。どんな初心者にでも落とせるような、特別に簡単な玉は別として、それ以外のほとんどの玉は、実際には落とせても故意に落とさずにしかもそのことを気づかれずにいるのが、高度の技術者には可能であり、ハスラーたちはここを最大限に利用する。

そして、その利用のしかたは、ハスラーのビリヤード技術が高ければ高いほど、そしてハスラーの相手が優秀な突き手であればあるほど、微妙に屈折してくる。狙うべきポケットを故意にはずすのは、あまりにも容易にすぎるし、力量のある相手なら、故意にはずしている事実を見抜いてしまう。だから、ハスラーの高度な技術は、はずしかたのさまざまな開発と実践にむけられる。キュー・ボールをまっすぐに突くべきところを、ほんのわずかに左右いずれかへはずしてしかもスピンを適当にきかせて突き、そのキュー・ボールのスピンがオブジェクト・ボールに伝えられ、その結果、ポケットにいったんとびこんだオブジェクト・ボールが、ポケットのかこいの内側を半円に走って出てきてしまう、というような手口も使う。トップ・スピンをきかせてオブジェクト・ボールをテーブルの外へとび出させることも、おこなう。微妙な加減でこのようなさまざまなテクニックが発揮されると、そのひとつひとつは、完璧な「偶然」に見える。

ハスラーがよって立つ唯一の足場であるこの特殊なインチキが有効に利用できるところに、ポケット・ビリヤードというゲームの個性がうかがえる。もしこのゲームが、「偶然」に頼る度合いの高いゲームであったなら、ハスラーによっておこなわれるこのような微妙なしかけは、まったく意味をなさないはずだ。考え抜かれたあげくに高度の技術でしかけられたインチキが、相手側の一方的な「偶然」によってかたっぱしから破壊されていくからだ。ポケット・ビリヤードのスタンダード・ゲームでも、じつは「偶然」が作用する率は非常に低く、技術がほとんどすべてを支配する。たとえばカード・ゲームで、次に自分の手にスペードのエースがこないものかと念じていて現実にその希望どおりになった場合、その「幸運」は自分の技術あるいは相手の不手際によってもたらされたものではなく、純粋にちかい「偶然」のなせる技だ。しかし、ポケット・ビリヤードでは、理にかなわない玉が「偶然」に落ちることはありえず、思いもかけぬ玉が落ちた場合、その玉をそのように落とすための理にかなったテクニックが永久不変のものとしていつも存在していて、自分ではその技術を発揮している自覚がないまま、玉はあくまでも理にかなって動いていき、ポケットに落ちたまでなのだ。主としてハンディキャップをつけるために、その人のビリヤード技術をかなりこまかな区分で等級づけすることが可能だという側面も、ここから出てくる。

ハスラーは自分の技術を本来的なかたちでフルに発揮することがまずない。ハスリングしているつもりだったのがじつは自分のほうがカモにされていることに気づいたときなど、技術の出しかたがスリリングにその位相を転換するのだろうけれど、このような劇的なことは皆無に等しいそうだ。

困難きわまりない玉を見事に落としてみせる快感をハスラーはほとんど常に抑制していなくてはならないし、勝つべきゲームはほんの少差で勝たねばならず、と同時に、カモにすべき相手にも、タイミングを巧妙にはかりつつ、時たまは勝たせてやらなくてはいけない。

自分のカモになってくれる相手をみつけ、賭ける現金の額を定めてゲームがはじまったなら、ひと思いにテクニックを発揮してアッというまに相手を負かせてしまえばそれでハスラーの勝ちだけれども、このような勝ち方はまったく賢明とは言えない。

ワン・ゲームごとの賭け金は、わずかなものなのだから、一回のゲームにいくらす早く勝ったところで、なんにもならない。延々と何時間もつづくゲームに持ちこんでこそ、小さなかせぎをいくつもつみかさねてかなりのまとまった現金を手にすることができるわけだから、このような局面での巧妙な詐欺的な技術が、ポケット・ビリヤードの技術とおなじく、あるいは時としてそれ以上に、重要になってくる。ゲームをながびかせれば、たとえば何回かつづけて負けた相手に、賭け金を倍にしていっきょに挽回してはどうか、というような提案もできる。そのときの事情によっていろいろにちがってくるだろうが、賭け金が倍になったときには、かならずハスラーのほうが少差で勝つ。相手をうまくカモにすると、一度に何時間もつきあってもらえるばかりか、それ以後、何日もカモになりつづけてもらうことができるという。

やがて、そのカモは、ハンディキャップをつけることを要求してくる。ハスラーは、自分が平均して勝っている金額のなかから何パーセントかを削り、それをハンディキャップとして相手にあたえる。それでもなお、ハスラーが勝ちすすんでいくのは、当然のことだ。ハンディキャップのことは、アメリカの現場の言葉では、スポットと呼ばれている。スポットのあたえ方がフェアだと、見物人が賭けに参加してくれることがある。それに、プールホールの常連見物人は、そのほとんどがかなりすぐれたプレーヤーでもあるわけで、ハスラーにとって彼らは潜在的なカモであるから、彼らに自分の技術のほんとうの姿を見せてしまうのは得策ではない。

自分に対するまわりの人たちからの評価を、ハスラーは、常にできるかぎり低いところにとどめておかなくてはならない。自分のほんとうの力量を知っている人たちの数を、できるだけ少数にとどめていなければならず、ほんとうのことが知られてしまうにしたがって、相手にあたえるハンディキャップは大きくなり、やがては、カモにすべき相手と互角でゲームをすることになってしまう。これではハスラーが自分自身に対してハスリングをおこなうのとおなじだから、これだけはぜったいに避けなければならない。

ポケット・ビリヤードの高等技術のほかに、ハスリングに関連したほかのさまざまな能力が、ハスラーにとって必要になってくる。自分の力量を、常に真実の姿以下に見せかけつづけるのも、こうした能力のうちのひとつだ。

さらに重要な能力のひとつは、自分がカモにすべき相手とのゲームの条件をとりきめるセールスマン的な能力だ。

どうです、ひとつやってみませんか、とカモにアプローチするとき、あなたは私よりもはるかに腕がうえだからとうていだめだとか、ハンディキャップをたくさんつけていただければやりますよ、などという標準的な反応を、セールス・トークでどうきり抜けていくかが、ハスラーとしての生活に直接にひびいてくる。

自分にとってたいそう不利な条件でしか相手がゲームに応じてくれないときには、ほかにゲームの成立するみこみがまったくなくても、きっぱりと断らなくてはいけない。なんらかのかたちでゲームがなければ、ハスラーは陸にあがったカッパ同然だし、自分にとって不利な条件でも、技術で克服できるのではないだろうかという誘惑は大きい。だが、すぐれたハスラーになればなるほど、このようなゲームは、あっさりと断ってしまう。

心理的に、また、肉体的に、想像を絶して強靱なスタミナが、ハスラーにとっては欠かせない。多額の現金が賭けられているゲームでも、常に冷静に自分の能力がフルに発揮できなければならない。見物人が大勢あつまって来て、彼らに自分の動作のひとつひとつをじっと見つめられていても、そちらに気をとられたりあがったりすることは、許されない。なにかに気をとられていてうまく突けない、という状態をときとしてハスラーは装うことがあるが、これは故意にそうしているのであって、自分の力量を実際以下に見せかけるためのお芝居なのだ。ゲーム進行があらかじめ自分で考えていたのとは大幅に狂い、自分のほうがひどく負けこんでも、それが原因で腕が鈍ったりするようなことがあってはいけないし、自分と互角の相手とも充分にわたりあえなくてはいけない。

肉体的なスタミナも、ハスラーの武器だ。職業的なハスラーになるような人物は、ほとんどの場合、ハイスクールのドロップ・アウトであり、ハイスクールの初年からすでに何千時間というプラクティスをつみかさねてきているのだから、ノン・ハスラーに比較すると体のつくりからして、すでに大きくちがってしまっている。ポケット・ビリヤードのために必要なあらゆる筋肉が完全な成長をとげているから、体を無理な姿勢で使うことがまずない。長時間にわたるゲームにも、だから楽に耐えることができ、セールスマンシップによってカモをうまく乗せてしまえば、ゲームに夜を徹するどころか、あくる日にまでおよぶ。そして、賭け金の額がもっとも多くなるのはこのような長時間のゲームの最後の二、三時間だから、このときハスラーは自分よりもはるかにくたびれてしまっているカモを、決定的にしとめることができる。

現金を賭けてプールホールでポケット・ビリヤードをおこなうのが好きな人たちの心理を巧みについた、小さな詐欺のテクニックは、これは豊富にそのストックを持っていなければならないらしい。カモを自分とのゲームにひっぱりこむための、詐欺的なテクニックだ。アルコールがまわっていて、身のこなしが多少ともあぶなっかしくなっている状態を完全な素面で演技してみせるのは、昔からひろくおこなわれている。自分の力量のほどがそのプールホールの常連たちに知れわたるところとなり、そこに居づらくなって旅に出るときには、兵隊の制服を買って持っていき、その制服をまとって見知らぬ町のプールホールへ出むいていく。下級兵士はなにごとにつけてもカモであるらしく、このいでたちで人をゲームに誘うと、かならずひっかかってくるそうだ。

結婚指輪をはめ、財布を持ち、賭け金はズボンの尻ポケットから取り出したその財布のなかから支払う、という簡単なカモフラージュもある。結婚していてしかも財布などを持ち歩くプロのハスラーなどいないから、自分をハスラーではなく見せかけるには、この手は有効だ。ネッド・ポルスキーが書いているところによると、ローワー・クラスのギャンブラー、それにギャンブリングに身をささげている人たちは、アメリカでも財布は持たず、ポケットのなかにばらで所持しているのだそうだ。

ハスラーがおこなうハスリングのためのゲームは、たとえば何台かプール・テーブル（玉突き台）がある店のなかの一台で相手のカモだけとのふたりひと組の小さなユニットでおこなわれるということはあまりなく、ほとんどの場合、その時その店のなかに居あわせた人たち全員が有機的にからみあいつつ、いくつかのゲームが進行していく。だから、その時の関係人物の動きをこまかく読んだうえで、さらにそのさきを読みあてなくてはいけない場合だって、ごく日常的にひんぱんにある。たとえば、次のような場合だ。

ハスラーがノン・ハスラーを相手にゲームをおこなっている。ワン・ゲームの賭け金は、三ドルだ。そして、ハスラーは、容赦なく高等なテクニックをふるい、相手をあっさりと負かしてしまう。ハスラーがやるべきではないことなのだが、あからさまにおこなってしまったのだ。当然、それには、わけがある。ハスラーをA、ノン・ハスラーを

Bとすると、いまひとりCという人物がからんでいて、じつはAとBとが三ドルの現金を賭けてゲームをはじめるまえに、CがBに、Aはプロのハスラーなのだよ、と耳うちしたのだ。この耳うちを、年季の入ったハスラーのAは、目つき鋭く見のがさなかった。プールホールのお客の男どおしがなにやら耳うちしていれば、その耳うちの内容はその場にいる人達には、おおよそ正しく見当をつけることができる。

相手がプロのハスラーであることを知っているBは、そのゲームの進行に関してAがどのような挙に出るかをさぐるため、ハスラーがおこなうのとおなじように故意に自分のテクニックをおさえた。

おさえている、という事実を、しかし、ハスラーのAは、ただちに見抜く。これは好機である。持てるあらゆるテクニックを全開する、というわけでは決しないけれど、とにかくAはBをこてんぱんに負かしてしまう。このときBは、早くもふたつの弱点を背負いこむ。ひとつは、自分がどの程度まで自分のテクニックをおさえたのか、プロとしての場数を踏んでいないBには、正確な見当がつかないということだ。これが、ふたつめの弱点につながっていく。ハンディキャップを要求すれば、自分はこのAに勝てる、と思いこんでしまうことだ。これは、多分に心理的なトリックにひっかかってのことだ。自分がテクニックをおさえたばっかりに負けてしまい、しかも、イチコロの負けぶりだった。ようし、こんどはハンディキャップをつけたうえで、といきおいこむのが、じつはカモの資質なのだ。

ハスラーのAは、もちろん、ハンディキャップに応じる。ただし、ワン・ゲームの賭け金は五ドルとか七ドルとかにあげさせ、シーソー・ゲームで適当にながびかせたうえで、最後は、大勝する。

8 仕事するよりずっとましだよ

プロフェッショナルなハスラーたちが仕事をしていけるようなプールホールでの、スペクテーターたちや常連のプレーヤーたちをも含めたひとつの「場」とは、いかなる性質をおびたものなのだろうか。たとえば、進行していくゲームをそばからながめ、そのうちのゲームのいくつかに自分たちスペクテーターどうしでおかねを賭けたりする人は、自分が常連となっている店では、おたがいに緊密なコミュニケーションを保っているのだろうか。あそこのあのゲームは、いっぽうがハスラーだからね、などとスペクテーターどうし、耳うちしあったりするものなのだろうか。ぼくがアメリカのいくつかの場所でプールホールをのぞいてきた、とぼしい経験だけから結論をくだすと、こたえは「ノー」なのだ。どこのプールホールも、しんとしていて、ぶつかりはねかえりあうボールの音しか聞えないと断言してもさしつかえなく、そのボールの音に対して遠慮がちに、男たちの低くおさえた声がときたま聞える。

ハスラーらしき人物、あるいは、楽しみながらなおかついくらかの現金を賭けてゲームをおこなっている人たちも、ほとんど口をきかない。ゲームは、手ぎわよく黙々と進行し、スペクテーターたちはおおむねひとつところに立ちつくして、ゲームをじっと見守っている。

無駄な口をきかない、というよりも、口をきかずにとおす、ということがプールホール内でのひとつの重要な不文律的なルールなのではないかと、ぼくは考える。おそらく、この考えは、まちがってはいないだろう。プールホールのなかにいる人たちどうしがほとんど口をきかないのが、プールホールのきわ立ったひとつの特徴であり、それがまた、ポケット・ビリヤードの衰退に深くかかわりあっているみたいだ。

相手がプロフェッショナルなハスラーであることを知らずにゲームをすることになった人に対して、その人と親しい男が、おい、相手はプロだぞ、などと教えたりすることは、まずありえない。

ゲームをする人どうしのあいだに、なんらかの事前の密約ないしは前提のようなものができあがっている唯一の場合は、プロフェッショナルなハスラーどうしがゲームする場合だ。

ハスラーどうしがおたがいに賭ける現金の額はそれほど多くはなくても、スペクテーターどうし、あるいは、スペクテーターがふたりのハスラーのうちのいずれかに賭ける現金の額は、たいていの場合、ほかのどのようなゲームをもしのいで、最高となる。

ゲームをおこなうふたりのハスラーにとっては、もうかるゲームなのだ。そして、スペクテーターがふたりのいずれかのハスラーに対して賭けるのだが、その賭けるスペクテーターの数が、いずれかのハスラーに大きく傾いている場合には、賭けを相手よりも多く自分のほうにあつめたほうのハスラーがそのゲームに勝ち、もうかった現金はあとでひそかに相手と二分する、という約束がある。

ネッド・ポルスキーは、自分で目撃したこのようなゲームの実例を、ひとつあげている。

Aというハスラーと、Bというハスラーとが、七〇ドルを賭けてゲームをおこなった。この場合の七〇ドルという金額は、ゲームがおこなわれたその場の雰囲気ぜんたいを感知したうえで出された、架空の数字であったはずだ。ハスラーどうしがプールホールでゲームをするとき、いくらの現金を賭けているかは、ほとんど意味を持たない。この場にはこのくらいの額がふさわしいだろうと、ハスラーどうしがはじき出した数字なのだから。ハスラーどうしがおたがいに現金を奪いあってみても、それは、ハスリングにはならない。単なるギャンブリングなのだ。現金は、ハスラー以外の人たちからまきあげるのが、鉄則だ。

ハスラーAがスペクテーターからうけた賭けの総額は、一〇〇ドルだった。ハスラーBは、総額三八〇ドルの賭けを、スペクテーターから受けた。だから、Aは、スペクテーターたちにはぜったいに気づかれないよう、高度のテクニックを駆使して、故意にBに負けた。おもてむきBに対して、ゲームの賭け金である七〇ドルを支払い、スペクテーターには、一〇〇ドルを支払った。

Bは、Aに勝たせてもらうことにより、スペクテーターから三八〇ドルの現金がとれた。あとで、ふたりだけのところで、Bは、Aに対して七〇ドルをまずかえし、Aがスペクテーターに対して支払った一〇〇ドルを三八〇ドルから差し引いた額の半分、つまり一四〇ドルを、支払った。AとBのふたりのハスラーは、スペクテーターおよびハスラーとしての自分たちのさまざまなテクニックをつかって、一四〇ドルの現金をかせいだのだ。

ハスラーどうしが現金を賭けてゲームをすることは、めったにない。だが、アクションがさっぱりないときには、スペクテーターたちを誘いこむ意味で、ハスラーどうしがおかねを賭けてゲームをおこなう。だが、スペクテーターをひっかけてやろうという意図が、そのふたりのハスラーにはじめからあるのではなく、スペクテーターがふたりのハスラーに現金を賭け、その総額の比がいずれか一方に大きく傾いていることがわかったその一瞬、ハスラーだけにしか通用しない、それもごくみじかい言葉、このゲームはニセのゲームになるのだということが、おたがいのあいだで了解される。

この了解は、ハスラーたちの用語では、ダンピング（DUMPING）と呼ばれている。動詞としても名詞としてもつかわれるし、動詞の場合はDUMPの目的語みたいなものは、「ゲーム」「相手」あるいは「スペクテーター」の三つのうちのいずれでもありうる、とネッド・ポルスキーは書いている。

このダンピングが、スペクテーターに対してあからさまにばれてしまうことはめったにない。しかし、うさんくささがなんとはなしにスペクテーターたちに伝わることはしばしばあり、そうなると、ダンピングは、危険でやっかいな方向へ発展していってしまう。

だから、ハスラーどうしのダンピングは、やらないですむならそれにこしたことはないのだが、しかし、スペクテーターがハスラーに現金を賭けるというスリルをプールホールのなかにのこしておくためには、ダンピングという一種の不正行為の存在が、スペクテーターたちに対してある程度は知られていることが大事でもある。このゲームはインチキかもしれないと思いつつも、そのインチキに賭け、同時に、おそらくは真剣勝負だろうという可能性にも賭ける。スペクテーターのかけに関して、そのような二重の構造が、時たまは存在することが、圧倒的に望ましい。

ダンピングのおこなわれる場面や総体的な頻度が、ハスラーたちによって、極力すくなくおさえられているのとおなじく、はじめからスペクテーターをひっかけるのが目的でハスラーどうしがことをはこぶのも、またごくまれなのだ。

たとえば、次のようなはこびようがある。XとYというふたりのハスラーが、あらかじめとりきめをつくったうえで、ワン・ゲームに二〇ドルの現金を賭けて、ゲームをおこなっていく。まずはじめの三ゲームほどを、Yのほうが故意に負けていく。Yは、腹を立ててみせる。Xは単に運がよくて自分に勝っているだけであり、こんどこそは必ず自分が勝ってみせる。その証拠に、賭け金を五〇ドルにあげようではないか、とYはXにもちかけ、Xはこれを承知する。はじめの三ゲームは、スペクテーターからの賭けは受けつけなかったのだが、賭け金が五〇ドルにあがった第四ゲームでは、Yだけが、スペクテーターから賭けをうけつける。そして、このような場合、アメーカのプールホールでは、Yに対してスペクテーターたちからの賭けが、たくさんあつまる。もちろん、その第四ゲームは、Yが勝つのだ。さきに書いたとおり、このようなつくられたゲームは、現実にはめったなことではありえない。そして、ダンピングの場合とおなじく、こんなふうにつくられたゲームは、参加したハスラーたちにとっての確実きわまりない収入として、かえってくる。

ここにひとりの非常に腕の立つハスラーがいて、そのハスラーは一文なし、あるいは、一文なしにちかい状態だとする。そのような状態で、現金を賭けたゲームをおこなうにはどこからかその現金を調達してこなければならない。どのようにして調達してくるのだろうか。

平均的なハスラーなら、賭け金をたてかえてくれるバッカー（BACKER）をさがしてきて、その人に出させる。

バッカーは、とりあえず賭け金をたてかえるだけで、ほかにはなにもしない。自分が賭け金でうしろだてするハスラーの相手えらびや、ゲームの条件に関しては、いっさい口を出さず、ハスラーにまかせる。バッカーにおかねを出させるにあたって、ハスラーは、そのゲームにおかねを出すことがいかに有利であるかを言葉たくみにバッカーに対して説得しなくてはならない。

バッカーは、ワン・ゲームにつきその賭け金の限度を定めるだけで、何ゲームまで賭けるとか、総額でいくらまで賭けるとか、そのような条件づけをしたうえでのバッキングは、いっさいおこなわない。だが、自分がバックしているハスラーが負けつづけたような場合には、バッカーは自分ひとりの意志でいつでも抜けることができる。ハスラーのほうには、このような自由はない。たとえば、自分が勝ちすすんでいるとき、途中からバッカーをはずし、それまでに自分がかせいだおかねをつかって自分ひとりで賭けるというようなことは、許されない。

バッカーは、ハスラーが勝ちとった現金の五〇パーセントを受け取る。もちろん、いちばんはじめの賭け金も、ファースト・ゲームで自分のハスラーが負けたときには、総額をかえしてもらえる。

五〇パーセントといえば、現実の金額としてはたいしたことはなくても、ハスラーのかせぎぜんたいに対する比率としては、居心地わるく大きい。

だから、自分としてはぜったいに勝てるゲームでありながら手もとに賭け金になりうる現金がないとき、いろんな意味で平均よりも群を抜いているハスラーなら、その賭け金に足るだけの現金を、どこからか借りてくる。「ぜったいに勝てるゲームに第三者を参加させ、五〇パーセントもすくわれるなんて、やるべきことではない。ただし、自分にとってほんとうにむずかしいゲームだったら、負ける可能性だってあるわけなのだから、負けた場合の保険として、自分はおかねを持っていても、バッカーに賭け金を出させるようにするべきだ」

ネッド・ポルスキーは、ある優秀なハスラーの、こんな言葉を引用している。

ハスラーから、賭け金を出してもらえないだろうか、と持ちかけられたバッカーは、したがって、このハスラーはこれから非常にむずかしいゲームをおこなうのだな、ということをまず第一に考えなくてはならない。

そして、そう考えると、そのハスラーに対して抱く興味の次元が変化してくる。ハスラーを働かせてなにがしかの現金をかせぐ興味から離れて、むずかしいゲームをこのハスラーがどうきり抜けるか、そのプロセスをこまかく具体的に観察する興味へと、次元をうつすことができる。

バッカーは、常に読みを深くしている必要がある。たとえば、ふたりのハスラーが事前に計画を立てたうえで、ひとりのバッカーからおかねをしぼり取ることをたくらみ、実行に移す場合がある。バッカーのついたほうのハスラーが、故意に負けつづけ、バッカーから賭け金として出させた現金を、あとで二分するのだ。

もっと手のこんだ場合もありうる。たとえば、プロフェッショナルなハスラーが、バッカーに賭け金をあおいだうえで、ハスラーではない人とゲームをおこない、やはり故意に負けつづけたり、あるいは、勝ちよりも負けをずっと多くしたりすることもある。相手に負けつづけることによって、バッカーの手持ちの現金をひとまず相手のほうに移しておき、バッカーが手をひいてから、その現金を相手からたくみにうばいかえす。自分がバック・アップしているハスラーが負けこんでいるときには、なんらかのかたちで自分はそのハスラーからカモにされているのだと、バッカーは思ったほうがいい。

自分の賭け金を出してくれるバッカーをも、このようにソフィスティケートされた手段でハスラーたちは自由に弄んでいく。その当然の結果として、ハスラーは、自分がハスリングするプールホールで各種の常連たちからどのように評価されているかに関して、絶えずこまかな注意を払っていなければならない。

そして、その他人の側からの評価は、マイナスの評価ではないかぎり、正しくないまちがった評価であればあるほど、仕事はやりやすくなる。ハスリングは一種の詐欺行為だから、自分に対する他人の評価を意のままに探ることによってその詐欺は成立する。

普通の詐欺師たちは、自分が詐欺をおこなう状況を自分で都合のよいようにつくり出すか、あるいは、好都合な状況をさがしてみつけ、そのなかで詐欺をおこなっていく。

だが、ハスラーの場合は、状況までを自分の意のままにできることは、まずありえない。一軒のプールホールというせまい状況のなかで、各種の常連を相手にしながら、ゲームそのものとしてはインチキやごまかしをおこなえる機会が皆無の、制限の多いポケット・ビリヤードをとおして、詐欺をおこなう。

その詐欺行為に対するハスラーからの参加のしようは、非常にパーソナルなかたちでおこなわれる。誰かをカモにして現金をかせいでいくうえで自分にとって有利でありながらなおかつあくまでもあやまった正しくない評価を自分で自分に塗りこめていくハスラーの日常的な作業を、ネッド・ポルスキーは、舞台の役者にたとえている。

ハスラーがハスリングしている状況、そしてそのときのハスラーの状態は、社会的にみて非常に特殊であることがわかる。特殊と言うよりも、いまではプールホールのなかだけにほんのわずかに残っているにすぎない状況だと言ったほうが当たっているだろう。

プールホールにくらべると、ゴルフ・コースでのハスリングは、ゴルフというゲームそのものが時代的であるがゆえに、ポケット・ビリヤードにくらべてはるかに簡単であるという。ハスリングにとって理想的な状況が、いまのゴルフ・コースでのゴルフのあそばれかたのなかに、はじめから織りこまれているのだ。

プールホールのプロフェッショナルなハスラーが、いまの時代あるいは大勢に対して、アウトサイダーであることは、まちがいない。ハスラーに対するぼくの興味も、彼らがアウトサイダーである事実にあるのだし、また、アウトサイダーであるそのありかたの特殊さが、興味を刺激する。

ハスラーの世界は、プールホールを出たところにある一般の世界とは、ほとんど接していない。ハスラーたち自身、一般の世界とは、たとえば雑貨店で歯みがきを買う程度の接触しか、おこなっていない。

一般の人たちからは、ハスラーはけっして高い評価はされていず、自分たちよりも世界が一段下の、マイナーな人間たちだと思われている。このような評価に対して、プールホール・ハスリングというサブ・カルチャの主役であるハスラーが、強力なカウンター・イデオロギーをもって一般の社会に対抗するという姿勢は、しかし、見あたらない。一般の社会と接することがごくすくないために、一般の社会に対してそこまで自己を主張する必要がまったくないからだ。ハスラーの生活は、プールホールのなかで自己完結していて、その外へ出てくるのは、ハスラーにとってはほんの短時間の軽い気晴らしにしかすぎない。

五人のハスラーのうち四人までは独身者であると、ネッド・ポルスキーは書いている。独身のハスラーは、家具つきの小さな部屋かホテルの部屋に住んでいて、いわゆる家庭生活のようなものは、いっさいつくらない。この基本的なかたちをつくって維持するだけでも、ある種のスタミナが決定的に要求される。

起きて体を動かしている時間のほとんどを、ハスラーはプールホールのなかですごす。そして、典型的なハスラーは、プールホールのなかでのこと以外に関しては、あまり大きな興味を持たない。新聞の競馬ページ、テレビのスポーツ番組に対して散発的な興味を持ち、あまり出歩いたり苦労したりせずに手に入る女性といきずりの関係を持ち、一年に何回か競馬場へ出かけていく。そして、たまにポーカーをする。ハスリングをはなれたところでのハスラーの生活は、ネッド・ポルスキーが書くところによれば、せいぜいこんなところなのだ。

プロフェッショナルなハスラーが、ハスリング以外の職業に一時的につく場合は、それは文字どおり一時的でしかありえず、その必要がなくなれば、ただちにハスリングのほうにかえってくる。そして、これは重要なことだと思うのだが、プールホールで仕事をしているときにハスラーである自分を批難したり排斥したり、あるいは、見下したりする人と接触することは、まずない。プールホールのほとんどはアクション・ルーム(現金を賭けたゲームがいつもおこなわれている店)であり、そうであるからには、プロフェッショナルなハスラーの存在は、ごく当然のことだ。そのような店の常連がハスラーたちに対してとる態度は、この人がじつはハスラーであるとは知らずにいる無知な状態から、無関心、許容、同情、そして、尊敬へと、ひろがっていく。ハスラーは、尊敬されることすら、あるのだ。ハスラーに対して強い批判の態度をとっているポケット・ビリヤード愛好者は、ハスラーが常連としていつもたむろしている種類のアクション・ルームには出かけてこない。ほかの種類のプールルームで、彼らはゲームを楽しむ。

ハスラーは、マゾヒスティックに孤立しているわけでもなく、一般の社会に対して必要以上に攻撃的になっているわけでもなく、ほぼ完全に切り離されたアウトサイドの世界で、自己充足してひとりでいる。そして、比較的にせまい世界で、自己の持てる能力を多様につかい分けては、かせいでいく。あきらかにいまの時代とは大きくへだたっているけれども、面白い世界がそこにはある。

面白いことはたしかだが、楽な世界ではない。時代の大勢と大きくへだたっている事実は、それだけで、経済上の困難さを暗示してくれる。事実、プロフェッショナルなハスラーが、ハスリングだけで自分ひとりの生活を立てていくのは無理なのだ。だから、どうしてもアルバイトをしなければいけなくなる。ハスリングから足を洗って、いわゆる正業についたハスラーの例はとてもすくなく、皆無にちかいという。ハスラーが正業のことを口にするのは、キューポールが狙った玉に当たらなかったときに、GET A JOB！（まともな仕事をみつけろよ）という一種の悪態的な感嘆詞が、とっさに口をついて出てくるときだけなのだ。

アルバイトは、プールホールを根城にしておこなえるものが多い。法律に触れる行為が多くなるのは当然だし、女に客をとらせてそのあがりで食いつなぐということもある。プールホールを離れたところでのアルバイトは、時間的な制限がなくかなり自由にプールホールに舞いもどれる、タクシー運転手、窓ふき、セールスマンなどの職種が多い。各種の自動販売機をいくつも持ち、そのかせぎでハスラーとしての生活をつづける人もいるし、土地や石油への投資がうまくいく人も、たまにはいる。

そして、いつまでたっても、プールホールでのハスリングからは抜けていかず、ハスリングが自分の天職だと考えているハスラーが多い。なぜかというと、なににもまさってハスリングは面白いからだ。

経済的に苦しくても、ほかでおぎないつつハスラーでありつづける生活は、BEATS WORKING（仕事するよりずっとましだよ）と言い切り得るほどに楽しいことなのだ。自分という個人の才能とハードワークのみがフルに生かされ、ほかのことはいっさいハスリングには関係してこないという、どちらかといえば明らかに下層なアメリカ白人社会のなかの、夢のような一匹狼の世界が、衰退にむかいつつもまだたしかにそこにはある。

9　とおりすぎるはずだった小さな町

＊

それは、さほど大きな町ではなかった。正しく発音できそうにないインディアン言葉で名がつけられている。にごった河が西にあり、その河の橋をこえてハイウェイがその町へ入ってきて、町の中心部分となっているにぎやかなところを四ブロックから五ブロックにわたってそのハイウェイはまっすぐにぬけている。道路の幅は広く、歩道にむかってななめに車をとめるアングル・パーキングがおこなわれていて、信号は四つ、つづいている。そのとき私は、その四つの信号のうちの最後の信号でとめられていて走り出したばかりだった。右の車線にいて、時速で二〇マイルも出ていただろうか。アングル・パーキングしていた車のなかから、この町の地元の人の、よくいたんだパネル・トラックが、うしろをたしかめることもせずにいきなり、バックで道路へとび出してきたのだ。

＊

私は、こんなふうな書き出しの小説が大好きだ。チャールズ・ウィリアムズの、一九五八年にペーパーバック（デル・ブックス）で本になった一種のサスペンス小説『町の噂』の書き出しが、こうなのだ。

なぜこんなのが好きなのか、その理由は、比較的たやすく説明することができる。この『町の噂』の設定では、このさほど大きくはない町は、フロリダ州北部のどこか、ということになっている。フロリダ北部にかぎらず、たとえばアメリカを西から東へ横断したとするとその途中でとおりすぎる二二〇から二三〇ほどの町のうち、およそ半分が、だいたいこのような感じの町なのだ。

小さな町をまっすぐに突きぬけているハイウェイのスピード制限を守りながら走っていくと、いわゆるメイン・ストリートのようなところに出て、チャールズ・ウィリアムズが書いているように信号をいくつかとおりすぎるともう町はずれに出てしまっている。

こんなふうに、ひとつの小さな町をただとおりすぎてしまうことを、パッシング・スルーと言う。この、パッシング・スルーの実感が、『町の噂』の冒頭の一節には、みごとにとらえられている。時速にして三五マイルから四〇マイルほどの速度でこの主人公は走っているのにちがいない。河をこえ、道幅の広くなった町の中心部に入り、車がアングル・パーキングしてあるのを両側に見ながら、信号を四つ、とおりすぎていく。その町をただとおりすぎるだけのときには、四つとも赤信号でとめられてしまうことが多い。

車のウィンドシールドや両側のドアの窓ごしにながめることのできる、小さな匿名の町のたたずまいの、ごく重要ないくつかの数すくないポイントを、チャールズ・ウィリアムズは、はずさずにおさえている。河をこえてから、赤信号でとめられていた最後の信号のところまで、自動車で現実に小さな町を走りぬけるときのテンポやスピードのようなもの、あるいは、車の内部からながめる光景の変化などが、実際に自分でステアリングを握って走っているのとおなじに感じられるほどの的確さで、書きとめられている。

リアリズムといえばたしかにリアリズムなのだが、そのリアリズムは、走りすぎていく自動車のなかからとらえた、あるひとつの小さな町の描写にかかわるリアリズムではないという最重要な一点に、私の興味は確実にひっかけられている。

現実にいくらでも体験できる、非常に日常的な匿名の小さな町の、その日常性そのものを、ある種の方向から的確に描写していくことにより、その小さな町の、ほんとうに見なれてしまった日常性がほぼ描写されつくされると同時に、もうひとつ、完全にことなった次元の世界が、そこには描き出されてくる。

どのような世界だろうか。日常性と完全に対立する非日常性ともいうべき世界であり、いつもは圧倒的な日常性のなかにたたみこまれていてそれは見えはしないのだが、あるとき、いきなり、日常性そのもののなかからおどり出して来て、目のまえに立ちはだかる。

北フロリダの、この小さな町の地元の人によってさんざんにつかいこまれてあちこちいたみの出たパネル・トラックが、アングル・パーキングしていた場所から、うしろをたしかめることもせず、とび出してくる。小さな町のリアルな描写のうえに、チャールズ・ウィリアムズは、うしろをたしかめずにとび出してくるパネル・トラックという、うんざりするほどの具体性を持ったもうひとつの日常をかさねあわせることのなかに、日常のかたまりのなかから非日常の閃光をひっぱり出すためのまず最初の手がかりを、チャールズ・ウィリアムズは、つくっている。

アングル・パーキングしていた自動車が、うしろをたしかめずに走行車線へいきなりバックで出てくることは、都会地でもひんぱんにある。そして、田舎町では、ひんぱんであることをすでにこえてしまって、ひとつの日常茶飯事となっている。普通の乗用車ではなく、さんざんにいたんだパネル・トラックがとび出して来た、とチャールズ・ウィリアムズは書いていて、これはたいへん正しい。

概論的な書きかたをするなら、パネル・トラックで町に出てくる人は、農業か土木建設業か、あるいはなにかのごく小規模な工場みたいなものをやっている人か、とにかくそのような日常生活を持った人であり、たとえばそれが農業であったなら、パネル・トラックの運転は十歳をこえたころから見よう見真似でおぼえてしまう。広い農場のなかで自己流でおぼえ、それがそのまま身についていく。バックで発進するときには、その都度、ていねいにうしろの安全をたしかめてから発進するというような都会的なマナーは、まず、おぼえない。自分のうしろをさまたげる人も物も、広い農場にはないのが常だから、なんの遠慮もなくいきなり発進してくる。すこしていねいな自動車のドライヴィング教本には、カントリー・ドライヴィング（田舎の人たちの運転のしかた）に気をつけましょう、という章がひとつもうけてあることが多く、アングル・パーキングからのうしろをたしかめない急発進や、カントリー・ロードでのいきなりのUターンなどに特に気をつけるよう、都会の人たちに注意をうながしている。

なんの関係も持たず、ただとおりすぎるだけのはずであった北フロリダの小さな町を走りぬけようとしていた自分の自動車の前へ、パネル・トラックが一台、バックでとび出てくる。北フロリダの、自分にとってはただとおりすぎるだけにしかすぎなかった小さな日常の内部から、なにか大きな非日常があらわれてくるまず最初の徴候なのだ。

*

私の左側にはもう一台べつの車がならんで走っていたので、とび出してきたパネル・トラックにぶつかる寸前、ブレーキを踏みつけるのがそのときの私にできた精いっぱいだった。パネル・トラックに私の車がぶち当り、金属どうしの衝突する音がして、それにつづいてグリル・ワークやこなごなになったヘッドライトのガラスが道路に落ちる音がした。陽に照らしつけられた歩道の上手《かみて》でも下手《しもて》でも、人々がこちらに顔をむけていた。

*

『町の噂』の冒頭の第二節は、以上のように書かれている。第一節とおなじように、具体的な状況や情景のつみかさねかたによって生まれてくる素晴らしいテンポは、日本語ではなかなか再現することはできない。

冒頭の重要な第一節で、北フロリダの小さな町という日常、そして、その小さな町をただとおりすぎていくだけの自分というもうひとつの日常が描きつくされているから、第一節の後半からこの第二節のおわりまでのみじかい文章が、たいへんな効果をあげている事実に気づくべきだ。

バックで走行車線にとび出してきたパネル・トラックに乗用車が追突するという小事件もまた、その北フロリダの小さな町にとってはかなり日常的であるはずなのだが、そこをとおりすぎるはずであった主人公「私」にとっては、すさまじい非日常のはじまりとなる。ヘッドライトのガラスがくだけて道路に降り注ぐように落ちていくその音が、なにかたいへんな異常事態の音として耳に聞こえてくるような錯覚を、この第二節を読んだ瞬間、おぼえる。強い陽ざしをその小さな町は浴びていて、その陽ざしのきらめきまでが、日常性のむこうがわにある非日常性の兇暴な性格を反映しているようにさえ見えてくる。そして、Necks craned up and down the sunblasted street. という、おっそろしいまでに素っ気ないひときれの散文によって、日常的な小さな町の内部が生み出しうる非日常性は、じつはその町の住民たちが「私」という部外者に対して生み出すのだという、この『町の噂』のサスペンス物語の展開が、予告されている。パネル・トラックに追突した自分の自動車のほうに向けられている、その小さな町の人々の、強い陽に照らされた顔がここではじめて自分に向けられ、その瞬間、この小さな町ぜんたいと自分との対立関係がはじまっていく。そして、その対立関係は、パネル・トラックとの追突という偶然によって自分が掘りおこしてしまったその町の秘められた非日常を土台としている。

ミステリーやサスペンス物語の解説者たちがよく言うところの、いわゆる「まきこまれ型」の典型的な発端のように見えるのだが、すくなくともこの『町の噂』に関するかぎり、主人公の「私」はこの小さな町にすこしも「まきこまれ」てはいず、事実はその逆である。なぜ、どのように逆であるかは、なぜぼくが『町の噂』のような物語に興味を持つかという問題と同義であるから、つづけて読んでいただければ、わかるはずだ。

*

ハンドブレーキを引いて、私は車の外に出た。そして、自分の車がどの程度いたんだかを見て、うんざりして首を振った。私のビュイックのフロント・バンパーの片端がはずれていて、右のフェンダーが砕かれたヘッドライトと共に、右のフロント・タイヤにおおいかぶさるようにひしゃげていた。そして、決定的にいけなかったのは、へし折られねじ曲がったグリルの内部から、ラジエーターの熱い湯が噴き出していることだった。

パネル・トラックのドライヴァーが、猛烈ないきおいで、運転席からとび出してきた。身長は六フィートほど。やせていてダークな髪で、見るからに強情そうな男だった。骨ばった顔を私のほうに突き出してくるのだが、その顔からは、安物の白ブドウ酒のにおいがした。「この馬鹿野郎め」と、その男は言った。「レース場でもないのにいったいなんだってまた――」

私のなかでながいあいだつみかさなっていたため、夏場だけの臨時雇いの飲んだくれに大きな顔をされることなど、とんでもないことだった。左手でその男のシャツの胸ぐらをつかんだ私は、顔に平手打ちをくわせようとしたのだが、子供じみて馬鹿げているので思いなおし、ただその男を突きはなすだけにとどめた。男はさらになにか言っていたが、同時に、うしろから私は誰かの大きな手で腕をつかまれた。私は、ふりかえった。冷徹そうで、自分に課せられた任に充分にたえられるような目をした、肥った男だった。カーキー色の警官の制服を着て、腰にはガン・ベルトを巻いていた。

「よしなよ」と、その男は私に言った。「面倒なことをおこしたかったら、この俺が相手だ。その関係の仕事なんでな」

「わかった、わかった」私は、こたえた。「たいしたことじゃない」

警官は、その冷たくて鋭い目を私にむけたままだった。「子供みたいに喧嘩を売るにしちゃあ、年をくいすぎてるじゃないか」

例によって、野次馬があつまりはじめていた。私に人気や魅力があっての野次馬ではないことは、すぐにわかった。追突したのは私のほうがいけなかったからだと早くもきめつけられてしまったようであったし、パネル・トラックのドライヴァーにつっかかっていったのも私のほうだ、ときめられてしまった雰囲気だった。私の車にはカリフォルニアのライセンス・プレートがついていて、他所者であることは一目瞭然だったから、そのことも私に対して不利に作用しているはずだった。

警官は、パネル・トラックのドライヴァーにむきなおった。「あんた、だいじょうぶかね、フランキー」

なるほど、地元どうしはあたたかいものだ、と私は苦々しく思った。ひょっとして、遠い姻戚関係があったりするのではないだろうか。

フランキーは、いきさつを警官に語った。すべて、この私が悪いことにされていた。都会の観光客だかなんだか知らないが、町なかを時速六〇マイルなんかで走りやがって、などとフランキーは語っていた。彼が語り終ってから、私もすこし語らせてもらったが、ほとんど効果はなかった。あつまってきている野次馬たちのなかに、公正な目撃者になってくれる人はいないかと私はさがしてみたのだが、追突の前後を目撃した人は、いないようだった。あるいは、目撃者として名乗り出てくれる人は、いなかった。

「よし、おまえ」と、肥った警官は荒涼たるまなざしを私にむけた。「ドライヴァーズ・ライセンスを見せろ」

＊

こんなふうな快適なテンポで、『町の噂』の書き出しの部分は、進展していく。ごく日常的な出来事をその日常性のままに描写していくテンポでは絶対になく、小さな田舎町の日常の一角が、あるひとつの偶発事をきっかけに、大きな非日常へと急速にその様相を一変させていくプロセスのテンポとしてとらえないと、『町の噂』が持っている面白さをその基本的なところでとらえそこなってしまうし、とおりすぎるだけのはずであった小さな見知らぬ町へ、有無を言わせず引きよせられていってしまうおそろしさも、わからないことになる。

自分の車の内部から、明らかに多少の軽蔑の気持ちをこめてぼんやりながめていた小さな町の、いつはじまったともまたいつ終るとも知れない、あいまいなぜんたいとしての日常を、もうすこしでやりすごすところだったのに、やりすごせなくなったとたん、あいまいな日常のぜんたいが、こまかく具体的にくっきりときわだってきて、自分のまえに立ちはだかる。自分の自動車のライセンス・プレートまでが、その小さな町と明らかな敵対関係に入るのだ。

そして、自分とその小さな町とのいきなり持ちはじめた敵対関係の決定的なとどめを、チャールズ・ウィリアムズは、次のように持ち出している。

＊

この小さな町を再び車で走りぬけるようなことがあったら、その時には自動車だけさきに回送して自分は歩いてとおりぬけたほうがよさそうだ、などと考えながら、私は、自分の財布のなかから、ドライヴァーズ・ライセンスを取り出しかけていた。そして、そのとき、ダークな髪の背の高い若い女性がひとり、歩道から車道におりて、私たちのほうにちかづいてきた。

「私が目撃者になりますわ」と、彼女は、警官に言った。追突の一部始終を彼女はその警官に喋って聞かせた。はっきりこうと断定できるわけではないのだけれども、彼女に対するその警官の反応が、私にはなんとなくすこしおかしく感じられた。警官は明らかに彼女が誰であるか知っているのだが、あいさつらしき言葉はひとつも出なかった。彼女が喋るのを聞かせながら、警官はただうなずいていた。そのうなずきようは素っ気なく、不承ぶしょうのような感じがあり、敵愾心にも似たものが、うっすらと漂っていた。パネル・トラックの後部パネルにあてた一枚の小さなカードになにかを書きつけ、私に手渡してくれた。

「保険の関係で私の証言が必要でしたら、私の連絡さきは、ここですので」と、彼女は言った。

「たいへんありがたい」私は、そうこたえた。そして、そのカードを、財布のなかにおさめた。「ほんとうにご親切に」

彼女は、歩道にもどっていった。野次馬のなかの何人かが、彼女を見守っていた。肥った警官が彼女に対して見せたのとおなじような反応が、その人たちから感じられた。彼女に対する敵意とまではいかないのだが、敵意と呼んでも遠いまちがいではなかった。誰もが彼女を知っている様子なのだが、彼女に声をかける人はひとりもいなかった。それでいてなお、彼女は、毅然たる態度をくずさずにいた。

*

このひとりの若い女性の登場によって、物語はいっきに核心からはじまっていく。そして、そのはじまりかたにとって、以上のみじかい引用訳のなかで完全に描ききれている彼女の基本的な役割りは、とても重要だ。

北フロリダのどこかの、交通信号が四つしかない小さな町のぜんたいをおおいつくしている日常性のなかで、彼女だけは、明確にその質を異にした分子である事実が、削りは荒いけれども充分に用を足しきっている文章で、明らかにされている。

パネル・トラックのドライヴァーや肥った警官、さらには敵意ある視線を持った無言の野次馬などによって、ごくあいまいなかたちで、しかしなにかことがあればそのとたんにおたがいが緊密に手を組みあってひとつになりうる可能性を秘めたうえで構成されているその小さな町を、その町の住民たち全員の合意で均一におしなべられたひとつの日常としてとらえるなら、彼女は、その日常と真正面から対立する非日常性以外のなにものでもない。

いかに小さくとも、自治体ないしはそれに類した組織、そしてその組織のなかで自治体に身をゆだねている住民たちによって、ある種の徹底さをともないつつかたちづくられてできあがった町というものは、部外者にとっては充分に不気味である。その不気味さは、アメリカの小さな町の場合、東部や北部は知らないからわからないのだが、西部、南部、中西部あたりでは、多分に暴力的だ。

その町が持っている日常性は、その町にとって都合のよい、容易に許容することのできる日常のみによって構成されている。都合のわるい日常は、あるまじきものとして有無を言わせず排除され押しつぶされる。

たとえば、町なかでの小さな追突事故など、本来ならば、つまり、その町の住民どうしならば、よくある日常的なこととして、発生とほぼ同時に、しかるべき手順を踏んだうえで、解消させられてしまう。だが、カリフォルニアのプレートをつけた明らかに他所者の車が追突してきたときには、非がその他所者にはなくても、悪いのはぜったいにその他所者であり、他所者の追突をもその町の日常として許容するわけにはいかなくなってくる。

その小さな町は、ほかのどの町もそうであるように、あるときは目に見えるものの手によって、そしてまたあるときには見えざるものの手によって、こまかくしかも厳重に管理されている。管理されつくすことから生まれてくる平和で受動的な日常が、自分たちの町のありうべき唯一の姿だと信じている人たちには、その信じる心の律義な厚さに応じて、自分がじつはがんじがらめに管理されている事実が遠ざかり、見えなくなる。

このような、管理のいきとどいたひとつの町への挑戦の記録として、私は『町の噂』を読んだ。八年ほどまえに読んだときには、こんなふうなことはすくなくとも意識のうえでは考えなかった。追突したビュイックに乗っていた

「私」と、その追突の目撃者になってくれた「彼女」が全篇をとおしてたいへんに官能的であるのにくらべて、「彼女」および「私」をあくまでも異分子として扱いつづける「北フロリダの小さな町」ぜんたいが、思考から行動までひどく均一でのっぺらぼうであるばかりでなく、人間にふさわしい個々それぞれにことなった息吹きや手ざわりにまったく欠けたものであることに、同時代的な共感をおぼえたのがひどく新鮮だっただけだ。『町の噂』の、いわゆる「物語のスジ」を抽象的に要約するなら、管理されたひとつの小さな町のなかでの、さらなる管理をはかる側と管理されまいとする側とのたたかいの記録である。「彼女」はその小さな町のはずれでモーテルを経営していて、夫はなにものかによって殺され、その殺人は「彼女」のしわざではないのかと、町の人たちからは思いこまれている。さらに、「彼女」の情夫だったと言われていた男は、公務執行妨害のかどで、その町を管理する側の有力な手さきである警官によって射殺されている。

いたたまれない情況のなかに、彼女はあえて踏みとどまり、異分子としての扱いに耐えている。その「彼女」に追突事故の目撃者となってもらった「私」は、追突によって穴のあいたラジエーターがなおるまで、「彼女」のモーテルに宿泊し、「彼女」がなぜその町から異分子扱いされるのか、そのほんとうの理由を、自分の全存在をその町とのたたかいに賭しつつ、明かしていくことになる。

読んでいくときには、私の場合は「私」に自分を同一化したから、ただとおりすぎるだけのはずだった小さな町のすべての日常が、「私」の追突を契機にして、町ぜんたいのたたずまいはそのままに、相手にまわして充分にその甲斐がある奇怪な非日常へと変質をとげていく。この変質は、八年まえには無意識にひかれた対象であったが、いまでは、意識された興味の対象だ。

町とのたたかいが「私」および「彼女」の側の、すくなくとも本質的な勝利に終ることは当然だ。勝利に終ったとたん、非日常的なものへ変貌していた町がもとの日常的な町へもどっていきはするのだが、それと同時に、「私」と「彼女」との関係の次元が最後の一ページのどたん場で一変する。「私」が「彼女」に対しておぼえている恋愛的な感情の、結婚ないしはそれにちかいかたちでの帰結を「私」は「彼女」に期待するのだが、「私」には想像もつかなかった理由によって、「彼女」はその期待を完全にはずす。

「私」にとっては、したがってその小さな町は、「彼女」をも含めて非日常的なものとして空中にほうりあげられたまま、あっさりとなんの未練もなく、『町の噂』は終っている。

10　トム・ミックス——アメリカのチャンピオン・カウボーイ

アリゾナ州のトゥーソンから北へフィーニックス、あるいは、フィーニックスから南へトゥーソンでも、いずれでもいいのだが、インタステート10をつかわず、その東のかなり離れたところにあるUSハイウェイ80・89を走っていく。フローレンスという、人口が二〇〇〇名ちょっとの町と、人口九〇〇名の小さな町、オラクルとのあいだの、ほぼまっすぐな道路の中間に、ひとつの石碑が立っている。ちょっと見るとあたりは砂漠のようだが、かつては沼地だったところが完全に干上がってしまっているところなのだという、そんな土地に、その石碑は、痛さがともなうほどの強烈な陽ざしをうけて、ぽつんと立っている。

ひとつの石でつくられた碑ではなく、適当な大きさの石を何十個か積みあげ、セメントみたいな、あるいは、しっくいみたいなもので、台座もふくめると十フィートにちかい高さに、四角にかためてある。

その四角は、上へいくほどせまくなり、てっぺんには一頭の馬の像が立っている。その気になってながめれば、その馬は、頭を低く垂れて悲しげにしている。馬の背には鞍があり、鞍には誰もまたがってはいない。馬の背にある、誰もまたがる人のない鞍は、エムプティ・サドルという。エムプティ・サドルは、たいていの場合、なにか悲しいことを伝えてくれる。特に、石碑になっているときには、悲しさ以外それは物語ることを持たない。

石碑の中央には、四角い銅板みたいなものがはめこまれている。近づくと、その銅板には、次のような文句が読めるのだ。

「トム・ミックスを記念して。この場所で彼のたましいは彼の体をぬけていった。生ける人たちの心のなかに、古き西部の思い出を刻みこむに力あった性格描写および演技を彼はおこなった」

なんのことだかはよくはわからない。だが、トム・ミックスという名の、おそらくは西部劇俳優が、過去のいつか、ここで命を落としたのだろう、ということくらいは、見当がつく。

一九四〇年十月十二日のことだったそうだ。午後おそい時間、フローレンスに自分の車、コードのコンバーティブルでむかっていたトム・ミックスは、ハイウェイを時速八〇マイルで走っていた。

途中、ハイウェイの工事がおこなわれていたところがあり、その地点のかなりさきから、ドライバーたちに注意をうながす標識が出ていたのだが、トム・ミックスのコードは、木製のバリケードをうまくかわすことができずにそこに突っこみ、車は上下さかさまにひっくりかえった。

車の後部座席にはロッカー・トランクがつんであり、ひっくりかえったときにこのロッカー・トランクがうしろから飛んできたのを首にうけたトム・ミックスは、当然、首の骨を折って死んでしまった。

遠いところで、やはりおなじように遠い昔におこった出来事だから、ほとんどなんの感慨もわいてはこないし、トム・ミックスを記念してこのような石碑をつくった人たちの心のなかにあった、トム・ミックスという人物に対する共感や敬愛の情がどのようなものであったのかも、伝わって来はしない。

だが、充分に興味はひかれる。「古き西部」という言葉が魅力的だし、その「古き西部」に存在した人々や彼らの現実の生活は、さらにひとまわり大きく魅力的だ。そしてぼくは、「西部劇」が嫌いだから、西部劇俳優とおぼしきトム・ミックスと、古き西部とが、彼の「性格描写および演技」をとおしてどんなふうに結びついていたのかが、ひとつの謎として興味をはらんでくる。

西部劇は、ロイ・ロジャーズの出てくる西部劇はべつとして、そのほかのいっさいが、ぼくは好きではない。すくなくとも、面白がって観ることはできないし、西部劇を観てなんらかの刺激をうけることは、ほとんどない。時としてスクリーンのはじっことか、ずっと向うのほうにかいま見える「西部」や、かつての西部の生活には強くひかれる。しかし、西部劇そのものには、いまひとつ重要な面白さが欠けているように思えてならない。西部小説は、これは好きだからよく読む。西部小説にもいろいろと次元のちがいがあり、十セント・ウェスタンは文字どおり三文小説なのだが、「西部」というもののなかの基本的な位置で西部の実体験を自分の人生としてつみかさねて来た人の手になる西部小説は、これは貴重品だ。なぜ、これが貴重品なのか、ごくささいな一例をあげておくなら、たとえば地形の変化によって山や荒野の道にある石の状態も変化し、鋭い角を持った石の多いところでは、自分を乗せてくれている馬につむ荷物の量を、工夫して減らす描写など、西部劇には出て来ない。西部小説では、このようなことが、小説の基本になっているから、すくなくとも西部劇に比較すれば、ずっと面白いのだということになる。

実際、古き西部は、魅力に満ちている。新しい西部のなかにも、古い西部がほぼそのままに受けつがれて命を保っている部分がいまでもあるから、それがあるかぎり、古き西部はいつまでたっても伝説にはならず、つい昨日までは目の前にあった、自分たちのごく日常的な生活として、具体的な意味を持ちうるのだ。

土地の古老みたいな男性が、かって自分が腰のガン・ベルトにさげていた、コルト・ピース・メイカーのシングル・アクションを、しわだらけの無骨で大きな掌にのせて見せながら、そのピストルについて語るとき、銃身のさきから台尻にかけて無数にきざみこまれている小さなきずのひとつひとつが、その古老が何十年かまえに自ら日を追って体験した生活のひだとして、よみがえってくる。

彼が語るところによると、コルト・ピース・メイカーのシングル・アクションは、もっとも頼りになったハンド・ガンであったという。もうすこし小さな口径の、軽量で便利なダブル・アクションは、誰も信頼していなかった。ダブル・アクションという便利さは、その便利さを可能にするメカニズムの複雑さをともない、複雑さは故障の原因となる。そのようなつまらない便利さは、古き西部では、いっさい信頼されていなかったし、積極的に排除されもした。45の口径は、人間に対しては充分すぎる殺傷力を持ち、この殺傷力を対等に持った者どうしが身を守り、人を殺し、町をおさめていったのだ。酒場のテーブルに坐ってこのピース・メイカーの掃除をおこなうシーンが西部劇にたまに出てくる。多くの場合、その掃除は一種の伊達としておこなわれているみたいに描写されているが、現実の西部では、伊達などは許容される余地がなかった。ガン・ベルトを腰に巻いて、馬や馬車で一日を旅すれば、ピース・メイカーの回転弾倉とボディとのあいだとか、引金と撃鉄のメカニズム、あるいは銃身の内部にぎっちりと砂ぼこりがつまり入りこみ、一日の終りにピース・メイカーをベルトから抜いて撃鉄をおこそうにもおきず、弾倉を回転させようにも回転しないというようなことは、日常のなかでいつでも体験できた。できるだけ簡素で頑丈でパワフルに的確なハンド・ガンを人々が自分の腰につるしたく思ったのは、ごく当然のことだ。

銃身を握って逆手にもつと、このピース・メイカーは、どこにいてもハンマーの代用をつとめてもくれたという。台尻で叩いてなにものかを修理する必要が身のまわりにいつもあった事実を、古いピース・メイカーの傷だらけの台尻は、雄弁に物語っている。ハンマーは家庭や仕事場の必需品として、どの家庭にもあったはずだが、そのハンマーを取りにいっているひまも余裕もないところで、かつての西部の人々は、どこでなにをどのように叩いたり殴りつけたりして修理したのだろうか。あらゆる種類の便利さにとりかこまれ、ほとんどなにも修理しない都市の生活のなかにうずもれていると、一丁のピース・メイカーがさまざまに役に立ちえた生活のなかみは、まったく想像もつかないものでありながら、現実上の質感をともなった生活として、うかびあがってくる。都市のなかの消費的な生活者は、まるっきり嘘の地点から自然にむかっているのだが、かつての西部では、そのなかの誰もが、ごく本質的で正しい位置から、自然と向きあっていたようだ。

自分のピース・メイカーをいまでも持っているその古老が、話題をかえてさらに語る。牧場のなかを牧童が自動車で走るようになったのは、馬よりも自動車のほうがすぐれているからでも、時代の趨勢でもなんでもなく、牧場の大きさが、かつてとは比較にならないほどに小さくなったからであるという。せまい牧場だから自動車でもまにあう。だから自動車が用いられる。牧場の広さがかつてのままなら、馬がやはり主力であり、自動車は馬にたちうちできはしない。その、小さくなったという牧場ですら、一端から他端へ自動車で一日つぶして走ってもたどりつけないのだ。

広さはたしかに圧倒的であり、時としては存分に絶望的でもありうるが、要は広さではなく、その広さのなかでひとつひとつ、確実に体をつかっておこなわれた生活の真実味である。

トム・ミックスというひとりの男が、「古き西部」の思い出を、人々の心に刻みこんだと、あの石碑が語っている。

年代的にいっても、トム・ミックスの西部劇には、とうていぼくはいきあえていない。トム・ミックスという、あまりシャープな雰囲気を持たない名前の字づらとか音とかには、子供のころに読んだコミック・ブックで、すこしはなじんでいる。そして、そのトム・ミックスのウェスタン・コミックスは、ホパロング・キャシディのウェスタン・コミックスとおなじく、ぼくは好きではなかった。トム・ミックスは、西部劇の研究書にのっている写真で見るかぎり、顔つきが責任感に富んでいてよろしくないし、衣裳や体の雰囲気も気に入らない。ホパロング・キャシディは言語道断であり、テックス・リターやジーン・オートリイは、歌はとてもいいし、馬もいいけれど、顔と体が、ふたりともよろしくない。やはり、すこし馬鹿みたいなロイ・ロジャーズにとどめをさす。彼が主役のショーの美しさは、筆舌につくしがたく現実をこえているし、彼の歌には、自由になろうとする自由さがこめられているから、すくなくともぼくにとっては、まぼろしのカウボーイとして完全に独立しえた存在となりつづけている。ロイ・ロジャーズの衣裳は、ショーマンシップにあふれたトム・ミックスがつくって着はじめたものの発展的亜流だということだが、これも文句のつけどころはなく、彼の名を冠していまでも売られているオモチャの二丁拳銃のキラキラと光ったせつなさといったらない。

ロイ・ロジャーズの最盛期は一九三〇年代と四〇年代だったというから、ぼくが観た彼の映画は、観たときすでに、いまでいうテレビの深夜劇場的な存在だったのだ。このロイ・ロジャーズやジーン・オートリーたちのまえに、一九二〇年代のケン・メイナードやフート・ギブスンなどがいて、そのさらにまえがトム・ミックス、そしてもうひとつ昔が、ウィリアム・S・ハートなのだと、西部劇の研究書『ザ・ウエスタン』には書いてある。

西部劇だけではなく、アメリカ映画をその基本的な部分から知るために、トム・ミックスの西部劇その他のフィルムは、欠かすことのできない貴重なものなのだそうだ。だが、その貴重なフィルムは、フォックスのフィルム倉庫の火事でみんな焼けてしまい、『ライダーズ・オブ・パープル・セイジ』のようなあまり出来のよくないのが二、三本あるいはせいぜい数本、のこっているにすぎないのだという。アメリカ国内では、一九五〇年代のなかばごろまで、テレビの深夜番組で放映されていて、人気を保っていた。

トム・ミックスがフォックスと正式に契約を結んだのが一九一七年で、一九二五年には週給一万七〇〇〇ドルのスターになっていた。映画はもちろんサイレントで、はじめのころは二リールとか三リールのみじかいものばかりで、ずっとあとには、もっとながいものもつくった。

主演、監督、脚本の三役をたいていの場合、トム・ミックスはひとりでこなしていたらしく、さらに、ロケーション撮影の実際上の責任者でもあったらしい。脚本づくりのうえに一定のフォーミュラはあったのだが、プロットは独創性に富んでいて、代役をつかわずに自分でこなしたアクション・シーンがふんだんに盛りこまれていた。馬のスタント・ライディングを彼はよくこなし、さらに、危険を確実にともなうアクション・シーン、たとえば、走る汽車の屋根のうえでの格闘や、グランド・キャニオンの文字どおり以上に千じんの谷である崖っぷちでの取っくみあいなど、ほとんどをトム・ミックスは自分でおこなったそうだ。蒸気機関車のありとあらゆる部分にカメラをとりつけて撮影したと、トム・ミックスとコンビのようなかたちで仕事をつづけたカメラマンの言葉が、研究書のなかで読める。

みじかい時間で次から次に主として西部劇をつくっていく才能をトム・ミックスは持っていて、体を張ることをいとわないアクション・シーン、そのアクション・シーンをできるだけたくさんつめこむ主義の脚本づくり、かなり徹底したオール・ロケーション主義、美しいカメラ・ワーク、かなりいける筋立てと、いくつかの肯定的な要素が有機的にからみあって、トム・ミックス主演の映画は、たいへんな成功をおさめたという。

それらの数多い主演作品のなかでトム・ミックスが演じたヒーローである冒険的なカウボーイは、「ぜったいに酒を飲まず、神を冒瀆するような悪態をつかず、正当な必然性がないかぎり、悪漢に対してでも暴力的な行為には出ることのなかった男」であったのだ。

西部劇、特にシリーズ西部劇の主人公は、明らかに薄気味わるいまでに洗い清められる傾向があり、ローン・レインジャーがその元祖であり頂点なのだろうとぼくはぼんやり認識していたが、元祖はじつは、トム・ミックスであったらしい。

劇中のトム・ミックスが悪漢を射殺するようなことはぜったいになく、多少とも荒唐無稽ではあってもなんらかの智恵や工夫、あるいは体をつかったスタント・ワークで悪漢を生けどりにするというシナリオをトム・ミックスは書き、自らそのとおりに演じた。この、清く美しく気高く、明らかに人間的な魅力に欠けたところのある「西部のヒーロー」は、一九五〇年代なかばまでつづき、あの一九五〇年代なかばに、ついに変質してしまった。

トム・ミックスが、自らの肉体と演技とでつくりあげたこのようなヒーローを支えるトム・ミックス自身の言葉として、次のような断片が、研究書のなかから、さがし出せた。

「その主人公は、自分の馬に自分の鞍と手づなをつけて乗り、ある町へやってくる。そこで、あるたたかいに彼はまきこまれるのだが、そのたたかいは、彼自身が原因となったものではなく、誰か自分以外のほかの人のために正しいことをおこなおうとしてその結果ひきおこされたものであるのだ。そのたたかいがすべておさまったとき、彼にはなんらかの報酬が手に入る。牧場の牧童がしらにさせてもらったり、美しい女性を手に入れたりするのだが、熱烈なラブ・シーンというようなものは、さしはさまない」

たいそうくだらない意見のようだが、なにごとかが、伝わってくる。その「なにごとか」がいったいなにであるのかはよくわからない。自己の肉感をとおして徹底的に実証され、あげくにひとつの屈折をへた、なにか幻想的な哲学みたいなものだとしか、とりあえずのところ表現できない。

トム・ミックスは、さらに、次のようにも語っている。自分が好んでロケーション撮影していた、コロラド州その他の、国立公園を中心とした自然の風光に関しての発言だ。

「自分の国に、いかにすばらしい景色や自然があるかを、できるだけたくさんの人たちに知ってもらいたいのだ。そして、そんな場所へ実際に自分もでかけてみたいという欲望を人々の心のなかにわき立たせたいのだ」

一九一一年から一九一七年にかけて、トム・ミックスは、七〇本から一〇〇本におよぶ一リールないしは二リールの、主として西部を背景にとった短篇をつくった。フォックスと契約してそこで最盛期をむかえ、フォックスとの契約が切れると、FBOという会社に移った。この会社は、ジョン・F・ケネディの父であるジョゼフ・P・ケネディの所有になる会社だった。ここでサイレントをつくっていたころに、アメリカの映画界は、トーキーの時代に入っていった。FBOでの活躍はさほど長くつづかず、FBO自体は、トーキー時代に対処するために、RKOとして再編成されたのだ。そして、西部劇はもうつくらず、舞台のアダプテーションをつくりはじめた。

一九三〇年代のはじめに、トム・ミックスは、ユニヴァーサルでまた西部劇をつくりだした。フォーミュラは以前とまったくかわりなかったが、ある一定の水準をほとんど常に維持した、面白いものだったという。

だが、トム・ミックスは、台辞を喋るのがまるでへただという、トーキーにとっては決定的な弱点を持っていた。彼の台辞は、できのよいときでさえ棒読みにちかく、説得力はまったくなく、明瞭に喋ろうという努力をすこしでもおこたると、なにを喋っているのか聞き取れなかったそうだ。一九三五年につくったシリーズが最後になり、映画からは足を洗うことになった。フォックスの撮影所のなかには、トム・ミックスと彼の馬、トニーにささげられたサウンド・ステージがあるのだ。

このトム・ミックスが、サイレント映画をつくりだすまえまではなにをやっていたのか、研究書にはごく大ざっぱにしか書いてないのだが、その大ざっぱな記述を読んだだけでも、ちょっと感嘆せざるをえない。一八八〇年にペンシルヴァニア州に生まれ、十代の後半には放浪にちかい生活を送っていた。まだ十代で陸軍に入り、スペイン＝アメリカ戦争で実戦を体験している。いまの西部劇で見る騎兵隊のたたかいとおなじような戦争だったそうだ。さらにフィリピンへいき、そこでも実戦のなかに身を置き、ペキンでも、たたかった。

アメリカにかえってくると、ボーア戦争でイギリス軍がつかう馬を荒馬から仕立てあげる仕事につき、アフリカにまで渡った。アフリカから帰ってくると、テキサス、オクラホマ、カンザスあたりを中心に放浪の生活を送り、ごく普通の牧童の生活を体験してから、「ミラー・ブラザーズ・一〇一牧場」に参加した。これは、アメリカにかつて存在したワイルド・ウェスト・ショーのなかでも、もっとも有名でもっともすぐれたショーのひとつだった。牛の面倒を見る班長からロディオのパフォーマーとなり、一九〇九年には、アリゾナ州プレスコットと、コロラド州キャノン・シティで、ロディオのチャンピオンになった。ワイルド・ウェスト・ショーをぬけてから、テキサス警備隊員、カンザス州とオクラホマ州のそれぞれで保安官、東部オクラホマで警察の副署長などを体験した。どこでもその仕事の内容は相当に荒っぽいもので、現実に牛泥棒をとらえたりする仕事は、あとになってトム・ミックスがつくった「西部劇さながら」であったという。

オクラホマのチェロキー地区に牧場を買い、そこに落着くかに見えたとき、いい牧場をロケーション用にさがしていた映画会社と接触を持ち、『偉大なる南西部における牧場生活』というドキュメント・フィルムをつくるのを手伝ったのをきっかけに、映画の世界に入っていったのだ。

映画をやめるとすぐに、一九三五年、トム・ミックス・ワイルド・アニマル・サーカスが組織され、彼自身、そのグループと共に巡回公演に出た。ユニヴァーサルに移る以前の空白期にも、いったんは映画からの引退を宣言したミックスは、セルズ・フロト・サーカスというグループに加わり、週給一万ドルの主役として、ほとんど全米をめぐり歩いた。トレーラーによる自動車隊を組み、大きな移動テントをいくつか持ち、牛や馬をたくさんつれた、どこへいっても人気の高い、面白いショーだった。不況の時代にもかかわらず景気はいつもよく、そのサーカスの楽隊で隊長をつとめた人の文章によると、一九三八年までつづいたという。

古き西部が日常の現実として存在した時代には、そのなかに身を置き、牧童としての経験をつみ、ロディオのチャンピオンになったトム・ミックスは、映画で「西部のヒーロー」のかたちと哲学をつくりだしたのち、ワイルド・ウェストのショーで全米を巡業しつつ、我がロイ・ロジャーズとつながるまぼろしのカウボーイへの橋わたしをやっている。「古き西部」が急速に消滅していく時代の内部に生きつつ、消滅していく「古き西部」を、自分の肉体のなかを通過させることによって、まったくちがうものに変質させたうえで、彼はそれを後世に伝えた。はじめに書いたトム・ミックスの石碑の文章は、こんなふうに解釈すればいいのだろうか。

移動テントを持ち、トレーラーの隊列を組んで町から町へとめぐって歩く、サーカスないしはカーニヴァル的なワイルド・ウェスト・ショーは、それ自体、つきない興味を提示してくれている。それは、あるとき突然、どこかの町へやって来て、その町のなかに強引に場をつくったうえで、町の人々の目の前に美しいまぼろしをくりひろげてみせる。馬車や汽車によらない、トレーラー隊のサーカスをトム・ミックスは最初につくりだし、最盛期から消滅期までを、彼は体験している。そして、映画だけにかぎってみても、サイレントからトーキーまでを経験し、「アメリカのチャンピオン・カウボーイ」という、やはりまぼろしをひとつ、彼は、のこした。アリゾナにいまでもあるトム・ミックスの石碑は、彼の現実にではなく、このまぼろしのほうにささげられているような気がしてならない。

あとがき

一九七〇年の八月から一九七三年のやはり八月までにわたってぼくが書いたさまざまな文章のなかから、この文章は取り消しにしたいと願う度合いができるだけすくないものばかりを選び、あるひとつのならべかたをしてもらった結果、このような本ができた。

それぞれの文章を書いたときのなかば無意識にちかい心がまえとしては、そのときの自分にできるだけ忠実でありつつ、できうるかぎり気まぐれに題材をえらんで書いていくということだった。にもかかわらず、こうして一冊になってみると、あきらかにぜんたいはひとつのまとまりを見せている。そして、それがどのようなまとまりなのかと自分でよく考えてみると、なんのことはない、ぼく自身およびぼくのものの考え方の歴史ないしは自伝に接近したまとまりなのだった。

気まぐれに材を選ぶという作業は、ぼく自身の内部で常にそれが円滑におこなわれていればそれで充分なのだが、言葉になおして説明を加えておこう。ぼくが書くそのような文章はなんら目的を持たず、なにごとかを構築するものでもなく、説き伏せたりあるいは披瀝したりするものでもさらになく、かなりあいまいなかたちでしかし明確に、一定の雰囲気のようなものを描き出せさえすればそれ以上にはなにも望まないということなのだ。ぼく自身、ひとつの過程そのものであり、したがってその過程のなかから書き出されてくる文章も過程であり、おこなっているさまざまなこともまた、過程でしかない。

ぼくがなんらかの文章を書くとしたら、それは、過程のなかをとおっていくそのときどきの通過証明書みたいなものであり、だからこそ、書いたとたんに大半は忘れてしまう。この本の校正刷りは、読みはじめるまではひどく気が重かったのだが、いったん読みはじめると、書かれている内容は自分のほうがとっくに忘れてしまっているものばかりなので、他人の本を読んでいるのとおなじように面白く読めた。

面白かったということは、この本の文章をぼくが自分のものとしていまだにありがたがっているということではぜったいになく、まさにその反対であることを証明している。この本は、一九七三年までのぼくという他人が書いた本だ。

この『10セントの意識革命』におさめられたそれぞれの文章が書かれた時期と、掲載された場所とを明らかにしておかなくてはいけない。「アメリカの一九五〇年代」は、一九七〇年の八月から七一年の三月にわたって書かれ、「ハヤカワ・ミステリ・マガジン」に、のった。ただし、第一章は、この本のために、七三年の八月に書いた。『マッド』自身はいかにして円環を描いたか」は、七一年の十一月から七三年の五月ごろまでにわたって書き、おなじく「ハヤカワ・ミステリ・マガジン」に掲載された。「ブロードウェイ・西37番通り交叉点」「ターザンの芸術生活」「ポケット・ビリヤードはボウリングなんかよりずっと面白い」「とおりすぎるはずだった小さな町」「トム・ミックス――アメリカのチャンピオン・カウボーイ」は主として七三年の春に書き、掲載誌はおなじく「ミステリ・マガジン」。「個人的な文脈で書くカントリー」が七二年の夏で、「ニュー・ミュージック・マガジン」。映画『断絶』と『エルヴィス・オン・ツアー』についての文章は「映画批評」。映画『激突』についてのものは、「キネマ旬報」。ロックンロールの宇宙志向と赤さびだらけの自動車についての文章は「音楽専科」、そして、ジャニス・ジョプリンが「別冊FMfan」で、「丘の上の愚者は頭のなかの目でなにを見たのだったか」は、「ワンダーランド」の創刊号にのっていた。

一九七三年十月

著者について

片岡義男（かたおか・よしお）

一九三九年東京生まれ。文筆家。大学在学中よりライターとして「マンハント」「ミステリーマガジン」などの雑誌で活躍。七四年「白い波の荒野へ」で小説家としてデビュー。翌年には「スローなブギにしてくれ」で第二回野性時代新人文学賞受賞。小説、評論、エッセイ、翻訳などの執筆活動のほかに写真家としても活躍している。著書に『彼のオートバイ、彼女の島』『メイン・テーマ』『日本語の外へ』ほか、『歌謡曲が聴こえる』『短編を七つ、書いた順』『ミッキーは谷中で六時三十分』『私は写真機』『翻訳問答 英語と日本語行ったり来たり』（共著）など多数ある。

10セントの意《い》識《しき》革《かく》命《めい》

一九七六年四月三〇日初版
二〇一五年一月三〇日改版

著者　片岡義男
発行者　株式会社晶文社
東京都千代田区神田神保町一−一一
電話（〇三）三五一八−四九四〇（代表）・四九四二（編集）
URL http://www.shobunsha.co.jp
印刷　壮光舎印刷株式会社
製本　ナショナル製本協同組合

ISBN978-4-7949-6872-2　Printed in Japan